Rotraud Falke-Held

Das Portrait

AF237272

Rotraud Falke-Held

Das Portrait

(eine Woche auf Texel)

BoD - Books on demand

Idee und Text: Rotraud Falke-Held
Titelbild: Karin Mackenbrock
© 2020   Rotraud Falke-Held
Herstellung und Verlag   BoD - Books on Demand,
                          Norderstedt

ISBN: 9783751905503

Besuchen Sie die Autorin
im Internet:
www.rotraud-falke-held.de

Ein paar Worte vorweg:

Dieses Buch ist ein Roman, die ganze Geschichte ist frei erfunden. Nichts davon ist wirklich passiert. Alle handelnden Personen sind ebenfalls erfunden. Namensgleichheiten oder Ähnlichkeiten wären rein zufällig. Auch den in der Geschichte erwähnte Shop „Fleurs" und die genannten Kunstateliers gibt es nicht.

Nur das Pfannkuchenhaus gibt es wirklich auf Texel und natürlich die genannten Städte *De Koog, Den Burg, De Cocksdorp, Den Helder* sowie die Landschaften *De Muy* und *De Slufter*.

Die Karrierefrau Marion Berthold überfällt vor ihrem 49. Geburtstag Nostalgie. Deshalb lädt sie ihre alten Freundinnen aus der Jugendzeit ein, mit ihr eine Woche auf der holländischen Insel Texel zu verbringen: Karla Michels und Marlene Siedhoff nehmen die Einladung gerne an. Die drei Frauen treffen sich bei Verena Huisman, einer Malerin, die ebenfalls zu ihrem alten Quartett gehörte und heute mit ihrer Familie auf Texel lebt. Die vier Frauen blicken in der Lebensmitte zurück und erkennen, dass sich viele Träume nicht erfüllt haben. Besonders Marlene steht vor den Trümmern ihres alten Lebens und muss von vorne anfangen. Auf Texel brechen Konflikte auf und neue Lebensentwürfe werden diskutiert.

Außerdem macht ihnen die junge Isabella Kiefer Probleme, die nach einem Schiffbruch auf Texel gestrandet und nach ihrer Genesung geblieben ist. Verena hatte sich um die junge Frau gekümmert, doch inzwischen ist sie zunehmend genervt von Isabellas extremer Anhänglichkeit.
Die Situation spitzt sich zu, als Kunstsammler aus Deutschland nach einem Portrait von Isabella fragen, das sie in einer Kunstzeitschrift gesehen haben.

Unvermittelt sehen sich die Frauen größeren Problemen gegenüber, als sie jemals geglaubt haben.
Welches dunkle Geheimnis umgibt Isabella? Wovor hat sie solche Angst und warum wird sie offenbar verfolgt?

Personen:

Marion Berthold	Karrierefrau und Single
Karla Michels	Hausfrau und Mutter
Verena Huisman	Künstlerin, lebt auf Texel
Marlene Siedhoff	Hausfrau und Mutter
Gustaaf Huismann	Verenas Ehemann
Luuk, Swantje	Verenas Kinder
Isabella Kiefer	junge Frau, auf Texel gestrandet
Joost Zumbrink	Besitzer des Texel-Atelier
Benthe Zumbrink	Joosts Ehefrau
Egmont de Bruin	Kutscher auf Texel
Joris van Dijk	Polizist auf Texel
Mathijs Verbeek	Polizist auf Texel
Florinda	Verenas Freundin, Inhaberin d. *Fleurs*
Luisa Dahlke	Isabellas Freundin in Hamburg
Bettina Dahlke-Funk	Luisas Mutter
Kurt Funk	später Ehemann von Bettina
Bastian Marx	Luisas Freund
Hugo Winter	Eigentümer d, Bar Wunschbrunnen
Birgit Winter	Hugos Ehefrau
Manuel Urban	Eigentümer der Bar Desiderium
Sandy Mahler	Barmädchen im Wunschbrunnen
Antonio Fernandez	Türsteher im Desiderium
Tamara Herold	Geschäftsführerin im Desiderium
Lado	Türsteher im Desiderium
Luke, Steve	Türsteher im Wunschbrunnen
Hagen Grote	leitender Kommissar in Hamburg
Steffen Friedrichs	Polizist in Hamburg

Prolog:
Mai 2018

Kriminalkommissar Hagen Grote hielt sich ein Taschentuch vor den Mund, als er die verlassene Pizzeria in der Nähe des Hamburger Hafens betrat. „Verdammt, wie lange liegen die Toten schon hier?", fragte er leicht genervt.

Es war Samstag und er sah sein freies Wochenende dahinschwinden.

Der Mann von der Spurensicherung in sterilem weißem Anzug hob die Schulter. „Etwa zwei Wochen."

„Zwei Wochen? Und niemand merkt was?"

„Nun ja, die Pizzeria ist schon lange verlassen und liegt sehr abgelegen. Hier kommt keiner hin."

„Mmm", brummte Grote. „Aber hat die beiden keiner vermisst?"

„Doch. Sie wurden ja als vermisst gemeldet. Von ihrem Sohn. Der hat immer wieder versucht, sie telefonisch zu erreichen. Nach einigen Tagen hat er Nachbarn gebeten, in der Villa nachzusehen. Als sie dort auch nicht anzutreffen waren, hat er sich an die Polizei gewandt. Seine Eltern hatten zwar erzählt, dass sie ein paar Tage verreisen wollten, aber zu dem Zeitpunkt hätten sie schon zurück sein müssen. Sie hatten sogar schon Termine platzen lassen. Kein Zweifel, dass diese Leute seine Eltern sind. Leonore und Gerhard Schilling. Die Fotos passen genau." Grotes junger Kollege Steffen Friedrichs las die Angaben von seinem Notizblock ab. „Sie zweiundfünfzig, wie du, Chef, wenn ich mich recht erinnere."

Grote verzog den Mund. „Ja, ja." Er wurde nicht gerne an sein Alter erinnert und Steffen wusste das genau.

„Der Mann zwei Jahre älter. Beide erfolgreiche Anwälte, lebten in einer Villa in Blankenese."

Grote stieß einen Pfiff aus. „Das nenne ich allerdings erfolgreich. Wenn man sich dort eine Villa leisten kann."

„Außerdem haben die in Kampen ein edles Ferienhaus. Geld haben die, darauf kannste dich verlassen."

Verdammt. Grote kratzte sich an der Stirn. Nun war er schon über zwanzig Jahre lang bei der Kripo, aber immer noch nicht unerschütterlich. Morde an Kindern erschütterten ihn am meisten. Aber auch das: Ein offenbar wohlhabendes Ehepaar lag tot in einer verlassenen Pizzeria auf dem schmutzigen Boden. Mäuse krabbelten drum herum und Fliegen hatten sich auf den Körpern niedergelassen.

„Würden wir auch erst so spät vermisst, Steffen?", fragte er.

Der junge Kollege zuckte mit den Schultern. „Kommt mir gar nicht ungewöhnlich vor. Mal ehrlich, Chef: Wenn ich meine Eltern nicht erreiche, versuche ich es am nächsten Tag noch mal und am nächsten wieder. Dann fluche ich darüber, dass sie niemals zu Hause sind. Irgendwann kommt es mir dann komisch vor, aber ein paar Tage dauert das schon. So ging es dem Sohn dieser beiden auch. Außerdem fuhren die öfter mal nach Sylt."

Grote nickte. „Ja, du hast recht. Trotzdem – die Vorstellung, tagelang irgendwo zu liegen und nicht mal vermisst zu werden…"

„In dem Fall hätten wir doch eine Vermisstenanzeige sowieso erst nach vierundzwanzig Stunden aufgenommen. Es bestand kein Grund, von einem Verbrechen auszugehen."

Ja, das war alles richtig. Vielleicht wurde er sentimental. Er schüttelte sich. Über so was durfte er nicht nachdenken. Er musste seine professionelle Distanz behalten.

„Und, Doc, was kannst du mir sagen?", fragte er den Gerichtsmediziner, der noch neben den beiden Leichen kniete.

Doktor Erich Berends erhob sich etwas schwerfällig. Seine Hüfte machte ihm zu schaffen. Lange konnte er diesen Job nicht mehr ausführen. Er sollte sich wirklich nach etwas weniger Aufreibendem umsehen. Vielleicht sollte er das Angebot, an der Uni zu

10

unterrichten, das man ihm vor kurzem unterbreitet hatte, annehmen.

Jetzt wandte er sich an Grote: „Messerstiche in die Nieren. Die waren sofort tot. Kein Kampf. Die waren entweder völlig arglos oder vollkommen überrascht."

„Wurden sie hier getötet? Oder sind sie hergeschafft worden?"

„Auf jeden Fall sind die hier abgelegt worden. Hier ist kaum Blut. Das allein spricht schon dafür."

Berends hob die Schultern. „Um eure Aufgabe beneide ich euch nicht. Also, den ausführlichen Bericht gibt's morgen. Wie immer."

Grote nickte gedankenverloren.

„Steffen!", rief er und sein dreiunddreißigjähriger Assistent stand beinahe im selben Augenblick neben ihm, als hätte er nur darauf gewartet.

„Ja Chef?"

„Wir müssen den Sohn verständigen. Haben wir seine Adresse?"

Steffens nickte. „Der lebt mit seiner Freundin in Stuttgart."

„Wir müssen in die Villa. Vielleicht finden wir irgendwelche Hinweise auf ein Motiv. An welchem Fall arbeiteten die beiden gerade? Haben sie private oder berufliche Feinde?"

Steffen sah seinen Chef überrascht an. „Sagen Ihnen die Namen wirklich nichts? Schilling?"

Grote wartete auf weitere Informationen, die aber nicht kamen.

„Müssten sie?", fragte er schließlich.

„Sie sind die Anwälte von Manuel Urban."

Grote bekam große Augen. Manuel Urban. Ja, den Namen kannte man, wenn man bei der Polizei war. Erfolgreicher Geschäftsmann, Hotels, Bars, Mietwohnungen. Ein reicher Mann, der seinen Reichtum sicher am Rande der Legalität erworben hatte. Rücksichtslos, skrupellos. Aber niemals verurteilt. Und dieses ermordete Ehepaar waren seine Anwälte?

Nein, das hatte er nicht gewusst. Vermutlich, weil er nie einen Fall von Urban bearbeitet hatte.

Er pfiff durch die Zähne.

„Na, da haben wir doch was, wo wir ansetzen können."

Kapitel 1: Die Fremde
April 2018

Verena Huisman machte ihren morgendlichen Spaziergang in der Heidelandschaft *De Slufter*. Sie atmete tief die frische Luft ein. Nun lebte sie schon seit fünfzehn Jahren auf Texel und noch immer konnte sie sich nicht satt sehen an dieser wundervollen Landschaft. Was für eine Weite tat sich hier auf. Dort hinten, wo die Heide zu Ende war, konnte man das Meer schon ahnen. Sie liebte es, so früh am Morgen hier spazierenzugehen, bevor die Feriengäste aufwachten und mit Fahrrädern die Gegend erkundeten. Verena liebte es, hier allein zu sein.

Sie liebte die Heide, sie liebte die Dünen und sie liebte das Meer. Sie liebte diese grenzenlose Weite mehr als die Berge.

So früh am Morgen war es noch ziemlich kalt, aber die Helligkeit der Sonne kündigte bereits den nahen Frühling an. Verena mochte dieses Gefühl, wenn man trotz der Kälte die Wärme schon ahnen konnte.

Sie mochte den Frühling lieber als den Sommer. Aber noch lieber hatte sie den Herbst. Sie zog sich gerne dicke Pullover an und ging in Gummistiefeln hier spazieren. Sie liebte es, wenn die Sträucher sich im Wind bogen. Dann konnte man so richtig die Kraft der Natur spüren. Und die Ewigkeit. Nirgends sonst kam ihr das so zum Bewusstsein.

Ihr Hund Jasper begleitete sie. Fröhlich und ausgelassen rannte er neben ihr her. Sie beobachtete ihn schmunzelnd. Sie liebte dieses struppige Wollknäuel.

Groß war er nicht gerade, aber auch nicht winzig. Er war schon ein richtiger Hund, wie ihr Mann Gustaaf betonte.

Aber aus welchen Rassen er sich zusammensetzte, wusste niemand. Irgendeine bunte Promenadenmischung aus Cockerspaniel und Berner Sennenhund oder etwas ähnlichem. Es war auch gleichgültig.

Sie hatte ihn gefunden. Ausgesetzt in den Dünen. In einer Zeit, in der kaum Touristen hier waren.

Das Hündchen war noch ganz jung gewesen. Süß und wuschelig und hilflos hatte es angebunden zwischen den Sträuchern gelegen. Fortgeworfen, als sei es ein überflüssiger Dekorationsgegenstand. Es hatte gewinselt und Verena war es vorgekommen, als würde es weinen.

Sie hatte den jungen Rüden aufgehoben, er hatte sich an sie geschmiegt, als wüsste er, dass sie seine Rettung war. Natürlich hatte sie ihn mitgenommen und dann konnte sie sich nicht mehr von ihm trennen. Ihre Kinder Luuk und Swantje waren glücklich über den kleinen Hund gewesen und hatten ihm den Namen Jasper gegeben.

Jetzt war er bereits seit vier Jahren ihr treuer Begleiter.

Sie löste Jaspers Leine und ließ ihn laufen. Es war niemand hier. Sie war ganz allein mit dem Hund. Außerdem hörte er ausgesprochen gut. Wenn sie ihn rief, vergaß er alles andere, was ihn gerade interessierte und düste zu ihr.

Es war friedlich und ruhig hier draußen.

Sie reckte ihr Gesicht der Sonne entgegen und schloss die Augen. Jeden Funken Wärme und jeden Lichtstrahl wollte sie in sich aufsaugen.

Plötzlich wurde Jasper unruhig.

Er rannte auf sie zu und bellte.

„Was hast du denn?", fragte sie.

Jasper rannte wieder los.

Doch als er merkte, dass sie ihm nicht folgte, kam er zurück und kläffte.

Verena schüttelte den Kopf. Der Wind wehte durch ihr langes, dunkles Kraushaar. Sie hielt es mit der Hand zurück.

14

Jasper bellte und sprang an ihr hoch, er rannte ein Stück vorwärts, drehte sich um und bellte erneut.

Ist ja wie bei Lassie, dachte Verena. Sie verstand, dass sie ihm folgen sollte.

Jasper rannte vor. Verena wurde schneller. Sie begann zu rennen.

Was hatte der Hund nur?

Jetzt war er stehen geblieben.

Verena blieb ebenfalls stehen. Sie sah sich um.

Und dann entdeckte sie, was Jasper so aufregte.

Dort lag etwas. Oder besser: Jemand.

Verena lief hin.

Eine junge Frau lag dort. Wie hingeworfen.

Wie damals Jasper, dachte Verena. Nur, dass die Frau nicht festgebunden war.

Sie lag wie tot zwischen den Büschen. Verena ließ sich neben sie fallen. Sie tastete nach dem Puls der Frau, sie drückte ihr Ohr auf ihre Brust.

Die Frau lebte. Ganz schwach ging ihr Herz.

„Hallo! Wachen Sie auf!", rief Verena.

Sie tastete in der Jackentasche nach ihrem Handy. Jetzt war sie froh, dass ihr Mann Gustaaf immer darauf bestanden hatte, dass sie es mitnahm.

Sie wählte die Nummer des Notarztes.

Sie tätschelte weiter die Wange der Frau.

„Aufwachen!", rief sie.

Endlich regte sich die Frau.

Sie stöhnte ganz schwach und drehte ihren Kopf.

„Hallo! Da sind Sie ja wieder!", sagte Verena. „Ich bin Verena Huisman. Und wer sind Sie?"

„Ich… ich heiße….", sie verstummte.

„Ja?", hakte Verena nach.

„Ich weiß es nicht", hauchte die Fremde entsetzt.

Verena erschrak, aber sie zeigte es nicht. Sie blieb ganz ruhig.

„Das macht nichts. Machen Sie sich keine Sorgen. So etwas kommt vor." Verena wusste nicht, ob das stimmte. Sie hatte so etwas bisher nur gehört oder im Fernsehen gesehen.

„Was ist passiert?" Die Fremde versuchte, sich aufzurichten. Sie stöhnte.

„Bleiben Sie liegen", sagte Verena sanft. „Der Arzt kommt gleich."

„Ich weiß nicht, was geschehen ist. Wie komme ich hier her?", jammerte die Fremde und hielt sich den Kopf.

"Hatten Sie einen Unfall? Sind Sie gestürzt?", fragte Verena.

Die junge Frau schüttelte den Kopf.

„Machen Sie hier Urlaub?"

Wieder schüttelte die Fremde den Kopf. „Ich weiß es nicht", wimmerte sie.

Es muss ein furchtbares Gefühl sein, wenn man sich an nichts erinnern kann. Nicht einmal an seinen eigenen Namen, dachte Verena. Sie betrachtete die Fremde genauer.

Sie war nass und schmutzig vom feuchten Moosboden. Aber Verena erkannte doch, dass sie eine sehr schöne Frau war. Und eine sehr junge. Ihre langen, haselnussbraunen Haare lagen völlig zerzaust um ihren Kopf herum. Ihre dunklen Augen waren von schwarzem Kajalstift und Wimperntusche verschmiert.

Sie trug lange Hosen und Pullover. Sportlich geschnitten. Nicht so wie Verenas eigener Schlabberpullover, aber etwas Besonderes war es nicht.

Was war nur mit ihr passiert?

Die junge Frau krallte sich hilfesuchend an Verenas Arm.

„Ich weiß nicht, was passiert ist", flüsterte sie und ihre Stimme klang ängstlich und verwirrt.

Verena griff nach ihrer Hand. „Keine Sorge, das kommt schon wieder in Ordnung", tröstete sie hilflos.

Vom Meer näherte sich ein Rettungsboot.

„Der Arzt ist da", sagte sie.

1. Teil

Kapitel 2: Marion

Marion Berthold schlug mit dem Fuß die Wohnungstür hinter sich zu, warf ihre Aktentasche samt Handtasche in die Ecke und kickte die hochhakigen Pumps von den Füßen.

Sie liebte ihren Beruf in der Einkaufsabteilung eines großen Modehauses. Aber jeden Freitag war sie froh, dass sie diesen Job für zwei Tage hinter sich lassen konnte. Oh, es war genau der Job, den sie machen wollte. Nichts anderes konnte sie sich vorstellen. Sie ging regelrecht darin auf. Aber er war ebenso anstrengend wie verantwortungsvoll, ertragreich und erfüllend.

Sie ließ sich rückwärts in den Sessel fallen und breitete die Arme aus. Sie schloss die Augen und gab sich einen Moment dieser totalen Stille hin, die ihr Wochenende einleitete. Dieses Gefühl, die Verantwortung für zwei Tage ruhen lassen zu können...

Sie würde sich ein Glas Wein einschenken und es genießen, während sie ihren Körper in heißem Badewasser entspannte.

Ihre Freitage waren immer gleich.

Was ist eigentlich mit mir passiert, fragte sie sich. Früher bin ich freitags und samstags auf Partys gegangen, in Diskotheken. Jetzt nehme ich ein heißes Bad und trinke Wein. Anschließend sehe ich mir einen Film im Fernsehen an – oder eine Comedy Serie. Martina Hill oder so. Samstagabends gehe ich manchmal mit Freunden zum Essen. Und sonntags vielleicht in die Sauna. Was ist mit mir passiert? Ich werde langweilig, sehne mich nach Ruhe und Entspannung. Werde ich alt?

Sie lächelte, als sie an früher dachte. Damals, in der Schule, in ihrem Dorf... Sie waren eine eingeschworene Viererclique gewesen.

Oh Mann – sie sah die Mädels deutlich vor sich. Karla, Verena und Marlene. Sie selbst und Verena waren die ältesten, sie waren zusammen in eine Klasse gegangen. Karla und Marlene waren etwas jünger und einen Jahrgang unter ihnen. Marion merkte gar nicht, dass sie vor sich hin lächelte.

Jeder für sich war ein bisschen Einzelgänger gewesen. Sie selbst wollte immer schon Karriere machen. Sie stellte sich schon als Kind vor, irgendeinen leitenden Beruf auszuüben. So war sie als Streberin bekannt und nicht wirklich beliebt gewesen, außer, wenn man bei ihr abschreiben konnte.

Verena war eine Künstlerin. Sie konnte zeichnen wie keine andere und lebte in ihrer eigenen Welt.

Marlene und Karla waren eher die Stillen. Marlene war jemand, der nie den Mund auftat. Ein bisschen zu brav, ein bisschen zu angepasst. Karla dagegen war die Fürsorgliche, die für jeden eintrat, der ungerecht behandelt wurde.

Trotz ihrer unterschiedlichen Wesen - oder vielleicht gerade deshalb - waren sie Freundinnen geworden. Zusammen waren sie die unzertrennlichen Vier.

Mein Gott, wie lange hatten sie sich nicht mehr gesehen. Hier und da eine Ansichtskarte, vielleicht mal ein kurzes Mail, aber mehr nicht.

Verena lebte am weitesten entfernt. Es hatte sie auf die holländische Insel Texel verschlagen.

Karla lebte immer noch in dem kleinen Kaff ihrer Kindheit und hatte vier Kinder bekommen. Da war sie wieder - die magische Zahl Vier.

Marlene hatte neulich einen Brief geschrieben. Was hatte noch mal drin gestanden? Marion überlegte. Es konnte doch nicht sein, dass sie das vergessen hatte? Nein, es fiel ihr wieder ein. Marlene hatte zwei erwachsene Töchter, die jetzt aus dem Haus waren. Und ihr Mann war ausgezogen. Kurz nach der Silberhochzeit.

„Freu dich", sagte Marion zu der alten Freundin, die nicht da war. „Hast noch mal die Chance, neu anzufangen, etwas zu erleben."

Das Telefon schrillte. Marion zuckte zusammen, so sehr war sie in Gedanken versunken gewesen.

Sie erhob sich schwungvoll aus dem Sessel.

„Berthold!", meldete sie sich.

„Hallo, hier ist Susanne. Kommst du morgen früh mit mir joggen?"

Marion seufzte. Susanne war eine gute Freundin. Sie lebte mit einem Mann zusammen, ohne Hochzeit, ohne Kinder, aber eben nicht ganz alleine.

Das war ihr Dilemma. So war es oft. Irgendwie waren sie alle gebunden. Und diejenigen, die getrennt oder geschieden waren, hatten zumindest Kinder. Sonntagsausflüge mit Paaren oder gar Familien? Das war nichts für Marion. Also verbrachte sie die Sonntage meist allein.

„Ja, ist in Ordnung. Aber nicht vor neun."

„In Ordnung, um neun. Was machst du heute Abend?"

"Das übliche."

Sie konnte förmlich sehen, wie Susanne grinste. Aber bei denen sah es auch nicht besser aus. Wein, gutes Essen, Fernsehen, Wochenendsex. Mehr war da auch nicht. Die Zeit der Diskos war eben zu Ende.

„Dann lass das Wasser nicht kalt werden. Bis morgen. Lust auf Frühstück danach? Im Petit Paris?"

Marion nickte. „Gerne."

Sie drehte am Wasserhahn und stellte die richtige Temperatur für das Badewasser ein. Als das Wasser rauschte, ging sie in die Küche und öffnete eine Flasche Wein.

Mit dem Glas in der Hand machte sie sich auf den Weg zurück ins Wohnzimmer. Vor dem großen Standspiegel im Flur blieb sie stehen.

„Prost!", sagte sie zu ihrem Spiegelbild und hob ihm das Glas entgegen.

Sie betrachtete sich. Ihr schulterlanges, glattes Haar war immer noch dunkel, sie musste es noch nicht färben. Höchstens ein paar Strähnchen, das brachte etwas Lebendigkeit. Sie trug keinen

Pony, ihre Stirn war frei, auch wenn ihr Gesicht erste feine Falten zeigte. Aber es sah nicht alt aus. „Ausdrucksstark", sagte sie zu ihrem Spiegelbild. Ja, das war es. Es war kein jugendliches Gesicht mehr. Es war das Gesicht einer reifen Frau. Oval, mit geschwungenen, schwarzen Augenbrauen über dunklen Augen.

Sie drehte sich vor dem Spiegel. Sie trug noch immer das gestreifte Geschäfts-Kostüm. Ihre Figur war in Ordnung. 1,70 Meter groß, zweiundsechzig Kilo. Keine Bauchrollen - oder zumindest nur ganz wenig - schlanke Beine. Sollte man nicht ab vierzig Jahren massiv zunehmen? Davon war noch nichts zu sehen.

„Scheiße, was ist nur mit mir los? Warum schwelge ich heute so in alten Zeiten?", fragte sie ihr Spiegelbild.

„Du gehst auf deinen Geburtstag zu. Den letzten mit einer vier vorne", antwortete das Spiegelbild.

„Neunundvierzig. Ich bin doch unmöglich neunundvierzig." Sie zog eine Grimasse.

„So siehst du vielleicht nicht aus, aber du bist es."

„Und was ist daran so Besonderes? Warum sollte mich das so sentimental machen?"

Marion wandte sich ab. Sie wollte nichts mehr von ihrem Spiegelbild hören.

Neunundvierzig. Nichts Besonderes.

Die Zahl war ja nicht mal durch fünf teilbar.

Allerdings - danach änderte sich die Zahl vorn. Fünfzig – puh, das klang doch schon ganz anders. Vielleicht ist das so erschreckend?

Neunundvierzig. Die biologische Uhr hatte längst aufgehört zu ticken.

Marion war nicht der Meinung, dass man mit Ende Vierzig noch Kinder kriegen sollte. Nicht, dass sie jemals den Wunsch danach gehabt hätte.

„Was denkst du da eigentlich für einen Mist zusammen?"

Sie tigerte mit ihrem Wein ins Bad. Die Wanne war inzwischen voll.

Marion stellte das Glas auf den breiten Wannenrand ab, zog sich aus und ließ sich in das heiße Wasser mit den Schaumbergen gleiten. Sie nahm immer viel zu viel Schaum. Sie liebte es, in diesen weißen Wolken einzutauchen.

Sie lehnte ihren Kopf an das Kissen zurück und schloss die Augen.

Ich weiß, was ich tue, dachte sie. Ich werde die unzertrennlichen Vier einladen. An seinem Geburtstag darf man ruhig mal ein bisschen sentimental sein. Und es wäre schön, alle wieder zu sehen, mit ihnen allen zusammen zu sein. Sie können alle herkommen nach Hannover. Ich werde Zimmer für sie buchen und wir werden.... Sie stockte plötzlich, hielt in ihren Gedanken und ihrer Bewegung inne. Ihre Hand blieb auf dem Weg zum Weinglas für eine Sekunde in der Luft schweben.

Dann lächelte sie vor sich hin. „Nein", sagte sie laut. „Nein, wir werden alle zu Verena nach Texel fahren. Mal sehen, an meinem Geburtstag sind keine Sommerferien mehr, vielleicht können wir in einer ihrer Ferienwohnungen unterkommen."

Texel im September – das war wirklich eine verlockende Aussicht.

Das Wetter war bestimmt noch schön. Egal, ob man noch im Meer schwimmen konnte, die Landschaft dort war einfach traumhaft.

Die weite Dünenlandschaft, das Meer, die schönen Orte.

Vielleicht konnte sie sogar einen Ausritt machen.

Na ja, dort zu leben wäre nichts für Marion. Sie verstand auch nicht, wie Verena dort leben konnte. Auf dieser kleinen Insel, die irgendwie völlig abgeschnitten vom Rest des Landes war, weil man sie nur per Fähre erreichen konnte.

Marion selbst brauchte die Stadt. Sie brauchte den Trubel und Möglichkeiten auszugehen und zu Shoppen.

Na, jedem das Seine.

Für ihren Geburtstag war es jedenfalls eine wunderbare Idee.

Sie kam überhaupt nicht auf den Gedanken, dass jemand absagen könnte, dass die alten Freundinnen diese plötzliche Sehnsucht nicht teilten, die sie selbst ergriffen hatte.

Susanne und ihre Freunde hier in Hannover würden nicht böse sein. Wenn sie im Urlaub war, war sie eben einfach weg. Kein Problem.

Sie lächelte vor sich hin.

Mit diesem Gedanken konnte sie endlich entspannen. Irgendwie fühlte es sich richtig an.

Und gut.

Warum auch immer.

Kapitel 3: Verena

Verena hatte einen Anruf von Marion Berthold bekommen. Mein Gott, wie lange war das her. Sie konnte sich kaum an sie erinnern. Und jetzt wollte Marion die alte Mädchenclique zusammentrommeln, um mit ihnen ihren Geburtstag feiern. Auf Texel.

Nostalgie - Verena lebte nun seit fünfzehn Jahren hier auf Texel und alles, was davor war, war für sie bedeutungslos. Nicht, dass sie alle Brücken abgebrochen hätte. Ihre Eltern lebten noch immer in Paderborn und sie besuchte sie auch mindestens einmal im Jahr. Und einmal kamen ihre Eltern für ein oder zwei Wochen her. Dann wohnten sie in der kleinen Ferienwohnung, die meistens für Verwandte oder Freunde aus ihrem früheren Leben bereit stand.

Aber Nostalgie, Sehnsucht nach Vergangenem plagten Verena nicht. Dazu war sie hier viel zu glücklich. In dieser wundervollen Landschaft, mit ihrer Arbeit als Malerin, mit ihrem Mann Gustaaf und ihren zwei Kindern, dem dreizehnjährigen Luuk und der elfjährigen Swantje.

Nein, Verena hatte überhaupt keinen Sinn und auch keine Zeit für Nostalgie. Aber freuen tat sie sich schon auf ein Wiedersehen mit ihren alten Freundinnen. Es würde sicher ganz lustig werden, sie alle wiederzusehen, zu erfahren, was aus ihnen geworden war.

Verena und ihre Familie hatten außer der Verwandten-Wohnung, wie sie es nannte, noch eine weitere Ferienwohnung, die sie regelmäßig vermieteten. Die machte nicht allzu viel Mühe, brachte aber etwas Geld ein. Sie hatte eine Reinigungsfrau, die es übernahm, die Wohnungen für neue Gäste herzurichten.

Aber im Grunde ihres Herzens war Verena durch und durch Künstlerin. Sie besaß ihr kleines Atelier - Verenas Kunststube - und malte immer wieder neue Motive. Sie zeichnete die mächtigen weitläufigen Sanddünen, das Meer, den Wald - im Sonnenschein oder im Nebel.

Sie zeichnete Menschen und Tiere. Sie übernahm Aufträge für Portraits, die sie nach Fotos zeichnete. Sie malte auf großer Leinwand oder auf Postkartengröße. Und sie verkaufte diese Dinge in ihrem kleinen Lädchen. Die Postkarten gingen sowieso weg wie warme Semmeln, aber auch die großen Bilder ließen sich gut verkaufen. Zusätzlich hatte sie begonnen, Schmuck zu entwerfen und ebenfalls zu verkaufen. Das kam bei den Gästen gut an.

Da ihr Lädchen neben ihrem Haus abseits der Städte lag, war sie froh, dass ihre Freundin Florinda, die den Souvenirshop *Fleurs* in *De Koog* betrieb, ebenfalls ihre Bilder ausstellte und verkaufte. Aber oft fanden die Gäste auch den Weg zu ihr ins Atelier, um sich zeichnen zu lassen. Ihr Lädchen war inzwischen schon eine Art Geheimtipp geworden.

Das wiederum ärgerte offenbar den Inhaber des neuen Kunstateliers im Nachbarort. Das Texel-Kunstatelier. Verena hatte versucht, mit dem Besitzer zu reden. Der Name stieß übel auf, denn es war nicht *das* Texel-Kunstatelier. Das klang ja so, als ob es niemanden sonst auf der Insel gäbe. Sie hatte wirklich versucht, mit ihm in einen positiven Kontakt zu treten und ihm sogar angeboten, eine gemeinsame Ausstellung zu organisieren.

Aber der Joost Zumbrink, wie der Mann hieß, war nicht sehr freundlich gewesen. „An einer Zusammenarbeit ist mir nicht gelegen. Wir sind Konkurrenten, das sollte Ihnen klar sein", hatte er kurz und bündig geantwortet.

Verena hatte laut nach Luft geschnappt. Zu so viel Snobismus gab es nicht viel zu sagen, aber dass sie sich vor Joost Zumbrink in Acht nehmen musste, war ihr von dem Moment an klar. Sie konnte sich nicht erklären, woher eine solche Feindschaft kam. Ein anderes Geschäft, das bereits viele Jahre lang bestand, konnte ihn ja kaum so in Rage bringen. Er hatte doch davon gewusst, bevor er herkam.

Wieso hatte er dann überhaupt auf Texel ein Kunstatelier eröffnet?

Nun ja, vermutlich war er einfach ein Choleriker.

Trotzdem verlor Verena nicht ihren Optimismus. Zurzeit bestand auch kein Grund dazu. Ihre Quirligkeit und innere Zufriedenheit sah man Verena an. Sie war nicht sehr groß, schlank, mit strahlenden dunklen Augen und ebenso dunklen, immer etwas verwuselten Locken. Wenn sie sie bändigen wollte, band sie sie zu einem Zopf zusammen.

Im Augenblick beschäftigte sie aber noch etwas anderes. Vor fast zwei Wochen hatte sie in den Dünen diese junge Frau gefunden. Irgendwie fühlte sie sich verantwortlich, obwohl das albern war. Gustaaf fand, dass sie totalen Blödsinn redete. Das war ihr verdammter Idealismus, ihre Empathie für andere Menschen. Andererseits gab es Kulturen, wo genau das der Fall war. Wenn man jemandem das Leben rettete, war man für ihn verantwortlich. Und das Leben gerettet hatte sie der Frau zweifellos.

Die Fremde hatte zum Glück keine nennenswerten Verletzungen davon getragen. Ein paar Prellungen, einige Kratzer und eine offene Wunde am Bein. Aber sie war ziemlich unterkühlt gewesen und dehydriert. Nein, lange überlebt hätte sie nicht mehr, wenn sie niemand gefunden hätte.

Verena besuchte sie fast jeden Tag im Krankenhaus in *Den Burg*. Das ließ sich gar nicht so leicht bewerkstelligen. Es war zwar nicht weit entfernt, aber immerhin hatte sie zwei schulpflichtige Kinder, einen Beruf, einen Haushalt und die beiden Ferienwohnungen.

Aber die junge Frau tat ihr zu leid, um das nicht zu tun. Sie lag dort ganz allein, hatte keine Verwandten oder Freunde, die sie besuchen konnten.

In ihrer Nähe hatte ihre Handtasche gelegen und darin hatte man Geld und einen Personalausweis gefunden. Ihr Name lautete Isabella Kiefer.

Glücklicherweise begannen sich bald erste Erinnerungen bei der jungen Frau zu regen. Sie lebte in Hamburg, also gar nicht sehr weit entfernt. Aber sie hatte keinerlei Erinnerung an das, was direkt vor ihrem Auffinden in den Dünen geschehen war, warum sie dort gestrandet war.

„Haben Sie Familie in Hamburg oder sonst wo? Ich könnte sie verständigen. Sicher würden Ihre Eltern kommen und sich um Sie kümmern", schlug Verena ihr vor.

„Nein!", rief Isabella aus. Fast ein bisschen erschreckt, was Verena doch sehr verwunderte. „Nein, meine Eltern sind tot und ich habe keine Geschwister."

„Freunde?"

„Nein."

„Aber Isabella, irgendjemanden muss es doch geben. Irgendjemanden hat doch jeder."

Doch Isabella schüttelte beharrlich den Kopf. „Ich weiß zwar nicht, was genau geschehen ist, aber dass ich Hamburg verlassen habe und nicht mehr zurückkehren wollte, weiß ich schon."

Verena zog die Augenbrauen hoch. Sie konnte das nicht verstehen. Selbst wenn Isabella die Brücken hinter sich abgebrochen hatte, musste es doch irgendjemanden geben, der sich um sie sorgte. Der sich für sie interessierte. Irgendjemanden.

Aber sie fragte nicht weiter nach. Sie wusste, auch die Schwestern und Ärzte hier im Krankenhaus versuchten herauszufinden, wohin die junge Frau gehörte. Und die Polizei auch. Natürlich war die eingeschaltet worden, denn irgendetwas schien hier nicht zu stimmen. Niemand lag einfach so bewusstlos in den Dünen.

Verena sah auf die junge Frau im Krankenbett herab. Wie hilflos sie in dem schlichten Krankenhaushemd zwischen den weißen Laken aussah. Sie hatte ja nichts, aber auch gar nichts, was ihr gehörte.

„Ich werde Ihnen ein paar Sachen besorgen. Einen Schlafanzug, vielleicht eine Sporthose und ein T-Shirt? Das hätte ich längst tun sollen."

„Aber…" Isabella wollte ablehnen, aber dann nickte sie. Sie würde sich dann bestimmt wohler fühlen als in dieser Krankenhauskleidung.

Verena legte der jungen Frau die Hand auf den Arm. „Es wird schon alles wieder gut", tröstete sie.

„Ach ja? Und wie?"

„Es wird sich zeigen. Glauben Sie einer alten Frau…", Verena grinste, als sie das sagte. „Ich habe das immer wieder erlebt in meinem Leben. Es zeigen sich Lösungen auf, auch wenn man es sich nicht vorstellen kann."

„Ach ja? Und Sie waren schon einmal in meiner Situation? Ohne Gedächtnis und ohne Zuhause?"

„Das war ich nicht, nein. Aber ich war schon in so manchen Situationen, in denen ich dachte, es geht nicht weiter. Das ist das Leben."

Isabella sah sie irritiert an. Verena musste lachen.

„Schon klar, jetzt denkst du: Die hat gut reden." Sie ging automatisch zum vertrauten Du über. Isabella war so jung und so hilflos – sie wirkte viel jünger als dreiundzwanzig. Es kam Verena völlig dumm vor, sie immer noch zu siezen.

„Du bist noch sehr jung. Da kannst du ruhig einer alten Frau mit etwas mehr Lebenserfahrung glauben. Hast du wirklich keine Eltern mehr?"

Isabella dachte flüchtig an Luisa. Sie war eine gute Freundin gewesen. Aber nun gab es sie nicht mehr. Sie war tot. Nachdrücklich schüttelte Isabella den Kopf. "Es gibt niemanden."

Verena nickte. Irgendwann musste sie wieder auf eigenen Beinen stehen, selbständig sein. Aber jetzt war es erst mal wichtig, dass sie sich erholte.

28

„Was sagt die Polizei?", fragte Verena.

„Es gibt nichts zu ermitteln. Ich war allein unterwegs. Offenbar mit einem Boot, denn ein kaputtes Boot wurde ein Stück draußen im offenen Meer gefunden. Eine Dummheit, wie ich jetzt weiß. Aber es ist ja auch nicht allzu viel passiert."

Nur dass du überhaupt nicht weißt, was passiert ist, dachte Verena.

„Du weißt noch immer nicht, wie es zu dem Unfall gekommen ist, oder?", fragte sie zaghaft.

„Nein. Aber es gibt keine Hinweise auf Fremdeinwirkung." Bei den Worten verzog Isabella den Mund. Ein furchtbarer Begriff. Fremdeinwirkung. Aber so hatte die Polizei es genannt.

„Ehrlich, Verena. Ich war allein, ich war wahrscheinlich mit einem Boot auf dem Meer, aber daran erinnere ich mich nicht. Es kann aber sein, dass ich etwas Abstand gewinnen wollte."

„Wovon? Wovon musstest du Abstand gewinnen?", fragte Verena.

„Von etwas, das in Hamburg passiert ist. An manche Dinge erinnere ich mich einfach nicht genau. Aber ich wollte vermutlich neu anfangen. Ich dachte, das ist nicht so schwierig. So was macht man doch in meinem Alter, oder nicht? Immer mal wieder neu anfangen."

Verena wiegte den Kopf. „Ja, schon. Aber normalerweise hat man Wurzeln."

„Ich nicht."

Ja, das hatte sie inzwischen verstanden.

„Du kannst nicht ewig im Krankenhaus bleiben. Was hast du vor?"

Isabella hob die schmalen Schultern.

„Hast du Geld?", fragte Vernea.

Isabella dachte an ihre Ersparnisse und an das Geld in ihrer Tasche. Es war noch da. Sie hatte nachgesehen. Diese Dinge hatte sie nicht vergessen.

„Ja. Ich habe ein Sparkonto. Und natürlich auch ein Girokonto, aber viel Geld besitze ich nicht", erwiderte sie.

„Also hast du Geld verdient. Was ist dein Beruf?"

„Ich habe mal als Kellnerin gearbeitet und auch im Verkauf."

Als Kellnerin. Und im Verkauf. Damit ließ sich doch etwas anfangen.

Verena lächelte vor sich hin.

„Pass auf, Isabella. Ich versuche, dir einen Job als Kellnerin zu besorgen. Oder vielleicht in einem Souvenirshop. Hier auf Texel. Und ein Zimmer oder sogar eine kleine Wohnung. Was hältst du davon? Bis es soweit ist, kannst du in unserem Ferienhaus wohnen."

„Hier? Ich weiß nicht…"

„Du willst lieber in eine Stadt, nicht wahr? Es wäre ja nur für den Übergang. Bis du wieder im Leben angekommen bist. Du kannst dich immer weiter umsehen. Wohin du möchtest, vielleicht rüber aufs Festland nach *den Helder*. Oder in eine deutsche Stadt? Dass du nicht zurück nach Hamburg möchtest, habe ich jedenfalls verstanden."

Alles, nur das nicht, dachte Isabella. Ich bin ja nicht umsonst dort weggegangen.

Verena beobachtete sie genau. Sah, wie sich ihre Miene bei dem Gedanken an Hamburg verdüsterte. Kann es wirklich sein, dachte sie, dass Isabella an einzelne Begebenheiten in ihrem Leben keine Erinnerung hat? Sie weiß, dass sie in Hamburg gelebt hat, weiß, was sie gearbeitet hat, aber nicht, warum sie Hamburg verlassen hat.

Verena leuchtete ein, dass Isabella an die direkten Vorkommnisse vor ihrem Auffinden in den Dünen keine Erinnerung hatte, aber so partiell an das ein oder andere Ereignis aus ihrer Vergangenheit?

Na ja, vielleicht gab es tatsächlich irgendetwas Schreckliches, dass sie verdrängte. Das Gehirn war eine komplizierte Angelegenheit. Oder aber sie wollte einfach nicht drüber sprechen.

„Aber du kannst nicht darauf warten, bis diese Dinge wieder zu dir kommen. Du musst ja auch Geld verdienen. Aber ich kann dir helfen, kann mich umhören. Du wirst sicher bald entlassen? Dann musst du doch wissen, wo du hingehen willst."

Isabella nickte. Ja, vielleicht sollte sie dieser netten Frau das überlassen. Fürs erste. Diese Verena war viel zu nett. So etwas hatte sie erst einmal erlebt, bei ihrer Freundin. Ihrer einzigen Freundin. Sie hatte es gar nicht verdient, dass jemand so gut zu ihr war. Sie hatte schlechtes Karma. Aber jetzt hatte sie auch keine andere Wahl. Sie nickte matt.

Kapitel 4: Marlene

Marlene hockte auf ihrem Bett und starrte auf die kleine Packung in ihrer Hand. Schlaftabletten. Sie besaß sie seit Monaten. Seit ihre jüngere Tochter ausgezogen war. Rebecca. Einundzwanzig war sie jetzt. Sie war für ein Jahr nach Amerika gegangen. Jetzt war sie bereits seit fünf Monaten fort. Marlene war so stolz auf Rebecca. Sie würde ihren Weg machen. Aber sie vermisste sie so sehr. Sie war doch ihre Kleine, ihr Baby. Friederike war vor zwei Jahren ausgezogen. Inzwischen lebte die Vierundzwanzigjährige mit ihrem Freund zusammen, einem wirklich netten jungen Mann. Die beiden wohnten in Heidelberg, viele Kilometer von Marlene entfernt. Aber sie hatte ja immer gewusst, dass ihre Töchter nicht in dem Dorf bleiben würden, in dem sie aufgewachsen waren. Nicht mal als Kinder hatten sie wirklich gerne hier gelebt.

Auch sie selbst hatte sich hier nie wohl gefühlt. Sie und ihr Mann Bernd hatten nach Rebeccas Geburt das Haus in diesem kleinen Dorf in der Nähe von Bielefeld gebaut. Aber Marlene war hier nie heimisch geworden.

Bernd ging in den Schützenverein und engagierte sich im Heimatverein. Seit neustem spielte er sogar Golf.

Aber überall traf man die gleichen Leute, eine eingeschworene Clique, zu der Marlene keinen Zugang fand.

Anfangs hatte sie auf die meisten Feiern sowieso nicht mitgehen können, weil sie kein Kindermädchen fanden.

So wurde Marlene noch mehr isoliert.

Sie konnte sich an vielen Gesprächen nicht beteiligen, weil sie die Leute nicht kannte, über die ständig getratscht wurde.

Niemanden störte es, wenn sie nicht dort war. Niemand vermisste sie.

Sie zog sich immer mehr zurück. Als die Kinder größer wurden und sie kein Kindermädchen mehr gebraucht hätten, war sie bereits viel zu isoliert um noch den Anschluss finden zu können. Sie wollte es auch gar nicht mehr.

Gleichzeitig wurde Bernd immer aktiver. Er begann, sich politisch zu engagieren. Er lebte ein gesellschaftlich interessantes Leben ohne sie.

Ihr eigener Lebensmittelpunkt war immer ihre Familie gewesen.

Gut, ein paar Freunde hatte sie durch die Kinder schon gefunden. Aber die Bekanntschaften waren zu oberflächlich und schliefen ein, als die Kinder erwachsen wurden.

Und jetzt war Bernd auch fort.

Auch das hatte sie schon lange gewusst. Sie hatte sich niemals Illusionen hingegeben. Sie war für ihn uninteressant geworden. Nicht repräsentativ genug. Nicht gesellschaftsfähig.

Sie hatte dieses Leben gelebt, weil es eben so sein musste. Weil sie gebraucht wurde. Und weil sie ihre Familie über alles liebte.

Und jetzt war es eben vorbei, das Leben, das sie kannte.

Die Kinder waren fort.

Ihre Ehe war nach fünfundzwanzig Jahren gescheitert.

Sie merkte gar nicht, dass sie weinte.

Mein Gott, mit vierundzwanzig Jahren hatte sie selbst ihr erstes Kind bekommen - Friederike. Jetzt war sie doppelt so alt.

Ihren Geburtstag hatte sie allein gefeiert. Zum ersten Mal waren ihre Kinder nicht da gewesen. Und ihr Mann. Natürlich hatten ihre Eltern angerufen und Friederike aus Heidelberg. Rebecca hatte sie mitten in der Nacht erreicht – Sorry, ich habe gar nicht an die Zeitverschiebung gedacht.

Bernd hatte es nicht einmal nötig gehabt, ihr zu gratulieren. Wahrscheinlich kam er sich sogar großmütig vor und redete sich ein, sie extra nicht anzurufen, um keine Erinnerungen an früher zu wecken und sie traurig zu stimmen. Aber so war er eben. Er konnte sich in jeder Situation einreden, dass er der Gutmensch war und alles zum Besten der anderen tat.

Ansonsten rief niemand an. Wer dachte schon an ihren Geburtstag.

Höchstens, wenn sie Leute einlud. Und dazu hatte sie einfach keine Lust gehabt. Sie wollte nicht feiern. Sie war einfach nicht in der Stimmung.

Und so hatte sie den Tag mit einer Flasche Wein vorm Fernseher verbracht.

Sie ließ die Jahre Revue passieren.

Immer war sie für die Familie da gewesen. Dabei hatte sie durchaus eine abgeschlossene Ausbildung und einen Beruf. Sie war Bürokauffrau. Aber sie hatte nur nebenbei die Buchhaltung für den Betrieb ihres Mannes Bernd erledigt.

Natürlich ohne Bezahlung. Wozu auch? Es blieb schließlich so oder so in der Familie. Sie hätte gerne wenigstens mal ein Dankeschön bekommen. Aber es war alles selbstverständlich.

Ihr ganzes Leben lang. Und jetzt war es vorbei.

Sie war ihm zu langweilig geworden, zu spießig. Jetzt lebte er mit einer Frau zusammen, die dreißig Jahre alt war und voll im Berufsleben stand.

Jetzt saß sie, Marlene, allein in diesem großen Haus. In einem Ort, in dem sie nicht sein wollte.

Das Haus war so still. So unheimlich still, dabei war es immer so voller Leben gewesen. Ihre Kinder hatten immer viele Freunde mitgebracht.

Und jetzt? Sie war doch immer noch keine alte Frau.

Mit achtundvierzig hatte sie das Gefühl, keine Zukunft mehr zu haben.

Sie blickte in den Spiegel in der Ecke.

Sie lachte etwas unwillig.

Gut sah sie gerade nicht aus.

Ihr blondes kurzes Haar war irgendwie verwuselt und aus der Form.

Ihre blauen Augen waren traurig und rot vom Weinen.

Natürlich hatte ihr Gesicht bereits Falten, ihr Hals war nicht mehr so straff wie früher. Aber alt?

Ihre Figur war nicht mehr so schlank und fest wie mit dreiundzwanzig. An den Beinen machte sich Orangenhaut breit, auch wenn man das jetzt in langen Jeans nicht sah.

Sie riss ihren Blick von dem Spiegel los. Sie starrte wieder auf die Tabletten. Starke Schlaftabletten. Ihr Hausarzt hatte sie ihr verschrieben, als Bernd ausgezogen war.

Sie hatte ihm davon erzählt und berichtet, dass sie nicht schlafen konnte.

„Sie müssen erst mal wieder zur Ruhe kommen", hatte der Arzt gesagt. „Und dann suchen Sie sich einen Job, das wird Ihnen gut tun. Vielleicht neue Freunde?"

Sie hatte gelacht. In ihrem Alter ging man nicht mehr in eine Kneipe und fand im Handumdrehen neue Freunde. Die sozialen Kontakte standen und waren fest verwurzelt.

Und einen neuen Job? Nach so vielen Jahren, die sie nun aus dem Berufsleben heraus war?

„Vielleicht eine Gruppe", hatte er vorgeschlagen. „Einen Volkshochschulkurs – einen Sprachkurs? Oder Sport? Irgendetwas gibt es sicher, das Sie schon immer mal machen wollten."

Ja, es gab etwas. Aber sie hatte es immer wieder verschoben. Und jetzt war es irgendwie zu spät.

„Sie könnten einen Psychologen aufsuchen. Das ist nicht ungewöhnlich. Viele Frauen fallen in ein Loch, wenn die Kinder ausziehen. Hinzu kommen die Wechseljahre… Vielleicht hilft Ihnen eine Therapie?", hatte der Arzt vorsichtig gefragt.

„Wenn ich erst wieder schlafen kann, komme ich schon klar", hatte sie geantwortet und dabei gelächelt. „Es braucht nur etwas Zeit."

„Natürlich. Ich könnte Ihnen wenigstens ein Mittel geben, dass Sie während der Hormonumstellung in den Wechseljahren ausgleicht."

„Ich weiß nicht", zögerte sie.

„Etwas Pflanzliches. Keine Hormone. Machen Sie sich das Leben nicht so schwer. Und melden Sie sich, wenn es trotzdem nicht geht. Haben Sie keine Scheu."

„Ich komme klar!", wiederholte sie stoisch.

Sie gab sich zuversichtlicher, als sie war. Aber sie wollte keine Hilfe. Sie hatte sich längst entschieden.

Sie hatte die Schlaftabletten nicht genommen, sondern weiterhin nachts wach gelegen und getrauert. Um die verlorene Familie. Um das Leben, das nun vorbei war. Und sie hatte gewusst, dass nicht nur das Leben, wie sie es bisher kannte, vorbei war, sondern tatsächlich ihr Leben.

Sie hatte keine Zukunft mehr vor sich.

Deswegen wollte sie gehen.

Sie hatte einen anderen Arzt aufgesucht und weitere Schlaftabletten und sogar ein leichtes Antidepressivum verschrieben bekommen.

Sie wollte ganz sicher gehen. Sie wusste nicht, wie viele Tabletten sie brauchte. Und sie wollte keinen Hilfeschrei von sich geben. Sie wollte wirklich gehen.

In ein anderes Leben.

In eine andere Welt.

Sie griff nach dem Glas Wein auf dem Nachtkonsölchen.

Tabletten sollte man nie mit Alkohol nehmen. Komisch, dass ihr das jetzt durch den Kopf ging.

Sie lachte.

Aber das war jetzt wirklich egal. Sie wollte doch sowieso sterben.

Sie begann, die Tabletten aus der Packung herauszudrücken und auf einen kleinen Teller zu legen.

Sie hatte keine Angst.

Sie hatte nur noch Angst, weiterzuleben. Denn sie konnte sich nicht vorstellen, wie das gehen sollte.

Sie überlegte, wie sie die Tabletten nehmen sollte.

Alle auf einmal?

Aus der hohlen Hand in den Mund kippen oder einzeln?

Sie nahm zwei und spülte sie mit Wein herunter.

Dann drei. Ja, so war es in Ordnung. Nicht alle auf einmal. Es war ihre letzte Tat auf der Erde, die musste sie zelebrieren.

„Verzeih mir, Gott. Ich weiß, es ist Sünde."

Aber sie war mit Gott im Reinen. Sie war gläubig erzogen worden und hatte ihren Glauben auch beibehalten. Trotzdem wollte sie gehen. Vielleicht war das widersinnig, aber gerade weil sie gläubig war, konnte sie gehen. Wenn sie nicht so fest an eine bessere Welt glauben würde, hätte sie niemals den Mut dazu aufgebracht.

Es klingelte.

Sie seufzte.

Sollte sie hingehen?

Sie sah auf die Tabletten.

Was machte es schon? Nur eine kleine Unterbrechung.

Sie stand auf und ging die Treppe hinunter. Die Post.

„Alles in Ordnung?", fragte die Postbotin. Sie kannte Marlene Siedhoff schon lange. Und heute sah sie wirklich schlecht aus.

„Alles gut. Nur etwas erkältet", erwiderte Marlene.

„Ich habe ein Päckchen für Sie."

Marlene starrte darauf. „Das ist für meinen Mann, der wohnt nicht mehr hier."

„Ja, ich weiß. Es tut mir leid. Nehmen Sie es trotzdem?"

„Nein. Soll er doch einen Nachsendeantrag stellen."

Komisch, irgendwie tat es ihr gut, die Annahme dieses Päckchens zu verweigern.

Die Postbotin nickte. Ihr war es wirklich gleichgültig.

„Hier ist Ihre Post."

Marlene nahm die Briefe entgegen. „Danke."

Sie schloss die Tür wieder. Dann blätterte sie die Briefe durch. Werbung, eine Rechnung, noch mehr Werbung. Aber da... Oh, das war ja ein Brief von Marion, wie der Absender verriet. Marlene war überrascht. Sie hatte lange nichts von den alten Freundinnen gehört. Eine Nachricht aus einem alten Leben. Mal sehen, was sie wollte.

Marlene schmiss die anderen Briefe auf ein niedriges Garderobenschränkchen im Flur. Auch die Rechnung. Egal.

Morgen würde sie tot sein.

Wann sie wohl gefunden wurde? Ob es lange dauern würde, bis die Nachbarn sie vermissten? Oder schlugen ihre Töchter Alarm, wenn sie sie telefonisch nicht erreichen konnten?

Sie riss Marions Brief auf. Was die alte Freundin schrieb, wollte sie doch noch wissen.

Ihre Augen wurden groß, als sie eine Einladung nach Texel vorfand. Zu Marions Geburtstag.

Texel – Niederlande.

Zu Verena.

Sonne – Meer – Wind auf der Haut.

Verena und Marion wieder sehen. Vielleicht auch Karla?

Wie lange war das alles her?

Ein kleiner Funken begann in ihr zu glimmen.

Konnte es einen Grund geben, nicht zu fahren?

Sie gähnte. Sie wurde müde. Fünf Tabletten hatte sie genommen. Daran würde sie nicht sterben. Nur schlafen. Wunderbar tief und lange schlafen.

Sterben konnte sie immer noch.

Kapitel 5: Karla

„Mama, wo ist meine blaue Bluse?", tönte die Stimme der siebzehnjährigen Alice durch das Haus.

„Die Geblümte?", fragte ihre Mutter Karla.

„Ja."

„In der Wäsche!"

„Waaaas? Aber ich brauche sie! Sofort!"

„Ich kann nicht hexen. Sie ist in der Wäsche. So schnell geht das jetzt nicht."

„Ich will sie heute Abend anziehen."

„Alice – ich kann auch nicht immer alles auf einmal machen."

„Aber….."

„Kannst du nicht einfach eine Maschine voll anstellen und alles in den Trockner schmeißen? Dann müsste es doch bis heute Abend fertig sein", erklang eine Männerstimme von der Tür.

„Jochen!", entfuhr es Karla vorwurfsvoll.

Sie fasste ihren Mann beim Arm und zog ihn mit sich.

„Warum fällst du mir so in den Rücken?", zischte sie.

„Wenn ihr soviel daran liegt? Ist doch nur wegen der Party bei ihrer Freundin."

„Ja, dieses Mal. Sie hat immer einen Grund. Eine Party, ein Eis essen, ein Date. Ich bin doch nicht nur auf der Welt, um eure Wünsche zu erfüllen. Ich komme mir vor wie euer Dienstmädchen."

„Übertreibst du da nicht ein wenig? Wir haben alle unsere Arbeit."

„Aber nicht alle werden behandelt wie Lakaien."

„Karla…"

„Mama! Maaamaaaa! Kann ich mich mit Sebastian verabreden? Bei ihm?", schrie der zwölfjährige Finn.

Karla machte eine unbestimmte Handbewegung, die in etwa besagte: Siehst du?

„Sebastian wohnt zwanzig Kilometer entfernt. Wenn ich es ihm erlaube, muss ich ihn fahren."

„Kann Lilly bei mir übernachten?", rief die neunjährige Sabrina dazwischen.

„Und ich muss ein Bett für Lilly beziehen", zählte Karla weiter auf.

„Ich hab Hunger!", schrie David.

„Du bist nicht mehr fünf, sondern fünfzehn. Mach dir selbst was."

„Nein, der Junge rat Recht. Was gibt es zum Mittagessen?"

„Es ist halb zwölf. Das hat wohl noch Zeit."

„Was ist jetzt mit meiner Bluse?", schrie Alice dazwischen.

Karla raufte sich verzweifelt durchs Haar.

Wünsche – Forderungen - Erwartungen.

Manchmal hatte sie das Gefühl, ihr Leben bestand nur darin, Wünsche und Forderungen von ihren vier Kindern und ihrem Ehemann zu erfüllen.

Rutscht mir alle den Buckel runter, dachte sie, während sie dunkle Wäsche zusammenklaubte und in einen Wäschekorb schmiss, um sie zu waschen.

„Bin ja selbst schuld", murmelte sie dabei missmutig vor sich hin.

„Ich funktioniere doch ausgesprochen gut. Warum tue ich das jetzt?"

"Was ist mit Sebastian?", rief Finn.

„Frag Papa, ob er dich hinbringt."

„Der hat keine Zeit. Er will gleich zum Baumarkt."

Klar – warum auch. Er hat nie Zeit. Und seine Pläne richteten sich mal wieder nicht im Mindesten nach der Familie. Verdammt, Jochen dachte nur an sich.

„In einer Stunde, okay?"

„Okay."

„Und Lilly?"

„Sie kann kommen. Aber ihr müsst mir helfen, das Gästebett zu beziehen."

„Sie bringt einen Schlafsack mit."

„Noch besser."

Na bitte – ab und zu klappte auch mal etwas. Gleichzeitig ging ihr auf, mit wie wenig sie zufrieden war. Lilly brachte ihren Schlafsack mit – sie brauchte kein Bett beziehen – das Glück einer Vierfachmama. Sie verzog den Mund und steckte die Wäsche, ganz wie es erwartet wurde, in die Maschine.

Als die Waschmaschine lief, kam sie wieder in die Küche.

Der Tisch war ein Schlachtfeld.

Brot, Wurst, Butter, eine leere Saftflasche – alles stand wild durcheinander auf dem Tisch.

„David!", schrie sie.

„Was denn?"

„Kannst du das auch wieder wegräumen?"

„Oh Mann", stöhnte der Fünfzehnjährige. „Ich will jetzt in den Jugendtreff.

„Heißt das, du bist zum Mittagessen nicht zu Hause?"

David zuckte die Schultern. „Ich glaub nicht. Tschau!"

Er ging. Die Haustür schlug zu. Und das Schlachtfeld in der Küche war immer noch da.

Seufzend machte Karla sich an die Arbeit.

„Ich fahre in den Baumarkt", verkündete Jochen.

„Nicht jetzt. Du willst schon den ganzen Vormittag fahren und bewegst dich nicht. Jetzt musst du noch etwas länger warten. Ich muss gleich Finn zu Sebastian bringen. Dann bin ich bestimmt eine Stunde weg. Ich möchte nicht, dass Sabrina so lange alleine ist. David ist auch weg."

„Alice ist doch hier. Alice, kannst du auf Sabrina aufpassen?"

„Ne. Ich bin gleich auch weg. Ich helfe Tine bei der Vorbereitung für ihre Party. Ich komme nachher noch mal wieder um mich umzuziehen."

„Dann nimm Brina doch mit", sagte Jochen zu Karla.

„Geht nicht. Lilly kommt gleich", quiekte Sabrina.

„Ich muss aber los!", beharrte Jochen.

„Jochen, du musst mit mir planen. Du denkst nur daran, was du zu erledigen hast und kümmerst dich nicht im Mindesten darum, was sonst hier los ist. Du siehst doch, es geht drunter und drüber und ich kann mich auch nicht klonen." Jochen seufzte. „Dann hätte ich Finn ja gleich selbst fahren können."

„Kannst du immer noch. Ich reiße mich nicht drum."

„Ne, ne. Ich bleibe hier. Dann fahre ich eben zum Baumarkt, wenn du zurück bist."

Karla stöhnte. „In Ordnung."

Das hieß dann wohl, dass niemand zum Mittagessen da sein würde, nach dem sie gerade noch geschrien hatten.

Aber wenn sie das jetzt erwähnte, war Jochen auch wieder sauer. Aus seiner Sicht konnte er ja nur wegen ihr nicht jetzt schon fahren.

„Finn, wir fahren."

Schon kam der Zwölfjährige angerannt. Sebastian war sein bester Freund aus der Schule. Er konnte schließlich nichts dafür, dass der so weit entfernt wohnte. In der Klasse kamen eben Schüler aus verschiedenen Orten zusammen.

Karla schwang sich hinter das Lenkrad. Sie dachte an den Brief in ihrer Nachttischschublade.

Vorgestern war er schon angekommen und sie hatte bisher noch kein Wort darüber verloren. Eine Einladung von Marion nach Texel.

Ganz spontan hatte sie sofort gedacht: Das geht nicht. Darüber brauche ich gar nicht erst nachzudenken. Ich kann nicht fahren. Hier ist soviel Arbeit, sind soviel Aufgaben.

Aber es ließ sie nicht los. Irgendetwas in ihr würde so gerne fahren. Sie hatte die alten Freundinnen seit Jahren nicht mehr gesehen. Vermutlich hatte Marion einen kleinen nostalgischen Anflug, wenn sie diese Reise mit dem alten Quartett plante.

Marion – die Karrierefrau. Dass sie auch solche Anflüge hatte…

Und Verena. Sie hatte einen Holländer geheiratet und war auf Texel geblieben. Dort hatte sie ein Malatelier eröffnet und besaß außerdem zwei Ferienwohnungen, die sie vermietete. Eine davon hatte jetzt Marion für ihren Nostalgie-Geburtstag gemietet.

Es würde Karla so freuen, eine Woche mit den Freundinnen zu verbringen. Sie sah die anderen immer noch als Freundinnen an, auch wenn sie sich so lange nicht gesehen hatten. Aber sie kannten sich schon zu lange und sie waren zu verbunden, um das anders sehen zu können.

Und Texel! Sie war einmal dort gewesen vor vielen Jahren. Sabrina konnte gerade laufen. Damals hatten sie auch einen Familienurlaub mit einem Besuch bei Verena verbunden. Acht Jahre musste das her sein.

Es war schön dort.

Verena lebte in einem hübschen Häuschen irgendwo im Nichts, ganz in der Nähe der Heidelandschaft. Gleich daneben waren die beiden Ferienhäuschen.

Wie bin ich eigentlich hierher gekommen? fragte sie sich plötzlich, als sie die Landschaft bewusst wahrnahm.

Sie war schon ein ziemliches Stück gefahren, aber so in Gedanken versunken gewesen, dass sie sich kaum daran erinnern konnte.

Sie sollte nicht darüber nachdenken. Sie konnte sowieso nicht weg. Sie wurde hier gebraucht. Das sah man doch.

Als Waschfrau, als Chauffeuse, als Köchin, als Hinterherräumerin.

Sie zog eine Grimasse.

„Was ist, Mama?", fragte Finn neben ihr.

„Was?"

„Du hörst gar nicht, was ich erzähle."

„Entschuldige. Ich war ganz in Gedanken."

„Alles okay?"

Sie nickte. „Ja. Aber danke, dass du fragst."

Einen Moment schwieg sie. Dann fragte sie plötzlich, ohne dass sie selbst richtig darüber nachgedacht hätte: „Was würdest du dazu sagen, wenn ich eine Woche verreisen würde?"

"Nur du? Ohne uns?"

"Ja. Alte Freundinnen treffen. Eine meiner alten Schulfreundinnen hat so ein Treffen organisiert. Auf Texel. Sie hat Geburtstag."

„Cool. Eine Woche keine Vokabeln lernen."

Super. Mehr sahen die Kids also nicht darin, wenn sie fuhr. Eine Woche keine Vokabeln abfragen. Vermutlich eine Woche Pizza und Pommes, eine Woche keine Fernseh- und Computerbegrenzung…

Aber war das so schlimm? Es war ja nur eine Woche. Und dann würde sie zurückkommen mit neuer Energie. Und vielleicht würde Jochen in der Zeit mal merken, was sie leistete. Aber dafür musste sie erstmal mit Jochen reden. Denn er musste ja da sein. Einer musste sich um die Kinder kümmern. Zumindest nach der Schule.

Als sie wieder nach Hause kam, spielte ihre jüngste Tochter Sabrina mit ihrer Freundin Lilly.

„Wo ist Papa?", fragte sie.

„Der ist eben gefahren. Zum Baumarkt."

„Er wollte doch warten, bis ich zurück bin."

„Ja, aber irgendwer hat angerufen und mit dem will er gleich zum Squash. Und deshalb konnte er nicht warten."

„Ist er schon lange weg?"

Sabrina hob die Schultern. „Weiß nicht genau. Schon eine Weile. Er meinte, eine halbe Stunde könnten wir sicher mal allein bleiben."

Und da hatten die Zwei natürlich erfreut zugestimmt.

Egoist! Sie hatten doch eine Absprache gehabt.

Sabrina war neun. Karla wollte nicht, dass sie allein blieb.

Was, wenn sie mit Sebastians Mutter noch einen Kaffee getrunken hätte? So etwas erlaubte sie sich schon mal. Oder wenn sie eine Panne gehabt hätte? Dachte Jochen denn niemals an andere? Squash. Baumarkt. Schachturniere.

Für seine Interessen war immer Zeit.

Und niemand fragte danach, was sie mal tun wollte.

Niemand kam überhaupt auf die Idee, dass sie etwas tun wollte. Etwas, nur für sich.

Allmählich reifte ihr Entschluss.

Eine Woche. Nur eine Woche mit den Freundinnen. Ohne Forderungen.

Im Spiegel blickte ihr eine siebenundvierzigjährige Frau entgegen.

Praktische blonde Kurzhaarfrisur, Jeans und Shirt, ungeschminktes Gesicht. Einigermaßen schlanke Figur, wenn auch nicht mehr so fest wie früher. Die Bauchrolle ließ sich gut kaschieren. Na ja, das war vermutlich auch normal in ihrem Alter, wenn man vier Kinder geboren hatte und kaum Sport trieb. Ab und zu ging sie morgens zum Lauftreff. Ansonsten fehlte ihr die Zeit und abends hatte sie keine Energie mehr, um in einen Sportverein zu gehen. Na ja, offenbar hatte sie genug Bewegung durch Treppenlaufen und Einkäufe stemmen.

Irgendwie war ihr die Zeit davongerannt. Ihre Seele war jedenfalls noch nicht siebenundvierzig. Und sie sah auch noch nicht so aus.

Niemand hielt sie für Mitte vierzig.

Außer wenn sie ihre Lesebrille aus der Tasche zog, weil sie ohne nichts mehr lesen konnte. Altersweitsichtigkeit. Ist völlig normal ab vierzig.

Sie streckte ihrem Spiegelbild die Zunge heraus.

Jochen kam und ging. Ohne ein erklärendes Wort. Sie fragte auch nicht. Hatte sowieso keinen Sinn.

Nur ihr Entschluss wurde immer fester.

Alice kam.

Karla hatte ihre geblümte blaue Bluse gewaschen, getrocknet und gebügelt.

„Ich ziehe doch lieber die orange an", verkündete Alice.

Nicht mal ein Dankeschön.

„Ich habe sie extra gewaschen und gebügelt, du weißt das."

Alice zuckte die Schultern. „Ich kann ja wohl noch anziehen, was ich will."

„Klar."

Eine Woche Texel. Eine Woche nicht als Dienstmädchen behandelt werden. Ich werde sie trotzdem vermissen, denn ich liebe sie. Aber es wird mir so gut tun.

Irgendwas habe ich falsch gemacht, dass sie denken, mich so behandeln zu können. Ich habe zu gut funktioniert, dachte sie.

Am nächsten Tag, einem Sonntag, hatten sich endlich alle zum Mittagessen um den Tisch versammelt. Die Familie war unter sich, Lilly war inzwischen wieder bei sich zu Hause. Wie immer ging es lebhaft zu, was bei einer sechsköpfigen Familie nicht weiter verwunderlich war. So kam Karla kaum zu Wort. Erst nach dem Essen bat sie alle, noch einen Moment sitzen zu bleiben. Und zwar so nachdrücklich, dass tatsächlich auch die Jüngsten, die schon aufspringen wollten, sich wieder setzten. Endlich konnte sie von Marions Einladung erzählen.

„Tut mir leid für dich, aber das geht ja nicht", sagte Jochen lakonisch. Er küsste sie auf die Wange und wollte schon wieder aufstehen. Für ihn schien das Thema damit tatsächlich erledigt zu sein.

Wenn Karla noch einen Rest an Zweifel in sich gehabt hatte, brach der jetzt auch noch weg. So eine Dreistigkeit, dachte sie mit aufkommendem Ärger.

„Setzt dich!", forderte sie so scharf, dass er sich tatsächlich sofort wieder auf dem Stuhl niederließ.

„Was ist denn mit dir los?", fragte Finn.

„Ich werde fahren. Und das steht nicht zur Diskussion", sagte sie entschieden.

„Du wirst hier gebraucht", fand Jochen.

„Du auch. Und du gehst, wann immer es dir gefällt. Auch gestern hast du dich wieder nicht an unsere Absprache gehalten."

„Ja, weil Herbert…"

„Ja, weil Herbert. Aber wir hatten eine Absprache. Und du hast dich wieder einmal einfach darüber hinweggesetzt. Weil Herbert… Nein mein Lieber, dieses Mal – zum ersten Mal nach achtzehn Jahren – wird es um mich gehen."

„Findest du das nicht ein bisschen egoistisch?"

Karla schnappte entsetzt nach Luft. Einen Moment lang konnte sie nicht darauf antworten. Das konnte doch nicht wahr sein. Da wagte Jochen tatsächlich, sie als egoistisch zu bezeichnen. Ausgerechnet sie. Die Wut kochte über und entledigte sich in einer entrüsteten Ansprache.

„Egoistisch? Nein, mein Lieber. Das lasse ich mir nicht vorwerfen.

Ich bin immer für alle da. Du dagegen warst schon ein paar Mal im Männerurlaub, zum Skifahren und fährst regelmäßig zu irgendwelchen Sportveranstaltungen. Das stand auch nie zu Diskussion. Das hast du uns einfach mitgeteilt.

Egoistisch ist es, sich nicht an Absprachen zu halten, sondern einfach seine eigenen Pläne durchzusetzen ohne zu fragen.

Egoistisch ist es, zu verlangen, dass die Lieblingsbluse zur Party fertig sein muss und dann nicht anzuziehen und nicht mal Danke zu sagen.

Egoistisch ist es, nach Essen zu schreien und dann zu verschwinden.

Oder sich selbst etwas zu machen und davon auszugehen, dass ich anschließend den Tisch wieder abräume.

Was immer ihr darüber denkt oder erwartet, ich werde fahren. Eine Woche. Das ist einmal, ein einziges Mal für mich. Und du Jochen wirst für die Kinder da sein."

Sie atmete heftig. Die Ansprache war für ihre Verhältnisse ungewöhnlich heftig gewesen.

„Wie stellst du dir das vor? Ich muss arbeiten!"

„Nimm dir Urlaub oder besprich mit deinem Chef die Möglichkeit, während dieser einen Woche nur vormittags zu arbeiten oder von zu Hause aus. Im übrigen kann Alice mal zu Hause bleiben, statt sich zu verabreden."

„Ich habe Freunde!"

„Ich auch!", antwortete Karla so heftig, dass Alice jede Erwiderung im Halse stecken blieb.

„Also ich find's cool", sagte Finn.

Kapitel 6: Isabella

Isabella lebte nun schon seit einigen Wochen in Verenas ‚Verwandtenwohnung.' Es war natürlich eine ganz normale Ferienwohnung, die Verena aber nicht ständig an Feriengäste vermietete. Verena war froh, dass sie die Möglichkeit hatte, Freunde und Verwandte bei Besuchen dort wohnen zu lassen. Sie fand es schwierig, einen langen Besuch in ihren Alltag zu integrieren. Aber auf diese Weise ging es hervorragend.

Sie erinnerte sich gut an Isabellas Gesichtsausdruck, als sie mit der jungen Frau nach dem Krankenhausaufenthalt hier angekommen war. Wie hatte sie gestaunt. Sie selbst empfand ihr Heim durchaus als schön, aber nicht als etwas Besonderes. Sie hatte sich wohl einfach daran gewöhnt. Jetzt sah sie es mit anderen Augen und erkannte, was für einen wundervollen Besitz sie tatsächlich hatte.

Das Grundstück betrat man durch eine Toreinfahrt mit der Aufschrift *Verena Hoeve*.

Das Wohnhaus der Familie verfügte über zweieinhalb Stockwerke und ein dekoratives Mansarddach. Vor dem Haus stand eine verschnörkelte Bank inmitten eines idyllischen Vorgartens. Hier saß Verena gerne und genoss einfach die Natur.

Vor den Fenstern hingen keine Gardinen. Aber hier war das auch wirklich nicht nötig, dieses Haus stand so allein – der nächste Nachbar war bestimmt zwanzig Schritte entfernt.

Im Erdgeschoss des Privathauses gab es einen großen Raum, der Wohnzimmer und Esszimmer in einem war. Durch eine Verbindungstür kam man in die moderne, geräumige Küche. Ein kleines Badezimmer mit Dusche war vom Flur aus zugänglich. Im oberen Stockwerk gab es drei großzügige Schlafzimmer, ein großes Bad und ein zusätzliches WC.

Fast das gesamte Dachgeschoss war Verenas lichtdurchflutetes Atelier. Davor befand sich ein kleiner Wintergarten, von dem eine vergitterte Außentreppe in den Garten führte. Neben dem Atelier gab es ein zusätzliches Zimmer, das sie als eine Art Büro benutzte, das aber auch hin und wieder als Gästezimmer herhalten musste, wenn sie und Gustaaf Besuch bekamen oder ihre Kinder eine Übernachtung mit Freunden organisierten, für die das eigene Zimmer nicht ausreichte.

Neben dem Wohnhaus gab es außerdem ein kleines Gebäude mit spitzem Dach, in dem sich Verenas Kunststube befand. Gustaaf und sie hatten den Raum extra bauen lassen. Verena hatte ihn behaglich mit alten Möbeln eingerichtet, auf denen sie ihre Bilder und Schmuck dekorativ anbot.

Von einer Hecke vom Wohnhaus getrennt, standen die beiden einzelnen kleinen Häuser für die Feriengäste, die sie nach ihren Kindern benannt hatte. Haus Luuk und Haus Swantje.

Sie waren von der Aufteilung her völlig identisch, verfügten über ein

schönes Wohnzimmer mit angrenzender Küche, einem Vorratsraum und einem WC im Erdgeschoss sowie zwei Schlafzimmern und Bad im Obergeschoß.

Jedes Häuschen war von einer Hecke umgeben, so dass jeder der Gäste seinen eigenen Bereich hatte.

Auf dem Grundstück gab es ein Trambolin, eine Rutschbahn für kleinere Kinder und einen Sandkasten. Verena wusste selbst, wie dankbar man als Mutter war, solche Spielgeräte an seinem Urlaubsort vorzufinden.

Es war wirklich ein schönes kleines Reich, das sie hier besaßen.

Im Haus Luuk lebte nun also Isabella. Verena bezweifelte, dass es der jungen Frau in ihrem Leben bisher wirklich gut gegangen war. Glücklich schien sie jedenfalls nicht zu sein. Sie klammerte sich geradezu an sie, was Verena zunehmend als Belastung empfand. Hatte Isabella denn wirklich niemanden, der sich um sie kümmern konnte? Gab es kein Zuhause, in das sie zurückkehren konnte? Es hatte Verena nichts ausgemacht, sie mit hierher zu bringen. Vorübergehend. Aber nun hoffte sie doch, dass Isabella bald etwas Eigenes finden würde. In wenigen Wochen kamen ihre drei früheren Freundinnen und die sollten dann in der Wohnung leben.

Verena seufzte und trug ihre Staffelei mit ihrem neusten Werk, einem Portrait von Isabella, ins Freie. Obwohl ihr Atelier so hell war, arbeitete sie, wann immer es ging, im Freien. Kein noch so heller Raum konnte das Licht bieten, wie es der freie Himmel konnte.

Isabella stand bereits vor dem Haus und dehnte sich.

Sie lachte ihrer Gastgeberin entgegen. „Es ist so schön hier, Verena. Ich bin so froh, dass ich bei euch sein darf."

Verena nickte. „Du hast dich schon genug bedankt."

Isabella nickte. Ihre Wunden waren verheilt. Sie war eine schöne junge Frau mit einer umwerfenden Figur, langen braunen Haaren und dunklen Augen. Ihre Haut war glatt und makellos.

Wenn nur nicht dieser ganz bestimmte Ausdruck in ihren Augen läge. Da war eine Traurigkeit, eine Melancholie, die nicht zu ihrer Schönheit und ihrer Jugend passte. Mehr noch, es war sogar fast eine tiefe Verzweiflung. Was war es nur? Was steckte hinter dem Lächeln und der schönen Fassade?

„Darf ich das Bild sehen?", fragte Isabella jetzt.

Doch Verena schüttelte entschieden den Kopf. „Erst wenn es fertig ist. Setz dich wieder auf die Bank und lass uns arbeiten."

Isabell setzte sich widerspruchslos hin und Verena hob das Tuch von der Staffelei. Da war es – das schöne Gesicht mit den unergründlichen, traurigen Augen. Es war Verena ungewöhnlich schwer gefallen, das Gesicht zu erfassen. Als Malerin versuchte sie mehr auf die Leinwand zu bringen als das bloße Äußere. Sie versuchte, den Charakter zu erfassen, die besondere Stimmung -

die Seele. Nie zuvor war ihr ein Bild so schwergefallen wie dieses, denn sie konnte Isa nicht erfassen.

Gut, wenn sie Touristen von einem Foto zeichnete, kannte sie die Menschen auch nicht, aber niemals hatte sie ein Gesicht als so unergründlich empfunden. Außerdem war ein solcher Auftrag ein ganz anderer Anspruch. Die Touristen wollten ein schönes Bild von sich haben, eine Erinnerung an ihre Zeit auf Texel.

Dieses Mal wollte Verena mehr schaffen. Sie war mehr als einmal von vorne angefangen. Aber jetzt, da sie das Bild erneut ansah, wusste sie, dass es das Beste war, was sie jemals geschaffen hatte.

„Es wird wunderschön, Isa", sagte sie.

„Aber ich habe dein Wort, dass du es nicht mitnimmst zu Ausstellungen?"

Verena seufzte. Dieses beste ihrer Werke sollte sie wirklich nicht offiziell zeigen dürfen? Auf Vernissagen oder Kunstmärkten? In Kürze würde sie nach Amsterdam reisen.

„Willst du es dir nicht noch mal überlegen? Es ist wirklich wunderschön. Ich werde es ganz bestimmt nicht hergeben. Für keinen Preis."

„Nein. Ich habe nur zugestimmt, weil du mir versprochen hast, dass es nur für dich ist."

„Ja, in Ordnung!", erwiderte Verena zerknirscht. Sie verstand einfach nicht, warum Isa sich so dagegen sperrte. Ob es etwas mit dieser Traurigkeit zu tun hatte? Über ihre Vergangenheit schwieg Isabella sich rigoros aus, obwohl sie sich inzwischen ganz bestimmt daran erinnerte, auch an die Gründe für ihre Flucht und vielleicht sogar an den Unfall selbst - da war sich Verena sicher. Noch ein Geheimnis. Warum erzählte sie nichts von sich?

Verena schüttelte die Grübeleien ab, nahm die Palette in eine Hand und griff zum Pinsel.

Gustaaf hatte einen anstrengenden Tag als Techniker in der Seehundstation hinter sich und freute sich auf sein gemütliches Haus in der Einsamkeit zwischen den Orten. Er hatte sein ganzes Leben auf dieser Insel verbracht und er wollte es auch nicht anders. Seine Eltern lebten in *Den Burg*. Früher hatten sie ein Cafe betrieben, aber inzwischen hatten sie sich zur Ruhe gesetzt. Hin und wieder übernahm sein Vater noch Inselführungen mit dem Bus und seine Mutter veranstaltete Bastelnachmittage mit Kindern.

Verena und er hatten sich hier ein kleines Paradies geschaffen mit ihrem Haus, dem Atelier und den Gästehäusern. Er liebte sein Leben, er liebte Verena, er liebte seine Kinder. Nur in den letzten Wochen hatte sich diese junge Frau hier eingeschlichen. Ja, er konnte es nicht anders nennen. Er hatte ja verstanden, dass Verena sie vorerst aufgenommen hatte. Immerhin hatten sie Platz genug. Aber diese Isabella war dermaßen allgegenwärtig. Es wurde immer schlimmer. Inzwischen kam sie bereits zum Frühstück rüber in ihre Küche. Konnte sie sich nicht einfach mal selbst etwas zubereiten? Die Ferienwohnung verfügte schließlich über eine voll ausgestattete Küche.

Überhaupt wurde es Zeit, dass sie sich etwas anderes suchte. Und er wusste auch, wo. In *De Koog* gab es ein neues Appartementhaus, in dem noch Wohnungen frei waren. Es gab Einzimmer- und Zweizimmer-Appartements. Dort sollte sie sich einmieten. Außerdem wurden jetzt in den deutschen Sommerferien überall Kellnerinnen und Verkäuferinnen gebraucht. Verena hatte inzwischen bei ihrer Freundin Florinda nachgefragt, ob sie Arbeit in ihrem Shop hätte und die hatte zugesagt, dass Isabella, wenn sie wollte, dort aushelfen konnte. Die junge Frau musste sich endlich entscheiden. Wenn sie hier bleiben wollte, musste sie irgendwo jobben. Die Ferienwohnung wurde ja auch gebraucht, wenn Verenas Freundinnen kamen.

Gustaaf parkte den Wagen vor dem Haus und stieg aus. Er schloss die Haustür auf und rief: „Hallo, bin wieder da!"

„Hallo Papa!", rief Swantje.

Er trat ein und rannte fast seinen Sohn über den Haufen, der mit genervtem Gesichtsausdruck an ihm vorbeidüste.

„He Luuk, was ist los?", fragte er.

„Sie sitzt schon den ganzen Nachmittag hier. Mama hat sie gezeichnet und sie blieb. Sie hat mit uns Mittag gegessen und..." Luuk verdrehte die Augen und rannte an seinem Vater vorbei die Treppe hinauf. Verena kam aus dem Wohnzimmer.

„Rena", Gustaaf hielt sie auf. „Die bringt unsere ganze Familie durcheinander", zischte Gustaaf. „Du bist zu nachgiebig."

„Was soll ich denn machen?", fragte Verena nervös.

„Komm, wir setzen uns mit ihr zusammen", schlug er vor. „Wir sollten über einen Job in Florindas Shop mit ihr reden und über eine Wohnung in diesem neuen Gebäude in *De Koog*. Es ist wirklich Zeit, dass sie eigene Wege geht."

Verena nickte. „Du hast ja recht."

Gustaaf stöhnte. Er hatte sich einen anderen Start in den Feierabend vorgestellt. Aber das Thema musste wirklich geklärt werden.

Sandy Mahler blieb mit einem Tablett mit Kalbsbraten, Gemüse, Herzoginnenkartoffeln und einem Bier hinter der Tür stehen, als sie ihren Chef Manuel Urban telefonieren hörte. Sie wollte nicht lauschen, aber als sie Worte wie „Ich hoffe, sie ist wirklich tot", hörte, konnte sie einfach nicht anders. Dabei hatte sie Angst, dass Manuel ihr Herzklopfen bis in sein Büro hören konnte.

Ging es etwa um Luisa? Um ihre Freundin, die Manuels Geliebte gewesen war?

Vor ein paar Monaten war sie verschwunden. Niemand wusste, wo sie war, ob ihr etwas zugestoßen oder ob sie einfach untergetaucht war.

Aber warum hoffte Manuel, dass sie tot war?

Wusste Luisa etwas, dass niemand anderes wissen durfte? Etwas, das so pikant war, dass es nicht reichte, sie aus seinem Leben zu verbannen? Dass er sie lieber tot wissen wollte? Oder hatte er sogar etwas mit ihrem Verschwinden zu tun?

Vielleicht war Luisa wirklich ermordet worden? Aber Sandy sagte nichts, sie fragte nichts. Das würde ihr schlecht bekommen.

Mit wem telefonierte Manuel eigentlich? Mit Hugo Winter, seinem Geschäftspartner?

Eines Tages, redete Sandy sich in Gedanken zu, eines Tages werde ich nicht mehr hier an der Poolstange tanzen und leicht bekleidet hinter der Theke stehen.

Aber zurzeit arbeitete sie nicht nur hier, sie lebte auch hier, hatte ein Zimmer im Angestelltentrakt so wie einige andere auch. Sie wollte sich keine Wohnung leisten. Aber Manuel würde sie sowieso nicht gehen lassen. Hier hatte er sie unter Aufsicht. Immerhin - auch sie selbst wusste Dinge, die sie besser für sich behielt. Sie hatte Luisa davon erzählt, vielleicht ging es darum? Sandy war deswegen damals aus der Bar *Wunschbrunnen* in Manuels Bar *Desiderium* verbannt worden.

Sandy sparte jeden Cent, den sie hier verdiente, weil sie nach Australien auswandern wollte. Und dort würde sie dann ein ganz anderes Leben führen. Sie würde eine hübsche Wohnung haben und mit Tieren arbeiten.

„Was tust du hier?", schrie plötzlich Lado, einer der Türsteher.

Sandy schluckte schwer und hoffte, er würde nicht ihren heftigen Herzschlag spüren.

„Ich sollte für Manuel Abendessen holen. Schau." Sie hob das Tablett ein wenig an, um ihre Aussage zu untermauern.

„Ich sehe es", brummte Lado. Er war groß und bullig mit einem Ohrring im Ohr und einer Art Irokesenfrisur, das heißt, sein Kopf war an den Seiten und hinten rundherum rasiert und nur auf der Mitte des Kopfes waren die Haare länger und ragten zu Spitzen gedreht in die Höhe. Es ließ ihn gefährlich erscheinen, aber das war ja auch der Sinn der Sache.

„Dann sieh zu, dass du vorankommst."

„Ja, natürlich", flüsterte sie und klopfte an die nur angelehnte Tür.

„Ja!", bölkte Manuel von innen. Er ließ seine schlechte Laune unverblümt an seinen Angestellten aus. Was sollte ihn auch daran hindern? Er war der große Chef der Nachtbar und die Mädchen nur seine Ware. Nichts anderes. Da machte Luisa sich nichts vor. Zwar war das *Desiderium* kein Bordell, aber nichts desto trotz sah Manuel seine Angestellten als Ware. Außer vielleicht die Türsteher wie Lado. Die waren seine Bodyguards.

„Endlich, wurde auch Zeit", bellte Manuel Sandy entgegen, als sie mit dem Tablett in den Händen den Raum betrat. „Stell es ab und verschwinde", befahl er, den Telefonhörer immer noch in der Hand.

„Ja." Viel hätte nicht gefehlt und sie hätte geknickst, so eingeschüchtert war sie. Und sie dachte zum ersten Mal ganz konkret: Ich muss hier weg. So schnell wie möglich. Ich kann nicht warten, bis ich genug Geld für Australien zusammen habe. Ich muss fort, bevor ich so ende wie vielleicht Luisa.

LUISA

Luisa war noch ein Kind, als sie beschloss, selbst einmal sehr reich zu werden. Am liebsten aber nicht durch viel Arbeit. Sie wollte einen reichen Mann heiraten, der ein großes Haus besaß und mit ihr die Welt bereiste. Sie wollte nicht ihr ganzes Leben so verbringen, wie sie den größten Teil ihre Kindheit verbracht hatte. Sie konnte sich nur an einen einzigen Urlaub mit ihrer Familie erinnern. Sie waren am Meer gewesen. Auf irgendeiner Insel. Sie konnte sich nicht mehr erinnern, wie sie hieß. Aber die Bilder waren so deutlich und lebendig in ihrem Kopf, als würde sie Fotos betrachten.

Fotos von Sanddünen und kleinen Städten, von weidenden Schafen auf Deichen und Kühen auf endlosen Wiesen und Weiden. Von Windmühlen und einem Leuchtturm.

Und vom Meer.

Dieses endlose, blaue, machtvolle Meer, das in Wellen auf den flachen Strand zuströmte und dort auslief. Sie hatte es geliebt, wenn das Wasser ihre nackten Füße umspülte. Sie hatte es geliebt, mit ihrem Vater in dem flachen Wasser herumzutollen.

Es kam ihr so vor, als sei das ihre einzige glückliche Erinnerung.

Sie lebte mit ihren Eltern in einer kleinen Wohnung in Bielefeld. Ihre Eltern hatten nie viel Geld gehabt. Sie waren sehr jung gewesen, als Luisa zur Welt kam. Ihre Mutter Bettina war zarte achtzehn Jahre alt gewesen, hatte gerade die Schule abgeschlossen und noch keinen richtigen Beruf gelernt. Ihr Vater war drei Jahre älter, er arbeitete irgendetwas Technisches. Luisa kannte sich damit nicht aus.

Sie konnten sich niemals so viel leisten wie ihre Klassenkameraden. Keinen Freizeitpark, keinen Urlaub. Bis auf dieses eine Jahr – 2001 musste das gewesen sein. Zwei Wochen Urlaub am Meer. Das war für Luisa etwas ganz Besonderes gewesen. Es war das einzige Mal geblieben.

Denn kurz danach, im Herbst 2001, geschah das Unglück. Ihr Vater hatte einen schweren Unfall mit dem Motorrad. Luisa erinnerte sich an die beiden Polizisten, die sie besuchten und die schreckliche Nachricht mit ernsten Mienen überbrachten. Mama hatte wochenlang nur geweint und ihre Tochter fast völlig vergessen. Sie, Luisa, konnte überhaupt nicht mit ihr über ihren eigenen Schmerz und ihre Ängste sprechen.

Sie wurde abgeschoben oder zumindest fühlte sie sich so. Zuerst zu einer Freundin von Mama. Die war sehr nett und Luisa wäre am liebsten länger bei ihr geblieben. Aber nach der Beerdigung ging sie mit Papas Eltern, ihren Großeltern, nach Herford. Die Oma sagte immerzu mit weinerlicher Stimme: „Ach Luisa, grübele nicht so viel. Papa ist jetzt im Himmel. Von dort passt er auf dich auf. Du darfst nicht soviel darüber nachdenken. Du musst jetzt stark sein, besonders für Mama."

Sie war fünf Jahre alt gewesen, sie wollte nicht stark sein. Sie wollte weinen dürfen und traurig sein und sie wollte sich selbst bei Jemandem anlehnen, der stark war. Und sie war keineswegs sicher, ob Papa sie wirklich vom Himmel aus sehen konnte.

Aber Papa war der Sohn ihrer Großeltern gewesen, deshalb konnten die wohl nicht stark sein, so dass Luisa sich anlehnen konnte. Und Mama konnte es auch nicht.

Danach kam sie zu ihrer anderen Großmutter – zu Mamas Mama, die weit entfernt wohnte von Bielefeld, nämlich in Würzburg. Die konnte auch nicht stark sein. Sie schimpfte auf alle Motorräder und auf die rücksichtslosen Autofahrer. Und Papa hatte sie eigentlich sowieso nie gemocht. Sie fand, er konnte Mama und Luisa zu wenig bieten mit seinem Job.

Als Mama zu Besuch kam, bekam Luisa ein Gespräch mit, bei dem Mama sich furchtbar über Papa beschwerte. „Er hat seine Lebensversicherung gekündigt, stell dir das vor. Der letzte Streit, den wir hatten, ging darum. Er wollte sich etwas leisten, so lange wir jung waren. Nicht nur von der Hand in den Mund leben. Die Versicherung war sowieso nicht hoch und die kündigte er auch noch. Er wollte unbedingt auf Biegen und Brechen diesen verdammten Urlaub machen, damit wir als Familie mal etwas Schönes erleben, er hat ein größeres Auto gekauft und dieses vermaledeite Motorrad. Und er wollte in eine Eigentumswohnung investieren. Aber dazu ist es erst gar nicht mehr gekommen. Er hat uns so gut wie nichts hinterlassen. Nur den Rest von dieser Versicherung. Es reicht gerade, um die Beerdigung bezahlen zu können. Gut, wir können das Auto gegen einen Kleinwagen eintauschen. Aber das Motorrad ist kaputt, das können wir nicht einmal mehr verkaufen."

„Er war ein Spinner, ein Traumtänzer, das habe ich dir immer gesagt", erwiderte die Oma. „Ach, ihr ward einfach viel zu jung. Du erst achtzehn, keine Ausbildung und schwanger. Dein Robert hatte zwar wenigstens eine Ausbildung, aber mit einundzwanzig war auch er noch viel zu jung, um diese Verantwortung zu übernehmen. Das Kind ist einfach viel zu früh gekommen."

„Immerhin hat er diesen Techniker-Job gefunden und konnte uns ernähren."

„Ja, mehr schlecht als recht und das in Bielefeld. Es wäre besser gewesen, ihr wärt nach Würzburg gekommen, da hätte ich nach der Kleinen sehen können. Und du hättest auch eine Ausbildung machen können. Was willst du jetzt tun?"

Luisa hatte das meiste nicht verstanden. Sie wusste nicht, was *investieren* bedeutete. Und auch nicht, was eine *Lebensversicherung* war. Aber sie verstand doch so viel, dass sie jetzt noch weniger Geld hatten. Und Schuld an allem war eigentlich Papa, weil er nichts hinterlassen hatte und sie selbst – weil sie viel zu früh gekommen war.

Und dann kam der Tag, an dem sie zurück zu Mama ging. Für Luisa begann der sogenannte Ernst des Lebens. Sie kam in die Schule. Mama wollte unbedingt fortziehen von Bielefeld. Sie meinte, alles erinnere sie viel zu sehr an Papa, das könne sie nicht aushalten. Also musste Luisa mitziehen. Niemand fragte sie, ob sie es aushalten konnte, nach Papa auch noch ihr Zuhause und ihre Freundinnen zu verlieren. Mama fand eine Arbeit als Verkäuferin in einem großen Kaufhaus in Hannover und sie zogen dorthin.

Die Oma schimpfte und beharrte ein weiteres Mal darauf, dass es doch viel besser wäre, wenn sie nach Würzburg kommen würden. Aber Mama warf ihr vor, sich immer viel zu sehr in ihr Leben eingemischt zu haben. Deshalb wollte sie fort, ganz woanders hin. Irgendwohin, wo sie wirklich von vorne anfangen konnte, ohne Altlasten.

Luisa lebte sich in Hannover nicht sehr gut ein. Sie fand keine Freunde, weil sie ein sehr stilles Kind war. Außerdem durfte sie sowieso niemanden nach Hause mitbringen, weil ihre Mutter im Dauerstress war. Und viel Geld hatten sie trotzdem nicht. Und eine tolle Wohnung, in die sie gerne Freundinnen mitgebracht hätte, hatten sie sowieso nicht. Ein Wohnzimmer mit verschlissenen Polstern und integrierter Küche, zwei kleine Schlafzimmer, ein Bad. Das Ganze in einem Mehrfamilienhaus, in dessen Treppenhaus Zigarettenkippen und leere Bierflaschen lagen.

Natürlich musste Luisa auch in die Nachmittagsbetreuung gehen, denn Mama arbeitete jeden Tag, außer samstags, von Montags bis Donnerstags sogar bis fünfzehn Uhr. Freitags kam sie schon mittags nach Hause, weil dann keine Betreuung stattfand und Luisa zu klein war, um allein zu Hause zu bleiben. Mama schimpfte oft, dass sie viel mehr Geld verdienen könne, wenn sie mehr arbeiten würde, bis abends um acht, wenn die Geschäfte schlossen und auch samstags. Aber mehr ging eben nicht wegen Luisa. Und deshalb konnten sie sich auch keine bessere Wohnung leisten, keine Ausflüge machen, nur Klamotten vom Discounter oder Second Hand kaufen und sie mussten sogar beim Essen sparen.

Luisa fühlte sich schuldig. Wenn sie nicht so früh gekommen wäre, wäre alles viel einfacher für ihre Mutter.

„Ich hätte doch lieber nach Würzburg oder Herford ziehen sollen, dort hätten die Großeltern auf dich aufpassen können. Aber ich hatte das Gefühl, unbedingt ganz neu anfangen zu müssen", erklärte Mama. „Und zwar ohne die Vorwürfe oder das Lamentieren deiner Oma."

Luisa wusste nicht, was *Lamentieren* bedeutete, aber sie fragte nicht. Sie wollte den Moment nicht zerstören. Es war nämlich einer der seltenen Momente, an dem die Mutter sie in den Arm genommen hatte. Viel später ahnte Luisa, dass auch die Mutter sich schuldig gefühlt hatte, weil sie ihr Leben als alleinerziehende Mutter einfach nicht in den Griff bekam. Aber das war Luisa egal. Sie war so klein gewesen und sie hatte das Recht auf Schutz und Geborgenheit gehabt, auf Freunde, auf eine Kindheit und sie hatte all das nicht bekommen.

Mit zehn Jahren begann sie, für eine alte Nachbarin, die nicht mehr gut laufen konnte, einzukaufen. Dafür bekam sie ein paar Euros. Kurz darauf fragte eine andere Nachbarin, die sich das Bein gebrochen hatte, ob sie auch für sie einkaufen und mit ihrem Hund Gassi gehen würde. Natürlich nahm Luisa den Job an. Und damit endete ihre Kindheit endgültig. Oh, ihre Kundinnen waren sehr nett und schenkten Luisa auch ab und zu etwas Schokolade oder eine Tüte Kartoffelchips. Die mit dem Hund lud sie sogar hin und wieder zu Mac Donalds oder zu einer Pizza ein. Und sie ließ Luisa weiter mit dem Hund Gassi gehen, als ihr Bein schon längst wieder verheilt war. Sie ahnte, dass das Mädchen das Geld brauchte.

Alle lobten sie, weil sie so fleißig war. Aber Luisa hatte überhaupt keine Zeit mehr, irgendetwas zu spielen. Nicht einmal alleine für sich.

Und dann wurde alles noch schlimmer. Als sie zwölf Jahre alt war, verliebte sich die Mutter und zog mit Luisa in das Haus des Mannes. Kurt Funk hieß er und Luisa mochte ihn nicht besonders.

Aber es war ein schönes Haus. Nicht besonders pompös, aber es war ein ganzes Haus für sie drei. Es gab ein Wohnzimmer und einen eigenen Raum für die Küche. Luisa bekam ein geräumiges Zimmer für sich allein. Es hatte einen orangefarbenen Teppich, den sie hässlich fand und eine Blümchentapete. Beides hätte sie gerne ausgetauscht, aber als sie danach fragte, meckerte die Mutter sie sofort an: „Kurt nimmt uns hier auf, wir dürfen in seinem schönen Haus wohnen, ohne etwas dafür bezahlen zu müssen. Nun sei ein bisschen dankbar und komm nicht gleich mit Forderungen."

„Vielleicht könntest du ja einen neuen Teppich und die Tapete… Wir sparen doch die Miete", wagte Luisa einzuwenden.

„Na klar. Und das erste, was ich hier tue, ist, dass ich ihm sage, uns gefällt sein Einrichtungsstil nicht. Toll. Das ist sehr unhöflich, Luisa."

„Aber Mama!"

„Schluss. Wir wollen uns erstmal hier einleben. Dann können wir immer noch sehen."

Sie änderten es nie. Und Kurt war kein netter Mann. Er behandelte Luisa geringschätzig von oben herab. Er ließ keine Gelegenheit aus, ihr klar zu machen, dass sie auf seine Kosten lebte, dass sie dankbar sein müsse, dass sie hier wohnen durfte.

Er schlug sie, wenn sie ein falsches Wort sagte oder nicht so spurte, wie er es erwartete.

„Luisa, mach mir Essen!", schrie er abends, wenn er von der Arbeit nach Hause kam.

„Ich muss noch Hausaufgaben machen!", antwortete sie einmal.

Schon kam er angerauscht und verpasste ihr eine saftige Ohrfeige.

„He, was soll das?", beschwerte sich Luisa.

„Mach gefälligst, was ich dir sage. Du lebst hier auf meine Kosten. Unter meinem Dach. Ein bisschen Hilfe kann ich wohl erwarten. Oder eine kleine Gefälligkeit." Dabei streichelte er sanft über ihre Wange und dann ihren Rücken entlang. Luisa schüttelte sich. Sie war noch sehr jung, aber alt genug, um die Andeutung in dieser Berührung zu verstehen.

Sie schob seine Hand beiseite. „Ich mach dir dein Essen!", zischte sie. „Spiegelei auf Brot?"

"Wenn es nichts anderes gibt." Er lächelte gemein und Luisa wusste trotz ihrer Jugend, dass er damit nicht das Essen meinte.

Kurz danach war der Schlüssel zum Badezimmer verschwunden.

Sie ging zu ihrer Mutter. „Ich möchte duschen und der Schlüssel ist weg."

Ihre Mutter Bettina hob die Schultern. „Er ist vielleicht heruntergefallen."

„Ich habe überall gesucht. Kurt hat ihn fortgenommen."

„Warum sollte er das tun?"

„Weil er mich beim Duschen beobachten will."

Bettina schnappte entrüstet nach Luft. „Hör dir mal selbst zu. Kurt ist ein kultivierter Mann. Jetzt bin ich endlich einmal wieder glücklich. Nach all den Jahren. Nach all dem Leid, dass ich durch Papas Tod erfahren habe. Wir müssen endlich nicht mehr jeden Cent zweimal umdrehen. Und jetzt kommst du und willst alles kaputt machen. Bist du etwa eifersüchtig? Ich habe dich doch auch lieb. Aber ich bin noch immer so jung. Dreißig Jahre, ich brauche etwas anderes, als nur immer mit dir alleine zu leben."

Ob sie wirklich selbst glaubte, was sie da redete? Sie konnte Kurt doch unmöglich für kultiviert halten.

„Wenn das stimmen würde, dass du mich lieb hast, würdest du mir vertrauen und mir glauben!", schrie Luisa sie an.

Daraufhin war die Mutter in Tränen ausgebrochen und hatte sie angeschrien. „Kurt ist ein höflicher, netter Mann. Er ist das Beste, was mir passieren konnte. Ich werde mir das nicht von dir zerstören lassen!"

Damit stand sie auf und verließ das Zimmer.

Luisa fühlte sich allein. Aber es war ja sowieso alles ihre Schuld. Sie war einfach viel zu früh geboren. Sie hätte nicht hier sein sollen. Sie war einfach überflüssig. Sie schuftete wie verrückt in der Schule. Sie wollte unbedingt eine gute Mittlere Reife machen, damit sie eine Ausbildungsstelle finden konnte. Sie wollte fort. Einfach fort. Weg aus mickrigen und schmutzigen Wohnungen, weg von Billigklamotten, weg von orangefarbenen Teppichen und Blümchentapeten. Aber auch weg von miesen, falschen Männer, weg von Abhängigkeiten. Sie wollte auch weg aus Hannover. Ebenso wie damals die Mutter, wollte sie die Brücken hinter sich abbrechen. Mit aller Macht zog es sie fort.

Aber noch musste sie durchhalten.

Sie duschte nur noch, wenn Kurt nicht da war oder stellte einen Stuhl unter die Türklinke. Sie gehorchte widerspruchslos, wenn er etwas von ihr verlangte. Es würde ja nicht ewig dauern. Nur keinen Ärger riskieren. Sie wollte ihrer Mutter nicht alles verderben. Mama war ja noch so jung. Bald würde sie, Luisa, fort sein und dann würde ihr eigenes Leben wirklich beginnen.

Sie wollte Geld haben und reich sein, sie wollte ein schönes Haus haben.

Sie wollte irgendwo leben, wo man das Meer sehen konnte, die Wellen und die Gischt. Und wo man das Salz in der Luft atmen konnte.

Sie zweifelte nicht daran, dass sie das alles eines Tages bekommen würde.

Wenn Luisa ihre Klassenlehrerin nicht gehabt hätte, hätte sie nach der zehnten Klasse die Schule geschmissen. Sie wollte Geld verdienen, ausziehen, sich eine Wohnung nehmen. Ein Zimmer vielleicht. Bloß raus aus dem ungeliebten Zuhause.

Doch die Lehrerin riet ihr: „Mach dein Abitur. Du hast so viel Potential, du bist eine so gute Schülerin. Mit dem Abitur hast du ganz andere Möglichkeiten."

„Aber ich muss weg von Zuhause. Ich halte es dort wirklich nicht mehr aus!", jammerte Luisa.

Die Lehrerin seufzte. Sie hatte schon öfter mit Luisa über die Problematik gesprochen. „Ich rede mit dem Jugendamt. Vielleicht kannst du in einer betreuten Mädchen-WG unterkommen." Das war ein Gedanke, der neu war für Luisa. Fort von zu Hause und trotzdem weiter zur Schule gehen können. Schließlich wollte sie einmal reich sein, den Traum hatte sie noch nicht aufgegeben. Sie war nur inzwischen der Meinung, dass die Idee mit dem Reich-Heiraten nicht so toll war. Sie sah ja bei ihrer Mutter, wie so was enden konnte. Nein, sie musste einen guten Beruf haben und selbst Geld verdienen. Vielleicht in der Werbebranche oder als Juristin? Die besten Voraussetzungen hatte sie jedenfalls mit einer guten Schulbildung, das war ihr absolut klar.

Sie nickte. „Ja, das ist vielleicht wirklich keine schlechte Idee. Und vielleicht kann ich ein wenig jobben? Kellnern oder so?"

Die Lehrerin lächelte. „Wie wäre es mit Nachhilfe für jüngere Schüler? Das halte ich für eine wesentlich bessere Idee als Kellnern."

Luisa lächelte sie an. „Ja, auch das ist eine gute Idee", erwiderte sie.

Sie mochte ihre Klassenlehrerin. Ach, wieso konnte nicht jemand wie sie ihre Mutter sein?

Sie seufzte tief. Die Lehrerin verstand das falsch und tätschelte aufmunternd ihren Arm. „Wir schaffen das schon. Am besten beginnen wir mit einem Gespräch mit unserem Schulsozialarbeiter. Er hat den direkten Draht zum Jugendamt und kann dir sicher helfen. In Ordnung?"

Luisa nickte. „In Ordnung."

Im Jahr 2014 legte Luisa ihr Abitur ab. Es war nicht so leicht wie sie es sich vorgestellt hatte. In einer Mädchen WG zu leben, sich um ihre Aufgaben im Haus und Küche zu kümmern, die Schule zu besuchen, zu lernen – es war sogar ziemlich schwierig gewesen. Zudem gab sie hin und wieder Nachhilfe in Englisch und

Mathe, was ihr karges Taschengeld ein wenig aufbesserte. Sie hatte vor Gericht ziehen müssen, um ihre Mutter zur Zahlung von Unterhalt zu verpflichten. Die hatte einfach nicht einsehen wollen, dass Luisa ausziehen musste. Aber Luisa konnte dem Gericht glaubhaft versichern, dass Kurt sie schlug und – wenn auch nicht missbrauchte – so doch keine Gelegenheit ausließ, unsittliche Bemerkungen zu machen oder sie zu beobachten. Dass sie Angst vor ihm hatte.

Als das Urteil zu ihren Gunsten ausfiel, weinte sie. Es war das letzte Mal für eine sehr lange Zeit, dass Tränen aus ihren Augen geflossen waren.

Ihre Mutter betrauerte die Trennung von der Tochter nicht gerade. Anstatt sie zu unterstützen, nahm sie Luisa die bösen Worte über Kurt übel. Sie glaubte es nicht. Sie wollte es nicht glauben. Sie glaubte, Luisa wollte auf diese Art nur ihren eigenen Willen durchsetzen. Sie hatte sich einen Kokon zurecht gesponnen, den sie ihr Leben nannte, der aber mit der Wirklichkeit nicht viel zu tun hatte.

Luisa sah ihre Mutter so gut wie nie und dann auch nur, wenn die Mutter sie in der WG besuchte, was sie mehr aus Pflichtbewusstsein als aus mütterliche Fürsorge tat, oder wenn sie sich in einem Cafe trafen. Luisa fuhr nie in das Haus, sie wollte unter keinen Umständen Kurt begegnen. Das Verhältnis zu ihrer Mutter war zerstört und Luisa wusste nicht, ob es jemals wieder besser würde. Aber sie bekam immerhin mit, dass ihre Mutter schwanger war. Luisa registriert es missmutig. Dem Baby wünschte sie wirklich alles Gute, das Baby konnte schließlich nichts für ihre eigene Not. Vielleicht hatte es eine bessere Zukunft. Dieses Kind würde ja zumindest nicht zu früh kommen. Bis es geboren wurde, war ihre Mutter immerhin sechsunddreißig Jahre alt. Und es war das leibliche Kind von Kurt. Vielleicht war er so böse zu ihr, weil er sie als Eindringling betrachtete.

Trotz aller Schwierigkeiten schaffte Luisa ein hervorragendes Abitur und schrieb sich in der Universität Hamburg für Wirtschaftsmathematik ein. Das Studienfach wählte sich nicht, weil es ihr absolutes Lieblingsfach oder ihre Leidenschaft war, sondern weil sie glaubte und hoffte, durch die Kombination von Mathematik und Wirtschaft die besten Voraussetzungen zu haben, um einen Job zu finden, der viel Geld einbrachte. Ihre Liebe wäre Literatur gewesen. Aber was ließ sich damit schon machen?

2. Teil

Kapitel 7:
Samstag, 08. September 2018

Verena war jetzt doch aufgeregt. Jeden Moment mussten ihre früheren Freundinnen auftauchen. Sie lief immer wieder hinaus und spähte die Straße hinunter. Nichts. Marion hatte doch per Whatts App mitgeteilt, dass sie um neun Uhr alle zusammen in Hannover gestartet waren. Also müssten sie doch inzwischen hier sein. Verena sah auf die Uhr. Fast halb vier. Na ja, sie hatten vielleicht eine längere Pause eingelegt und wer wusste, wie gut sie bei der Fähre in *den Helder* weggekommen waren.

Sie drehte sich gerade wieder um, um zurück zum Haus zu gehen, als es hinter ihr hupte.

Da kamen sie ja.

Verena hätte nicht geglaubt, dass sie so nervös und so erfreut über das Erscheinen der Drei war. Sie war froh, dass sie allein war. Gustaaf war sowieso noch arbeiten und Swantje und Luuk waren bei Freunden. Sie hatte diese erste Begegnung für sich allein haben wollen. Nur Jasper wuselte aufgeregt um ihre Beine herum.

Jetzt bog der graue Mercedes in die Hauszufahrt ein und fuhr unter dem Tor mit der Aufschrift *Verena Hoeve* hindurch. Marion saß am Steuer.

Verena hatte es nicht anders erwartet. Kaum stand der Wagen, sprang sie heraus, rannte auf Verena zu und umarmte sie.

„Mensch Verena, wie lange haben wir uns nicht mehr gesehen!", rief Marion überschwänglich.

Auch Karla und Marlene waren inzwischen ausgestiegen und näher gekommen. Nicht ganz so überschwänglich wie Marion, aber mit offener Herzlichkeit und Freude, Verena wieder zu sehen.

„Na, dann kommt erst mal herein. Soll ich euch zuerst euere Wohnung zeigen oder wollen wir zuerst Kaffee trinken?"

„Kaffee trinken!", rief Marion.

„Zuerst das Auto ausräumen!", rief Karla gleichzeitig.

Marlene sagte nichts. Sie hatte sich hingehockt und streichelte selbstvergessen Jasper. Der drehte sich auf den Rücken, streckte alle Viere von sich und genoss die unerwartete Aufmerksamkeit.

„Der ist aber süß", meinte Marlene.

„Ich habe ihn vor einigen Jahren gefunden. Er war ausgesetzt worden", erklärte Verena.

„Wie furchtbar. Wer tut nur so was", meinte Marlene und erhob sich langsam wieder.

„Tja, mir ist es egal, Auspacken oder Kaffee trinken?", nahm Verena die Frage wieder auf.

Marion hakte sich bei Verena unter. „Karla ist immer so praktisch. Das liegt daran, dass sie das Kleinunternehmen leitet, das sich Familie nennt. Aber jetzt hat sie Urlaub. Also: erst Kaffee trinken", bestimmte Marion.

Verena sah skeptisch zu Karla, die nichts sagte. Aber Verena erkannte sofort, dass diese von Marions Befehlston angenervt war.

Die will sich ein paar Tage von ihrem Kleinunternehmen erholen und das bei einem Feldwebel, dachte Verena auf Anhieb. Wenn das mal gut geht.

Die drei Frauen begleiteten Verena ins Wohnzimmer, wo der Kaffeetisch gedeckt war.

„Meine Güte, ist das schön, hier zu sein", meinte Marion, als sie alle zusammen am Tisch saßen und ein Stück Torte auf ihre Teller gefüllt hatten.

„Ich hatte euch schon etwas früher erwartet", meinte Verena dann.

„Wir haben ganz knapp eine Fähre verpasst. Gerade, als wir an das Kassenhäuschen fuhren, sahen wir sie ablegen", erklärte Karla.

Marion streckte behaglich ihre Beine aus. „Ach Kinder, es ist so schön, euch alle wieder zu sehen!"

Verena betrachtete ihre alten Freundinnen. Sie bemerkte sehr wohl, wie teuer Marion selbst für die Reise gekleidet war. Ihre Beine steckten in gut sitzenden Hosen und ihre Füße in eleganten Mokassins. Dazu trug sie eine locker fließende Bluse in dieser undefinierbaren Farbe Taupe.

Marlene dagegen war eher nachlässig gekleidet. Bluejeans mit Schlabberpulli und Birkenstock. Gerade gut genug für eine lange Autofahrt.

Karla lag irgendwo zwischen den beiden. Sie trug eine grüne Jeans, ein T-Shirt in verschiedenen Grautönen mit einem ebenfalls grauen Cardigan darüber und an den Füßen beige, bequeme Leinenschuhen.

„Du hast ein schönes Haus!", sagte Karla bewundernd.

„Na ja, wir fühlen uns auch sehr wohl hier."

„Und du vermietest also Wohnungen an Feriengäste? Da hatten wir sicher Glück, dass noch eine zu haben war?", fragte Karla.

„Nein nein, wir haben zwei Wohnungen. Meistens vermieten wir nur die eine - Haus Swantje - und nur selten auch die zweite - Haus Luuk. Ich habe sie nach meinen Kindern benannt." Verena grinste. „Haus Luuk steht meistens für Besuch bereit."

„Hast du oft Besuch aus Deutschland?"

Verena nickte. „Schon. Manchmal ist aber auch jemand aus Gustaafs Familie hier. Er hat drei Geschwister, die über das Land verteilt leben. Und auch einige Freunde von früher. Ich zeige euch gleich euer Reich, es wird euch gefallen. Aber zwei von euch müssen sich ein Schlafzimmer teilen."

„Wohnt gerade jemand in der anderen Ferienwohnung?"

„Oh ja. Eine nette Familie mit zwei Kindern, fünf und vier Jahre alt, inklusive Hund."

Marlene füllte sich ein zweites Stück Torte auf den Teller, während Marion ihren Teller bereits mit der Hälfte ihres Stückes zurückschob.

„Schmeckt es dir nicht?", fragte Verena.

„Oh doch, doch! Ich achte nur sehr auf mein Gewicht", erklärte Marion.

Daraufhin schob auch Marlene ihren Teller sofort zurück. Auf ihrem Gesicht zeichnete sich das schlechte Gewissen ab. Karla bemerkte es aus den Augenwinkeln.

„He, du wirst dir von der Bemerkung doch nicht den Appetit verderben lassen!"

„Ist schon gut. Meine Augen waren sowieso größer als der Hunger!", erwiderte Marlene mit einer weichen, zarten Stimme.

Sieh an, dachte Verena. Sie kann sprechen. Was ist nur mit ihr los? Irgendwas war jedenfalls, das sah Verenas sensibles Malerauge, das die Menschen niemals nur oberflächlich betrachtete. Marlenes Augen waren stumpf und sie war viel zu still, während Marion und Karla die ganze Zeit redeten.

„Was machen wir denn an meinem Geburtstag übermorgen?", fragte Marion jetzt in einem Ton, als wollte sie sich die Planung sowieso nicht aus der Hand nehmen lassen.

„Oh, da habe ich mir etwas ausgedacht", sagte Verena sofort. „Ich habe uns eine Kutsche gemietet."

„Eine Kutsche?", fragte Marion, als glaubte sie, nicht richtig gehört zu haben.

Karlas Augen leuchteten auf.

Marlene lächelte ein wenig.

„Genau. Ein Freund von uns organisiert und leitet solche Kutschfahrten über die Insel. Wir werden natürlich eine kleine Kutsche nur für uns haben. Damit fahren wir durch Texel, durch das Naturschutzgebiet und am Strand entlang. Wir haben hier eine wunderschöne Landschaft."

„Na ja…" Marion klang nicht sehr begeistert.

„Sagtest du nicht, Texel im September muss zauberhaft sein?“, erinnerte Verena sie.

„Das sagte ich wohl“, gestand Marion.

„Nun, Texel erkundet man nicht mit dem Auto. Du hast bestimmt einen anstrengenden, verantwortungsvollen Job. Jetzt lass dich mal hängen und etwas entschleunigen.“

„Entschleunigen?“, wiederholte Marion.

„Genau das.“

„Also ich bin dabei!“, rief Karla begeistert. „Entschleunigung wird mir auch gut tun. Und was ist mit dir, Marlene?“

„Was?“

„Na, Entschleunigung vom stressigen Alltag. Was hältst du davon?“

Nein, das brauche ich nicht, dachte Marlene. Mein Leben ist doch sowieso schon viel zu träge, viel zu ereignislos. Sie dachte an die Schlaftabletten in ihrem Gepäck. Sie würde sie hier nehmen müssen, um schlafen zu können, falls sie nicht das Einzelzimmer bekam. Aber da machte sie sich keine Illusionen, das würde Marion sich schnappen. Aber das war auch richtig so, Marion hatte sie schließlich eingeladen und bezahlte auch für die Wohnung. Und sie war das Geburtstagskind.

Aber Marlene hatte die Tabletten doch aufbewahren wollen, um alle zusammen nehmen zu können. Für den endgültigen Schlaf. Diesen Plan hatte sie nicht aufgegeben. Ach, es war ein Fehler gewesen, herzukommen. Wieso hatte sie nicht einfach diese Tabletten geschluckt? Warum hatte sie ausgerechnet in dem Moment die Einladung von Marion erreicht?

„Marlene!“, rief Karla.

Marlene zuckte zusammen.

„Was?“

„Einen Penny für deine Gedanken“, sagte Verena.

Karla schüttelte verständnislos den Kopf. „Ist ja wie mit meinen Kindern. Wo bist du denn mit deinen Gedanken?“

Das willst du nicht wissen, dachte Marlene. „Nur ein bisschen geträumt", antwortete sie.

„Okay, ich glaube, ihr seid erschöpft von der Fahrt. Ich zeige euch jetzt die Wohnung. Heute Abend kommt ihr zum Essen rüber und lernt meine Familie kennen und morgen kommt ihr zum Frühstücken. Danach müsst ihr euch selbst verpflegen. Ich freue mich aufrichtig, euch hier zu haben, aber ich habe keinen Urlaub."

„Schon klar! Das ist kein Problem", rief Karla munter.

„Ich dachte, dies wäre unsere Woche!", meinte Marion ein wenig pikiert. „Und jetzt bist du gar nicht dabei?"

Verena schaute etwas verständnislos zu der alten Freundin. „Aber natürlich bin ich dabei. Nur nicht rund um die Uhr. Wie gesagt, ich habe keinen Urlaub. Ich habe Termine und Aufträge, die erledigt werden müssen und mein Lädchen kann ich auch nicht einfach schließen."

„Und wenn sie uns bekochen würde, hätte sie noch weniger Zeit", warf Marlene ein.

„Schon gut!", Marion hob beschwichtigend die Arme. „Sie soll uns doch nicht bekochen. Natürlich gehen wir aus zum Essen."

„Und da komme ich auch gerne mit", lachte Verena.

Nachdem sie ausgepackt und sich umgezogen hatten, gingen die Frauen am Abend wieder hinüber in Verenas Haus. Marion hatte das Doppelzimmer alleine bezogen, während Marlene und Karla sich das Zimmer teilten, in dem zwei einzelne Betten in verschiedenen Ecken standen. Das Kinderzimmer also.

Sogar Marlene sah etwas frischer aus. Sie trug jetzt eine dunkelblaue Jeans und einen leichten, etwas zu weiten, dunkelroten Pulli. Er war eigentlich sehr schön und stand ihr auch gut zu ihren blonden Haaren. Auf ihre Birkenstock hatte sie allerdings nicht verzichtet. Na ja, warum auch, dachte Verena. Ist ja nur hier im Haus.

Verena hatte den Esstisch ausgezogen und reich gedeckt mit verschiedenen Brotsorten, Käse, Wurst, Fisch, mit frischen Tomaten und Möhrensalat.

„Mm, sieht das gut aus!", lobte Karla.

In dem Moment betrat Verenas Familie den Raum.

„Hallo!", grüßte Gustaaf offen.

„Hallo, ich bin Karla!", sagte Karla und ging sofort auf den groß gewachsenen Mann mit den dunklen, etwas zu langen Locken zu. Sympathisch, dachte sie dabei. Verena ist ein Glückskind. „Und ihr seid sicher Luuk und Swantje!" Sie begrüßte auch die beiden Kinder herzlich. Marlene folgte ihr etwas zurückhaltender.

Marion stellte sich forsch und sehr selbstbewusst vor.

Das ist ja eine Sahneschnitte, dachte sie, als sie Gustaaf die Hand reichte.

Marion, die Gescheite und Strebsame und Karla, die Fürsorgliche haben sich eigentlich nicht verändert, dachte Verena. Aber Marlene? Nun gut sie war immer schon sehr still, aber jetzt macht sie den Eindruck, als ob sie überhaupt nicht ganz bei sich ist. Ich fresse einen Besen, wenn mit ihr alles stimmt.

„Gut, nachdem sich alle vorgestellt haben, setzen wir uns doch an den Tisch!", schlug Verena vor. „Ihr könntet euch hierher setzen. In Ordnung?" Gleichzeitig wies sie auf die entsprechenden Stühle.

„In Ordnung", sagten Karla und Marion wie aus einem Munde.

„Möchte jemand Tee? Ich habe zwei Kannen Rooibostee gemacht."

Gerade, als Verena sich auch setzen wollte, klingelte es an der Tür.

„Lass nur, ich geh schon", bot Luuk an und lief zur Haustür. Als er mit dem Gast zurückkam, blieb Verena vor Erstaunen und vor Ärger der Mund offen stehen. Meine Güte, die Frau wusste doch, dass sie heute Besuch bekommen hatte. Was wollte sie schon wieder hier?

„Hallo", grüßte Isabella fröhlich in die Runde. „Ich dachte mir, ich schwinge mich auf mein Fahrrad und komme mal schnell her, um deine Freundinnen zu begrüßen, Verena. Ist ja nicht so weit und die Bewegung tut mir gut."

Verena verzog etwas unwillig den Mund.

Seit Isa den Job in Florindas Shop angenommen und eine kleine Wohnung in dem neuen Appartementhaus in *De Koog* bezogen hatte, kam sie ständig her. Sie klammerte sich geradezu an Verena, als ob sie Halt bei ihr suchte. Verena wollte ja durchaus für die junge Frau da sein, aber dieses Ausmaß wurde ihr zuviel, das nahm ihr allmählich die Luft zum Atmen und bewirkte genau das Gegenteil, das Isa vermutlich erhoffte. Verena hatte immer weniger Lust, sie zu treffen. Mit diesem Besuch sprengte die junge Frau jetzt endgültig die Grenzen. Dennoch wollte Verena vor den Freundinnen, die die Vorgeschichte nicht kannten, nicht unhöflich oder gar herzlos erscheinen.

Meine Güte, wir reagieren doch ständig so, wie wir denken, dass andere es von uns erwarten, dachte sie von sich selbst genervt, als sie Isabella etwas frostig begrüßte und zum Essen einlud.

Isabella war so fröhlich wie Verena sie selten erlebt hatte.

„Ich habe bis vor kurzem in dem Häuschen gewohnt", plauderte die junge Frau zwanglos drauflos. „Verena war so nett zu mir. Es war so großzügig, mich dort wohnen zu lassen, obwohl ich ja eine völlig Fremde war. Sie hat mich ja verletzt in diesem Naturschutzgebiet gefunden. Ich wäre bestimmt gestorben, wenn sie und Jasper nicht gewesen wären."

Marion, Marlene und Karla wandten sich gleichzeitig in einer abrupten Bewegung und mit erstauntem Gesichtsausdruck Verena zu. „Was? Die Geschichte kennen wir ja noch gar nicht. Was war denn da passiert?"

Verena seufzte. Sie hätte gerne mehr darüber erfahren, wie die Leben ihrer Freundinnen gerade verliefen. Aber Isabella plauderte und plauderte, als drehe sich die Welt nur um sie.

Merkt die überhaupt nicht, dass sie stört, dachte Verena grimmig. Sie hatte ihr gerne geholfen, es war ihr völlig selbstverständlich erschienen, aber nun... Sie war doch nicht für alle Zeit für die junge Frau verantwortlich. Und die ihrerseits musste nicht für alle Zeit an ihr hängen.

Gustaaf bemerkte die Gedanken hinter der Stirn seiner Frau. Und er fand, sie hatte recht. Verena hatte sich die Tage mit den alten Freundinnen verdient. Sie war zwar keine Frau, die an der Vergangenheit hing, aber nun waren ihre Freundinnen hier und sie sollte das Recht haben, die Zeit zu genießen. Vielleicht alte Freundschaften wieder aufzufrischen. Herauszufinden, was sie noch verband.

Er stand langsam auf. „Isa, ich denke, ich werde dich jetzt nach Hause bringen."

„Das ist nicht nötig, vielen Dank Gustaaf. Ich bin doch mit dem Rad gekommen und kann damit auch wieder fahren. Ist ja nicht sehr weit bis *De Koog*."

„Es ist schon spät und ich möchte nicht, dass du allein in der Dunkelheit durch die Dünen fährst", log er. Er wollte sie loswerden und zwar jetzt.

Isabell lächelte etwas zu süß. „Es ist wirklich nicht nötig."

„Ich denke schon. Du kannst dein Rad stehen lassen."

„Und dann? Soll ich es mir morgen etwa zu Fuß holen? In meinen Mini passt es nicht hinein."

Gustaaf stöhnte. Diese Isabella ging wirklich allmählich auf die Nerven. Er verspürte auch keine Lust, erst den Fahrradträger zu montieren, aber ein Fahrrad passte vielleicht auch in den Koffer-raum, wenn er die Heckklappe offen ließ. „Dann lade ich das Rad eben ein, wir nehmen es mit", erwiderte er genervt.

„Von mir aus kann sie gerne bleiben", wandte Marlene leise ein. „Sie hat soviel Schlimmes erlebt."

Über Isas Gesicht flog sofort ein Strahlen.

Verena verdrehte die Augen. Deshalb habe ich ihr ja soviel geholfen, dachte sie. „Heute Abend nicht!", sagte sie hart. „Es wird sich sicher ein anderes Mal die Gelegenheit ergeben. Sicher musst du auch morgen arbeiten, Isa?"

Isabella hob leichthin die Schultern. „Erst um zehn."

„Isabell arbeitet nämlich inzwischen in einem Souvenirladen in *De Koog*", berichtete Verena.

„Na wenn sie erst um zehn…", begann Marlene zaghaft, aber Marion schnitt ihr das Wort ab. „Ich glaube, Verena hat recht. Wir haben uns sicher auch noch einiges zu erzählen, das Isabella nicht interessiert."

Sie wandte sich der jungen Frau zu. „Dinge von früher, du verstehst?"

Isabella nickte. Aber Verena sah ihre Augen. Dieselben Augen, die sie immer als traurig und melancholisch empfunden hatte, funkelten böse und wild auf. Nur einen Moment lang. Dann lächelte Isa wieder und nickte verständnisvoll.

„Aber natürlich."

Damit verließ sie, gefolgt von Gustaaf, das Haus.

Kapitel 8:
Sonntag, 09. September 2018

Isabella saß auf einem Stein an der schmalen Straße und beobachtete Verena Hoeve. Sie wusste nicht einmal genau, was sie hier wollte. Sie war immer noch so verdammt wütend, weil Verena sie gestern so unfreundlich behandelt hatte. Was sollte das? Oh ja, sie wollte allein sein mit ihren Freundinnen, hatte sie gesagt. Die waren wohl wichtiger? Aber Verena war doch für sie, Isa, verantwortlich. Sie hatte ihr schließlich das Leben gerettet. In welcher Kultur war das noch mal so, dass der Lebensretter für den Geretteten verantwortlich war? Isabella wusste es nicht. Es war auch egal, es war einfach richtig so. Sonst hätte sie sie ja gleich sterben lassen können.

Und dann diese Freundin. Diese Aufgetakelte, perfekt Gestylte. Glaubte auch, einfach ihren Senf dazu geben zu können.

Isabella ballte ihre Hand zur Faust, bis die Fingernägel schmerzhaft in ihre Handballen schnitten. Und jetzt? Was sollte sie jetzt machen? Reingehen? Wieder eine Abfuhr riskieren?

Und dann sah sie eine der Frauen den Grundstücksweg entlang kommen. Sie trat einen Schritt zurück, versteckte sich hinter der Hecke. Die Frau bog rechts ab. Sie ging langsam, mit hängenden Schultern, den Blick geradeaus gerichtet. Was hatte die vor? Ein frühmorgendlicher Spaziergang? Vielleicht war sie eine von denen, die morgens ganz früh aus dem Bett fielen oder sie war eine Frischluftfanatikerin. Isabella beschloss, ihr zu folgen. Vielleicht konnte sie ein wenig Unfrieden stiften. Bei der Aufgetakelten würde ihr das nicht gelingen, aber diese hier schien anders zu sein.

Nicht so stark, nicht so selbstbewusst und schon gar nicht so streitbar.

Isa würde nichts zwischen ihre Freundschaft zu Verena kommen lassen.

Und diese war nur das erste Hindernis. Obwohl – lohnte sich das? Wenn sie sich recht erinnerte, waren die drei Frauen nur eine Woche lang hier. Aber eine Woche, in der sie selbst ausgebootet wurde. Sie hatte sich geschworen, dass ihr das nie wieder passieren würde.

Aber diese hier – wie hieß sie noch? Marlene – war ja eigentlich ganz nett gewesen. Sie hatte sogar versucht, für sie zu sprechen. Vielleicht sollte sie nicht versuchen, Zwietracht zu säen, sondern Marlene für sich zu gewinnen.

In Isabella reifte ein Plan.

Sie schlich hinter Marlene her. Sie versuchte, sich zu verstecken. Wenn die Andere sich umdrehte, wollte sie nicht, dass sie bemerkt wurde. Noch ging das. Es gab einige Hauseingänge und Hecken. Aber dann kam ein Stück freies Feld. Aber Marlene sah nicht so aus, als würde sie sich jemals umwenden. Sie schien vollkommen in Gedanken versunken zu sein. Und selbst wenn - dann würde Isa eben behaupten, dass auch sie so gerne in den Dünen spazieren ging. Es zog sie immer dorthin zurück, wo Verena sie halbtot gefunden hatte. Isabella grinste vor sich hin. Wenn das nicht glaubhaft war, herrlich sentimental und kitschig. Der Ort, an dem sie gefunden worden war, war zwar in Wahrheit nördlich von hier in der Heidelandschaft *De Slufter*. Aber wen interessierte das? Marlene wusste das sicher nicht so genau.

Marlene ging den Weg zwischen den Dünen hindurch, durchschritt die Schleuse und spazierte den Weg weiter durch die grüne Landschaft. Ihr Herz war schwer. Was hatte sie nur hier zu suchen? Sie fühlte sich, als wäre sie komplett fehl am Platz. Sie atmete tief die frische Morgenluft ein. Es war noch nicht einmal halb acht. Sicher hatte sie noch Zeit, bis ihre Freundinnen frühstückten.

Die Landschaft war schön, grün und weit und lag inmitten von sanften Hügeln der Dünen.

Eigentlich war sie ein ausgesprochener Meertyp. Es musste schon mindestens die Nordsee sein, lieber noch der Atlantik. Sie hatten immer aufwändige Urlaube gemacht. Kreta – Portugal – Türkei – Fuerteventura – Ägypten. An Geld hatte es ja nie gefehlt. Jetzt stellte sie überrascht fest, dass diese ruhige Gegend sie gefangen nahm. An einem kleinen Weiher blieb sie endlich stehen. Vögel scharten sich darum. Möwen waren es nicht. Kraniche oder Reiher?

Sie sah sich um, sah Schafherden und erschreckte ein wenig, als sie die schottischen Hochlandrinder weiden sah – völlig ohne Zaun. Enten und Gänse liefen dazwischen herum.

Den Weg entlang sah sie eine junge Frau näher kommen. Sie stockte, schaute sich noch einmal um. Sie kam ihr bekannt vor.

„Isabella?", fragte sie zaghaft.

„Ja, ich bin es."

Die beiden Frauen setzten sich ganz selbstverständlich auf eine Bank. Marlene sah den Tieren rings um sich her zu.

„Was machst du hier so früh am Sonntag morgen?", fragte sie ohne Isa anzusehen. Sie hatten sich gestern Abend alle automatisch geduzt, also nahm Marlene an, dass es okay war, das weiter zu tun.

„Und du?", fragte Isa.

Marlene lachte auf. „Ach, ich bin es einfach von meinen Kindern gewohnt, früh aufzustehen." Das stimmt nicht, dachte sie dabei. Friederike und Rebecca sind erwachsen, für die beiden muss ich schon lange nicht mehr am Sonntagmorgen früh aufstehen.

„Es ist schön hier", sagte sie.

„Ja, das finde ich auch. Vielleicht liegt es aber auch daran, dass ich hier in den Dünen…"

„War es hier, wo Verena dich gefunden hat?"

„Nicht genau. Es war direkt am Meer. Warum bist du eigentlich allein hier? Verena läuft auch gerne mit ihrem Hund. Vielleicht hätte sie dich begleitet."

„Ich wollte allein sein", erwiderte Marlene etwas abweisend. Was für ein schöner Platz zum Sterben, dachte sie. Vielleicht nehme ich meine Tabletten und lege mich hier in die Dünen. Sie stellte sich vor, wie ihre Freundinnen sie fanden. Ob sie geschockt wären oder traurig? Geschockt bestimmt. Marion wäre bestimmt sauer. Wie konnte sie ihnen die schöne Urlaubswoche verderben.

„Marlene?"

Sie schreckte zusammen.

„Oh Entschuldigung, du warst ja ganz in Gedanken. Du hast gar nicht gehört, was ich gesagt habe, nicht wahr?"

„Nein, kein einziges Wort, entschuldige. Was hast du gesagt?"

„Ich fragte, ob ich lieber gehen soll. Wenn du allein sein willst, bin ich doch auch zu viel hier."

Marlene lächelte und schüttelte gedankenverloren den Kopf.

„Nein, schon gut. Erzähl mir ein wenig von dir."

„Von mir?" Isabella hob die Schultern. „Da gibt es nicht viel."

„Was hast du gemacht, bevor du herkamst?"

„Ich habe in einem Hotel gearbeitet."

„Oh! Wie schön. Und wo hast du gelebt? Hast du Familie?"

„Meine Eltern sind tot!", erwiderte Isabella hart.

„Das tut mir aber leid. Ein Unfall?"

„Ja."

Marlene merkte, dass sie ein Thema berührt hatte, über das Isabella nicht sprechen wollte. Sie verstand es nicht. Welchen Grund konnte es dafür geben? Vielleicht war die Wunde noch zu frisch. Vielleicht stand alles in einem großen Zusammenhang? War Isa nicht hier gestrandet? Waren ihre Eltern bei dem gleichen Bootsunfall umgekommen?

Sie legte ihre Hand auf die Hand der jungen Frau. „Ich bin für dich da, wenn du reden willst."

Dabei dachte sie: Wie kann ich das? Ich komme ja nicht einmal mit mir selbst zurecht.

Verena deckte gemeinsam mit Swantje das Frühstück auf dem großen Esstisch in der Küche. Swantje war, wie ihre Mutter, eine totale Frühaufsteherin.

„Ich habe inzwischen echt Hunger", meinte das Mädchen und stellte Marmelade und Honig auf den Tisch, während Verena eine Aufschnittplatte herrichtete. „Fehlt noch was?", fragte Swantje.

„Stell noch etwas Käse dazu. Wollen wir Eier kochen?"

„Oh ja!" Swantje liebte Frühstückseier – das Gelbe noch weich, das Weiße hart. So mussten sie sein. Lecker.

Der Schlüssel drehte sich im Schloss, Gustaaf kam mit den Brötchen und dem Stangenbrot zurück.

Verena ging zu ihm und gab ihm einen Kuss. „Legst du die Brötchen in den Brotkorb? Und schneide bitte das Bagett auf."

„Zu Befehl!" Er salutierte lachend.

„Kindskopf!"

Swantje kicherte. In dem Moment kamen Luuk und Jasper durch die Gartentür.

„Füße abgeputzt?", rief Verena.

„Klar."

Alle wussten, dass er das nicht getan hatte.

„Habt ihr alle toll gemacht heute Morgen. Das nenne ich Arbeitsteilung", lobte Verena. „Swantje, kannst du drüben klingeln? Die Mädels sollen zum Frühstücken kommen."

„Die Mädels?", kicherte Swantje.

Luuk und Gustaaf fielen in ihr Lachen ein.

„Ihr seid blöd!", rief Verena, aber sie lachte auch. Die Stimmung war gut, ausgelassen und fröhlich. So wie meistens. Sie waren ein gutes Team.

Eine halbe Stunde später saßen alle um den großen Tisch herum: Verena, Gustaaf, Swantje, Luuk, Marion und Karla.

„Wo ist denn Marlene?", fragte Verena irritiert.

Marion hob die Schultern.

„Ich habe mitbekommen, dass sie aufgestanden ist und auch, dass die Haustür ging. Das war noch ganz früh, kurz nach sieben", berichtete Karla. „Aber ich war halt schon wach – die Macht der Gewohnheit. Ich dachte einfach, sie kann nicht schlafen und wollte einen Morgenspaziergang machen", Karla seufzte. „Ich fand nichts Schlimmes dabei. Aber jetzt geht es schon auf halb zehn zu."

„Sie wusste doch, dass wir gemeinsam frühstücken wollten. Wo wollte sie denn wohl hin?", überlegte Verena.

Marion hob die Schultern. „Wo kann man denn hier hin?"

Swantje verdrehte die Augen wegen Marions abschätzendem Tonfall.

„Ich denke, in die Dünen", meinte Karla. „Sie meinte gestern Abend schon, dass die Dünenlandschaft sie interessiert. Ich habe mir nichts dabei gedacht, als sie…"

„Das sagtest du schon.", raunzte Marion sie an. „Nun pass mal auf, Karla - du hast vier Kinder, aber Marlene ist keines davon. Du bist nicht für sie verantwortlich."

Karla seufzte.

„Marion!", mahnte Verena.

„Was?" Marions Ton war genervt. Wie von jemandem, der es nicht gewohnt war, selbst ermahnt zu werden.

„Nun lasst uns erstmal frühstücken. Es wird ihr ja nichts passiert sein. In *De Muy* kann man sich ewig aufhalten. Vielleicht sitzt sie irgendwo auf einer Bank und träumt", schlug Gustaaf vor.

„Prima Idee, ich habe nämlich einen Riesenhunger!", stimmte Luuk zu.

Verena nickte. Die Stimmung lockerte sich allmählich wieder auf.

Joost Zumbrink knüllte wutentbrannt die Zeitung zusammen und warf sie auf den Boden. Super Sonntag. Mal wieder ein Artikel über die *Ach so tolle* Malerin Verena Huisman. Was machte die denn schon? Portraits, Tiere, Landschaften. Seine abstrakten Bilder und Skulpturen waren etwas Besonderes. Das war Kunst.

„Warum zeichnest du nicht anders? Pass deinen Stil doch an", schlug seine Frau Benthe vor. „Die Touristen wollen eben Möwen über dem Meer, den Leuchtturm oder Schafherden."

„Postkartenidylle!", spie er hervor.

„Was ist schlecht daran?"

„Was schlecht daran ist?", schrie er und sprang entrüstet auf.

„Nun ja, es geht nun mal um Angebot und Nachfrage. Du kannst ja eine Mischung anbieten. Von allem etwas."

„Damit mache ich mich als Künstler doch vollkommen unglaubwürdig."

Er setzte sich wieder hin und belegte sein Brötchen mit Wurst.

„Ne, nur vielseitiger", meinte Benthe vorsichtig. Sie wollte die Wut ihres Mannes nicht noch weiter schüren, aber immer den Mund halten, konnte auch nicht der richtige Weg sein.

„Die kämpft doch mit unfairen Methoden. Wieso hat die schon wieder einen Artikel in der Zeitung? Die hat doch Freunde da. Alles Schiebung."

Benthe hob die Zeitung auf und strich sie glatt.

„Also Joost, du siehst doch Gespenster. Schau, sie organisiert in der übernächsten Woche wieder einen Zeichennachmittag für Kinder. So etwas muss doch angekündigt werden."

„Auf welcher Seite stehst du eigentlich?"

„Natürlich auf deiner!", sagte Benthe ruhig. „Biete doch einfach mal Modellierkurse an."

„Ach, soll ich sie nachäffen?"

Benthe seufzte. Joost war so stur und unnachgiebig. Verenas Galerie war erfolgreicher, weil sie auf Kundenwünsche einging. Joost sah das einfach alles nicht ein und schlug jeden Vorschlag in den Wind. Dann konnte sie ihm auch nicht helfen.

„Wenn du nicht von deiner Linie abgehen willst, musst du sie eben konsequent weiterverfolgen. Sieh doch auch mal zu, dass du deine Arbeiten in der Zeitung vorstellst oder geh auf Kunsthandwerkermärkte wie andere Künstler. Es gibt Möglichkeiten, die du noch nicht ausgeschöpft hast."

„Die wird schon noch sehen, was sie davon hat", brummte er, ohne auf Benthes Vorschläge einzugehen.

„Ja wovon denn?", fragte seine Frau verzweifelt. „Sie ist schon soviel länger hier auf der Insel als du. Dadurch ist sie natürlich auch bekannter. Der Erfolg ist ihr sicher auch nicht zugeflogen, sie hat hart dafür gearbeitet. Und überhaupt: Du bist doch dazu gekommen und machst Konkurrenz. Und jetzt bist du sauer, dass sie hier ist. Was geht nur in dir vor?"

„Ach so siehst du das? Ich habe kein Recht hier zu sein?"

„Das habe ich nicht gesagt."

Er sprang auf und schob dabei so ruckartig den Stuhl zurück, dass er umkippte. Benthe zuckte zusammen.

„Mir ist der Appetit vergangen!", maulte er und verließ das Zimmer. Kurz darauf hörte Benthe die Haustür ins Schloss fallen. Na prima, jetzt war er wieder beleidigt. Und warum? Weil Verena nicht das Feld geräumt hatte, als er vor einem Jahr auf Texel aufgetaucht war? Benthe schüttelte verständnislos den Kopf und strich Butter auf ihre Brötchenhälfte. Sie hatte nicht vor, sich von der schlechten Laune ihres Mannes den Appetit verderben zu lassen.

Aber allmählich fragte sie sich, ob mehr dahinter steckte als nur Neid und Konkurrenzkampf. Aber was könnte das sein?

Marlene kam gemeinsam mit Isabella erst gegen halb zwölf in *Verena Hoeve* an. Ihr Blick fiel auf drei Fahrräder neben dem Haus. „Toll, die Räder sind schon da", freute sie sich. „Verena hat uns welche bestellt, aber sie wusste nicht, ob die heute Vormittag noch kommen. Dann kann ich ja mal mit dem Rad in das Naturschutzgebiet fahren."

Doch am Ferienhaus liefen sie und Isa vor eine verschlossene Tür.

„Sicher sind alle noch bei Verena drüben", meinte Marlene zuversichtlich.

Isabella folgte ihr wie ein Hündchen zum Wohnhaus. Gustaaf öffnete.

„Marlene!", entfuhr es ihm. „Wo warst du so lange?"

„Spazieren."

Er wunderte sich, dass Marlene in Begleitung von Isa erschien, aber er ignorierte die junge Frau bewusst.

„Es tut mir leid, aber Verena und Swantje sind mit Marion und Karla unterwegs. Sie wollten ihnen die Insel zeigen. Sie sind erst vor einer viertel Stunde weg, bis dahin haben sie auf dich gewartet. Aber dann..."

„Oh, ich verstehe. Tut mir leid."

Das erklär mal deinen Freundinnen, dachte Gustaaf, aber er wollte sich nicht zu sehr in das Thema hinein ziehen lassen, auch wenn er bemerkt hatte, wie sauer sie alle gewesen waren. Besonders Marion. Aber das war einfach nicht seine Sache. Das sollten die Frauen unter sich klären.

Marlene ahnte die unausgesprochenen Worte zwischen ihnen.

„Ich musste einfach ein bisschen allein sein", erklärte sie.

„Du kannst gerne den ganzen Tag alleine spazieren gehen, aber dann sag doch wenigstens Bescheid. Einfach stundenlang zu verschwinden…"

Isabella stand daneben und beobachtete amüsiert das Wortgeplänkel. Der Vorwurf in Gustaafs Stimme war nicht zu überhören. Sie freute sich darüber. Schadenfreude. Aber es ärgerte sie, dass Marlene völlig ruhig blieb, sogar ganz kleinlaut wurde.

„Hast du einen Schlüssel, damit ich ins Ferienhaus komme?", fragte sie jetzt.

Gustaaf nickte. „Natürlich." Er drehte sich nur kurz um und nahm den Schlüssel von einem Haken.

Marlene nahm ihn entgegen. „Danke."

„Was machst du eigentlich schon wieder hier?", wandte er sich endlich an Isabella. Sie bemerkte seinen genervten Unterton.

„Ich habe Marlene zufällig beim Spazierengehen getroffen."

„Zufällig? Wer's glaubt."

„So war es aber!", bestätigte Marlene. „Ich wusste ja gar nicht, dass Verena sie gleich dort hinten in den Dünen gefunden hat."

„Hat sie nicht. Es war weiter nördlich."

Isa beobachtete Gustaaf amüsiert. Sie freute sich, dass sie es geschafft hatte, Marlene auf ihre Seite zu ziehen. Die schien vorhin wirklich überhaupt nicht bemerkt zu haben, dass sie ihr gefolgt war. Ein Wunder bei der offenen Landschaft. Aber sie war total in Gedanken versunken gewesen, hatte sich nicht ein einziges Mal umgesehen.

„Also dann…" Marlene wusste nicht so recht, was sie sagen sollte, um gehen zu können. Sie merkte plötzlich, dass sie Hunger hatte. Aber sie sagte nichts. Sie hatte ja selbst Schuld. Warum war sie auch nicht pünktlich zurück gewesen. Viel war nicht im Ferienhaus, etwas Obst und Joghurt. Ob sie mit Isa irgendwo einen Happen Essen gehen konnte?

„Brauchst du noch etwas?", fragte Gustaaf.

Sie schüttelte den Kopf.

„Vielleicht ein Brötchen und etwas Käse?", bot er an, als hätte er ihre Gedanken erraten.

„Das wäre toll."

„Zwei Brötchen", meldete sich Isabella.

„Du fährst besser nach Hause", sagte Gustaaf.

„Wenn Marlene das möchte!" Isa schaute die Ältere provozierend an.

„Oder wollen wir irgendwo etwas essen gehen?", schlug Marlene vorsichtig vor. Sie merkte, dass Isabella offenbar ein heikles Thema bei Verena und ihrer Familie war.

„Oh ja gerne!", jubelte Isabella sofort. „Wir können mit meinem Auto fahren. Steht an der Straße. Nach *De Koog*? Pizza?"

Marlene nickte.

Gustaaf schloss die Tür ohne ein weiteres Wort. Ihm war das egal. Er hoffte nur, dass Marlene und Isabella sich nicht zu sehr anfreundeten. Die junge Frau tat den Menschen nicht gut, die ihr wohlgesonnen waren. Sie benahm sich merkwürdig, schon fast wie eine Stalkerin.

Zu spät fiel ihm auf, dass sie gesagt hatte: „Mein Auto steht an der Straße. Wieso hatte sie hier geparkt und war dann bis in die Dünen gelaufen?" In Gustaaf kam der Verdacht auf, dass sie Marlene bemerkt hatte und ihr gefolgt war. Meine Güte, wenn das stimmte…

„Ich kann kaum glauben, dass deine Freundinnen einfach ohne dich gefahren sind", begann Isabella, als die beiden zusammen in ihrem kleinen Auto saßen.

„Ach, das kann man schon verstehen. Sie haben lange genug gewartet, wussten nicht, wann ich wiederkomme und mein Handy hatte ich auch nicht dabei."

„Das ist es ja gerade. Du hättest dich verlaufen können."

„Aber nein, das Naturschutzgebiet ist doch recht übersichtlich."

90

„Das wussten deine Freundinnen aber nicht. Außerdem hätte dir auch etwas passiert sein können. Du hättest bewusstlos in *De Muy* liegen können und niemand würde dich finden. So belebt ist es dort nicht."

„Du übertreibst!", wehrte Marlene ab, aber Isabella hatte einen Nerv getroffen. Tatsächlich wäre das möglich gewesen und niemand hatte daran gedacht. Vermutlich waren sie nur sauer gewesen, weil sie einfach gegangen und nicht pünktlich zum Frühstück zurück war. Soviel war sie eben nicht wert, dass man sich Sorgen um sie machte.

Wertlos – das Thema ihres Lebens.

Wozu war sie schon gut?

Sie wurde nicht gebraucht.

Sie merkte nicht, dass Isabella mit einem gemeinen Zug um den Mund lächelte.

Und sie fragte sich auch nicht, weshalb Isabellas Auto bei Verena Hoeve geparkt war und nicht vor dem Naturschutzgebiet. Es fiel ihr einfach nicht auf, viel zu sehr war sie mit ihrer eigenen Verzweiflung beschäftigt.

Als die Frauen und Swantje zurückkamen, erfuhren sie von Gustaaf, dass Marlene in der Zwischenzeit ausgerechnet gemeinsam mit Isabella zurückgekommen und mit ihr zum Essen gefahren war.

„Wenn sie die Zeit alleine verbringen will, hätte sie gar nicht erst hierher mitkommen brauchen", knurrte Marion.

„Ach lass sie doch", meinte Karla versöhnlich. „Wir waren nicht da, als sie zurückkam. Was hätte sie tun sollen?"

„Gar nicht erst so lange fortbleiben", maulte Marion. „Oder wenigstens ihr Handy mitnehmen, damit wir sie hätten erreichen können."

„Aber…"

„Sie hat recht, Karla", fiel Verena ihr ins Wort. „Marlene hat wirklich übertrieben. Und dann fährt sie ausgerechnet mit Isa zum Essen. Fällt euch auf, dass die dauernd da ist? Irgendwas stimmt nicht mit ihr. Ich mache das ja jetzt schon eine ganze Weile mit. Das grenzt an Stalking."

„Jetzt übertreibst du aber", meinte Karla.

„Tut sie nicht. Das fällt ja sogar mir nach nur einem Tag auf", erwiderte Marion unwirsch. „Und wenn es wirklich stimmt, was Gustaaf meinte, nämlich dass Isa sich beim Haus versteckt und es beobachtet hat, dann ist das wirklich sehr bedenklich."

„Das wissen wir ja nicht genau", meinte Karla.

„Auf jeden Fall ist sie Marlene nachgegangen", erwiderte Verena.

„So früh am Morgen ein solcher Zufall? Daran glaubst du doch selbst nicht."

Karla hob die Schultern. Vielleicht meinte sie es wirklich ein bisschen zu gut, wenn sie jedes Verhalten erklärte und versuchte zu verstehen.

„Na komm, machen wir uns ein wenig frisch und lesen etwas", schlug sie vor.

Marion nickte. Und telefonieren wir mit der Familie, fügte sie in Gedanken hinzu, denn sie war sicher, dass Karla das als erstes tun würde.

Sie sahen nicht mehr den grauen Mercedes, der zu Verena Hoeve einbog und das Paar mittleren Alters, das auf das Atelier zusteuerte.

Die beiden Besucher sahen an der Tür das Schild mit der Aufschrift: „Bitte im Haupthaus läuten" und steuerten zielstrebig darauf zu.

„Wer kann das jetzt sein?", rief Verena etwas genervt aus. Sie hatte sich gefreut, sich einfach etwas vor den Fernseher flegeln zu können. Betont schwungvoll riss sie die Tür auf und stand einem Paar gegenüber.

Die Frau war nicht sehr groß, etwa vierzig Jahre alt, etwas rundlich. Sie trug ihre dicken blonden Haare zu einem schulterlangen Bob. Bekleidet war sie mit einer weiten Leinenhose, worüber sie eine ebenso weite Tunika trug. Ihre Augen wirkten leicht gehetzt, als stünde sie unter Stress, was nicht recht zu ihrer legeren Erscheinung passte.

Der Mann war ungefähr im gleichen Alter, viel größer und untersetzt. Sein Haaransatz begann ziemlich weit hinten und unter dem Ausschnitt seines Shirts konnte man die Umrisse eines Tatoos erkennen.

„Entschuldigen Sie, dass wir Sie am Sonntag stören. Aber auf der Tür Ihres Ateliers steht, man solle hier läuten. Ist das in Ordnung?"

Verena nickte. „Ja, ja. Ich habe es zurzeit nicht regelmäßig geöffnet. Wie kann ich Ihnen helfen?", fragte sie etwas steif.

„Wir sind Annett und Gernot Lambrecht und betreiben Kunstgalerien in Hamburg. Wir lasen in einer Kunstzeitung von Ihrem Atelier. *Eine deutsche Malerin auf Texel.*" Die Frau lächelte freundlich. „Dazu gab es ein Foto von Ihrer Ausstellung in Amsterdam. Das hat uns inspiriert und neugierig gemacht. Wir wissen, die Ausstellung ist bereits ein paar Wochen her. Aber die Zeitung kommt nur viermal im Jahr heraus, deshalb kommen wir so spät hier an. Wir würden die Bilder sehr gerne sehen, die Sie dort ausgestellt haben. Insbesondere gab es ein Portrait…"

Verena schreckte zusammen. „Das war in der Zeitung?"

Oh Schiet, dachte sie. Das Portrait, das ich überhaupt nicht mitnehmen durfte - warum auch immer - und von dem ich die Finger nicht lassen konnte. Dieses Portrait war in einer deutschen

Zeitung und führt Galeristen hierher? Mist! Wenn das Isa mitbekommt.

„Oh ja. Es steht etwas im Hintergrund, was ich überhaupt nicht verstehen kann. Der Fotograf hätte es in den Vordergrund holen müssen. Und warum haben Sie es so versteckt? Es ist wirklich bemerkenswert."

Ja, Verena erinnerte sich, dass Reporter dort gewesen waren. Die liefen doch immer auf diesen Ausstellungen herum. Sie war sogar auf das Portrait angesprochen worden, aber sie hatte ein Foto davon abgelehnt.

Offenbar war es dennoch passiert. Ach, sie war naiv gewesen. Das hatte doch nicht gut gehen können. Soviel also zum Datenschutz.

„Mein Mann und ich haben mit der Lupe darüber gehangen und es betrachtet. Jetzt wollen wir natürlich das Original sehen", plauderte Annett Lambrecht weiter.

„Es ist allerdings unverkäuflich."

„Oh, wie schade. Aber vielleicht geben Sie es uns mit als Leihgabe für eine Ausstellung?"

Verena schüttelte entschieden den Kopf. „Nein. Ich hätte es nicht einmal nach Amsterdam mitnehmen dürfen. Das Model wollte das nicht."

Gernot Lambrecht zog irritiert die Augenbrauen in die Höhe. „Aber warum denn das nicht?"

„Das weiß ich selbst nicht, nur dass das Model ziemlich empfindlich reagiert hat. Ich habe das Portrait trotzdem mitgenommen, weil ich einfach nicht widerstehen konnte. Aber ich habe es bewusst im Hintergrund gehalten."

Annett Lambrecht lachte. „Ich kann Sie gut verstehen, Frau Huisman. Ich an Ihrer Stelle hätte das Bild auch mitgenommen. Dürfen wir es denn wenigstens sehen?"

Verena nickte stumm. Das war jetzt wahrscheinlich sowieso schon egal. Außerdem war sie ein wenig stolz über dieses Lob.

Hochmut kommt vor dem Fall, dachte sie selbstironisch, als sie vor den beiden Gästen die Treppe hinaufstieg.

Sie betraten ihr Atelier. Während Annett und Gernot sich aufmerksam umsahen, läutete es erneut an der Haustür. Im nächsten Moment kreischte Swantjes helle Stimme durch das Haus. „Mama! Maaamaaaa!"

Oh ne, dachte Verena. Was war denn gerade los?

Sie lief in den Flur. „Herr Berger ist hier. Kannst du kurz kommen", rief Swantje.

Verena seufzte und überlegte eine Sekunde, ob sie die beiden Gäste noch einen Moment allein lassen konnte.

„Tut mir leid, ich muss kurz nach unten. Ein Gast aus meiner Ferienwohnung hat offenbar ein Problem. Es geht sicher schnell."

„Lassen Sie sich ruhig Zeit", flötete Annett Lambrecht.

Verena war sich noch nicht sicher, ob sie die beiden sympathisch fand. Sie waren freundlich, fast ein wenig zu freundlich. Aber irgendwie empfand sie keine spontane Sympathie, wie sie es sonst bei Kunden so oft tat, wenn sie bei ein paar Worten im Lädchen eine gewisse Nähe erlebte. Verena ließ ihre Besucher nicht gerne alleine in ihrem Atelier. Aber zu stehlen gab es hier nichts. Ein Bild könnten sie kaum unbemerkt aus dem Haus schaffen. Und was hatte sie schon für eine Wahl? Mist. Normalerweise war das Atelier nicht für Kunden zugängig, dafür war schließlich ihr Lädchen da.

Verflixter Stolz, dachte sie und lief nach unten, weil sie Feriengäste aus ihren Wohnungen nicht gern warten ließ.

„Herr Berger, was kann ich für Sie tun?", rief sie ihm schon auf der Treppe entgegen.

„Unser Sohn hat Ohrenschmerzen. Könnten Sie uns einen Arzt empfehlen, zu dem wir fahren können?"

„Aber ja, natürlich." Sie ließ die Tür offen stehen, eilte ins Wohnzimmer und kramte in einem Karteikästchen neben dem Telefon. Als sie das richtige gefunden hatte, schrieb sie Namen, Telefonnummer und Adresse auf ein Stück Papier und reichte es ihrem Gast.

„Mit schönen Grüßen von mir." Sie lächelte.

„Danke."

„Hoffentlich wird es schnell besser – die Ohrenschmerzen meine ich."

„Bestimmt."

Der junge Mann ging und im selben Moment kamen die Lambrechts bereits die Treppe wieder herunter.

„Das Portrait ist wirklich fantastisch", flötete die Frau schon wieder.

Das war es wohl, was ihr nicht sympathisch war. Diese aufgesetzte Fröhlichkeit. Hach, alles ist ja so toll! Irgendwie wirkte es unecht, obwohl es vermutlich ehrlich gemeint war. Warum sonst hätten sie extra herkommen sollen?"

„Das Bild ist einfach unglaublich. So echt, so tief. Man glaubt, die Frau zu kennen und ihr bis in die Seele blicken zu können."

Na, da kannst du mehr als ich, dachte Verena. Ich blicke nicht mal der echten Person in die Seele.

„Überlegen Sie es sich doch noch einmal. Wir würden es wirklich gerne kaufen oder wenigstens für eine Ausstellung mitnehmen."

Verena lächelte höflich. „Nein, ich gebe es nicht her."

Das ging wirklich zu weit. Sie hatte schon eine Grenze überschritten, als sie es zu ihrer eigenen Ausstellung mitgenommen hatte.

„Schade. Aber andere Bilder verkaufen Sie schon?"

„Natürlich."

„Dann denken wir darüber nach und melden uns noch einmal. In Ordnung? Und Sie denken trotzdem noch mal über das Portrait nach. So schnell geben wir nicht auf. Wir kommen in ein paar Tagen noch mal vorbei."

„Über das Portrait brauche ich nicht nachzudenken. Aber ich würde mich freuen, wenn Sie für andere Bilder wiederkommen. Nur morgen nicht. Da bin ich den ganzen Tag unterwegs."
Zum ersten Mal lachte Verena offen. Ein Verkauf an eine Kunstgalerie in Hamburg. Das wäre doch etwas.
Sie schloss die Tür hinter dem Ehepaar und hoffte, nun endlich Ruhe zu haben.

Am Abend ging Verena mit einer großen Künstlertasche in ihr kleines Lädchen. Sie hatte einen Anruf ihrer Freundin erhalten. Florinda brauchte unbedingt Nachschub an Postkarten und Schmuck für ihren Shop *Fleurs*. Verena wollte die Sachen noch schnell heraussuchen, denn morgen war Marions Geburtstag und da hatte sie keine Zeit.
Sie schloss die Tür auf und stand in einem idyllischen Raum, der angehäuft war mit ihren Zeichnungen, Karten in Ständern, Gemälden auf Staffeleien oder ordentlich in Hüllen gepackt und hintereinander gestellt - Landschaften, das Meer, den Leuchtturm, Möwen, Hochlandrinder – zahlreiche Motive in unterschiedlichen Perspektiven.
Schmuck auf dekorativen Ständern oder an Gehängen an der Wand.
Sie traf eine Auswahl und packte die Bilder sorgfältig in die Tasche und den Schmuck in ein mit Samt ausgelegtes Kästchen. Gerade in dem Moment, als sie sich umdrehte, um ihr Lädchen wieder zu verlassen, sah sie den Zettel auf dem Boden liegen. Seltsam. Was konnte das sein? Hatte ihr jemand etwas unter der Tür durchgeschoben?
Sie bückte sich und ob ihn auf.
Sie blickte darauf, las die kurze Notiz und erstarrte. Was war das denn?
Es war die Kopie des Zeitungsartikels. Der, in dem auf ihre Zeichenstunden für Ferienkinder hingewiesen wurde. Quer

darüber stand in roten Druckbuchstaben: Karrieresüchtige Egomanin.

Wut kochte in ihr hoch. Waren sie jetzt schon so weit? Was sollte das? Wie konnte man so verflucht feindselig und missgünstig sein. Oh, dieser verfluchte Zumbrink. Es konnte nur Zumbrink sein. Er hatte den Artikel gelesen und war mal wieder ausgerastet. Sie ballte die Fäuste und zerknüllte den Zettel darin. Sie warf ihn achtlos in den Papierkorb. Von dem würde sie sich ihre Erfolge nicht kaputt machen lassen. Sie stampfte mit dem Fuß auf und gab einen wütenden Aufschrei von sich, dann verließ sie mit der großen Tasche voller Ware für das *Fleurs* ihr Lädchen, verschloss es sorgfältig und ging hinüber ins Haus, wo Gustaaf und ihre Kinder vor dem Fernseher saßen.

Sie stöhnte leise und setzte sich dazu. Sie würde jetzt nichts von dem Zettel erzählen. Dann würde sich Gustaaf nur aufregen und der Fernsehabend war verdorben. Und bringen würde es überhaupt nichts.

Kapitel 9:
Montag, 10. September 2018

Verena schlich mit einem kleinen Päckchen rüber in die Ferienwohnung, um Marion zum Geburtstag zu gratulieren. Sie klingelte und Karla öffnete ihr. „Guten Morgen, Verena", grüßte sie.
„Guten Morgen, ist unser Geburtstagskind schon auf?"
„Im Wohnzimmer."
Verena und Karla durchschritten den kleinen Flur und betraten das Wohnzimmer. Marion saß im Bademantel auf dem dunkelblauen Kunstledersofa.
„Happy Birthday!", grüßte Verena gutgelaunt. „Was ist mit dir los? Noch nicht angezogen? Wir sollten frühstücken und dann geht's los. Du weißt doch, wir fahren Kutsche!" Sie sprach schnell und ein bisschen zu hastig.
„Keine Lust", maulte Marion. „Ich bin kein kleines Mädchen, das auf Ponys steht. Ich bin erwachsen. Neunundvierzig."
Sie ließ ihren Kopf resigniert in die Hände sinken.
Verena schaute von Marlene zu Karla und dann zu der deprimiert wirkenden Marion. „Geburtstagsblues?", fragte sie. „Ich möchte mal wissen, was sie nächstes Jahr macht, wenn sie fünfzig wird."
„Ohhh!", heulte Marion auf.
„So geht das schon seit einer Stunde", erklärte Marlene.
„Ich glaub, du spinnst!", entfuhr es Verena. „Geburtstag ist ein Grund, sich zu freuen, Spaß zu haben, zu feiern."
„Ja, wenn man dreißig wird", heulte Marion.
„Neee, immer. Und dir geht es doch gut. Du siehst klasse aus, hast einen supertollen Job. Kannst dir vieles leisten, Reisen, schicke Kleidung, Theater…"
„Ich bin ganz allein. Ihr habt eure Familien, ihr habt etwas, das bleibt."

„Du redest vollkommenen Schwachsinn. Du wolltest nie heiraten, du wolltest nie Kinder. Und das ist ja auch kein Problem. Jeder kann entscheiden, wie er leben will. Aber jetzt soll genau das plötzlich ein Drama sein?"

„Verena hat recht. Was ist denn mit mir? Mein Mann ist weg, meine Kinder sind ausgezogen. Ich bin auch allein. Soviel zu *Etwas, das bleibt.* Und ich habe nicht einmal einen Job. Ich habe gar nichts!", Marlene wurde immer leiser.

Marion blickte langsam auf, durch etwas zu wirre Haare und aus verschlafenen Augen.

„Ja, du hast echt was aus deinem Leben gemacht!", sagte sie spöttisch. Der Ton gab Marlene einen Stich ins Herz.

„Das habt ihr beide", redete Marion weiter und blickte dabei von Marlene zu Karla.

„Wie bitte?", fragte Karla verärgert.

„Na ja, bei dir wird es in ein paar Jahren genau so sein. Nur dass du vier Kinder hast statt zwei, die irgendwo im Land verteilt leben und sich nicht mehr daran erinnern, dass ihre Mutter ihr eigenes Leben aufgegeben hat, um für sie zu kochen, zu waschen, zu putzen, um sie durch die Gegend chauffieren zu können, Vokabeln abzufragen und was man so macht als hauptberufliche Mutter." Marion machte eine abschätzende Handbewegung. „Und dann stehst du mitten in einem großen Nichts."

„Also Marion, es reicht. Mir gefällt mein Leben zufällig."

Dabei dachte Karla: Sie hat recht, ich muss etwas ändern. Ein wenig. Die Kinder und auch Jochen nehmen alles viel zu selbstverständlich.

Sie musste dringend mehr Mithilfe einfordern und selbst etwas für sich fordern. Vielleicht könnte sie einen Volkshochschulkurs belegen oder selbst einen Kurs geben. Sie war gelernte Krankengymnastin, damit müsste sich doch etwas anfangen lassen. Ein Kurs für Rückenschulung zum Beispiel.

Karla hörte dem Gespräch überhaupt nicht mehr zu, in ihrem Kopf überschlugen sich plötzlich Ideen, wie sie ihr Leben ein klein wenig in eine andere Bahn lenken konnte, ohne es komplett zu ändern. Sie wollte ja weiter für ihre Kinder da sein. Nur nicht mehr so ausschließlich.

„Und du, Verena? Du bist doch die einzige von uns, die scheinbar alles hat, Familie, Beruf. Aber du hast dich zurückgezogen auf diesen Flecken Erde im Nichts. Wie kann man hier nur leben?"

„Es reicht!", warnte Verena sie erbost. „Du hast wirklich an allem etwas auszusetzen. Du meckerst an jedem rum, machst jeden schlecht. Wer gibt dir eigentlich das Recht dazu? Geht es dir besser, wenn du andere runter machst? Wenn du uns und diesen Flecken Erde so schlimm findest, warum hat es dich dann ausgerechnet an deinem Geburtstag hierher gezogen, noch dazu mit uns?"

Ja, warum, dachte Marion. Nostalgie. Wehmut. Sehnsucht nach der Jugend, die sie ja doch nicht zurückholen konnte.

Sie ließ den Kopf wieder in die Hände sinken. Sie war zu weit gegangen, sie merkte es. Aber sie konnte nichts dagegen sagen. Sie tat sich selbst so furchtbar leid.

„Ich gehe jetzt mit Karla und Marlene rüber und wir frühstücken bei uns", erklärte Verena entschieden. „Wenn du dich beruhigt hast, komm auch rüber. Aber ich will Sprüche in dieser Art nicht mehr hören. Verstanden?"

Marion antwortete nicht.

„Ob du das verstanden hast?"

„Ja", flüsterte Marion. Dieser kleinlaute Ton passte nicht zu ihr. Das war nicht die selbstbewusste, starke Geschäftsfrau. Was war nur mit ihr los? Wie hatte Verena es genannt? Geburtstagsblues.

Verena legte das Päckchen, das sie mitgebracht hatte, auf den niedrigen Tisch und ging voran. Karla folgte ihr sofort, Marlene zögerte einen Moment. Sie blickte auf Marion, die für einen Moment aufblickte und sie ansah. Marlene wusste nicht, was sie in dem Blick las: Unzufriedenheit oder Verachtung? Vielleicht beides. Dass Marion sie verachtete, war sowieso klar. Und sie hatte sogar recht. Und jetzt? Mit achtundvierzig am Ende. Deshalb würde sie ja auch gehen. Morgen oder übermorgen. Nicht heute. Heute würden sie Geburtstag feiern. Mit oder ohne Marion. Sie ging hinter ihren Freundinnen her und ließ die Haustür leise ins Schloss fallen.

Marion hörte das leise Klicken der Tür und schrak zusammen, als wäre es ein lauter Knall gewesen. Sie war allein. Sie hatten sie tatsächlich verlassen. An ihrem Geburtstag. Das sollten ihre Freundinnen sein?

Nur ganz allmählich schlich sich ein anderer Gedanke ein, eine kleine Stimme, die sie nicht hören wollte, sagte: „Du hast die Drei behandelt, als wären sie überhaupt nichts wert."

Sie stöhnte.

„Das lässt sich niemand gefallen. So darf man sich nicht benehmen, nicht einmal an seinem Geburtstag."

„Sei still!", schrie sie die unsichtbare Stimme in ihrem Inneren an.

Sie erinnerte sich an einen Geburtstag vor vielen, vielen Jahren. Sieben oder acht Jahre war sie geworden. Ihre Mutter hatte einen Kindergeburtstag organisiert - mit Topfschlagen, Verstecken und Pfänderspielen. Das Wetter war toll gewesen an diesem Septembertag und sie sprangen im Garten herum. Irgendwer schlug Dreibeinlaufen vor. Dabei wurde zwei Kindern je ein Bein zusammengebunden und sie mussten auf diese Weise zusammen einen Wettlauf bestreiten.

Die Zahl kam genau auf, sie waren acht Kinder, also vier Teams. Aber sie, Marion, hatte keine Lust. Trotz allem Zureden und Bitten ihrer Gäste, trotz mahnender Worte ihrer Mutter, dass sie auch einmal nachgeben müsste, da ihre sieben Gäste alle dieses Spiel machen wollten, hatte sie sich durchgesetzt. Sie hatte nicht einmal zugelassen, dass ihre Gäste ohne sie das Spiel machten, wobei ja auch ein Kind übrig geblieben wäre. Sie hatte das ganze Register des Widerstands gezogen, getrampelt und geschrien.

Es war so überflüssig gewesen. Und es hatte soviel Zeit gekostet, die sie fröhlich hätte zubringen können.

So wie heute.

„Aber ich bin nicht mehr sieben Jahre alt", sagte sie laut zu sich selbst.

„Nein, du bist sieben mal sieben und benimmst dich immer noch gleich", sagte die innere Stimme.

„Unsinn."

„Doch. Wie ein trotziges Kind."

Sie stöhnte noch einmal. War das wirklich so?

„Ach Unsinn!", wehrte sie entschieden ab. „Wäre ich nicht so durchsetzungsstark, könnte ich meinen Job gar nicht ausführen. Ich bin genau richtig, so wie ich bin."

„Fragt sich nur, was du durchgesetzt hast. Wolltest du alleine hier sitzen, während deine Freundinnen drüben frühstücken?", fragte die Stimme. Ach, es war eine lästige Stimme, die Marion nicht hören wollte. Sie wischte mit einer heftigen Armbewegung ihre Gedanken fort. Sie verselbständigten sich auf erschreckende Weise.

Sie griff nach dem Päckchen, das Verena mitgebracht hatte und wickelte das bunte Geschenkpapier ab. Zum Vorschein kam ein kleines Gemälde von ihr und ihren drei Freundinnen vor dem Leuchtturm. Marion staunte. Wann hatte Verena das denn gezeichnet? Sie hatten bei ihrer Texel-Rundreise den Leuchtturm besucht, aber das war erst gestern gewesen. Seitdem hatte Verena dieses Bild nicht zeichnen können. Sie musste das längst vorher gemacht haben. Sie musste schon lange damit beschäftigt gewesen sein. Aber woher hatte sie gewusst, wie sie zurzeit aussahen, welche Frisuren sie hatten?

Marion merkte, dass ihr Tränen in die Augen stiegen.

Sie legte das Bild auf den Tisch und nahm das nächste Päcken. An der Schleife hing eine dieser kleinen Karten mit einer Sonnenblume vorne drauf. Marion klappte sie auf: Alles Liebe von Marlene, stand darauf.

Verena packte das Päckchen aus. Es war ein Australienroman von Patricia Shaw und ein Traumfänger an einer Halskette. Wieso erinnerte sich Marlene daran, dass sie Australienromane so liebte? Und nun kam das dritte Paket, das musste ja von Karla sein. Eine Karte war darauf geklebt. Verena löste sie vorsichtig. Sie wollte jetzt noch nicht das Papier zerreißen.

In der Karte stand ein Spruch: Lieber mit Schwung alt werden, als sich jung langweilen. Marion lachte unter Tränen auf. Typisch Karla. Wie hatte die auch ahnen können, dass sie auf ihrem Geburtstag in eine solche tiefe Krisenstimmung geriet. Mit Schwung alt werden? Sie wurde doch noch nicht alt. Noch nicht jedenfalls. Nein! Nein! Nein!

Als sie mit hängendem Kopf rüber zu Verena ging, hörte sie durch das geöffnete Fenster schon das Gelächter der Freundinnen. Sie meinte, besonders Verenas und Karlas Stimmen zu erkennen. Ja, das war schon wahrscheinlich. Marlene war immer schon die Ruhigste gewesen. Worüber lachten sie? Machten sie sich über sie, Marion, lustig? Scheiße, wie hatte sie nur so die Kontrolle verlieren können? Sie, die Geschäftsfrau, die Starke, die Selbstbewusste.

Sie atmete tief ein und straffte sich. Nicht die Schultern hängen lassen. Kopf gerade. Das hatte sie doch in irgendeinem Managerseminar gelernt. Die Wirkung der richtigen Körperhaltung. Also los.

Noch bevor sie klingeln konnte, wurde die Tür geöffnet. Gustaaf stand vor ihr. „Guten Morgen, Marion", grüßte er sie. „Herzlichen Glückwunsch zum Geburtstag. Geh nur hinein."

„Bist du heute nicht zur Arbeit gegangen?", fragte sie verdutzt.

„Ich muss erst mittags los."

Sie nickte.

Jasper kam bellend angelaufen und sprang an Marion hoch. Sie reagierte nicht.

„Runter, Jasper!", kommandierte Gustaaf.

„Marion!" Verena erschien im Flur und lächelte völlig unbefangen, als hätten sie nicht vor einigen Minuten einen furchtbaren Streit gehabt. „Komm herein, Geburtstagskind."

Marion war verwirrt. Sie folgte Verena ins Wohnzimmer, wo die drei Anderen bereits ein Sektglas in der Hand hielten. Verena reichte Marion ein viertes.

„Auf dich. Auf die nächsten – 94."

Die drei Frauen lachten albern. Auch Marlene.

Vierundneunzig?

„He!", rief Marion. „Jetzt werdet nicht frech!" Sie fiel in das Lachen ein.

Ein Stein fiel von ihrer Brust. Die Freundinnen hatten offenbar nicht vor, sie auf ihr Benehmen anzusprechen. Sie war erleichtert. Die Drei waren toll. Sie nahm einen kräftigen Schluck Sekt. Er schmeckte ihr nicht. Sie war anderen gewohnt, trockener und teurer. Aber es war egal. Sie stellte ihr Glas auf den Tisch.

„Ach Mädels, kommt erst mal her!", sagte sie und breitete die Arme aus. Alle drei folgten der Aufforderung und die vier Frauen umarmten sich herzlich.

Isabella verließ ihre kleine Wohnung in *De Koog* und schwang sich auf ihr Fahrrad. Sie wollte zu Verena radeln. Natürlich könnte sie ihr Auto nehmen, aber durch die Dünen zu radeln war schön und so weit war der Weg nicht. Und sie wusste ja, dass die Frauen heute Marions Geburtstag feiern würden. Wenn sie mit ihnen feierte und vielleicht Sekt oder Wein trank, würde sie nicht mehr Auto fahren dürfen. Dass sie eigentlich auch nicht mehr Rad fahren durfte, ignorierte sie in ihren Überlegungen. Sie wollte sich ja auch nicht völlig betrinken.

Marlene hatte ihr erzählt, dass die vier Freundinnen um elf Uhr zu einer Kutschfahrt aufbrechen wollten. Nur sie vier. Erster Stopp sollte das Pfannkuchenhaus sein.

Isa war durchaus klar, dass weder Marion noch Verena sie dabei haben wollten, aber sie hatte nicht vor, sich ausbooten zu lassen. Sie hatte sogar ein Geschenk besorgt. Ein Windlicht in Form eines Leuchtturms. Das passte wenigstens zu Texel.

Sie kicherte vor sich hin, während sie losradelte.

Das Wetter war wunderbar. Die Sonne schien, der Himmel war blau. Aber es war nicht wirklich heiß. Perfektes Wetter für diese Kutschfahrt über Texel.

Sie fuhr die Geschäftsstraße von *De Koog* herunter, um Richtung Strand zu fahren und dann durch die Dünen. Um diese Zeit war noch nicht viel los. Doch plötzlich stutzte sie. Das dort - nein, das konnte nicht sein. Oder doch?

Ihr Herz klopfte auf einmal bis zum Hals. Panik machte sich breit, kroch ihren Rücken empor und breitete sich im Bauch und Magen aus. Sie zitterte. Die Frau und der Mann, die gerade die Straße entlang gingen, waren wirklich die letzten Menschen, denen sie je wieder begegnen wollte – denen sie begegnen durfte.

Sie musste reagieren. Sie musste etwas tun. Weg hier, bevor die beiden sie noch sahen. Sie fühlte die drohende Gefahr in jeder Faser ihres Körpers.

Und doch war sie kaum fähig, sich zu rühren. Einen Wimpernschlag lang fühlte sie sich wie gelähmt. Schaute nur auf die beiden Menschen, denen sie niemals wieder begegnen wollte. Das Fahrrad rollte wie von selbst weiter. Dann – unvermittelt – bevor sie mit dem langsamer werdenden Rad stürzte, trat sie in die Pedalen und verschwand hinter der nächsten Häuserecke.

Sie atmete schwer. Das war haarscharf, aber zum Glück hatten die beiden sie nicht gesehen. Sie waren viel zu sehr mit sich selbst beschäftigt. Jetzt legte der Mann seinen Arm um die Schultern der Frau.

Was machten die hier überhaupt? War es Zufall? Isa schüttelte den Kopf und spähte vorsichtig um die Ecke. Nie im Leben war das Zufall! Urlaub machten die eher auf den Kanaren oder in der Karibik.

Aber was taten sie dann hier? Geschäfte? Oder suchten sie nach ihr?

Ach, das war doch auch Unsinn. Wie sollten sie denn auf die Idee kommen, hier auf Texel nach ihr zu suchen. Sie konnte ja nicht klar denken. Es war die Panik, die solche dummen Gedanken aufkommen ließ. Sie musste ruhig bleiben.

Isabella versuchte angestrengt zu erkennen, ob das Paar weiter zog. Aber wo waren sie überhaupt? Ach verdammt, jetzt hatte sie sie auch noch aus den Augen verloren.

Vielleicht sollte sie weiterradeln. Einfach schnell weg hier. Aber sie wagte es nicht. Was, wenn sie ihnen gerade dadurch in die Arme lief?

Sie war in Gefahr. Wirklich in Gefahr. Wenn die beiden sie entdecken würden, wäre es um sie geschehen.

Da – gerade kamen sie aus einem Laden heraus, bepackt mit einer Tüte. Sie schlenderten Arm in Arm die Straße herunter und verschwanden im nächsten Geschäft. Puh – jetzt aber wirklich schnell weg. Sie musste ja nur über die Straße, bevor die Beiden wieder aus dem Geschäft kamen, dann war sie sowieso außer Sichtweite.

Sie trat kräftig in die Pedalen und achtete nicht mehr auf den Verkehr. Sie hörte hinter sich das Quietschen von Bremsen und wütende Rufe irgendeines Radfahrers, den sie fast umgefahren hätte. Nicht gerade die richtige Methode, kein Aufsehen zu erregen, dachte sie.

Ihr Herz klopfte wild.

Sie musste sich eingestehen, dass sie Angst hatte. Wirklich Angst.

Sie radelte durch die Dünen, ohne die Landschaft zu sehen.

In ihrem Kopf herrschte ein riesiges Durcheinander.

Als sie bei der Abbiegung ankam, die zu Verenas Haus führte, wusste sie nicht, wie sie eigentlich dorthin gekommen war.

Mein Gott, wieso brachte die Anwesenheit dieser Zwei sie nur so durcheinander?

Sie hörte schon das Gelächter der vier Frauen, als sie mit ihrem Rad vorfuhr. Sie schienen ja viel Spaß zu haben. Sie nahm Marions Geschenk aus dem Fahrradkorb und läutete.

Verena öffnete die Tür.

„Guten Morgen!", rief Isabella fröhlich.

„Guten Morgen, Isa." Verenas Ton war frostig. War da nicht sogar ein leises, genervtes Stöhnen zu hören?

Isa bemühte sich, ruhig zu bleiben, obwohl sie sich auf der kurzen Radtour kaum beruhigt hatte. Sie war noch immer unglaublich nervös. Die Anwesenheit der beiden Personen hier auf Texel konnte nichts Gutes bedeuten.

„Ich möchte Marion zum Geburtstag gratulieren. Ich habe auch ein Geschenk." Demonstrativ hielt sie das Päckchen hoch.

Verena ließ sie etwas widerwillig eintreten.

Das Lachen der Frauen verstummte, als Isabella eintrat.

Sie ging schnurrstraks auf Marion zu und streckte ihr die Hand entgegen. „Herzlichen Glückwunsch zum Geburtstag."

„Danke", stammelte Marion und blickte sie entgeistert an. „Mit dir habe ich überhaupt nicht gerechnet."

„Dann ist die Überraschung ja gelungen", erwiderte Isabella.

Verena stand in der offenen Zimmertür und sah der kleinen Szene zu. Sie waren alle völlig perplex über Isabellas plötzliches Auftauchen.

Marion wickelte das Geschenkpapier ab.

„Wie schön", sagte sie und es klang ehrlich.

„Isabell", begann Marion nach einer Weile mit fester Stimme, „ich danke dir wirklich sehr, dass du extra hergekommen bist. Das ist… ist sehr… rührend."

Isabella zog die Augenbrauen hoch. Rührend? Hatte sie das richtig das verstanden?

Marion schüttelte den Kopf und wischte mit der Hand ihre Bemerkung fort. „Nein, nicht rührend", sagte sie, als hätte sie Isas Gedanken erraten. „Es ist lieb von dir. Aufmerksam. Aber leider – wir haben gar keine Zeit. Wir werden gleich aufbrechen und…"

„Ich komme mit!", fuhr Isabella dazwischen, als sei es selbstverständlich.

Marion blickte sie an, als hätte sie nicht richtig gehört. Es gab nicht viele Menschen, die es schafften, sie sprachlos zu machen, aber Isa war wirklich kurz davor. Marion fand es schon ziemlich dreist, wie selbstverständlich sie sich zwischen sie drängte.

Sie holte tief Luft und sagte ruhig: „Isa – es tut mir leid, aber diesen Tag möchte ich nur mit meinen drei Freundinnen verbringen. Dafür sind wir hierher gekommen, um zusammen meinen Geburtstag zu feiern."

„Ihr seid doch zusammen. Nur ich bin eben auch dabei." Isas Stimme klang fröhlich.

„Wir wollen in Erinnerung schwelgen, von früher erzählen. Nostalgie und so. Du würdest dich langweilen", warf Karla ein.

Was hatte die denn jetzt mitzureden! Wollte die entscheiden, was ihr, Isa, zu gefallen hatte?

„Das werde ich nicht. Ich höre gerne Geschichten von früher."

Die Frauen blickten sie betreten an.

„Isabella, du bist im Alter meiner Kinder, es kann dir doch nicht gefallen…", warf Marlene leise ein.

Sogar Marlene. Sie wollten sie nicht dabei haben. Isabella blickte von einer zur anderen. Sie blickte in die abweisenden Gesichter von Marion und Karla und in Marlenes mitleidiges. Mitleidig? Sie brauchte doch kein Mitleid.

Sie drehte sich abrupt um, Verena stand noch immer hinter ihr. Aber auch ihr Blick war verschlossen. Isa hatte es nicht anders erwartet. Verena, die ihr das Leben gerettet hatte, um sie jetzt allein zu lassen.

Ihre Augen blitzten. Wut stieg in ihr auf. Sie holte mit dem Arm aus und wischte den Leuchtturm vom Tisch, wo Marion ihn inzwischen abgestellt hatte. Das Porzellan zersprang.

„Isabella!", rief Marlene erschrocken aus. Sie sprang vom Stuhl und legte ihren Arm um die junge Frau. Doch Isa schüttelte sie unwirsch ab.

„Ihr werdet schon sehen, was ihr davon habt!", kreischte sie wütend. In ihren Augen stand purer Hass. Sie rannte aus dem Zimmer, stieß Verena, die noch immer in der Tür stand, zur Seite und knallte die Haustür hinter sich zu. Tränen liefen inzwischen ihre Wange herunter.

Sie fühlte sich hilflos und wütend. Die waren alle gemein und böse. Sie wollte ihnen auch etwas Böses antun, aber sie wusste nicht, was. Dafür war sie nun extra von *De Koog* hierher geradelt. Hatte ein Geschenk gekauft, hatte sich von der Arbeit frei genommen.

Sie trat kräftig in die Pedalen. Sie musste die Wut loswerden.

Die vier Freundinnen schwiegen einen Augenblick betreten. Jede von ihnen war auf ihre Art erschrocken über Isabellas Ausbruch.

„Ich glaube, sie fühlt sich sehr einsam", meinte Marlene schließlich.

„Ja, das glaube ich auch. Trotzdem kann sie sich nicht so benehmen. Damit macht sie sich nur unbeliebt", erwiderte Karla. „Das muss sie doch wissen, sie ist kein kleines Mädchen mehr."

„Sie ist zweifellos eifersüchtig", meinte Marion.

„Gibt es nicht Kulturen, bei denen man für ein Leben verantwortlich ist, das man rettet? Oder ist das nur ein Märchen", überlegte Karla.

„Na, dann Prost!", erwiderte Verena lakonisch und hob ihr Glas.

„Prost!", riefen Karla, Marlene und Marion wie aus einem Munde. Die Gläser klirrten aneinander und sie tranken einen kräftigen Schluck. Die gute Laune kehrte zurück.

Verena fegte das zerbrochene Porzellan auf und warf es in den Mülleimer.

„Ich glaube, jeden Moment kommt die Kutsche. Wir werden abgeholt. Versprochen, es wird ein toller Tag. Nehmt die Sektflasche mit. Ich habe für unterwegs Einmal-Sektgläser gekauft, unkaputtbare. Ist sicher nicht so edel, wie du es gewohnt bist, Marion. Aber vielleicht ist es ja gerade toll, mal was anderes zu erleben?"

Marion hob ihr Sektglas und trank den Rest aus. „Inzwischen bin ich davon überzeugt!"

Die vier Frauen vergaßen bald den unerfreulichen Zwischenfall mit Isabella und hatten viel Spaß. Dabei war Verena sich heute Morgen nicht einmal mehr sicher gewesen, ob die Kutschfahrt eine gute Idee gewesen war. Marion hatte so überheblich reagiert, als sie davon erfahren hatte. Für Verena gehörten solche Touren zu Texel wie die weite Dünenlandschaft und die Hochlandrinder, die darin grasten.

Die meisten Touristen nahmen die Angebote gerne an.

Aber für Marion war eine Kutschfahrt offenbar unter ihrem Niveau. Sie hätte wohl lieber eine Stretchlimousine geordert, um eine Rundreise über Texel zu machen. Mit einer Strechlimousine durch die Dünen, inclusive Champagner und Kaviar.

Marion selbst hatte ähnlich gedacht. Eine Kutschfahrt klang für sie zu sehr nach Ponyhof und das passte einfach nicht zu ihr. Marlene hatte sowieso an nichts mehr wirklich Freude. Sie hatte ihr Leben verloren oder wenigstens alles, was es lebenswert machte – was so ziemlich auf das gleiche herauskam. Eine Kutschfahrt hatte sie früher mal mit ihren Töchtern gemacht. Das hatte ihr gut gefallen. Bernd war damals nicht dabei gewesen, weil er wichtige geschäftliche Termine hatte, wie ja so oft. Wo war das noch gewesen? An der Ostsee? Ja genau, an der Ostsee war es. Auf Fehmarn. Marlene lächelte vor sich hin. Eine andere Zeit, eine andere Insel.

Auch Karla war skeptisch. Nicht, weil sie selbst keine Lust dazu hatte, sondern weil sie ebenso wie Verena befürchtete, dass es einfach nicht das richtige für die finanziell verwöhnte Marion war.

Und nun? Nun hatten sie alle soviel Spaß, als sie langsam in ihrem kleinen Wagen durch die Dünen trabten. Auf dem Kutschbock saß Egmont, ein Mann von etwa Mitte fünfzig, dessen Glatze ein grauer, kurz geschnittener Haarkranz umkreiste. Egmont war ziemlich groß und hatte eine stämmige Figur.

Die Kutsche wurde von zwei Kaltblütern gezogen, die Elvira und Gertrud hießen. Als die beiden Namen zum ersten Mal fielen, bekam Karla einen Lachanfall, in den alle einfielen.

Die Stimmung löste sich immer mehr. Sie tranken Sekt, erzählten sich alte Geschichten aus der Schulzeit und kicherten, als wären sie immer noch Schulmädchen. Genau diese Stimmung hatte Verena ursprünglich erhofft, und nun war sie tatsächlich eingetroffen.

Armer Egmont, dachte Verena. Mit vier albernen Frauen fortgeschrittenen Alters auf Sightseeing.

Marion erkannte überrascht, dass sie bei diesem Unternehmen so viel Spaß hatte wie lange nicht mehr. Sie fühlte sich so unbeschwert und leicht.

Sogar die stille Marlene schien aufzutauen. Sie freute sich an der Natur, an den Tieren, die sie zwischen den Dünen sah, Rinder, Schafe, Vögel, und genoss den sanften Wind auf ihrem Gesicht. In diesem Moment fühlte sie sich beinahe glücklich.

Zum Mittagessen kehrten sie im Pfannenkuchenhaus ein. Es lag idyllisch in der Natur, ganz in der Nähe eines Wäldchens. Auf dem Grundstück gab es einen Spielplatz, auf dem Kinder spielten.

„Oh wie schön. Das liegt ja traumhaft hier!", rief Marion aus.

„Schön, dass es dir gefällt", freute sich Verena aufrichtig. „Wenn wir gegessen haben, fahren wir weiter durch den Wald. Das ist dann etwas ganz anderes als die Dünen", sagte Verena.

„Kommen wir noch direkt ans Meer?", fragte Karla.

„Aber natürlich. Wir fahren am Meer entlang und kommen durch D*e Muy* wieder nach Hause. Aber das hat noch Zeit. Wenn ihr wollt, können wir natürlich auch in *De Koog* etwas shoppen."

Marion zog die Nase kraus. „Neee. Shoppen können wir immer noch."

Verena lachte. Besser hätte Marion nicht sagen können, dass ihr das Geschenk doch gefiel. Darüber war Verena sehr froh.

„Egmont, willst du nicht mit uns essen?", forderte Marion den Kutscher auf. Sie waren schnell zum vertrauteren „Du" übergegangen. Egmont war ein herzlicher, lockerer Typ, der auf seinen Touren sowieso sofort jeden duzte.

„Oh, vielen Dank für die Einladung. Aber ich muss mich um die Pferde kümmern. In eineinhalb Stunden hole ich euch hier wieder ab. Ist das recht?"

Verena nickte. „Ja, das ist gut."

Die vier Frauen setzten sich um einen Tisch im Freien herum. Die Speisekarte kam und sie vertieften sich einen Moment darin.

Isabella joggte durch das Naturschutzgebiet. Sie war immer noch aufgebracht. Sie verstand es einfach nicht. Warum wurde sie so abgelehnt? Warum durfte sie nicht an diesem Tag dabei sein? Sie hatte doch sonst niemanden. Sie wurde diese Wut und Frustration einfach nicht los. Jetzt war sie doch schon Fahrrad gefahren, aber das hatte nicht gereicht.

Sie rannte, bis sie völlig außer Atem war und sie nichts mehr fühlte, als ihre körperliche Erschöpfung.

Diese blöden Weiber. Sie dachte an ihren Schwur. Sie wollte sich niemals wieder abweisen lassen. Niemals wieder einem anderen Menschen erlauben, sie zu verlassen.

„Es ist alles nicht so schlimm", meldete sich eine Stimme in ihrem Kopf. „Die Vier sind alte Freundinnen aus ihrer Kindheit. Sie wollen ein bisschen alleine sein. Du bist zu empfindlich. Zu empfindlich."

„Nein!", rief sie laut aus. „Verena hat mir das Leben gerettet. Sie ist für mich verantwortlich."

Sie rannte weiter, bis die Stimme in ihrem Kopf schwieg. Sie wollte sie nicht hören.

Erst am späten Nachmittag hielt die Kutsche auf der schmalen Straße, die an Verenas Hoeve vorbei führte.

„Danke, Egmont", sagte Verena.

„Freut mich, wenn es euch allen gefallen hat", erwiderte der Kutscher. Verena bemerkte als einzige, dass er dabei nur Marlene ansah. Sie hatte schon bemerkt, dass irgendetwas zwischen Egmont und Marlene war. Eine spontane Sympathie, eine Seelenverwandtschaft. Spätestens am Nachmittag im Wald war es deutlich geworden. Als die Stimmung aufgrund des Sektes und des Weins im Pfannkuchenhaus gelöst genug war, war Marlene sogar auf den Kutschbock gestiegen. Sie meinte, sie hätte schon immer gerne mal wissen wollen, wie sich das anfühlte, dort oben zu sitzen. Sie hatte sogar die Zügel halten dürfen.

Jetzt trat sie an den Kutschbock. „Auf Wiedersehen", sagte sie leise.

Verena verdrehte die Augen und grinste vor sich hin.

„Wie wäre es, wenn wir einmal ein Treffen wiederholen?", fragte Egmont lächelnd.

„Nur wir beide?", flüsterte Marlene und kicherte albern.

„Warum denn nicht?"

Marlene nickte.

„Wie lange bist du hier?", erkundigte sich Egmont.

„Nur bis Samstag."

„Ich melde mich. Ich weiß ja, wo ich dich erreiche."

Marlene nickte wieder ohne ihn anzusehen.

Endlich trieb er die beiden Pferde Elvira und Gertrud wieder an und fuhr davon. Marlene winkte ihm nach, aber das sah er nicht mehr.

Verena legte ihren Arm um sie. „Na, der Egmont mag dich aber irgendwie."

„Was? Ach nein", wehrte die verlegen ab.

„Aber klar. Zwischen euch ist eine spontane Sympathie. Mädels, was sagt ihr?"

Marion und Karla waren so in ein Gespräch vertieft, dass sie überhaupt nicht mitbekommen hatten, worum es ging.

„Aber klar. Unsere Marlene hat bei dem Kutscher einen Stein im Brett. Spätestens mittags, als er uns vom Restaurant abgeholt hat, habe ich das schon bemerkt", bestätigte Marion.

„So ein Unsinn!", wehrte Marlene ab.

„Warum? Weil du auf die fünfzig zugehst? Ist ein Spitzenalter. Und du siehst doch gut aus", meinte Marion

„Ein paar Pfund könnte ich abnehmen, oder?" Marlene blickte kritisch an sich herunter.

„Vorsicht!", warf Verena ein. „Interpretiert nicht zuviel hinein. Er mag Marlene zweifellos und er ist ein lockerer Typ, aber unser guter Egmont hat in romantischer Hinsicht mit Frauen nicht viel am Hut."

„Was?", kreischte Marion. „Du meinst, er ist…"

„Schwul? Ja, genau das. Er ist gerade in keiner Beziehung, aber er ist schwul."

„Sagt man nicht, das sind die besten Freunde für eine Frau?", meinte Marlene kichernd.

„Doch, er ist auch ein ausgesprochen Netter. Und er hat eine schwere Zeit hinter sich, vielleicht wittert er bei dir, dass du gerade ähnliches durchmachst Ich will nur nicht…"

„Das ich mich verknalle? Ne Verena, keine Sorge. Eine Romanze ist wirklich grad das Letzte, was mich interessiert. Es ist einfach schön, dass sich jemand für mich interessiert. Für meine Person. Warum er das auch immer tun sollte."

„Weil du witzig bist und dich wiederum für seine Arbeit interessierst und für die Pferde. Weil man sich gut mit dir unterhalten kann und du außerdem gut zuhören kannst", zählte Verena auf.

Marlene nickte verständnislos. Sie verstand nicht, warum sich jemand für sie interessieren sollte. Dazu fühlte sie sich zu wertlos und nicht liebenswert genug. Sie musste sich ihres Wertes erst wieder bewusst werden.

Sie seufzte. Sie konnte jetzt wirklich nicht darüber nachdenken. Der Alkohol benebelte ihr Hirn und das fühlte sich gut an. Marion und Karla kicherten sowieso schon wie zwei Schulmädchen. Sie lachten alle drei, während sie den Weg zu den Häusern entlanggingen.

„Kommst du mit rüber und wir trinken wir noch ein Glas Wein?", fragte Marion Verena. „Ich habe guten Wein mitgebracht."

„Gerne. Ich bin sowieso alleine. Die Kids sind bei Freunden und Gustaaf ist sicher noch nicht von der Arbeit zurück. Ich komme gleich nach, ja? Will zuerst nach Jasper sehen, der ist jetzt auch lange genug alleine."

„Okay, aber lass uns nicht warten. Nicht erst noch Essen vorbereiten oder die Betten beziehen oder was du sonst so tust", meinte Marion.

„Keine Sorge!", erwiderte Verena leicht gereizt und war schon auf dem Weg zur Haustür.

„Kannst den Hund auch mitbringen", schlug Karla vor. „Ich glaube, in dem Ferienhaus sind Hunde erlaubt." Sie grinste breit.

„Da wird er sich freuen. Er war wirklich lange genug alleine."

„Haben wir verstanden", meinte Marion.

Verena war schon vor der Haustür und antwortete nicht mehr. Am liebsten hätte sie Marion die Zunge herausgestreckt wie ein kleines Mädchen, das geärgert wurde. *Haben wir verstanden...* Ist ja gut.

Und überhaupt - wie stellte Marion sich eigentlich ihr Leben vor? Priorität Eins: Essen zubereiten, dicht gefolgt von Betten beziehen?

Ach, jetzt war sie aber kleinkariert. Das war doch nur so ein Spruch von Marion. Die machte sich nicht allzu viel Gedanken über das, was aus ihrem Mund herauskam. Sie war ganz schön direkt. Manchmal sogar verletzend.

Verena bemerkte sofort, dass irgendetwas anders war. Sie konnte später nicht mehr sagen, was ihr aufgefallen war. Vielleicht war es der Kugelschreiber, der im Flur auf der Erde lag. Aber so etwas passierte doch leicht. Etwas fiel herunter und niemand bemerkte es. Vielleicht hatte Gustaaf ihn verloren, als er zur Arbeit gegangen war oder die Kinder oder sogar sie selbst, als sie zur Kutschfahrt aufgebrochen waren. Oder Jasper hatte ihn irgendwo gefunden und verschleppt.

Vielleicht war es das Licht im Flur, das angeschaltet war. Aber das hätte jeder vergessen können.

Die kleine Pfütze im Flur? Offenbar war Jasper ein Missgeschick passiert. Das war auf jeden Fall merkwürdig, das war dem Hund noch nie passiert.

Vielleicht war es auch Jasper selbst, der sich etwas sonderbar verhielt. Klar freute er sich wie verrückt, als sie zurückkam, aber das war normal, nachdem er einige Stunden allein gewesen war. Aber während er sonst unaufhörlich um die zurückkehrende Person herumsprang, rannte er heute die Treppe hinauf und kam wieder zurück, als sie ihm nicht folgte.

„Was ist denn los?", fragte Verena genervt. Sie hatte keine Lust auf solche Spiele. Sie wollte Jasper kurz in den Garten lassen, selbst schnell aufs Klo und dann mit dem Hund rüber gehen ins Ferienhäuschen.

Aber Jasper gab keine Ruhe. Und so folgte sie ihm die Treppe hinauf.

„Wo bleibt sie nur?", maulte Marion. „Sie wollte doch sofort rüberkommen."

Sie hob ihr Glas mit dem dunkelroten schimmernden Wein und trank einen ordentlichen Schluck davon. Nicht, wie sie es gelernt hatte – schwenken, riechen, nippen. Nein, hier war es nicht nötig, die Frau von Welt zu spielen. Hier durfte sie einfach nur Marion sein. Die heute Geburtstag hatte. Die ein wenig beschwipst war. Vom Sekt am Morgen, vom Sekt in der Kutsche, vom Wein beim Mittagessen und jetzt hatten sie eine der beiden Rotweinflaschen geköpft, die sie von Hannover mitgebracht hatte. Sie war nicht gerade Antialkoholikerin, aber heute war es doch ein bisschen viel. Der Alkohol stieg ihr allmählich zu Kopf.

Auch Marlene merkte den Alkohol. Aber am meisten merkte ihn Karla. Marlene hatte zwar nicht regelmäßig getrunken, aber hin und wieder um zu vergessen. Ihr einsames, verlassenes, verlorenes Leben zu vergessen. Aber Karla trank in ihrem Alltag nur sehr selten Alkohol.

„Ich verstehe das auch nicht", lallte sie. „Vielleicht hat sie doch keine Lust mehr. Sie muss vielleicht für ihre Kinder und ihren Mann Abendbrot machen. Irgendwann kommen sie ja zurück."

„Da spricht aber ein echtes Hausputtchen aus dir", meinte Marion.

Marlene schüttelte den Kopf und stellte ihr Rotweinglas ab, ohne getrunken zu haben. „Neee, so ist Verena nicht. Und ihre Familie verlangt das auch nicht. Die können sich doch selbst ein Brot schmieren. Ist doch albern."

„Genau. Und überhaupt - ich will heute Geburtstag feiern. Und der Tag ist noch nicht zu Ende. Ist mir auch egal, ob ihr das egoistisch findet", verkündete Marion. „Kommt, wir nehmen eine Flasche mit und gehen rüber. So kommt sie mir nicht davon. Und dann überlegen wir uns, was wir heute Abend essen. Bisher habt ihr mich den ganzen Tag eingeladen. Jetzt bin ich mal dran. Ich lade euch heute Abend zum Essen ein."

„Nochmal essen?", fragte Marlene entsetzt. Sie fürchtete um ihre Figur, sie war doch sowieso schon etwas moppelig.

„Aber ja. Ich höre nie nach dem Mittagessen auf."

„Vielleicht was Kleines?", schlug Marlene vorsichtig vor.

„Ach komm, fasten kannst du morgen wieder", erwiderte Marion.

„Marion hat recht. Los! Jeder nimmt sein Glas und ich nehme zusätzlich die zweite Flasche Rotwein. Kommt!", kommandierte Karla.

„Ja, Frau Kommandeur!", Marion salutierte scherzhaft.

Karla lachte. „Vier Kinder. Da musst du schon deutliche Ansagen machen können, sonst bist du verloren."

Die drei Frauen machten sich, so wie sie waren, in Hausschuhen und Pullovern, auf den kurzen Weg zum Privathaus der Familie.

Gleichzeitig fuhr ein Polizeiauto auf den Hof.

Die Drei blickten sich verwirrt an.

„Da stimmt etwas nicht!", stellte Marion fest und zog die Augenbrauen zusammen.

Marion, Marlene und Karla hielten sich instinktiv zurück und ließen die beiden Polizisten zuerst eintreten. Verena raunte ihnen zu: „Im Atelier ist eingebrochen worden." Die Drei stiegen reichlich verwirrt, aber neugierig, hinter Verena und den beiden Polizisten die Treppen hinauf. Ihre Weingläser und die Flasche hatten sie auf der Kommode im Flur abgestellt. Sie waren urplötzlich nüchtern. Die kurze Aussage hatte sie erschreckt. Noch schlimmer wurde es, als sie in dem lichtdurchfluteten Atelier im Dachgeschoss ankamen. Was für ein Chaos. Die Fensterscheibe war zerschlagen und Scherben lagen auf dem Boden. Bilder waren von den Staffeleien gerissen und auf dem Fußboden geworfen. Postkarten waren überall verstreut und zum Teil zerrissen, Pinsel lagen kreuz und quer im ganzen Zimmer und Farben waren überall herumgekleckert worden. Ein Portrait, das noch auf seiner Staffelei stand, war zerschnitten. Marion, Marlene und Karla versuchten angestrengt, mitzubekommen, was Verena den Beamten auf holländisch berichtete. Immerhin bekamen sie soviel mit, dass es sich bei dem Portrait um ein Bild von Isabella handelte.

„Ein Bild von Isabella?", flüsterte Karla. „Was ist hier eigentlich passiert? Wie sind die hier hereingekommen?"

„Schau doch, das Fenster ist kaputt", flüsterte Marion.

Sie warteten ungeduldig, bis die Polizisten gegangen waren.

Dann bestürmten sie Verena mit Fragen.

Verena war den Tränen nahe. „Es ist nichts gestohlen worden, nur zerstört. Die Bilder wurden nur herum geschmissen, einige Postkartenmotive und das Portrait von Isabella zerschnitten. Aber das war bestimmt dieser Zumbrink."

„Zumbrink? Wer ist das?"

„Er hat ein Atelier in *De Koog*. Und er missgönnt mir meinen Erfolg. Er hasst mich regelrecht. Ich arbeite vollkommen anders und biete ganz andere Dinge an und die kommen nun mal besser an."

„Aber warum hat er dann nur dieses Portrait zerstört?", fragte Karla.

„Postkarten wurden auch zerrissen."

„Aber keines der großen Bilder. Ist doch merkwürdig, es wurde nicht auf den Boden geschmissen, steht auf der Staffelei und ist zerschnitten, wie zur Schau gestellt", überlegte Karla weiter.

„Was weiß ich? Zufall. Genau dieses Portrait tauchte mal in einem Zeitungsartikel über die Ausstellung in Amsterdam auf. Ich habe wohl nicht aufgepasst, als ich fotografiert wurde. Isabella wollte gar nicht, dass ich es mitnehme, aber ich habe es trotzdem getan. Es war egoistisch, ja, aber ich konnte einfach nicht anders. Und jetzt auch das noch." Verena zog die Nase kraus. Sie hatte ein schlechtes Gewissen. „Ich hätte es in Amsterdam sogar verkaufen können, aber das ging natürlich nicht. Und gestern waren zwei Galeristen aus Hamburg hier und haben genau nach dem Bild gefragt. Schon komisch, nicht?"

„Der Zeitungsartikel würde aber schon erklären, warum dieser Zumbrink gerade dieses Bild zerstört hat. Es direkt vor sich zu sehen, hat vielleicht seine Wut noch angeheizt. Aber wie konnte er hier oben durch das Fenster einsteigen?", fragte Marion.

Verena nickte. „Ist nicht so schwer. Von der hinteren Seite gibt es eine Außentreppe und einen kleinen Wintergarten."

„Ach so."

„Ich bin nur nicht sicher, ob er auch im Erdgeschoss war. Mir sind ein paar Dinge aufgefallen, die anders waren, aber besonders Jasper hat herumgesponnen."

„Der könnte aber auch raufgelaufen sein, als er den Täter gehört hat?", schlug Marion vor.

Verena hob die Schultern. „Möglich. Ist ein echt blödes Gefühl, dass jemand im Haus war. Wenn er auch noch hier unten war… darüber mag ich eigentlich gar nicht nachdenken."

Karla umfasste Verenas Schultern und zog sie mit sich. „Jetzt komm erst einmal mit runter. Wir haben Wein mitgebracht. Wir trinken jetzt ein Glas. Das beruhigt."

„Und du weißt bestimmt, wo wir etwas zu essen bestellen können? Ich schätze, zum Ausgehen hat jetzt keiner mehr Lust?", warf Marion ein.

Sie schüttelten alle drei den Kopf.

Verena bemerkte zu spät, dass sie der Polizei gar nichts von dem Zettel erzählt hatte, den sie gestern in ihrem Lädchen gefunden hatte. Vielleicht hing das ja zusammen. Karrieresüchtige Egomanin. Das deutete doch alles auf einen Neider hin. Auf Zumbrink.

Allerdings – das Paar von gestern kam ihr in den Sinn. Sie waren zuerst am Lädchen gewesen. Und sie wollten unbedingt das Portrait von Isabella. Konnte es sein, dass sie…? Aber das war doch Unsinn. Welches Motiv sollten die haben? Nur aus Ärger oder Enttäuschung, weil sie ihnen das Portrait nicht verkauft hatte? Das war doch wirklich Unsinn.

Unten hörten sie das Geräusch des Haustürschlüssels. Gustaaf kam zurück. Verena rannte ihm entgegen und sah hinter seiner Schulter einen Schatten verschwinden.

„Wer ist da?", fragte sie hektisch.

Gustaaf sah sich um. „Wo?"

„Da ist gerade jemand weggelaufen."

„Vielleicht einer unserer Feriengäste?"

„Aber dann musst du doch jemanden gesehen haben?"

Er schüttelte den Kopf. „Nein, habe ich nicht."

„Es schleicht sich doch keiner einfach so weg, als wollte er nicht gesehen werden." Ihre Stimme überschlug sich, war hektisch und überspannt.

122

„Das hat auch sicher keiner getan", erwiderte Gustaaf verwirrt. „Kann ich erst mal reinkommen? Was ist denn mit dir los? So kenne ich dich gar nicht."

Verena antwortete nicht. Es nahm sie einfach zu sehr mit. Zettel – Einbruch – diese Person, die sich offenbar versteckte…

„In ihrem Atelier ist eingebrochen worden", erklärte Marion an Verenas Stelle.

Kapitel 10:
Dienstag, 11. September 2018

Marlene erwachte auch an diesem Morgen wieder sehr früh. Karla in dem anderen Bett schlief noch tief und fest. Marlene war sicher, dass auch Marion noch schlief. Die hatte sowieso einen anderen Rhythmus. Die hatte ja keine Kinder oder Tiere, die sie sogar an Wochenenden früh aus dem Bett warfen. Marion war sicher jemand, der abends ausging und den Sonntagvormittag verschlief.

Marlene erhob sich schwerfällig. Sie hatte Kopfschmerzen. Kein Wunder. Sie hatte gestern Abend viel getrunken und es war spät geworden.

Sie hatten über den ganzen gestrigen Tag hinweg alle viel getrunken, angefangen schon vor der Kutschfahrt. An so viel Alkohol war sie nicht gewöhnt, auch wenn sie ab und zu Alkohol trank, um zu vergessen, dass sie vollkommen überflüssig war, dass sie keine Zukunft mehr hatte.

Gestern hatte ihr die Trinkerei trotzdem gutgetan. All ihre kreisenden Gedanken hörten auf zu existieren. Sie ertranken buchstäblich im Alkohol. Sie hatte gelacht und mit den anderen herumgealbert. Sogar mit Egmont.

Marlene warf die Bettdecke zur Seite und schob die Füße aus dem Bett. Sie hatte keine Lust mehr, liegen zu bleiben, obwohl ihr Kopf beinahe zersprang. Sie würde eben zwei oder drei Aspirin nehmen.

Oh mein Gott, wenn sich doch nur das Zimmer nicht so drehen würde.

Sie registrierte verwundert, dass die Gedanken schon wieder zurückkehrten. Lange hatte ihr wunderbarer Schwebezustand also nicht angehalten. Schade.

Sie nahm ihre Kleider vom Vortag vom Stuhl und schlich leise aus dem Zimmer. Nur nicht lange im Schrank herumwühlen, nicht, dass Karla doch noch erwachte. Die Freundin warf sich auf die andere Seite, aber sie wachte nicht auf. Gut so. Marlene wollte das Haus verlassen, bevor jemand erwachte. Sie wollte allein sein. Sie würde eines der Fahrräder nehmen, die Verena für sie gemietet hatte. Sie wollte wieder in dieses Naturschutzgebiet. Das zog sie magisch an. Als würde sie dort hingehören. Oh Gott, heute ging es ihr ja noch schlechter als sonst. Sie griff sich stöhnen an den Kopf. „Nie wieder Alkohol", murmelte sie vor sich hin und wusste gleichzeitig, dass sie das nicht einhalten würde.

Aus Marions Zimmer kam kein Laut. Wie Marlene gedacht hatte - die schlief noch. Auf bloßen Füßen schlurfte sie ins Bad und holte zwei Aspirin aus ihrer Kulturtasche. Gleich würden wenigstens die scheußlichen Kopfschmerzen nachlassen.

Sie sah die Schlaftabletten, die sie mitgenommen hatte. Die würden auch dafür sorgen, dass ihre Gedanken aufhörten, zu kreisen. Sie nahm die Packung heraus. Eine sollte sie am Abend nehmen, hatte der Arzt gesagt. Jetzt war es Morgen, aber sie wollte müde bleiben. Sie wollte einfach nicht nachdenken können.

Sie brach eine Reihe an der Perforation entlang ab und nahm die ebenfalls mit. Sie tappte die Treppe herunter und schluckte die Aspirin und zwei Schlaftabletten mit etwas Mineralwasser. Die restlichen Tabletten steckte sie in ihre Handtasche. Sie hatte einfach das Gefühl, sie dabei haben zu wollen. Sie wollte sich nicht umbringen - nicht heute - aber das konnte man mit fünf Tabletten auch gar nicht, das war ihr klar. Sie wollte nur dieses verfluchte Gedankenkarussel abstellen, das ihr die Ausweglosigkeit ihres Lebens so deutlich aufzeigte. Sie wollte das nicht fühlen. Sie wollte müde bleiben.

Sie schloss die Augen und wartete, dass der Tablettencocktail zu wirken begann. Gleich würde es ihr besser gehen.

Nur wenige Minuten später saß sie schon auf dem Fahrrad und radelte der Dünenlandschaft entgegen. Der Kopf hämmerte noch immer, aber mit den Tabletten und der frischen Luft würden die Schmerzen bestimmt gleich aufhören. Sie war zuversichtlich. Außerdem hatte sie eine Flasche Mineralwasser dabei und ein paar Scheiben trockenes Toastbrot. Sie hatte einfach keine Lust gehabt, sich etwas zu schmieren. Aber sie würde Hunger bekommen, soviel war klar. Obwohl es ihrer Figur nach dem gestrigen Tag vielleicht gut getan hätte, nichts zu essen.

Sie radelte den kurzen Anstieg empor in die Dünen hinein. Einen Moment lang war sie unschlüssig. Sollte sie wieder zu der gleichen Stelle fahren wie beim letzten Mal? Sie entschied sich dafür.

Ja, dort an den kleinen Teichen, inmitten der Tiere wollte sie sich wieder auf eine Bank setzen und ihre Brote auspacken. Sie verzog ein wenig das Gesicht und wünschte jetzt doch, sie hätte sich die Zeit genommen, Käsesandwiches zu machen. Na ja, jetzt war es nicht mehr zu ändern.

Die Luft war noch kühl und sie war froh, dass sie ihre dicke Jacke angezogen hatte.

Die Schlaftabletten begannen zu wirken. Träge radelte sie weiter. Sie seufzte. Warum brachte sie es nicht zu Ende? Warum nicht hier? Warum nahm sie nicht einfach alle Tabletten? Sie könnte sie hier schlucken und in dieser herrlichen Landschaft einfach liegen bleiben und einschlafen. Für immer einschlafen. Ganz friedlich.

Der Gedanke hatte etwas Tröstliches. Er machte ihr keine Angst, er erschreckte sie auch nicht. Ihre Töchter würden sicher traurig sein, aber die hatten jetzt ihr eigenes Leben. Und irgendwann müssten sie sowieso von ihr Abschied nehmen. So war der natürliche Lauf des Lebens. Die Kinder verabschiedeten ihre Eltern.

Sie hielt an und setzte sich auf die Bank. Vor ihr war der kleine Teich, um den herum sich Möwen, Reiher und Enten versammelt hatten. Auf ihrer rechten Seite sah sie schon die Rinder laufen.

Ich dachte früher, ein Paradies müsse immer am Meer liegen, dachte sie lächelnd. Aber hier ist es so friedlich und schön, auch wenn ich das Meer noch gar nicht sehen kann.

Sie biss in das weiche Weißbrot und nahm einen kräftigen Schluck Mineralwasser. Sie wünschte, sie hätte Kaffe gemacht. Ja, belegtes Weißbrot und warmen Kaffee. Das wäre toll. Aber sie hatte es ja so eilig gehabt, fort zu kommen, bevor Karla oder Marion erwachten.

„Vielleicht habe ich in meinem früheren Leben ja hier gewohnt. Deshalb fühle ich mich dieser Natur so verbunden", sagte sie laut vor sich hin. Sie kicherte. Sie hatte nie an Reinkarnation geglaubt. Ihre Tochter Rebecca tat das. „Mama, wie kannst du das so vollkommen ablehnen? Doch nur, weil die Idee so neu für dich ist. Aber wenn es ein Leben nach dem Tod gibt - warum nicht auf diese Weise?", hatte Rebecca erklärt.

„Aber ich kann nicht glauben, dass man ein weiteres Leben führt und sich nicht an das letzte erinnert. Das wäre eine traurige Vorstellung."

Und trotzdem zweifelte sie jetzt hier in dieser weiten Landschaft, umgeben von den Tieren, ihre eigene Einstellung an.

Eine bleierne Müdigkeit überkam sie. Sie konnte ihre Augen kaum noch aufhalten.

Wieso hatte sie eigentlich Angst, ihren Freundinnen zu erzählen, dass sie hier einen Morgenspaziergang machen wollte? Hatte sie befürchtet, dass am Ende noch jemand mitkommen wollte? Marion sicher nicht, aber Karla war das schon zuzutrauen.

Marlene lehnte sich auf der Bank zurück und fühlte die kühle Luft auf ihrem Gesicht.

Was war eigentlich mit ihr los? Sie war zu Hause so unglücklich gewesen und sie dachte, es lag an dem ständigen Alleinsein. Und jetzt – hier? Hier lief sie ja geradezu vor der Gesellschaft ihrer Freundinnen davon und verkroch sich zwischen Dünen und Tieren.

Sie verstand sich selbst nicht.

Sie war nicht zu verstehen. Unbrauchbar. Überflüssig. Sie wusste nicht einmal selbst etwas mit sich anzufangen.

Die Augen fielen ihr zu. Sie kippte zur Seite und blieb so auf der Bank liegen.

Als Karla und Marion erwachten, wunderten sie sich nicht mehr, dass Marlene fort war. „Sie ist wohl wieder in ihr Naturschutzgebiet gegangen", meinte Karla.

„Vermutlich. Aber sie könnte uns wenigstens Bescheid sagen oder einen Zettel hinterlassen. Ich finde, so etwas gehört sich einfach."

„Na ja, wenn es ihr guttut", lenkte Karla ein.

„Ach, und wenn sie uns Bescheid sagt, tut es ihr weniger gut? Karla, Marlene ist nicht eines deiner pubertierenden Kinder, sondern eine erwachsene Frau. Die sollte schon etwas mehr nachdenken."

„Lass sie. Sie ist in einer schwierigen Lebensphase. Da ist sie vermutlich meinen Kindern gar nicht so unähnlich."

Marion verdrehte die Augen. „Na prima. Eine fast fünfzigjährige Teenagerin. Das ist echt das Letzte, was ich brauche."

Karla kicherte. „So meinte ich das nicht. Sie ist wirklich ziemlich depressiv und weiß nicht so recht, wo sie hingehört. Wir sollten sie unterstützen anstatt sie zu kritisieren."

„Wie denn, wenn sie immer davonläuft?"

Karla seufzte. Marion hatte schon recht. Marlene benahm sich unmöglich. Aber sie wollte Marions Ärger nicht noch mehr schüren. „Jetzt frühstücken wir erst einmal. In Ordnung?"

„Und ob. Ich habe einen Bärenhunger."

Karla schüttelte verständnislos den Kopf. „Wo lässt du das nur alles? Du bist so schlank."

„Sport. Ganz viel Sport."

„Sollen wir Verena beim Aufräumen ihres Ateliers helfen?", fragte Karla, als sie zusammen bei Kaffee, Orangensaft und aufgebackenen Brötchen am Tisch saßen.

„Mmm – wir können es ihr anbieten. Aber ehrlich gesagt... viel Lust habe ich nicht dazu. Wir sind hier schließlich im Urlaub."

„Ja, schon. Aber..."

„Nichts aber. Verena hat das doch selbst klar gemacht. Wir müssen uns selbst verpflegen, sie kann nicht immer mit uns herumfahren. Sie hat keinen Urlaub. Wir aber schon."

„Aber dies ist etwas Besonderes. Das fällt nun wirklich aus dem normalen Arbeitsalltag."

Marion nickte bedächtig und biss in ihre mit Käse belegte Brötchenhälfte. „Deshalb sage ich ja auch, wir können es anbieten. Aber nicht den ganzen Tag. Ich möchte meinen Urlaub genießen. Und so lang ist eine Woche nicht. Wollen wir ein bisschen Shoppen fahren?"

Karla nickte. „Jaha, gerne. Aber wir müssen auf Marlene..."

„Wir müssen gar nichts. Marlene ist groß. Wenn sie einfach abhaut, ohne uns etwas zu sagen, dann darf sie sich nicht wundern."

Karla antwortete nicht. Im Stillen gab sie Marion recht.

Isabella fuhr mit ihrem kleinen Wagen auf den Platz von Verena Hoeve. Die Abfuhr gestern hatte sie zwar schwer getroffen, aber sie hatte nicht vor, sich völlig zurückzuziehen. Sie fühlte sich sehr zu Marlene hingezogen. Verena konnte ihr den Buckel runterrutschen. Die war überhaupt nicht mehr nett zu ihr. Erst rettete sie ihr das Leben und dann lehnte sie sie nur noch ab.

Marlene war da ganz anders. Sie passte nicht recht in das Quartett. Das Leben war nicht gut mit ihr umgegangen – so wie mit Isa selbst auch. Das hatte sie an jenem Morgen in *De Muy* bemerkt. Isabella hoffte, Marlene anzutreffen und zu einem Mittagessen in der Stadt überreden zu können. Sie wusste nicht genau, wie sie das anstellen sollte, es war schwer, Marlene allein anzutreffen.

Sie schlich zu dem Ferienhaus und klopfte an. Niemand kam und öffnete. Sie schlich um das Haus herum und sah durch das Fenster. Sie presste das Gesicht ganz nah daran und schirmte die Sonne mit den Händen ab, um im Inneren etwas erkennen zu können. Aber sie sah keine der drei Frauen.

Vermutlich waren sie alle bei Verena. Also lief sie rüber und klingelte am Haupthaus. Nichts rührte sich. Sie klingelte noch einmal. Das Auto stand doch da. Und der Hund bellte drinnen, also war Verena auch nicht mit Jasper spazieren. Endlich wurde die Tür geöffnet. Isabella strahlte, als Verena ihr in alter Jeans und farbbekleckertem Pullover die Tür öffnete. Verena strahlte nicht. Es war auch nicht der übliche genervte Gesichtsausdruck, der deutlich machte, dass sie nicht erfreut über Isabellas Besuch war. Es lag irgendetwas darin, das deutlich einen Kummer zeigte. Hatte sie etwa sogar geweint?

Isa trat einfach herein und ging bis in die Küche.

Verena verdrehte die Augen. „Was willst du schon wieder hier?", stöhnte sie.

Trotzdem bot sie ihr einen Platz am Küchentisch an und kochte einen Rooibostee. Sie brachte es nicht fertig, Isa einfach wieder hinauszuwerfen, trotzdem musste sie sie auf jeden Fall schnell wieder loswerden. Sie musste unbedingt ihr Atelier aufräumen. Karla und Marion hatten ihr angeboten zu helfen, aber sie hatte das abgelehnt. Immerhin konnten sie nichts dafür und machten hier Urlaub. Sie bezahlten ja sogar für die Wohnung – wenn auch einen Freundschaftspreis. Sie hatte Marion die Erleichterung regelrecht angemerkt.

„Ich wollte eigentlich zu Marlene", erklärte Isa.

„Sie ist nicht da, sie ist mit dem Rad unterwegs, wir nehmen an, dass sie wieder in *De Muy* ist", antwortete Verena automatisch.

„Malst du gerade etwas?", fragte Isabella und deutete auf Verenas farbbekleckerte Aufmachung.

Verena blickte an sich herunter. Für einen Moment war sie versucht, einfach Ja zu sagen. Aber sie entschied sich doch dagegen. „Nein. Um die Wahrheit zu sagen – bei mir ist eingebrochen worden."

Isabella sprang auf. „Oh je, Verena, wurde viel gestohlen?" Ihr Gesicht zeigte Erschrecken und Mitgefühl.

„Setzt dich wieder. Nein, es wurde gar nichts gestohlen. Es wurden ein paar Bilder, Karten, Utensilien herumgeworfen. Und… und dein Portrait wurde zerstört."

„Was? Nur mein Portrait?"

„Eigenartig, nicht?"

„Wer könnte das getan haben?", überlegte Isa.

„Ich dachte zuerst, es wäre dieser Zumbrink. Der hat eine solche Dauerwut auf mich. Der hasst mich richtig."

„Warum zuerst?"

„Mm?"

„Du sagtest: Ich dachte zuerst."

Verena hob die Schultern. „Ich weiß ja auch nicht. Ob er so weit gehen würde? Auf den Wintergarten steigen, eine Scheibe einschlagen, alles verwüsten? Aber nur dein Portrait wurde zerstört. Außer natürlich die paar Postkarten. Vielleicht sollten wir uns fragen, warum das der Fall ist."

Verena kniff die Augen zusammen. Sie hatte plötzlich den Verdacht, dass sie diesem Umstand viel zu wenig Bedeutung beigemessen hatte. Warum nur dieses Portrait? Zumbrink müsste Interesse daran haben, viel mehr zu zerstören. Er wollte schließlich ihr Geschäft zerstören. Das konnte ihm mit etwas Chaos und einer zerschlagenen Fensterscheibe nicht gelingen.

„Isa, ich habe einen großen Fehler gemacht. Ich habe dein Portrait mitgenommen nach Amsterdam", gestand Verena plötzlich noch bevor sie darüber nachdachte.

„Was hast du getan?", Isa sprang ein zweites Mal aufgebracht auf. „Ich hatte es dir verboten! Verboten!", schrie sie. „Wie konntest du nur?"

„Isa, es tut mir leid. Wirklich. Ich habe es unterschätzt. Ich habe es nicht veranlasst, dass es fotografiert wird. Im Gegenteil – ich habe Fotos sogar untersagt. Der Fotograf hat es trotzdem einfach getan. Es war auch nur ganz klein im Hintergrund zu erkennen. Aber es war zu sehen. Und es wurde gesehen. Vorgestern kam ein Paar hier an, das nach dem Portrait gefragt hat. Es war in einer Kunstzeitung abgebildet."

Verena wurde immer leiser. Ihr war bewusst, wie das alles auf Isa wirken musste. Aber Isa musste davon wissen. Sie, Verena, musste dazu stehen, dass sie einen Fehler begangen hatte.

„Nein! Du hattest kein Recht dazu, es auszustellen. Ich habe immer betont, dass ich damit nicht einverstanden bin!" Isa schrie hysterisch. Verena konnte verstehen, dass sie sauer war, aber dieser Ausbruch schien ihr doch völlig unangemessen.

Sie hob hilflos die Arme und ließ sie wieder sinken. „Es ist mit mir durchgegangen. Das Portrait ist so verdammt gut. Ich bin eben stolz darauf. Aber warum ist das eine solche Katastrophe für dich? Isa, rede mit mir."

Isa lief unruhig wie ein Tiger im Käfig in dem Zimmer umher, biss an ihren Fingernägeln herum. „Ich hätte es mitnehmen sollen. Ich hätte es nicht hier lassen dürfen. Man kann dir nicht trauen."

„Vielleicht hätte es geholfen, wenn du mir den Grund gesagt hättest", verteidigte sich Verena. Sie wusste, es war ein schwacher Einwand. So oder so hätte sie sich nicht über Isas Wunsch hinwegsetzen dürfen. Ihr Stolz hatte gesiegt. Verdammter Hochmut, dachte sie einmal mehr.

Isa stützte sich auf den Tisch ab und schleuderte mit einer heftigen Handbewegung die Tasse mit dem heißen Tee vom Tisch. Die Flüssigkeit ergoss sich über Tisch und Boden, die Tasse zersprang.

„Isa!", rief Verena aus.

„Ach, hör auf mit Isa."

„Es tut mir leid. Mehr kann ich doch nicht sagen. Es ist passiert."

Was konnte Isa nur derart aufbringen? Hatte es mit dem Paar zu tun, das nach dem Bild gefragt hatte? Wollte oder musste Isa etwa untertauchen, um von gewissen Leuten nicht gefunden zu werden?

„Isa, wenn du aus irgendeinem Grund nicht gefunden werden willst…"

„Ach, was weißt du schon."

„Gar nichts, das ist es ja gerade! Aber wenn es so ist, dann wende dich an die Polizei. Sie können dich schützen."

Verena fuhr sich nervös durch die Haare. Meine Güte, was hatte sie da nur ausgelöst. Es schien alles viel schlimmer zu sein, als sie jemals für möglich gehalten hätte. Und Isa war doch sowieso schon so kaputt mit ihrer extremen Anhänglichkeit. Was um Himmels Willen war der jungen Frau nur passiert?

Hätte ich ihr doch nur nicht erzählt, wo Marlene ist. Jetzt hatte die Isa am Schlapp. Obwohl - andererseits war es vielleicht gar nicht so dumm, wenn Isa nach Marlene sehen würde. Marlene sollte nicht so viel alleine sein. Und bis Isa ihr auf die Nerven ging, war sie schon längst wieder abgereist. Nein, so schlimm war es doch nicht, dass sie Isa den Aufenthaltsort verraten hatte.

Als Isa wieder gegangen war, wischte Verena den Tee auf und fegte die Scherben zusammen. Sie stieg die Treppen wieder hinauf. Aber bevor sie zurück in ihr Atelier ging, setzte sie sich noch kurz in ihrem kleinen Büro an ihren Laptop und warf gewohnheitsgemäß einen Blick auf die facebook-Seite ihrer Kunststube. Dort gab es einen neuen Eintrag. Sie starrte darauf und glaubte nicht, was sie da las:

Die Kunststube von Verena Huisman ist wirklich keinen Besuch wert. Die Zeit und den Weg dorthin sollte man sich sparen, wenn einem sein Urlaub etwas bedeutet.

Die Arbeiten sind an Einfallslosigkeit und Mangel an Kreativität nicht zu überbieten.

„Mein Gott", stammelte sie vor sich hin. „Von wem ist das denn?"

Instinktiv suchte sie nach weiteren Einträgen ihrer Kunststube. Auch die Touristenseite mit Unternehmungen, Shops, Restaurants und so weiter waren mit diesem Text bedacht.

„Aber wer macht denn so was?", murmelte sie vor sich hin. Was war das für ein komischer Anwendername – ‚Picasso25'?

„Ich muss etwas tun. Da will mich einer fertig machen. Das kann nur der Zumbrink sein. Dazu hat dieses Kunstsammlerpaar überhaupt keinen Grund", überlegte sie laut. Sie musste die Polizei anrufen. Ja genau. Die konnten sicher herausfinden, von wo dieser Eintrag gemacht wurde. Und auch dieser bescheuerte Anwendernahme ‚Picasso' – der ja schließlich ein Maler war - passte doch zu Zumbrink. Der hielt sich doch für einen Picasso der Gegenwart.

Gerade, als sie die Treppe wieder hinaufgestiegen war, hörte sie erneut die Türklingel. Meine Güte, wenn das so weiter ging, würde sie heute mit dem Aufräumen überhaupt nicht mehr fertig. Ob das wohl schon wieder das Paar war, das sich für Isas Portrait interessierte? Neue Diskussionen brauchte sie ja nicht fürchten, das Bild war zerstört. Aber das Paar war ja auch an anderen Bildern von ihr interessiert.

134

Irgendwo zwischen Resignation und freudiger Erwartung stieg sie die Treppe wieder hinunter.

Isabella bemerkte das Auto mit den beiden Personen nicht, das zu Verena Hoeve einbog. Sie wusste nichts von ihrem Glück, ihren Verfolgern entkommen zu sein. Sie fuhr mit ihrem Wagen bis vor die Dünen. Dort parkte sie und lief den Weg hinauf. Sie zweifelte nicht daran, dass sie Marlene finden würde. Sie hatte sie ja schon einmal in dem Naturschutzgebiet aufgestöbert. Allmählich verrauchte die erste ungestüme Wut, die keinen klaren Gedanken zuließ.

Die beiden Leute in *De Koog* - diejenigen, die sie niemals in ihrem Leben wieder treffen wollte - die eine Gefahr für sie bedeuteten - die waren sicher durch die Ausstellung in Amsterdam auf sie aufmerksam geworden. Das war für sie sonnenklar. Verena hatte mit ihrer leichtfertigen Handlungsweise ihre, Isabellas, Feinde wieder in ihr Leben gebracht. Und die waren mächtig. Sie hatten überall Geschäftspartner oder Menschen, die für sie arbeiteten. Handlanger, Informanten… Ja, kein Zweifel, Verena hatte sie in Gefahr gebracht. Unwissendlich, unabsichtlich, aber sie hatte es getan.

Meine Güte, Verena hatte doch genau gewusst, dass sie das Portrait nicht herumzeigen durfte. Ach, verdammt, sie hätte gar nicht zulassen sollen, dass Verena sie zeichnete. Eigentlich wusste sie doch, dass man niemandem trauen konnte.

Isa ging schnell. Allmählich verfiel sie sogar in ein langsames Joggingtempo. Sie wollte ihrer aufkommenden Angst entkommen und sie wollte Marlene finden. Wie konnten die Frauen Marlene nur immer so allein lassen. Wussten sie nicht, dass es ihr nicht gutging?

Sie hoffte, Marlene dort zu finden, wo sie ihr schon einmal begegnet war. Jetzt ärgerte sie sich, dass sie das Auto genommen hatte. Mit dem Rad wäre sie hier im Naturschutzgebiet schneller gewesen. Und es wäre auch irgendwie praktisch, wenn sie Marlene fand, die ja auch mit dem Rad unterwegs war. Plötzlich entdeckte sie die Gestalt. Sie lag auf der gleichen Bank, auf der sie vor einigen Tagen gesessen hatten. War sie etwa eingeschlafen? Die reife, vernünftige Marlene eingeschlafen auf einer Parkbank? Isabella lief näher. Wie gut, dass sie gekommen war. Sie rüttelte die Ältere sanft an den Schultern.

Keine Reaktion.

Sie rüttelte etwas heftiger und rief ihren Namen. „Marlene!" Isabella sah sich um. Die Gegend war menschenleer. War wirklich noch niemand hier vorbeigekommen und hatte die schlafende Frau bemerkt? Wahrscheinlicher war, dass es Vorübergehenden oder Radelnden einfach gleichgültig gewesen war. Womöglich hatten sie noch gekichert und sich lustig darüber gemacht. *Hat wohl einen über den Durst getrunken – Hoho.* Isabella schüttelte es bei dieser Vorstellung.

„Marlene, wach auf!", rief sie.

Endlich blinzelte Marlene. Sie rührte sich ganz leicht. Sie schien verwirrt. „Wo – wo…?"

„Du bist auf einer Bank in *De Muy*", antwortete Isabella.

Marlene richtete sich mühsam auf. „Wie komme ich denn hierher?", fragte sie. Aber dann sah sie das Fahrrad.

„Mein Gott, ich weiß überhaupt nicht, was passiert ist."

Isabella hob die Schultern. „Ich auch nicht. Du bist wohl hierher geradelt und dann eingeschlafen. War es gestern sehr spät?"

Ja, sehr spät, dachte Marlene. Und viel zu viel Alkohol. Sie fuhr sich über das Gesicht und durch die verwuselten Haare. Aber davon wurde sie auch nicht wacher. Sie fühlte sich schläfrig und regelrecht benommen. Zu viele Medikamente waren es wohl auch, dachte sie. Oder zu wenig. Je nachdem, wie man es betrachtete.

„Wie spät ist es?", fragte sie.

„Gleich elf."

„Was? Elf Uhr?" Diese beiden Worte hatten sie wacher gemacht. „Ich muss sofort zurück. Oh Gott, sie werden stocksauer sein. Und das zu recht."

„Vergiss es. Die interessieren sich gar nicht für dich. Karla und Marion sind ausgegangen, wohin weiß ich nicht. Und Marion räumt in aller Seeleruhe ihr blödes Atelier auf. Keiner sieht nach dir. Keinen interessiert, was du machst."

Keinen interessiert, was du machst. Der Satz versetzte Marlene einen Stich. Ja, das war ihr Problem. Sie war einfach nicht wichtig. Überflüssig.

„Ich wollte dich besuchen und als Verena mir sagte, du seiest schon früh aufgebrochen und noch nicht zurück, habe ich hier nach dir gesehen. Du erinnerst dich doch? Wir haben uns schon einmal hier getroffen."

Marlene lächelte. „Ja natürlich erinnere ich mich. Ist ja erst zwei Tage her."

„Was, erst zwei Tage? Kommt mir viel länger vor."

Marlene erhob sich von der Bank. Puh, ihr war schwindlig und sie war ganz wackelig auf den Beinen. Isabella war sofort neben ihr und stützte sie.

„Warten wir noch ein bisschen. Es geht bestimmt gleich wieder."

„Ich muss zurück, Isa."

„In ein leeres Ferienhaus? Deine sogenannten Freundinnen sind fort."

„Verena ist da. Ich kann ihr beim Aufräumen helfen. Wenn du dort warst, hast du sicher von dem Einbruch gehört."

„Ja, sicher. Aber was geht es dich an. Komm mit zu mir, Marlene. Dusch dich, mach dich etwas frisch, iss mit mir zu Mittag."

Marlene lächelte. Sie war nett, die Kleine. Und sie war auch einsam. So wie sie selbst.

Isa hatte recht. Verena hatte andere Sorgen. Und warum sollte sie, Marlene, sich verpflichtet fühlen, ihr beim Aufräumen zu helfen, während die zwei anderen einen Ausflug machten oder Shoppen waren oder was auch immer. „Musst du nicht arbeiten?"

Isabella senkte unsicher den Kopf. „Eigentlich schon. Ach, ich mache einfach blau."

Marlene lächelte. Vom Alter her könnte Isa ihre Tochter sein.

„Nein, deine Arbeit darfst du nicht vernachlässigen. Aber wenn du noch Zeit hast, könnten wir ja ein frühes Mittagessen einnehmen. Bisher hatte ich noch nicht mehr als zwei Scheiben trockenes Weißbrot."

Sie verzog das Gesicht.

„Gute Idee", erwiderte Isabella. „Mein Mini steht auf dem Parkplatz vor den Dünen. Bis dahin müssen wir laufen. Danach musst du bis zur Ferienwohnung radeln und ich fahre hinter dir her."

„Die frische Luft wird mir gut tun", erwiderte Marlene.

Isabella verkniff sich die Bemerkung, dass sie schließlich schon seit Stunden an der frischen Luft war. Die Bewegung würde Marlene auf jeden Fall guttun.

Als das Paar, das vor der Tür gestanden hatte, wieder gegangen war, lehnte Verena sich erschöpft und nervös an die geschlossene Haustür. Was war das denn gewesen? Diese Unfreundlichkeit, dieses Fordern nach Isas Adresse.

Meine Güte, Isa hatte recht gehabt. Es schien sehr viel schlimmer zu sein, als sie, Verena, es sich hätte vorstellen können.

Irgendwie hatte das Portrait diese Menschen auf die Insel und zu ihr geführt. Aber sie suchten gar nicht Isa, sondern eine andere Frau. Wo war die Verbindung? War es nur eine Verwechslung?

Verena sah durch das Fenster, dass das fremde Auto noch immer hinter dem Baum stand. Sie konnte die Leute nicht sehen, erkannte nicht, was sie taten. Sie bemerkte nur, dass sie nicht wegfuhren. Warum? Was, verdammt noch mal, wollten sie dort? Was hatte das Ganze mit Isabella zu tun? Nein, es war keine Verwechslung, irgendetwas musste es geben. Sonst hätte Isa nicht solche Angst.

Verena war richtig unheimlich zumute.

Noch immer zitternd griff sie zum Telefonhörer und wählte die Nummer des Polizisten, mit dem sie schon wegen des Einbruchs gesprochen hatte.

Mathis Verbeek meldet sich schon nach dem ersten Läuten.

„Verena Huisman, guten Tag", sagte sie leise. „Ich hatte gerade sehr unangenehmen Besuch."

„Unangenehmen Besuch?", hakte der Inspektor nach. „Da wird wohl etwas mehr gewesen sein, Frau Huisman? Sonst würden Sie kaum die Polizei anrufen."

Sein Kollege, der ihm gegenüber saß, wurde bei der Nennung des Namens aufmerksam. Huisman? Das war doch die Frau mit dem zerstörten Atelier.

Mathis fing seinen Blick auf und stellte das Telefon auf laut.

„Natürlich, ich weiß nicht recht, wie ich es anders ausdrücken soll. Eine Frau und ein Mann waren bei mir. Sehr unangenehme Zeitgenossen. Sie fragten nach dem Portrait von Isabella. Sie waren…"

Sie brach ab. Wie sollte sie das erklären?

„Ja? Sprechen Sie weiter."

„Sie suchen eine andere Frau, die Isa tatsächlich ähnlich sieht. Sie haben mir ein Foto gezeigt. Die Gesuchte hat eine andere Haarfarbe, eine etwas andere Frisur… Ich dachte zuerst, es sei nur eine Verwechslung, aber irgendetwas stimmt da nicht. Ich habe mich bedroht gefühlt. Ich hatte wirklich Angst. Außerdem habe ich Isabella von dem zerstörten Portrait erzählt, und dass ich es mitgenommen hatte nach Amsterdam. Sie ist völlig hysterisch geworden. Ich sage Ihnen – sie hatte wirklich Angst. Sicher, ich wusste, dass sie nicht wollte, dass ich das Portrait ausstelle, aber ich glaube jetzt, dass die Sache Ausmaße annimmt, mit denen ich niemals gerechnet hätte."

Verbeek nickte, obwohl Verena das ja gar nicht sehen konnte.

„Aber was könnte das sein?", fragte er mehr sich selbst als sie. Ihm war schon klar, dass sie die Frage nicht beantworten konnte.

„Das weiß ich nicht", antwortete Verena auch prompt.

Sein Kollege Joris van Dijk runzelte die Stirn. „Wir sollten darüber sprechen. Können Sie die beiden beschreiben?"

„Natürlich."

„Wir kommen vorbei."

Verena seufzte. Ja, sie verstand, dass das wichtig war. Sonst hätte sie ja gar nicht erst anrufen müssen. Aber auf diese Art würde sie mit dem Aufräumen des Ateliers wohl nicht fertig werden.

Sie sah aus dem Fenster und bemerkte, dass der Wagen endlich fort war.

Und wenn die Polizisten vorbeikamen, konnte sie ihnen auch noch von dem Zeitungsartikel erzählen. Von dem Rufmord. Das hatte sie in ihrer Aufregung völlig vergessen.

Und jetzt brauchte sie erst mal einen Schnaps um die Nerven zu beruhigen. Sie drehte sonst noch völlig durch. Ihre Hände zitterten ja noch immer.

Nachdem Marlene und Isabella in der Ferienwohnung angekommen waren, griff Marlene als erstes nach ihrem Handy.

Oh, es waren gleich drei Nachrichten eingegangen. Alle von Egmont, dem Kutscher.

Verena hatte ihr gesagt, dass Egmont nicht an Frauen interessiert sei und irgendwie machte das die Sache für Marlene sogar leichter. So konnte sie sicher sein, dass auch er nicht an einer Romanze interessiert war.

Marlene wollte nicht von ihrer langen Ehe in eine Affäre oder eine neue Beziehung stolpern. Was sie brauchte, war Interesse als Mensch, das Gefühl, ernst genommen zu werden.

Sie sah sich die WhatsApp Nachricht an und lächelte vor sich hin. „Hallo, wir wollten doch einmal Essen gehen? Wie wäre es mit heute? Mittags oder abends?"

Die nächste Nachricht lautete: „Ich warte auf eine Antwort. Essen gehen? Heute?"

Und noch eine dritte: „Ich lade dich selbstverständlich ein. Sag nur wann. Ich sage wo und hole dich ab."

Es fühlte sich gut an. Unglaublich gut. Wie lange hatte sie nicht mehr das Gefühl gehabt, dass jemand einfach mit ihr zusammen sein wollte. Es war auch vollkommen gleichgültig, dass sie in wenigen Tagen wieder fort gehen und Egmont sicher nie wieder sehen würde. Jetzt, in diesem Moment, an diesem Tag, tat ihr die Aufmerksamkeit gut.

Sie tippte bereits die Antwort, als sie bemerkte, dass Isabella sie verwirrt beobachtete.

Marlene seufzte. Sie fühlte den Anflug eines schlechten Gewissens, aber das half jetzt nichts. Isabella selbst hatte ihr gesagt, sie müsse an sich denken. Und wenn Marlene das jetzt tat – ein einziges Mal in den letzten fünfundzwanzig Jahren – konnte Isa ihr das doch nicht vorwerfen. Oder? Schließlich waren sie und Isa keine Freundinnen. Und sie würden sich ebenso wenig wieder sehen wie sie und Egmont.

Marlene konnte jetzt nur für diesen Moment entscheiden. Sie wollte das tun, was ihr guttat. Einmal im Leben. Sie wollte nur diesen einen Tag.

Sie wollte nicht an Isa denken und auch nicht an ihre Freundinnen, nur an sich.

Solche Gedanken passten eigentlich nicht zu ihr.

Sie tippte die Antwort zu Ende: „Hol mich um 14 Uhr ab. Ich freu mich."

Sie blickte zu Isabella auf. „Tut mir Leid, ich habe jetzt doch keine Zeit, mit dir Mittagessen zu gehen."

Sie hatte es unterschätzt. Isabellas Gesicht verdüsterte sich. „Warum nicht!", schrie sie. „Du hast es versprochen!"

„Isa, es war eine Idee. Es ist vielleicht auch nicht ganz fair. Aber – versteh doch…"

„Oh, ich verstehe! Du hast etwas Besseres in deinem Handy gefunden. Vermutlich haben deine untreuen Freundinnen dir eine Nachricht hinterlassen und du springst. Prima! Ihr seid doch alle gleich. Verena rettet mir das Leben und will dann nichts mehr mit mir zu tun haben und dir rette ich das Leben…"

„Aber Isa, du hast mir doch nicht das Leben gerettet", erwiderte Marlene verständnislos. „Ich wäre nicht gestorben auf der Bank."

„Ach, ihr könnt mich alle mal!", kreischte Isabella. Damit rannte sie aus dem Ferienhaus, knallte die Haustür hinter sich zu und ließ eine völlig verwirrte Marlene zurück. Die Freude auf ihre Verabredung hatte Isabella ihr etwas verdorben. Okay, nett war das wohl wirklich nicht gewesen, dachte Marlene. Aber Isa sollte auch nicht so tun, als ob sie beide beste Freundinnen wären.

Entschlossen schob sie die Gedanken zur Seite und ging ins Bad, um zu duschen. Ob sie wohl ein wenig von Marions Schminke nehmen durfte? Sie hatte selbst gar keine mitgebracht. Noch während sie darüber nachdachte, wusste sie, dass sie sowieso etwas nehmen würde. Marion würde das nicht einmal bemerken.

Sie durfte dieses Mal nicht vergessen, eine Nachricht für die Freundinnen zu hinterlassen. Die wären sonst sicherlich wütend, wenn sie immer noch nicht zurück wäre. Oder ob sie sich doch am Ende Sorgen machen würden?

Marlene zog sich aus und drehte die Dusche an.

Sandy wusste, sie musste fort. Fort aus diesem Haus, fort von ihrem Chef Manuel Urban. Fort aus dem Leben als Bartänzerin. Ihr Chef misstraute ihr, seit sie das Telefongespräch mitbekommen hatte. Sie hatte zwar bestritten, etwas gehört zu haben, aber er glaubte ihr nicht. Soviel Leichtgläubigkeit konnte er sich auch gar nicht leisten bei dem zwielichtigen Leben, das er führte. Anderenfalls säße er schon längst hinter schwedischen Gardinen. Wenn sie jetzt nicht fliehen würde, würde sie es niemals tun.

Manuels Geschäftsführerin Tamara Herold und Antonio, einer der Türsteher, waren zurzeit nicht da. Sandy hatte keine Ahnung, wo sie steckten. Aber die beiden waren ganz klar eine Lücke im Bewachungssystem. Niemand, nicht einmal Manuel selbst, war so aufmerksam wie Tamara. Vielleicht wollte sie absolut klarstellen, dass sie als Frau keinerlei Solidarität zu den Mädchen in der Bar fühlte. Außerdem hatte Tamara definitiv eine Antenne dafür, wenn eines der Mädchen aufmüpfig wurde.

Manuel dagegen glaubte fest, dass seine Mädchen viel zu viel Angst vor ihm und seinen Türstehern hatten, um zu fliehen oder gar zur Polizei zu gehen. Er war viel zu selbstsicher, arrogant und zu überheblich, um überhaupt mit der Möglichkeit zu rechnen, dass sich irgendjemand gegen ihn auflehnen könnte. Er war der unumstrittene Herr eines Imperiums, über die Mädchen, über seine Angestellten.

Außerdem waren sie doch von ihm abhängig, er gab ihnen Geld, Arbeit, einen Raum zum Wohnen.

Auch Sandy hatte Angst. Bisher hatte sie zu viel Angst vor seiner Reaktion, um zu fliehen. Also blieb sie. Aber jetzt war es anders. Jetzt hatte sie zu viel Angst, um zu bleiben.

Sie lag nur noch zitternd in ihrem Bett, konnte nur tanzen, wenn sie Alkohol trank oder Beruhigungsmittel nahm.

Tamara und Antonio oder Lado achteten darauf, dass ihre Mädchen keine Drogen nahmen. Wer abhängig war, achtete zu wenig auf sich, lebte nur für den nächsten Schuss, die Haut war fahl, das Haar stumpf und der Blick tot. Nein, so jemanden wollten sie nicht auf ihrer Bühne haben.

Sandy steckte die Knöchel ihrer Faust in den Mund und knabberte daran herum. Sie musste fort.

Ihre Freundin Luisa hatte es geschafft. Aber sie war nicht Luisa. Außerdem war Luisa tot. Das war nicht dasselbe. Nein, ihre Freundin war wirklich nicht zu beneiden.

Sandy wollte raus hier. Sie hatte einen Plan. Sie musste zu dem Polizisten gehen, der nach dem Tod dieses Anwaltsehepaares ein paar Mal hier gewesen war. Schließlich waren die beiden Ermordeten die Anwälte von Manuel Urban gewesen, der eigentlich ständig im Verdacht stand, nicht nur legale Geschäfte zu tätigen. Der Polizist hatte eine Menge Fragen gestellt und es hatte sogar einmal eine Razzia gegeben, weil man einem Hinweis nachging, dass im Desiderium Drogen verkauft wurden. Aber natürlich hatte niemand etwas Belastendes gefunden.

Egal – das war ihre erste Anlaufstelle. Der musste ihr helfen. Unbedingt. Und sie musste fort, solange Tamara und Antonio fort waren.

Wenn sie fliehen wollte, dann jetzt.

Der Gedanke war regelrecht über sie hergefallen. Mit einer Macht, die sie nicht unterdrücken konnte und mit einer Intensität, dass sie gar nichts anderes mehr denken konnte. Nicht an die Gefahr, was geschehen könnte, wenn Manuel oder einer seiner Türsteher sie erwischten und nicht an ihre Angst. Alles war unter dem einen großen Gedanken verschüttet: Ich muss hier weg. Ich muss hier weg! Weg! Weg! Weg!

Sie schob den Wein zur Seite, sie musste einen klaren Kopf behalten, musste genau überlegen, wie sie vorgehen sollte. Es war möglich, da war sie sich sicher. Sie hatte nur bisher viel zu viel

Angst gehabt, den Plan zu verwirklichen. Die Angst war ihr eigentliches Gefängnis.

Und sie musste ihre Flucht in Angriff nehmen, bevor der Abendtrubel begann. Dann kamen die Türsteher, die Bardamen und Tänzerinnen, Manuel war überall präsent.

Jetzt schlief der Laden.

Sie fasste an ihre Zimmertür. Sie war abgeschlossen, so wie seit drei Tagen. Sie erfasste überhaupt nicht, was sie Schlimmes mitbekommen hatte. Selbst wenn Luisa nicht tot wäre… Warum könnte sie dann eine Bedrohung für Manuel und seinen Geschäftspartner Hugo Winter sein?

Ihr schwirrte der Kopf. Eines wusste sie: Sie musste zur Polizei. Warum hatte sie das nicht längst getan? Aber sie hatte solche verfluchte Angst gehabt. Sie hätte nicht gewusst, wo sie hingehen sollte, hatte keinen Job, kein Geld, keine Wohnung. Nichts. Und die Gefahr, dass Hugo und Manuel sich an ihr rächen würden, war allgegenwärtig.

Das alles war immer noch so. Nichts hatte sich geändert. Nur ihr Bewusstsein, dass sie selbst es ändern musste. Dass es um mehr ging, als sie bisher dachte. Sonst hätte Manuel sie nicht hier eingesperrt.

Ihr Atem ging stoßweise und ihr Herz klopfte so laut, dass sie dachte, jeden Moment käme jemand herein, weil er es draußen hören konnte.

Trotzdem wollte sie nicht aufgeben. Es hatte sich wohl doch etwas geändert. Diese Ohnmacht, diese Willenlosigkeit war nicht mehr da. Eine unsichtbare Macht trieb sie an, sagte ihr, was sie zu tun hatte.

Sie öffnete das Fenster.

Sie war im 3. Stock, aber das würde sie schaffen. Sie war nicht umsonst eine der Tänzerinnen dieser Bar. Sportlich und biegsam. Sie würde sich am Wasserrohr, an den kleinen Fenstervorbauten und an dem großen, geschwungenen Schriftzug „Desiderium" herunter hangeln. Sie blickte hinunter. Es war ganz schön hoch. Wenn sie stürzte, würde sie sich schlimm verletzen können, wenn nicht sogar tödlich. Vielleicht konnte sie auch auf einen der Balkone hinüber gelangen. Darüber nach unten zu klettern, wäre noch einfacher. Schade, dass ihr Zimmer keinen Balkon hatte.

Sie hob ihr Bein über die Brüstung. Ganz langsam hangelte sie sich abwärts. Ganz vorsichtig setzte sie den Fuß auf den kleinen Mauervorsprung, suchte mit der Hand Halt.

Ihr Herzklopfen hatte etwas nachgelassen. Sie war konzentriert. Ein Stockwerk hatte sie schon geschafft. Sie hielt sich an dem Fenstersims fest und ließ sich langsam auf den nächsten Mauervorsprung runter. Von dort konnte sie schon springen und sich abrollen.

Endlich fühlte sie festen Boden unter den Füßen.

Sie atmete auf. Sie stand wieder auf ihren eigenen Beinen.

Und jetzt rennen. Rennen, dachte sie. Schnell weg. Zum Polizeirevier.

Im gleichen Moment fühlte sie, wie ihr Kopf an den Haaren nach hinten gerissen wurde. Sie schrie auf vor Schmerz.

„Wolltest du etwa abhauen?", dröhnte eine männliche Stimme. Manuels bulliger Handlanger Lado.

Aus. Alles umsonst. Vorbei der Traum von Freiheit. Jetzt würde alles noch schlimmer werden.

Sie schlug um sich, aber vergebens. Sie hatte keine Chance.

Der bullige Türsteher lachte gemein.

„Du wurdest gesehen, als du an der Wand runter geklettert bist. Alle Achtung! Gute Körperbeherrschung. Und jetzt komm mit. Manuel wird sich freuen."

Sandy verlagerte sich aufs Betteln. „Bitte, lass mich doch gehen. Manuel weiß nicht, dass du mich gesehen hast. Ich gehe weg, fange irgendwo neu an."

„Wie denn?", fragte er höhnisch.

Sie sagte nichts.

Ein wenig hatte sie gespart. Eine kleine Weile würde es reichen. Wenn sie schnell einen Job fand.

Aber es war sowieso alles vorbei. Manuel würde sie umbringen. Warum diese extreme Kontrolle? Wovor hatte **er** Angst? Was wusste sie, was ihr selbst gar nicht so klar war? Vielleicht hätte die Polizei das Puzzle zusammensetzen können.

Aber jetzt würde sie keine Chance mehr bekommen.

Der Bullige schleifte sie an ihren Haaren hinter sich her in Manuels Büro.

Egmont holte Marlene pünktlich ab und führte sie in ein kleines Fischrestaurant."

„Ich freue mich, dich zu sehen", sagte er mit deutlich niederländischem Akzent.

„Ich freue mich auch", erwiderte sie höflich.

„Und deine Freundinnen haben dich so einfach gehen lassen?", fragte er.

Marlene stutzte einen Moment. Aber sie hatte keine Lust, ihm die tatsächliche Situation zu schildern.

„Aber ja", antwortete sie deshalb einfach.

Sie bestellten frischen Fisch, Salat und Kartoffeln und einen leichten Weißwein dazu.

Anschließend schlenderten sie am Strand entlang und erzählten sich von ihrem bisherigen Leben.

Marlene berichtete von ihren beiden Töchtern und sie bemerkte selbst erstaunt, dass sie voller Stolz erzählte und nicht voller Einsamkeit.

Egmont hatte einen Sohn. Das erstaunte sie und er lachte. Verena hatte ihr also erzählt, dass er nicht an Frauen interessiert war.

Marlene schaute betreten auf die Tischplatte. „Tut mir leid, es geht mich ja nichts an…"

„Schon gut, Marlene. Ja, ich war verheiratet. Du kennst das doch. In unserer Generation ist man noch ganz anders aufgewachsen. Nicht so frei wie die Jugend heute. Man hatte Erwartungen zu erfüllen und ich habe mir auch selbst gar nicht eingestanden, dass ich schwul bin. Na ja, du kannst dir denken, dass die Ehe nicht glücklich wurde. Wir ließen uns schon nach drei Jahren wieder scheiden. Na ja..."

„Es hat wohl jeder sein Päckchen zu tragen", hauchte sie und schaute ihm direkt in die Augen.

„So ist es. Aber heute wollen wir keine alten Probleme wälzen. Es soll ein fröhlicher Tag werden", lachte er.

Sie unterhielten sich so angeregt miteinander, dass sie nicht bemerkten, dass sie beobachtet wurden.

Isabella war nicht nach Hause gefahren und später auch nicht auf ihre Arbeitsstelle, sondern hatte verborgen hinter einer Hecke in der Nähe von *Verena Hoeve* gewartet und war ihnen gefolgt, nachdem Egmont Marlene abgeholt hatte.

„Die zieht echt einen blöden Kutscher vor", murrte sie laut und verbittert vor sich hin. „Hätte doch wenigstens warten und erst heute Abend mit ihm ausgehen können. Wieso lehnt mich jeder ab?"

Sie war ihnen bis zu dem kleinen Restaurant gefolgt, hatte sie durch das Fenster beobachtet, wie sie sich unterhielten und wie vertraut sie miteinander umgingen trotz dieser kurzen Bekanntschaft. Isa war beinahe geplatzt vor Eifersucht.

Wieso hatte Marlene sie einfach so mir nichts dir nichts abserviert? Genauso wie Verena. Genau wie ihre Mutter und wie... Egal, das führte zu nichts. Daran wollte sie jetzt nicht denken. Was war nur so schlimm an ihr? Wieso wollte keiner etwas mit ihr zu tun haben?

Erst als Marlene und Egmont schließlich am Meer standen und sich umsahen, bemerkten sie endlich die junge Frau.

„Isabella", flüsterte Marlene erstaunt. „Was tust du denn hier?"

„Gar nichts", erwiderte die abweisend.

„Verfolgst du mich?" Marlene zog in einer Mischung aus Überraschung und Ärger die Augenbrauen zusammen.

Isabella hob die Schultern. „Was bildest du dir ein", fauchte sie.

Egmont blickte verständnislos von einer zur anderen.

„Isa, es tut mir leid, wenn ich dich verletzt habe, aber…"

„Das hast du. Ich wollte mit dir essen gehen."

„Isabella! Wir gehen morgen Mittag zusammen essen, ja?"

Isa nickte zaghaft und wandte den Blick ab. Sie wollte nicht, dass Marlene und besonders Egmont etwas von ihren Gefühlen mitbekamen.

„Wer ist das?", fragte Egmont Marlene, als wäre Isa gar nicht da.

„Das ist Isabella. Sie hat eine Weile in Verenas Ferienwohnung gelebt."

Egmont nickte. Er kannte ihren Name vom Erzählen, hatte sie aber bisher nicht kennen gelernt. Er hatte gehört, dass sie sich sehr an Verena und ihre Familie klammerte. Inzwischen arbeitete sie in Florindas Shop.

„Musst du nicht zur Arbeit?", fragte Marlene.

In Isa brodelte es. Die fragte doch nur, um sie loszuwerden.

„Haben Sie sich inzwischen eingelebt auf Texel? Schön, dass Sie einen Job bekommen haben. Bestimmt haben Sie auch schon ein paar Freunde gefunden?", fragte Egmont. Er provozierte sie, das war ihm klar. Aber er wollte nicht zulassen, dass sie sich an ihn und Marlene hängte.

Isabella starrte ihn entrüstet mit großen Augen an. „Ich dachte, sie ist meine Freundin."

Marlene hob die Schultern. „Isa, ich mache hier eine Woche lang Urlaub, danach werden wir uns vermutlich niemals wiedersehen."

Sie ist wie ein Kind, dachte Marlene. Als ihre Töchter sehr klein waren, bezeichneten sie auch alle Spielgefährten im Urlaub als ihre Freunde. Aber Isa war doch erwachsen. Sie musste es doch besser wissen.

„Was willst du jetzt tun? Unser Ausflug ist doch noch nicht zu Ende, oder?", fragte Egmont Marlene, so als würde Isa ihn nichts angehen, als würde sie nicht hier neben ihnen stehen.

„Nein. Auf keinen Fall", erwiderte Marlene tatsächlich. Dabei blickte sie Isa an, als wollte sie deren Reaktion testen.

Aber sie wollte jetzt nicht über Isabella nachdenken. Sie wollte dieses eine Mal tun, was sie selbst wollte. Ihrem Gefühl folgen. Das Leben genießen. Nur ein paar Stunden lang.

Egmont fasste jetzt tatsächlich Marlenes Arm und zog sie fort.

Wie Teenager, dachte Isabella angewidert.

Marlene ging mit ihm. Aber sie schaffte es nicht vollständig, Isabella aus ihren Gedanken zu verbannen. Was musste in der jungen Frau vorgehen, dass sie regelrecht hinter ihr herlief? Wie einsam musste sie sein?

Oder war sie sogar krank?

Sie war ihr unheimlich und machte ihr Angst.

Benthe Zumbrink ging aufgeregt mit einem bedrucktem Blatt Papier in der Hand zu ihrem Mann ins Atelier. Er zeichnete gerade einen Mosaik-Leuchtturm unter pinkfarbenem Himmel.

„Hast du irgendetwas damit zu tun?", fuhr sie ihn ohne Vorwarnung an.

„Was? Womit?"

„Na mit dieser Kritik an Verena Huisman."

Joost Zumbrink hielt in seiner Arbeit inne, sah den Zettel in ihrer Hand und lachte dreckig.

„Ach das. Geschieht ihr recht, der Schlampe. Aber ich hab's mir nur ausgedruckt. Vielleicht rahme ich es ein und hänge es auf."

„Verdammt, Joost, was stimmt nicht mit dir? Wie kannst du nur so verflucht missgünstig sein? Es gibt auch jede Menge Souvenirläden in den Städten und die machen sich nicht alle gegenseitig fertig. Es gibt außer Verena und dir auch noch andere Ateliers. Hast du es wirklich nötig so mit ihr umzugehen?"

Sein Lachen erstarb. „Ach so – bist auf ihrer Seite?"

„Das ist doch lächerlich. Ich bin der Meinung, dass ihr vielleicht Konkurrenten, aber keine Feinde sein solltet. Mein Gott, Joost, sie ist länger hier. Und sie macht gute Arbeit."

Joost starrte sie an. Sein Blick war so kalt wie Eis. „Na dann ist ja alles gesagt", zischte er und wandte sich wieder ab. Damit demonstrierte er, dass ihre Meinung ihn nicht interessierte.

Benthe stand da, starrte auf seinen Rücken und konnte es nicht fassen.

„Du warst es wirklich", hauchte sie fassungslos. „Du schreibst diese vernichtenden Kritiken. Du willst sie wirklich zerstören."

„Glaub doch, was du willst", murmelte er mehr vor sich hin als zu ihr.

Ihr blieb der Mund offen stehen. Einen Augenblick blieb sie fassungslos über seine unglaubliche Arroganz stehen.

„Warum?", fragte sie dann. „Erklär es mir!"

Verena, Karla und Marion saßen in Verenas Haus bei einem Glas Wein, als Marlene zurückkam. Nachdem Verena sie hereingelassen hatte, prosteten die Frauen ihr fröhlich zu.

„Mensch Marlene, hattest du einen schönen Nachmittag?", rief Marion ihr entgegen.

„Ihr habt also meine Nachricht gefunden und seid nicht böse?", fragte Marlene vorsichtig, obwohl Marions Stimmlage überhaupt nicht sauer klang.

„Ja! Nein! Du warst also mit Egmont unterwegs."

„Ja, wir waren essen und am Strand spazieren."

„Es ist schon fast neun Uhr", tadelte Marion in scherzhaftem Ton.

„Ja und? Wir haben die ganze Insel erkundet und dann haben wir in *Den Burg* noch zu Abend gegessen. Puh…" Sie schlug sich auf den Bauch. „Ab morgen mache ich eine strenge Diät. Wie war euer Tag?"

„Nun, nachdem du heute Morgen nicht wieder aufgetaucht warst, sind Karla und ich nach *Den Burg* zum Shoppen gefahren." Marlene entging nicht, dass dieses Mal Ärger in Marions Stimme mitschwang. Ihr gelang es wirklich am wenigsten, ihre Gefühle zu verbergen. Oder sie hatte es einfach nicht nötig, sich mal ein bisschen zusammenzureißen. Aber Marlene hatte keine Lust, darauf einzugehen. Sie würde sich ihre gute Stimmung nicht verderben lassen.

„Und du, Verena? Wie sieht's im Atelier aus? Kann ich morgen noch etwas helfen?"

„Nein, kein Problem. Ganz fertig bin ich zwar noch nicht, dazu war heute einfach zu viel los, aber fast." Gleichzeitig holte sie ein weiteres Weinglas aus dem Schrank, schenkte die rote Flüssigkeit ein und reichte es Marlene.

Über den seltsamen, unerfreulichen Besuch wollte sie nicht reden, sie hatte mit der Polizei darüber gesprochen, das musste reichen. Jetzt wollte sie dieses merkwürdige Paar lieber vergessen.

„Oh danke." Marlene nahm das Glas an. Eigentlich wollte sie keinen Alkohol mehr trinken. Sie hatte doch am Mittag und am Abend zum Essen schon wieder etwas getrunken. Aber das war jetzt auch schon egal.

„Hast du jetzt eigentlich vor, jeden Morgen zu verschwinden?", fragte Marion direkt. Verena und Karla bedachten sie dafür mit einem bösen Blick. „Was denn? Ich will ja nur wissen, woran ich bin."

„Es tut mir leid", erwiderte Marlene versöhnlich. Vielleicht hätte sie doch lieber einen Zettel hinlegen sollen. „Ich war drüben in den Dünen. Es ist dort wunderschön. Ihr solltet auch einmal…"

„Dafür habe ich vollstes Verständnis. Nur nicht, dass du dich morgens aus dem Haus schleichst und wiederkommst, wann immer es dir passt. Ich meine, wir reden ja nicht gerade über einen kleinen Morgenspaziergang. Du warst Stunden weg. Und wir wollten diese Tage doch zusammen verbringen."

„Es tut mir leid."

„Das sagtest du schon", giftete Marion.

„Marion!", fuhr Verena sie an. Aber die interessierte das gerade nicht.

„Warum tust du das, Marlene? Ich verstehe, dass du gerne in der Landschaft bist, aber du tust es – heimlich. Warum?"

„Das wollte ich gar nicht. Ich wollte einfach keinen stören und habe deshalb niemanden geweckt. Und dann… Ihr werdet es nicht glauben, ich bin auf der Bank eingeschlafen. Aber kommt doch mal mit. Ich würde sehr gerne mit euch zusammen dorthin radeln."

„Ich komme gerne mit", lenkte Karla sofort ein.

Sie war längst nicht so wütend wie Marion. Vielleicht konnte sie Marlenes Sehnsucht nach Einsamkeit einfach besser verstehen als Marion. Und das war es wohl – Sehnsucht nach Einsamkeit.

Marlene lächelte ihr dankbar zu.

„Du solltest nicht so viel alleine sein. Ich glaube nicht, dass dir das guttut", sagte Verena zu Marlene.

Marlene blickte Verena mit großen Augen an. Als würde sie gar nicht verstehen, was sie sagen wollte. „Was soll das, Verena. Ich bin immer allein. Ich habe keinen Menschen."

„Dann genieß es doch jetzt hier mit uns zusammen zu sein."

„Ich bin nicht mehr daran gewöhnt, so viel mit anderen zusammen zu sein", verteidigte sich Marlene leise.

„Was soll das heißen, du hast keinen Menschen?", fragte Marion.

„Jeder hat jemanden. Irgendjemanden."

„Ich nicht."

Deja vu, dachte Verena. Genau das Gespräch habe ich mit Isa geführt.

„Ihr wisst, dass mein Mann weg ist und meine Kinder ausgezogen sind. Sie leben weit entfernt. In dem Dorf habe ich mich nie heimisch gefühlt und jetzt bin ich die Einzige meiner Familie, die dort übrig geblieben ist. Irgendwie ist das ungerecht", fuhr Marlene fort.

„Dann ändere das doch!", schlug Karla vor.

„Wie?"

„Sieh es mal positiv. Du bist frei und kannst tun und lassen was du willst und auch wo du willst. Du musst nicht dort bleiben."

„Ich bin ewig aus meinem Beruf raus. Ich kann überhaupt nichts. Wie soll ich wieder Fuß fassen? Und für einen Neuanfang brauche ich Geld."

„Eine schlappe Ausrede. Wie machst du es denn jetzt? Ich meine, in dem ungeliebten Dorf musst du doch auch leben?", wandte Marion ein.

„Bernd bezahlt Unterhalt", antwortete Marlene schlicht. Ihre Stimme bebte. Ihre gute Stimmung verabschiedete sich allmählich. Sie fühlte sich nicht wohl, das war deutlich zu spüren. Sie wollte keine Rechenschaft ablegen. Sie wollte auch nicht kämpfen. Sie wollte keinen Neuanfang, sie wollte alles beenden. Und sie wollte ganz sicher nicht von diesen Frauen, die sich seit vielen, vielen Jahren keinen Deut um sie gekümmert hatten, gesagt bekommen, wie sie ihr Leben gestalten sollte.

„Lasst mich einfach in Ruhe!", stöhnte sie.

„Meine Güte Marlene, ich kann es wirklich nicht mehr hören. Kannst du nichts anderes als jammern und dich bemitleiden?", stöhnte Marion.

„Ach ja? Ich jammere? Ich sagte, lasst mich in Ruhe! Dann müsste dir das ja entgegenkommen! Mein Leben geht euch gar nichts an. In den letzten Jahren hat es euch auch nicht interessiert!", schrie Marlene jetzt.

Verena und Karla blickten sie verwirrt an. Was war denn plötzlich mit der los? Was für ein Wechselbad der Gefühle. Zuerst diese Hochstimmung, als sie ankam, dann diese Niedergeschlagenheit und jetzt drehte sie fast durch. So wütend hatten sie die Freundin noch nie erlebt.

„Du bist doch selbst schuld. Das, was du erlebst, ist doch kein furchtbares, unversöhnliches Schicksal – kein Fluch oder so etwas. Du bist eine erwachsene Frau, deren Kinder flügge geworden sind. Das ist alles. Es ist völlig normal. Kinder bleiben eben keine Kinder!", giftete Marion zurück.

„Nein, aber nicht alle sind so verdammt weit weg. Ich bin eine schlechte Mutter, dass sie so weit fort wollten."

„Rede doch keinen Unsinn!", schaltete sich jetzt Verena ein. „Sei lieber stolz darauf, dass deine Mädchen so selbstständig und unabhängig sind."

„Genau", bestätigte Karla. „Das ist doch etwas, das alle Mütter erleben. Es fällt uns schwer, aber wir müssen sie gehen lassen. Und mal ehrlich - dann haben wir es doch richtig gemacht. Oder möchtest du lieber Nesthocker?"

„Ihr könnt nicht von euch auf mich schließen. Ich bin vollkommen allein - ich verliere einfach jeden. Freunde habe ich auch nicht. Und keinen Job."

„Das sagtest du schon. Dann such dir einen!", riet Marion.

„Wie denn? Wer will mich schon? Ich bin seit fünfundzwanzig Jahre raus aus dem Beruf."

„Fang was Neues an. Du hast doch kein Monopol auf dieses Problem. Weißt du, wie viele Frauen um die Fünfzig noch mal neu anfangen? Sie studieren, machen sich selbstständig, wandern aus", zählte Marion auf.

„Ja, du stellst dir das leicht vor!", schrie Marlene.

Verena und Karla blickten sich wieder fragend an. Die war ja völlig außer Kontrolle. Beide bezweifelten, dass die sanfte Marlene schon jemals zuvor so hysterisch, so ungehemmt wütend reagiert hatte. Marion musste einen echt wunden Punkt getroffen haben.

Der schöne Abend schien außer Kontrolle zu geraten.

„Die toughe Marion, die weiß natürlich immer ganz genau, was zu tun ist, wie es weiter geht. Immer stark. Immer einen Plan. Ich bin eben nicht so stark wie du", kreischte Marlene.

„Glaubst du, ich habe nie Rückschläge erlitten?"

„Für dich ging es doch immer nur bergauf!"

„Glaubst du, ich überlege mir nicht manchmal, ob alles richtig gelaufen ist? Was wäre, wenn ich Kinder hätte? Wie es wäre, wenn ich nicht jeden Abend und jedes Wochenende in einer leeren Wohnung verbringen würde?"

„Marion, ich dachte immer, du bist zufrieden mit deinem Leben. Du hättest es niemals anders gewollt?", wandte Karla überrascht ein.

Marion winkte heftig ab. „Im Grunde ist das auch so. Trotzdem – es gibt Schattenseiten und ich muss auch damit leben. Genauso wie alle. Wir treffen Entscheidungen und bezahlen dafür einen Preis. Keiner hat das vollkommene Glück gepachtet."

„Da ist was dran", bestätigte Karla.

„Ich habe einige Jahre mit einem Mann zusammengelebt, wusstet ihr das?", fragte Marion.

„Na ja, du hast einmal über einen Freund geschrieben. Ach, wir haben uns viel zu lange aus den Augen verloren. Wir wissen gar nichts voneinander", sagte Verena ein wenig traurig. „Warum habt ihr euch wieder getrennt?"

„Das haben wir nicht. Er ist gestorben." Sie hob ein wenig hilflos die Schultern. „Ein Unfall."

„Oh Marion, das tut mir leid!", sagte Verena mitfühlend. „Warum hast du nie davon erzählt?"

Marion winkte heftig ab. Mitleid war das Letzte, was sie wollte.

„Geschenkt. Ist lange her. Ich habe mein Leben durchaus im

Griff. Ich habs nur erwähnt, um zu verdeutlichen, dass in keinem Leben immer alles nach Plan läuft. Auch nicht in meinem.

Kümmern wir uns um unsere Marlene, die sich aufopferungsvoll um ihre Familie gekümmert hat und um wirklich nichts anderes. Um keine Arbeit, keine Freunde, kein Hobby - nichts. Und die jetzt einsam und alleine dasteht."

„Marion!", tadelte Karla. „Halt den Mund. Übertreib es nicht."

„Ich habe meinem Mann die Bücher geführt", sagte Marlene auf einmal kleinlaut.

„Oh, dann kannst du ja doch etwas. Und du hast sogar die ganzen Jahre einen Beruf ausgeübt."

„Ach das zählt doch nicht. Nur für Bernd..."

„Nur für den Betrieb deines Mannes. Und warum sollte das nicht zählen? Weil du es ohne Bezahlung getan hast?"

Marlene hob die Schultern. Sie wirkte wie ein kleines, unsicheres Schulmädchen.

Marion schüttelte verständnislos den Kopf.

Karla dachte ein weiteres Mal, dass sie selbst unbedingt zu Hause ein paar Dinge ändern müsste. Sie ließ sich auch viel zu viel vereinnahmen.

Auch ihr Leben drehte sich hauptsächlich um ihre Kinder. Auch bei ihr würde sich das Leben schneller ändern, als ihr lieb sein würde. Die Kinder würden aus dem Haus gehen und sie würde in ein tiefes Loch fallen. Wenn es auch nicht ganz so tief sein würde wie Marlenes. Sie fühlte sich ziemlich wohl in ihrem Umfeld, traf sich mit Freundinnen und ging zum Pilates.

Marlenes Leben war wirklich vollkommen abhängig von Bernd und den Kindern gewesen. Erschreckend.

„Bleib doch hier", sagte Verena plötzlich in die Stille hinein.

Einen Moment blieb es still. Niemand verstand auf Anhieb, was sie gemeint hatte.

Dann begriff Marlene „Was?"

„Bleib hier. Warum nicht? Du sagst, dich hält nichts zu Hause. Warum kommst du dann nicht her? Du liebst die Landschaft. Die Sprache wirst du lernen und bis dahin kein sehr großes Problem haben. Die meisten sprechen Deutsch. Eine kleine Wohnung finden wir auch und bis dahin kannst du bleiben, wo du gerade bist."

„Und was soll ich hier tun?"

„Keine Ahnung, es wird sich was finden. Du könntest zum Beispiel Ferienkurse für Kinder anbieten. Ich biete manchmal Malkurse an, die werden gut angenommen. Aber ich habe zu wenig Zeit. Du könntest mir helfen. Oder eröffne ein Cafe, in dem du Kunstausstellungen anbietest. Oder bewirb dich in Museen oder so etwas."

Marlene schüttelte heftig den Kopf.

Auf keinen Fall. „Ich kann doch nicht einfach weggehen."

Marion verdrehte die Augen. „Natürlich nicht. Aus einem verhassten, einsamen Zuhause kann man doch nicht ausbrechen."

„Kannst du nicht einmal den Mund halten?", schimpfte Karla. Im Stillen dachte sie, dass Marlene vielleicht so deutliche Worte mal brauchte und vielleicht auch die Wut, die sie jetzt spürte, um aus ihrer Lethargie zu erwachen.

„Ja, ja, schon gut", lenkte Marion ein. „Du könntest auch nach Hannover kommen. Dort kennst du immerhin mich. Ich kann dir bestimmt bei der Jobsuche helfen. Oder zieh in Karlas Gegend. Reparier nicht herum, fang neu an."

„Neu anfangen – in meinem Alter."

„Also das hatten wir jetzt aber wirklich schon. Das kauen wir jetzt nicht noch einmal durch!", erwiderte Marion ungehalten.

„Du wirst schon wieder so sauer. Bleib doch mal ruhig!", tadelte Karla.

Verena erhob sich schwungvoll. „Leute, es ist schon spät. Lasst uns noch ein Glas trinken und von anderen Dingen sprechen. Lasst uns den Abend ein wenig fröhlicher beenden. Und Marlene denkt bestimmt über unsere Vorschläge nach."

Verena schenkte reihum die Gläser noch einmal voll.

Karla erhob als erstes ihr Glas. „Ich trinke auf alle Neuanfänge, die man im Laufe eines Lebens macht."

Verena stieß mit ihr an.

Und dann ließen auch Marion und Marlene ihre Gläser klingen.

„Ich trinke auf noch ein paar schöne Tage hier auf Texel!", rief Marion aus. „Drei Tage haben wir ja noch vor uns."

Isabella hielt es kaum aus in ihrer Wohnung. Eine innere Unruhe trieb sie an, wie ein wildes Tier, das hinter ihr her war. Sie konnte nicht still sitzen, konnte sich nicht auf die Fernsehsendung konzentrieren oder auf ihre holländische Sprachlektion.

So viele Gefühle stritten in ihr.

Sie war so enttäuscht von Marlene. Sogar noch mehr als von Verena. Marlene war doch auch einsam. Marlene wusste doch genau, wie man sich fühlte, wenn kein Mensch für einen da war.

Gedankenlos und gleichgültig war sie.

Isa war voller Wut auf Egmont, der ihr Marlene genommen hatte. Rücksichtslos. Gemein. Charakterlos.

Sie hasste ihn.

Sie wollte, dass er ebenfalls litt.

Sie würde ihm eine Lektion erteilen. Aber wie? Was sollte sie tun?

Er sollte Marlene nicht wiedersehen.

Aber was konnte sie tun, um das zu verhindern?

Sie hasste auch Verena. Die interessierte sich kein bisschen für das Leben, das sie gerettet hatte.

Egoistisch. Hartherzig. Verantwortungslos.

Und über allem schwebte diese entsetzliche Angst.

Panik. Verzweifelung.

Das Grauen vor diesen beiden Menschen, die auf Texel aufgetaucht waren.

Sie hatte sie heute wieder gesehen, als sie ein Restaurant betraten.

Sie musste sich bei der Arbeit krank melden. Sie durfte das Haus nicht mehr verlassen. Durfte sich nicht mehr auf der Straße sehen lassen.

Sie schwebte in Gefahr.

In Lebensgefahr.

Es war kein Zufall. Seit Verenas Geständnis war das sonnenklar. Und wenn sie es darauf anlegten, sie zu finden, würde das kein wirkliches Problem sein. Texel war keine große Insel. Bisher war sie ihnen nur deshalb entgangen, weil sie nicht ernsthaft genug suchten. Sie waren zu sehr miteinander beschäftigt. Nutzten die Zeit für ihr Techtelmächtel. Oh Mann, wenn Manuel davon wüsste, würde er sie beide töten.

Immerhin konnten die beiden nicht ewig hier bleiben. Isa musste nur eine kurze Zeit überstehen.

Sie musste ihr Aussehen verändern. Sie durfte einfach nicht wieder zu erkennen sein.

Der Gedanke gefiel ihr.

Kurzentschlossen nahm sie eine Schere aus der Küche und lief damit ins Badezimmer. Sie griff in ihre haselnussbraune Haarpracht, setzte die Schere an und schnitt die Haare auf Kinnhöhe ab.

Als eine Strähne nach der anderen um sie herum auf den Boden fiel, entlud sich ihre innere Spannung. Tränen schossen aus ihren Augen. Sie brannten, ihre Brust schmerzte.

Sie heulte laut, sie schrie. Alle Verzweiflung, Angst und Hass flossen aus ihr heraus. Zurück blieb ein kleines, eingeschüchtertes Mädchen, das voller Traurigkeit zusammengekauert auf den kalten Badezimmerfliesen hockte, inmitten von dicken, haselnussbraunen Haarsträhnen.

Es dauerte lange, bis sie sich wieder erheben konnte.

Sie sah im Spiegel ein verweintes Gesicht mit roten Augen. Erkannte ihre ungleich abgeschnittenen Haare. Ihr erster vernünfti-
ger Gedanke war, dass ihre Typveränderung nicht beendet war.
Sie brauchte eine andere Haarfarbe. Ja, sie musste die Haare
färben. Dann würde sie anders aussehen und auf den ersten Blick
nicht zu erkennen sein.

Und sie musste unbedingt zum Friseur. Die Haare brauchten eine
Frisur.

Sie hatte Todesangst.

Aber sie wollte leben!

LUISA

Hamburg war eine Traumstadt. Es war nicht der Sehnsuchtsort ihrer Kindheit, aber immerhin lag die Stadt am Meer. Und den Traum, am Meer zu leben, hatte Luisa nicht aufgegeben.

Natürlich musste sie sich einen Job suchen, um ihren Lebensunterhalt zu finanzieren. Sie bekam von ihrer Mutter noch immer den vorschriftsmäßigen Unterhalt, aber sie musste ein kleines Einzimmer-Appartement finanzieren, Studiengebühr, Lebensmittel, Kleidung. Und hin und wieder ging sie sogar aus, wenn auch nicht oft. Nein, ein ausschweifendes Privatleben führte sie tatsächlich nicht. Kein Sportverein, kein aufwändiges Hobby. Kein Freundeskreis, mit dem sie regelmäßig Essen ging oder Cocktails trank.

Aber etwas dazuverdienen musste sie trotzdem.

Sie hatte kaum Kontakt zu ihrer Mutter, Kurt und ihrem kleinen Stiefbruder Philipp. So war es umso merkwürdiger, dass ihr Stiefvater sie kontaktierte und ihr vorschlug, in einer Bar zu kellnern. Offenbar kannte er den Eigentümer des Cocktailbrunnens, Hugo Winter. Vermutlich ging es ihm sowieso nur darum, auch noch den kleinen Unterhalt zu sparen, den sie bisher zahlten. Und ihre Mutter machte das alles mit. Vergaß, dass sie eine Tochter hatte.

Luisa rümpfte die Nase, als Kurt ihr am Telefon davon erzählte, aber was sollte es… Für Stolz hatte sie nicht genug Geld, also dankte sie ihm höflich für die Vermittlung, auch wenn sie ihn am liebsten zum Teufel gejagt hätte.

Die Bar war stylisch eingerichtet. Im Eingangsbereich stand ein Brunnen, nach dem die Bar wohl benannt worden war.

Aber Luisa merkte schon bald, dass es eine dunkle Seite gab.

Niemand erzählte ihr davon, aber sie bekam schnell mit, dass es in der Stadt eine weitere Bar gab, die Wunschbrunnen hieß und auch Hugo Winter gehörte.

Sie fragte ihre Kollegin Hannah danach.

„Psst, das geht uns nichts an", raunte sie nur.

„Was soll das denn?", fragte Luisa arglos. Sie verstand nicht, was diese Geheimniskrämerei um die Bar sollte. War doch nichts Schlimmes dabei. Es gab zig Bars in der Stadt.

„Da solltest du auf keinen Fall hingehen", flüsterte Hannah. Luisa fragte sich, warum sie flüsterte und verdrehte genervt die Augen. „Dort dürfen nur Kunden rein und diejenigen, die dort arbeiten. Ich weiß auch nicht viel darüber, aber es geht dort nicht mit rechten Dingen zu. Hier werden alle Mädchen erstmal eingearbeitet. Manchmal werden sie in den Wunschbrunnen gerufen. Dort haben sie dann aber andere Aufgaben. Tanzen zum Beispiel."

„Tanzen? Das ist ja nun nichts Schlimmes."

„Strippen. Pole dance. Vielleicht sogar mehr. Ich glaube..."

„Was glaubst du?", unterbrach sie eine schneidende Stimme.

Luisa und Hannah wirbelten herum. Hinter ihnen stand Birgit Winter, die Ehefrau ihres Chefs. Sie war ziemlich groß und hager, ihre dunkelblonden Haare waren zu einer strengen Frisur hochgesteckt. Luisa fröstelte. Die Frau flößte ihr wirklich Furcht ein.

„Dass uns das nichts angeht", wisperte Hannah.

„Da hast du verdammt recht." Birgit sah drohend auf die beiden Mädchen herab. „Merkt euch das besser."

Damit verschwand sie einfach wieder. Aber von dem Tag an fühlte Luisa sich nicht mehr so wohl in ihrer Haut. Hätte sie doch bloß niemals gefragt!

Hannah war nach diesem Tag verschwunden. Es hieß, sie hätte eine andere Arbeitsstelle gefunden. Aber Luisa kam das sehr merkwürdig vor. Komischer Zufall, dachte sie. Gerade, als sie mir von der anderen Bar erzählt hat. Was war da nur los?

Anfang des Jahres 2015 kam der Abend, der ihre Unbeschwertheit endgültig beenden sollte. Ihr Chef rief sie in sein Büro. Luisa war sehr aufgeregt. Hatte sie etwas falsch gemacht? Sie arbeitete gerne hier und der Job ließ sich außerdem gut mit ihrem Studium vereinbaren. Sie hoffte, sie würde keinen Rüffel bekommen oder es hatte sich niemand über sie beschwert. Zögernd betrat sie das Büro von Hugo Winter. Er stand am Fenster und lachte ihr entgegen. Aber ihm fehlte die Herzlichkeit, die Luisa hätte beruhigen können.

Er trug einen hellen, leichten Anzug und dazu passende Slipper. Seine schwarzen, kurz geschnittenen Haare waren glatt nach hinten gegelt.

Er war gar nicht mal so groß - vielleicht sogar ein bisschen kleiner als seine Frau Birgit. Er war nicht dick, aber ziemlich kräftig und unglaublich präsent. Er hatte diese unheimliche Ausstrahlung von Macht und Arroganz. Sein Alter wusste Luisa nicht, aber er war sicher kaum älter als ihre Mutter mit ihren sechsunddreißig Jahren. Er war noch nie unfreundlich zu ihr gewesen, aber irgendwie schüchterte er sie trotzdem ein.

„Du brauchst keine Angst haben", sagte Herr Winter. „Ich will dir nur einen Vorschlag machen."

Er bedeutete ihr, sich hinzusetzen und sie gehorchte zitternd.

Hugo Winter nahm ihr gegenüber hinter dem wuchtigen Schreibtisch Platz. „Wie lange arbeitest du jetzt für mich? Ein paar Monate, nicht wahr?", fragte er.

Sie nickte. „Seit September", erwiderte sie leise.

„Mm, du machst dich gut. Und du bist ein hübsches Mädchen."

Sie stutzte. Hübsch? Was hatte das damit zu tun. Klar, sie pflegte und schminkte sich jeden Tag sorgfältig. Aber trotzdem...

„Du hast inzwischen mitbekommen, dass ich noch eine Bar in der Stadt betreibe."

Sie nickte. „Den Wunschbrunnen."

„Das ist keine öffentliche Kneipe, es ist mehr eine private Bar. Dorthinein kommt man nur, wenn man Mitglied ist. Luke und Steve passen dort auf, dass niemand sonst hineinkommt."

Luisa wusste nicht, wer Luke und Steve waren, vermutlich Türsteher.

Sie nickte.

„Ich war noch niemals dort, aber ich habe davon gehört", sagte sie.

Er lachte und lehnte sich auf seinem pompösen Schreibtischstuhl zurück. „Nein, natürlich nicht. In der Bar werden Wünsche erfüllt." Er lachte dreckig.

„Du kannst ab sofort dort arbeiten."

„Soll ich dort bedienen? An der Theke? Ich möchte das nur als Nebenjob machen. Sie wissen, ich studiere", erwiderte sie so fest sie konnte.

„Natürlich, du sollst hinter der Theke bedienen. Bist ein hübsches Mädchen, wirst den Leuten gefallen."

„Ich weiß nicht. Kann ich nicht lieber hier bleiben? Ich habe einiges über den Wunschbrunnen gehört. Ich glaube, ich passe dort nicht hinein. Und ich möchte auf jeden Fall weiter studieren. Ich möchte einmal einen guten Beruf haben. "

Hugo Winter winkte großspurig ab. „Das sagtest du schon. Aber du willst doch auch Geld verdienen. Und dort verdienst du mehr und es gibt ja auch Trinkgeld. Nach einer kurzen Eingewöhnungszeit könntest du dort auch tanzen. Da werden die Gäste immer sehr großzügig."

„Tanzen? Davon habe ich wirklich keine Ahnung."

„Pole dance, table dance – so etwas."

Luisa kräuselte die Stirn.

„So etwas kann ich nicht", erwiderte sie kleinlaut und senkte den Kopf. „Ich kann überhaupt nicht tanzen."

Er klopfte eine Zigarette aus der Packung und zündete sie an. Dabei ließ er Luisa nicht einen Moment aus den Augen. Er nahm einen tiefen Zug und blies den Rauch über den Schreibtisch in ihr Gesicht. Luisa versuchte, ihren Hustenreiz zu unterdrücken, um ihn nicht zu verärgern. Sie mochte den Geruch des Rauches nicht.

„Bevor du dich zum dritten Mal wiederholst: Du sollst ja dein Studium nicht an den Nagel hängen. Die Bar öffnet erst am Abend."

Sie legte den Kopf schief und sagte nichts. Geld – ja, das war es, was sie wollte. Sie wollte nicht immer in einem Einzimmerappartement wohnen und sie wollte sich neue Kleider kaufen können und Möbel. Und ein schickes Auto. Sie wollte doch eine Wohnung am Meer – oder besser noch ein Haus. Dieses Ziel hatte sie nicht aus den Augen verloren.

Aber in einer solchen Bar arbeiten… Nein, das war nicht das, was sie wollte. Das fühlte sich falsch an. Irgendetwas stimmte nicht mit dieser Bar, das sah man doch schon daran, dass niemand darüber sprechen wollte. Sie erinnerte sich an die merkwürdigen Worte von Hannah und deren plötzliches Verschwinden.

„Sie sagten, es wäre ein Vorschlag", warf sie zaghaft ein. „Dann kann ich ihn auch ablehnen und…"

Hugo Winter beobachtete sie genau. Sie war so unsicher. „Nein, es ist ein Vorschlag, den du nicht ablehnen kannst", erwiderte er mit einem Ton, der keinen Widerspruch zuließ. „Ich bin dein Chef und kann dich einsetzen, wo ich will. Und ich kann durchaus dafür sorgen, dass du in Hamburg keinen anderen Kellnerjob mehr bekommst."

Das bezweifelte Luisa sehr. Soviel Macht konnte er nicht über alle Kneipen- und Restaurantbesitzer haben. Und Hamburg war eine große Stadt. Trotzdem konnte es eine Weile dauern, bis sie einen neuen Job finden würde. Auch für die Jobsuche würde sie Zeit investieren müssen. Und Hugo stellte ihr einen guten Verdienst in Aussicht. Und was war schon dabei? Im Februar wurde sie neunzehn Jahre alt. Sie musste nur bedienen. Das mit dem Tanzen würde sie doch sicher noch abwenden können.

Hugo deutete ihr Schweigen richtig. „Lass dir von Birgit die Adresse geben. Morgen Abend meldest du dich in der Bar."

Sie nickte eingeschüchtert.

„Kannst jetzt gehen!", sagte er und wedelte mit den Fingern.
Sie ging zur Tür, stolperte über eine Teppichfalte, fiel fast auf die Türklinke, konnte sich aber gerade noch fangen. Ihr Herz klopfte. Oh Gott, war das peinlich. Sie drehte sich nicht noch einmal um, sondern rannte aus dem Büro.

Hugo Winter grinste. Süß, die Kleine. Sein alter Freund Kurt Funk hatte Recht gehabt. Wird Zeit, dass du erwachsen wirst, Kindchen, dachte er und grinste anzüglich.

Am nächsten Abend ging Luisa also in den Wunschbrunnen.
Dort wurde sie von Birgit Winter empfangen. Die Chefin gab ihr knappe Hotpants und als Oberteil einen mit Strasssteinen bestickten BH. Luisa starrte entgeistert darauf. Bisher war sie in Jeans und einigermaßen schickem Shirt oder Bluse bei der Arbeit erschienen. „Das kann aber nicht alles sein. Soll ich damit etwa bedienen?"

Birgit warf den Kopf in den Nacken und lachte laut. „Erst hier arbeiten wollen und dann auf schüchtern machen. Was glaubst du, wo du hier bist? Natürlich ist das deine Arbeitskleidung. Du sollst doch unseren Gästen gefallen."

„Ich will doch gar nicht hier arbeiten", wandte Luisa leise ein.
„Ich würde viel lieber im Cocktailbrunnen bleiben."

„Du arbeitest dort, wo du hingestellt wirst."

„Könnte ich nicht etwas mehr Kleidung tragen?"

Birgits Gesicht wurde ernst. Sie drückte Luisa die Sachen in den Arm und sagte barsch: „Ab nach hinten. Umziehen! Und keine Zicken."

Luisa wurde es ganz mulmig zumute. Wo war sie hier nur hin geraten? Unschlüssig stand sie da mit den Sachen im Arm.

„Na los!", kommandierte Birgit Winter und trat dann selbst hinter die Theke.

Luisa war noch immer unfähig, sich zu bewegen. Sie nahm ihr Umfeld überdeutlich wahr, als wäre sie ein stiller Beobachter und hätte nichts mit den Geschehnissen zu tun. Die Bar war sehr modern und stylisch. Glänzende schwarze Theke, kleine Nischen mit gepolsterten Sitzgruppen, eine Bühne mit zwei Stangen.

„Soll Luke dir beim Umziehen helfen?" Luisa folgte Birgits Blick zum Eingang der Bar. Dort stand ein Muskelprotz mit tätowierten Armen und grün gefärbter Irokesenfrisur. Sein schwarzes T-Shirt platzte fast, so aufgeplustert wirkten seine Arme. Er grinste sie unverschämt an.

„He, nun komm schon", zischte ihr eine Stimme zu. Sie sah sich um. Ein Mädchen, nur wenig älter als Luisa, stand dort und winkte sie heran. „Nun komm schon, sonst gibt es mächtig Ärger."

„Arbeitest du auch hier?" Luisa ging zögernd näher.

Das Mädchen nickte. „Ich tanze hier." Es nickte zu den Stangen hinüber.

„Ich aber nicht. Ich studiere", erwiderte Luisa.

„Ja, bei mir hat es mit einer Ausbildung zur Hotelkauffrau ange-fangen. Nun komm, zieh dich um. Du bist doch auf das Geld angewiesen, nicht wahr?"

Luisa schüttelte den Kopf. Aber sie wusste schon, dass sie sich nicht widersetzen würde. Das wagte sie einfach nicht. Ja, sie war auf das Geld angewiesen.

„Wenn du nicht sofort gehst, verlierst du deinen Job. Dann hast du kein Geld mehr und kannst dir deine Wohnung nicht mehr leisten. Und dann?" Die Stimme hinter ihr war hart und laut.

Luisa drehte sich um und sah direkt in die wütenden Augen von Hugo Winter.

Er hielt ihr die geballte Faust unter die Nase.

Luisa nickte. Keine Arbeit, kein Geld, keine Wohnung. Sie hatte verstanden. Und dann? Manche Mädchen würden nach Hause gehen. Zu ihren Eltern. Sie würden alles erzählen. Und sie würden wieder aufgenommen werden. Warum nur war ihr Vater so früh gestorben? Sonst hätte sie auch diese Sicherheit, in die sie sich fallen lassen könnte.

Ihre Mutter hatte sogar ihre monatlichen Zahlungen schon wieder reduziert. *Wir haben jetzt ein kleines Kind, für das wir sorgen müssen. Das kostet auch Geld. Warum musstest du auch unbedingt nach Hamburg gehen? Könntest bei uns leben und dir die Wohnung sparen.*

Niemals gehe ich dorthin zurück, dachte Luisa. Niemals. Jetzt erst recht nicht mit dem kleinen Jungen. Sie wollte auf keinen Fall wieder zu Kurt. Und sie hatte das Gefühl, dass Hugo Winter das ganz genau wusste. Sie nickte sacht. Dabei fühlte sie sich hilflos, ausgeliefert und verraten.

Das Kellnern in der Bar wurde zum Spießrutenlauf. Luisa fühlte sich wie ein Tier im Käfig. Ausgestellt zur Besichtigung. Und das war nicht das Schlimmste. Wie oft wurde sie angefasst oder bekam im Vorbeigehen einen Klaps und durfte sich nicht dagegen wehren. „Das gehört einfach dazu", erklärte ihr Sandy, das Mädchen, das ihr am ersten Tag beigestanden hatte.

„Aber das kann doch nicht sein!", widersprach Luisa.

„Hier kommst du nicht raus", sagte Sandy.

„Wir sind doch nicht eingesperrt. Ich habe eine Wohnung. Und du doch sicher auch."

Sandy nickte. „Ja, über der Bar." Sie verzog den Mund. „Wo willst du denn hin? Zur Polizei?"

Luisa schüttelte es bei dem Gedanken. Sie war zu jung, um zu verstehen, dass die Polizei ihr wirklich hätte helfen können.

„Nach Hause?", hakte Sandy nach. „Gib es zu, du willst so ungerne zu deinen Eltern zurück wie ich auch. Mein Vater ist stinkfaul und sitzt den ganzen Tag im Unterhemd herum, bei Bier und Zigaretten vorm Fernseher. Er hat keine Arbeit, aber er tut auch zu Hause nichts. Meine Mutter geht putzen. Wir haben zu viert in zweieinhalb Zimmern gehaust. Ne danke. Wie war es bei dir?"

„Mein Vater ist gestorben, als ich noch klein war", berichtete Luisa. „Meine Mutter hat auch viel gearbeitet für wenig Geld. Aber das war alles noch nicht so schlimm. Aber dann hat sie einen Typen kennen gelernt. Der hat ein großes Haus, ein großes Auto und Geld. Ne, war nicht wie bei dir. Zum Schluss waren wir nicht arm."

„Und da willst du nicht wieder hin?", fragte Sandy irritiert.

„Er – er hat mich angefasst."

„Angefasst?"

„Ja, du weißt schon, so, wie ich es nicht wollte. Und wo ich es nicht wollte."

Sandy sah sie immer noch verständnislos an.

„Er hat mich belästigt. Er ist ein Schwein!", erwiderte Luisa. „Verstehst du nicht, was ich meine?"

„Oh doch, das verstehe ich genau. Nur bist du dann ja hier an genau der richtigen Adresse."

„He!", schrie plötzlich der Muskelprotz Luke, der die Mädchen immer streng im Auge behielt. „Hier wird nicht gequatscht!"

In den nächsten Tagen wurde Luisa tatsächlich befohlen, sich mit dem Tanzen zu befassen. Sie sollte zuerst zusehen, wenn die Mädchen übten und es dann selbst probieren.

Hugo und Birgit Winter schauten zu, um sich zu überzeugen, ob Luisa bereits auftreten konnte. Aber Luisa stellte sich nicht besonders geschickt an.

„Das ist ja unglaublich!", schimpfte Hugo Winter. „Du hast ja absolut kein Talent." Er schrie so, dass Luisa zusammenzuckte.

„Ich kann das nicht. Ich habe es doch gesagt", erwiderte sie kleinlaut.

„Nun hör mal zu, mein Kind. Wenn du deine Arbeit nicht bringst, dann schmeiße ich dich auf die Straße. Dann kannst du sehen, wo du bleibst. Ohne Geld." Er spie ihr die Worte entgegen und wie immer verfehlten sie ihre Wirkung nicht. Ohne Geld. Sie brauchte doch das Geld. Sie hatte wirklich Angst davor, ohne Job dazustehen. Bestimmt würde sie einen anderen Job finden, aber was war bis dahin? Irgendwann würde sie einen tollen Job haben, bei dem sie viel Geld verdiente ohne sich anschreien und anfassen lassen zu müssen. Im Moment war sie aber noch nicht so weit. Im Moment hieß es Durchhalten.

Sie wollte doch irgendwann direkt am Meer leben.

Hugo lachte gemein, als er den Zwiespalt in Luisa erkannte.

„Mein Kumpel Kurt hat mir versprochen, dass du eine heiße Granate bist. Nun stell dich also nicht so an."

Luisa war es, als bliebe ihr Herz für einen Moment stehen. Ihre Atmung setzte aus. Oder war es die Zeit, die einfach stehen blieb? Um sie herum schien sich alles in Zeitlupe zu bewegen. Was hatte er gesagt?

„He, wird's bald oder bist du da festgefroren!", schrie Hugo.

„Dein Kumpel Kurt?", fragte Luisa und merkte gar nicht, dass sie ihn duzte.

Er verzog seinen Mund zu einem breiten, höhnischen Grinsen.

„Ganz recht. Dein Stiefvater. Er ist mein Freund, mein Geschäftspartner."

„Er wusste hiervon?"

Hugo lachte laut über ihre Verwirrung.

Und Mama, dachte sie. Weiß Mama davon? Weiß sie, was ihr Mann mit mir gemacht hat? Nein, sie weiß es nicht und sie will es auch gar nicht wissen. Sie interessiert sich nicht für mich. Ich bin ja zu früh geboren.

Luisa merkte, dass etwas in ihrem Inneren zerbrach.

Etwas, das sie nie wieder reparieren konnte. Und es war gut so. Es war sowieso ein störendes Gefühl, das sie hinderte, im Leben weiterzukommen. Sie würde ihre Scheu und Skrubel über Bord werfen. Einfach so. Es war die einzige Möglichkeit, die ihr blieb. Sie war auf sich allein gestellt.

Ihre Mutter war nicht für sie da und ihr Stiefvater hatte sie regelrecht verkauft.

Ihr Chef verheizte sie.

Sie hatte keine Chance. Besser, sie fand eine Möglichkeit, ihre Scheu und ihre Bedenken abzulegen. Sofort. In diesem Augenblick.

Für Geld.

Es würde nicht für immer sein.

„Wird's bald!", bellte Hugo.

Sie richtete sich auf.

„Mein Gott! Deine Schminke ist ja ganz verlaufen. Mach dich erst mal frisch!"

Sie hatte nicht gemerkt, dass sie geweint hatte.

Sandy stürzte zu ihr und half ihr auf.

„Bring sie nach hinten. Sie soll sich waschen und aufhübschen und dann will ich hier etwas sehen!", bellte Hugo Winter.

Sandy nickte eifrig.

„Komm", forderte sie Luisa auf. „Komm mit."

Luisa schleppte sich neben Sandy her. Aber sie wusste schon jetzt, dass sie in wenigen Minuten, wenn sie zurückkam, ein anderer Mensch sein würde.

Kapitel 11:
Mittwoch, 12. September 2018

Da die Freundinnen sich beschwert hatten, dass Marlene zu wenig Zeit mit ihnen verbringen würde, hatten sie beschlossen, heute etwas gemeinsam zu unternehmen. Sie hatten sich auf einen Ausflug zum Leuchtturm geeinigt. Marion wollte unbedingt noch einmal hinaufsteigen und die Umgebung von oben betrachten.

Am Morgen machten sie konkrete Pläne für den Tag.

„Wir könnten dann direkt am Strand Mittag essen und dann noch etwas in die Stadt fahren. Und dann kannst du ja Isa treffen, wenn dir so viel daran liegt", schlug Marion vor.

„Das kann ich eigentlich nicht sagen. Sie tut mir leid. Sie ist einsam und ich verstehe sie gut", antwortete Marlene.

„Pass auf, dass du dich nicht wieder in deiner Fürsorglichkeit verlierst. Jetzt sind Mann und Kinder weg, jetzt kümmerst du dich um die arme Isa", befürchtete Marion.

„Du bist unfair", hielt Marlene ihr entgegen.

"Nein, das bin ich nicht. Fühl erst mal, was dir selbst gut tut. Kümmere dich zur Abwechslung mal um Marlene."

„Sie hat wirklich recht. Du bist viel zu schnell bereit, deine eigenen Interessen aufzugeben", stimmte Karla zu.

„So seid ihr Mütter eben. Immer bereit, euch vollständig aufzugeben und aufzuopfern", spöttelte Marion.

Karla verzog ärgerlich das Gesicht. „Lass uns bloß nicht wieder davon anfangen. Ich denke, es ist nicht ganz einfach, das mit jemandem auszudiskutieren, der keine Kinder hat. Das ist kein Vorwurf, aber halt du dich bitte auch mit Vorwürfen zurück."

Marion hielt beschwichtigend die Hände hoch. Nein, auch sie wollte jetzt nicht schon wieder streiten. Das war etwas untypisch für sie, aber sie sah allmählich ein, dass sie alle unterschiedliche Charaktere waren, unterschiedliche Pläne und Prioritäten hatten.

„Verena scheint als einzige die perfekte Balance zwischen Familie und Beruf gefunden zu haben", meinte Marion dann. „Sie hat ihre Familie, für die sie da ist und macht beruflich genau das, was sie machen möchte."

„Ja, aber auch sie hat Probleme. Denk nur an das verwüstete Atelier. Und einfach ist die Balance sicher auch nicht immer. Wir müssen es einfach lernen, mal wieder mehr auf uns zu achten", meinte Karla.

Marlene nickte. Wie waren sie jetzt wieder auf das Thema gekommen, das offenbar unvermeidlich war? Ach ja, weil sie sich mit Isabella treffen wollte. Weil mal wieder ihre Fürsorglichkeit durchbrach. Aber vielleicht war das nun mal ihr Leben. Vielleicht sollte sie so etwas weiter tun. Ehrenamtlich oder beruflich. Nicht wegschieben, sondern erkennen, dass das nun mal ihre Bestimmung war.

„Wollen wir rüber gehen zum Frühstücken?", fragte Marion.

Karla und Marlene nickten.

„Morgen würde ich euch gerne das Naturschutzgebiet zeigen. Habt ihr Lust, mit mir dorthin zu radeln?", fragte Marlene, während sie die wenigen Schritte bis zu Verenas Privathaus zurücklegten. Ihre Augen begannen zu leuchten.

„Ja, das würde ich gerne." Karla war begeistert.

„Wir sind doch mit der Kutsche dort gewesen", meinte Marion ganz sachlich. Karla und Marlene sahen sie fassungslos an. Was war nur mit der Frau los.

„Wir waren nicht an den Stellen, die ich euch zeigen möchte", versuchte es Marlene erneut.

Zum zweiten Mal an diesem Morgen hob Marion die Hände. „Schon gut. Wir können das gerne machen. So sehr, wie dich das begeistert, muss es ja ein Paradies sein."

Karla und Marlene sahen sich ein wenig ratlos an.

Inzwischen waren sie bei Verenas Privathaus angekommen und drückten den Klingelknopf.

Sandy dämmerte in ihrem Kellerverlies dahin. Sie wusste nicht, ob es Tag oder Nacht war. Wie durch Watte hörte sie Geräusche von oben. Stimmen, Musik, Schritte.

Lado brachte ihr Wasser, Tee, Brot und eine Suppe. Sie hatte keinen großen Hunger, aber sie trank in kräftigen Zügen. Ihre Mund war trocken und ihre Zunge schwer.

Irgendwann verstummten die Geräusche und Stimmen. Sandy nahm an, dass der Barbetrieb vorüber war. Es war ihr gleichgültig.

Aber dann drang ein anderes Geräusch ganz langsam in ihr Bewusstsein. Ein Rauschen, ein Dröhnen.

Es dauerte lange, bis sie die Augen aufschlug, bis sich irgendein Gedanke in den Tiefen ihres benebelten Gehirns regte. Die Putzmannschaft war da.

Könnte sie sich denen bemerkbar machen? Aber wie? Sie fühlte sich nicht imstande zu schreien, aufzustehen, an die Tür zu pochen. Sie war so erschöpft. So schlapp. Aber warum?

Sie schlug die Augen auf, plötzlich wacher. Warum? Warum war sie dermaßen erschöpft und benebelt? Sie starrte auf die Getränke, die an ihrem Bett standen. So fürsorglich war Manuel bestimmt nicht. Sie bekam nicht nur Wasser, sondern auch Tee und Saft. Mit einem Schlag wurde es ihr bewusst: Sie war betäubt worden. Irgendein Mittel war im Saft oder Tee, weil es darin weniger auffiel als im Wasser. Sie sollte einfach hier unten dahinvegetieren bis … ja, bis wann? Bis jemand sie entsorgte?

Die Panik durchflutete sie und machte sie wach.

„Hilfe!", rief sie, aber ihr Schrei war zu schwach. „Hiiiilfe!"

Sie stand auf, die Knie gaben nach, sie schleppte sich auf allen Vieren zur Tür. Sie pochte mit der flachen Hand dagegen. „Hiiilfeeee!"

Doch niemand würde sie hören, das war ihr klar.

Vor der massiven Kellertür sank sie kraftlos zusammen.

Tränenüberströmt.

Schwach. Machtlos.

Sie würde sterben. Irgendwann würde jemand kommen und sie töten. Vielleicht warteten sie, bis Tamara zurück war. Sie würde bestimmen, was zu tun war. Nicht Manuel. Er machte sich die Finger nicht schmutzig.

Sandy musste vorher fort. „Hiiilfeee!", rief sie noch einmal.

Sie würde es nicht schaffen. Nicht heute. Sie war zu schwach. Aber für morgen musste sie unbedingt einen Plan entwickeln und eine Möglichkeit finden, Radau zu machen, damit sie gehört wurde. Es war ihre einzige Chance. Vielleicht ihre letzte.

Isabella war schockiert, als sie am Morgen in den Spiegel sah.

Oh Gott, wie sehe ich aus, dachte sie.

Ungleichmäßig abgeschnittene, schwarz getönte Haare. Die Farbe hatte sie sich noch am Abend in *De Koog* gekauft. Sie war zu dunkel für ihren Teint, die Verkäuferin hatte leider recht behalten, aber das war jetzt nicht mehr zu ändern. Doch die Frisur musste dringend nachgeschnitten werden. Sie hoffte, kurzfristig einen Termin beim Friseur zu bekommen, denn um elf Uhr musste sie schon im *Fleurs* arbeiten. Aber so konnte sie dort nicht erscheinen. Weder ihren Kolleginnen noch Kunden konnte sie sich so zeigen.

Sie griff nach ihrem Handy, um einen Termin zu machen. Dabei entdeckte sie die WhatsApp Nachricht von Marlene.

Ich mache heute einen Ausflug mit meinen Freundinnen. Am Nachmittag kann ich dich im Fleurs abholen, dann gehen wir zusammen etwas essen. Wann hast du Feierabend?

Isa warf das Handy aufs Sofa. Was fiel der denn ein? Die fragte nicht einmal, ob sie Zeit hatte. Vielleicht hatte sie ja was anderes vor.

Doch dann war da diese andere Stimme, die ihr sagte, sie übertreibe. War vielleicht nicht so toll, wie Marlene sich gestern verhalten hatte, aber jetzt wollte sie es wieder gut machen. Es war nicht so, dass sie nichts mit ihr, Isa, zu tun haben wollte. Wahrscheinlich tat es Marlene einfach gut, dass dieser Egmont sie attraktiv fand. Stellte sich nur die Frage, was sie an diesem Egmont fand. Isa verzog den Mund. Na, dem hatte sie eine Lektion erteilt. Der würde sich noch wundern.

Sie erinnerte sich daran, dass sie eigentlich den Friseurtermin machen wollte und holte ihr Handy zurück. Dabei tippte sie schnell eine kurze Nachricht an Marlene: *In Ordnung. Vier Uhr.* Dann suchte sie die Nummer ihres Friseursalons heraus.

Egmont verließ sein Haus, um die Pferdekutsche fertigzumachen. Er hatte heute Morgen eine Kutschfahrt durch die Dünen.

Als er an der Weide ankam, an der sich neben dem Pferdestall auch der Schuppen befand, in dem die Kutsche und Planwagen standen, bekam er einen Schreck.

Die Speichen der Kutsche waren zerschlagen. Das zersplitterte Holz lag überall herum. Das war definitiv mit Absicht geschehen. So eine massive Beschädigung geschah nicht so plötzlich aus dem Nichts. Aber wer würde so etwas machen? Er hatte keine Feinde – oder wenigstens nicht, dass er davon wüsste. Aber er konnte sich beim besten Willen niemanden vorstellen, mit dem er dermaßen in Streit geraten war, dass er ihm auf diese Weise schaden wollte. Er war ein friedlicher Mensch, der zwar seinen Standpunkt klar machen und für seine Interessen einstehen konnte, der aber niemals andere Menschen herunterputzte oder fertig machte.

Er respektierte die Menschen genauso, wie er es auch für sich erwartete. Unterschiedliche Lebensweisen waren für ihn kein Grund zur Feindschaft.

Allerdings…

Mitten in seine Grübeleien schob sich eine Situation, die ihm doch nicht ganz geheuer war. Merkwürdig bizarr und hoffnungslos überzogen.

Isabella.

Sie war ja vollkommen ausgerastet, als er und Marlene ihr am Meer begegnet waren. Wie eine Furie. Sicher, er konnte sogar halbwegs verstehen, dass sie sauer und enttäuscht war, als Marlene ihre Pläne, mit ihr essen zu gehen, so schnell geändert hatte. Aber so ein Drama war das nun auch wieder nicht. Marlene und Isa waren keine besten Freundinnen. Sie kannten sich doch erst so kurz. Natürlich galt das auch für ihn und Marlene. Aber gestern hatte sie sich für ein Essen mit ihm entschieden. Das hatte Isa zu akzeptieren.

Nach der Begegnung mit Isa hatte Marlene ihm erzählt, wie sehr die junge Frau sie alle belästigte. Er fand das schon mehr als merkwürdig. Besorgniserregend. Vielleicht sogar krankhaft.

Er starrte auf die kaputten Räder der Kutsche. Konnte das sein, dass Isa das getan hatte? Aus Eifersucht?

Er konnte es kaum glauben, aber niemand sonst fiel ihm ein.

Er würde sich später darum kümmern müssen. Jetzt hatte er einen Termin. Zum Glück brauchte er heute den Planwagen, sonst müsste er die Tour glatt absagen. Und jede Tour zählte. Er verdiente schließlich seinen Lebensunterhalt damit.

Er würde die Polizei rufen müssen. Das war immerhin Sachbeschädigung. Und er würde die Versicherung kontaktieren müssen.

Verdammt, da kam wieder ein Mist auf ihn zu…

Benthe Zumbrink hatte ihre Entscheidung getroffen. Jetzt verbot sie sich jeden Zweifel, jede Möglichkeit, wieder schwach zu werden. Sie verließ das Haus früh und fuhr zum Frühstücken nach *de Cocksdorp*. Sie wollte ihrem Mann nicht gegenüber sitzen. Sie wusste im Augenblick nicht, ob sie das überhaupt jemals wieder wollte. Seine Methoden schreckten sie vollkommen ab, auch wenn sie inzwischen wusste, warum er so extrem feindselig reagierte. Trotzdem – er hatte sich da in etwas hineingesteigert, das absolut unverhältnismäßig war.

Benthe hätte nicht gedacht, dass sie das Frühstück allein genießen konnte. Sie hatte nur keine Lust gehabt, sich ein Croissant zu kaufen und im Gehen zu essen. Aber sie genoss es, in dem kleinen Cafe zu sitzen, bedient zu werden, die Menschen um sich herum zu spüren, auf die Straße zu blicken, die sich allmählich mit Leben füllte.

Sie holte ihren Roman aus der Tasche und las nebenbei, aber das schlug ziemlich fehl. Sie hatte schon drei Seiten gelesen, bevor sie merkte, dass sie überhaupt nicht wusste, was sie gelesen hatte.

Sie legte das Buch zur Seite und trank einen Schluck Kaffee. Sie blickte sich um. Sah Menschen, die angeregt miteinander plauderten. Familien, die zusammen saßen und frühstückten oder Leute, die Brötchen oder Brot einkauften.

Sie stellte überrascht fest, dass sie es mochte, hier zu sitzen.

Sie sollte so etwas öfter machen. Mit Freunden, denn Joost fand an solchen Aktivitäten nicht viel Interesse. Vielleicht mochte er einfach nicht mit anderen Menschen zusammen sein. Das war schon früher so gewesen. Und seit sie auf Texel waren, war es sogar noch schlimmer geworden. Aber sie würde diesen Kreis jetzt durchbrechen.

Nach dem Frühstück würde sie einkaufen und dann zu Verena fahren, um ihr zu gestehen, dass ihr Ehemann es war, der sie im Netz in Misskredit gebracht hatte.

Die Freundinnen brachen nach dem Frühstück auf.
Marion fuhr, Verena saß auf dem Beifahrersitz und wies den Weg nach *de Cocksdorp*, das Dorf am Leuchtturm. Verena hatte eigentlich arbeiten wollen – in ihrem Atelier war noch jede Menge zu tun, aber sie hatte sich dann doch überreden lassen, den Vormittag mit den Freundinnen zu verbringen und sich erst nach dem Mittagessen zu Hause absetzen zu lassen, während die anderen weiterfuhren nach *De Koog* zum Shoppen.
Das schlechte Gewissen, dass sie alle Arbeit einfach liegen ließ und sich stattdessen einen lauen Vormittag machte und die Gedanken an das verwüstete Atelier fielen bald von ihr ab.
Hier zu stehen und sich vom Wind die Frisur zerzausen zu lassen, über den weiten Strand und das Meer zu blicken, die Schreie der Möwen zu hören, war noch immer die beste Medizin gegen Stress und kreisende Gedanken.
Obwohl es nicht allzu warm war, zogen sie ihre Schuhe aus und wateten über den Strand und durch das flache Wasser.
Ein Planwagen fuhr vorbei. „Das ist Egmont", rief Verena und winkte von weitem.
Er winkte zurück.
Marlene lachte. „Hallo!", rief sie und winkte ebenfalls.
Sie hielt sich die Haare aus dem Gesicht, die der Wind hinein blies.
Egmont winkte zurück. „Schönen Tag euch allen!", rief er vom Kutschbock aus und lachte.
„Die Aufmerksamkeit von Egmont scheint Marlene gut zu tun", flüsterte Karla Verena zu.

„Stimmt. Ich glaube, sie braucht das jetzt – andere Menschen kennenlernen, neue Perspektiven."

„Ich glaube, sie sollte wirklich fortziehen."

Verena nickte.

Sie sahen dem Planwagen nach.

„Wollen wir jetzt auf den Leuchtturm steigen?", fragte Marion, die unbedingt den Ausblick genießen wollte.

Die drei anderen waren einverstanden und so schlenderten sie über den Strand zurück, gingen den schmalen Weg zum Leuchtturm entlang, zahlten den Eintritt und kletterten hinauf.

Benthe stand vor Verena Hoeve und läutete. Niemand öffnete.

Merkwürdig, dachte sie. Das Auto steht doch da.

Drinnen bellte ein Hund. Also machte sie auch gerade keine Runde mit dem Tier.

Schade, dachte Benthe. Aber es war mehr. Sie befürchtete, dass die Courage sie verließ, wenn sie jetzt wieder nach Hause fuhr und Joost traf. Sie war ihm schließlich nicht umsonst heute Morgen aus dem Weg gegangen. Kam vielleicht darauf an, wie er sich verhielt. Ob er einsah, dass er übertrieb oder ob er sich immer noch vollkommen im Recht fühlte.

Sie seufzte. Sie konnte es ja nicht ändern. Sie machte kehrt, stieg wieder in ihr Auto und fuhr davon.

Nach dem Mittagessen am Strand brachten Marion, Karla und Marlene Verena nach Hause.

„Ich wünsche euch noch viel Spaß in *De Koog*. Und Marlene – wenn du Isa triffst – lass sie nicht zu nah an dich ran. Sie vereinnahmt einen. Das müsstest du eigentlich schon gemerkt haben", warnte Verena, bevor sie aus dem Auto stieg.

„Ach, sie ist nur einsam", erwiderte Marlene etwas zurückhaltend.

„Sie ist ne verdammte Stalkerin", warf Marion ein.

„Was soll schon sein?", hielt Marlene dagegen. „Sie freut sich rüber unser Treffen und mir kann es nicht schaden."

„Wer weiß das schon. Denk dran, wie sie reagiert hat, als sie Egmont und dich am Meer getroffen hat", warf Karla ein. „Die ist schon ziemlich heftig."

Heftiger als ihr denkt, dachte Marlene. Sie hatte nicht erzählt, dass Isa sie die ganze Zeit beobachtet hatte.

„Ich bin in zwei Tagen wieder weg. Und dann ist das ganze sowieso zu Ende."

„Hierher zu ziehen ist also kein Thema für dich?", erinnerte Verena.

Marlene zuckte nur leicht mit den Schultern. Sie wollte die Frage nicht beantworten. Noch nicht. Aber seit Verena ihr diesen Vorschlag gemacht hatte, kreiste der Gedanke immer wieder durch ihren Kopf und setzte sich schließlich fest.

Ganz von vorne anfangen, alles hinter sich lassen, hatte etwas sehr Verlockendes. Hieß es nicht immer, man müsse die Vergangenheit loslassen, um Neuem Raum zu geben? Und ging das nicht am besten an einem anderen Ort? Hier, wo sie sich so verflucht wohl fühlte? Wo sie das Gefühl hatte, hinzuzugehören?

„Na ja, du kannst dir ja Zeit lassen. So etwas kann man auch nicht von heute auf morgen entscheiden. Jetzt steige ich aber aus, sonst sitzen wir in drei Stunden noch im Auto und quatschen." Verena lachte und stieg wirklich aus. Marion gab Gas und fuhr weiter.

Verena seufzte, als sie ins Haus ging und der fröhlich mit dem Schwanz wedelnde Jasper an ihr hochsprang. Sie streichelte den Hund und dachte grimmig daran, dass sie jetzt in ihr verwüstetes Atelier hinauf müsste, um es weiter aufzuräumen.

Als Marlene, Karla und Marion um kurz vor sechzehn Uhr den Souvenirshop *Fleurs* betraten, war er ziemlich voll. Viele Urlauber waren dort, um Erinnerungsstücke oder Geschenke für Freunde oder Familie auszusuchen. Auch Bilder von Verena waren hier ausgestellt. Verenas Freundin Florinda hatte eine wunderschöne Auswahl an kleinen und größeren Dekorationsstücken, aber auch ganz nützlichen Gegenständen. Salz- und Pfefferstreuer in Leuchtturmform, Topflappen, Schreibutensilien, Geschirr.

„Aber Isa kann ich nicht sehen", sagte Karla.

„Vielleicht ist sie im Lager oder Büro oder so was?", meinte Marion.

„Es ist ja auch noch nicht vier Uhr", meinte Marlene.

Sie widmeten sich den Artikeln in dem Lädchen. Karla fand verschiedene Geschenke, die sie ihrer Familie mitbringen konnte. Jeweils ein Käppi für ihre Söhne David und Finn, eine Kuschelrobbe für die neunjährige Sabrina und eine Halskette aus verschiedenen Muscheln und Korallen für Alice.

„Ist die nicht wunderhübsch?", fragte sie und hielt sie Marion und Marlene unter die Nase.

„Wenn sie dir so gefällt, nimm dir doch auch eine für dich selbst mit", schlug Marion vor.

Karla überlegte kurz. Dann sagte sie entschlossen: „Ja, das mache ich auch. Sie muss nur ganz anders aussehen als die für Alice. Aber es gibt ja genug Auswahl."

Sie suchte eine weitere Kette für sich aus und nahm auch noch eine Flasche Juttertje Kruidenbitter mit.

„Soll ich dir helfen?", fragte Marion, die bemerkte, dass Karla ihre Einkäufe fast nicht mehr tragen konnte. Karla nickte und Marion nahm ihr die Flasche und Ketten ab. An der Kasse legten sie alles auf den Tisch. Die junge Verkäuferin mit den kurzen schwarzen Haaren grinste sie belustigt an.

Was hat die denn, dachte Marion. Doch im gleichen Moment erkannte sie die junge Frau. „Isabella?"

Sie nickte. „Ja, ich bin es."

Marlene, die noch bei den Postkarten stöberte, blickte auf. „Isa?" „Ja doch."

„Wir haben dich überhaupt nicht erkannt."

„Das habe ich gemerkt. Aber ich hatte zu tun und konnte nicht zu euch kommen."

„Ja natürlich. Aber… Warum hast du das gemacht?", stotterte Marlene. Sie konnte nicht sagen, dass ihr der neue Look gefiel.

„Jeder braucht doch mal eine Veränderung oder nicht?", flötete Isa gut gelaunt.

Wie aufs Stichwort kam Marlene wieder der vorgeschlagene Wohnortwechsel in den Sinn. Texel oder Hannover?

„Ja, schon möglich", erwiderte sie zögernd.

„Sieht gut aus", sagte Karla freundlich lächelnd, obwohl sie überhaupt nicht fand, dass Isa der neue Schnitt und die Farbe standen.

Sieh an, dachte Marion. Unsere Karla ist ja eine kleine Schauspielerin. Das kann sie unmöglich ernst meinen.

Isabella tippte die Preise ein und kassierte von Karla das Geld.

„Möchtest du eine Tüte?"

„Nein, lieber so einen Leinenbeutel mit dem Bild der Insel drauf."

„Die kostet aber noch mal extra einen Euro."

Karla nickte. „Das macht nichts."

„Ich habe jetzt Feierabend. Ich würde dir gerne meine Wohnung zeigen, ist das okay, Marlene? Es ist nicht weit. Danach können wir ja essen gehen", schlug Isa vor.

Marlene nickte. Nach dieser Woche würde sie einen Monat lang nichts essen, soviel stand fest.

„Pass auf dich auf", raunte Marion Marlene zu, als sie zusammen mit Karla das Geschäft verließ. „Sie ist ne verdammte Stalkerin."

Isabella und Marlene gingen die kurze Strecke zu Isabellas Wohnung zu Fuß. Sie lag im Dachgeschoss eines dreistöckigen Hauses hinter der Einkaufsstraße Richtung Landesinnere.

Marlene staunte, als sie die Wohnung betrat.

„Oh, die ist sehr hübsch, Isa. Du hast es gut getroffen."

Sie standen in einem winzigen Flur, der direkt in das Wohnzimmer führte, Das Zimmer war hell und geräumig. Auf einer Seite war eine Tür, hinter der sich bestimmt das Schlafzimmer befand. Daneben war in einer Nische die offene Küche.

Die kleine Tür im Flur führt sicherlich ins Bad, dachte Marlene. Ein breites Fenster zeigte den Blick über die Ladenstraße und eine Tür führte auf einen kleinen Balkon.

„Na ja, groß ist es nicht", entschuldigte sich Isabella.

„Es ist toll. Etwas Größeres brauchst du doch auch nicht."

„Komm, ich zeige dir alles!"

Isa öffnete die Tür und tatsächlich traten sie in das Schlafzimmer.

Ein Bett, ein großer Schrank, ein Sessel, über den einiges an Kleidung lag und sogar ein kleiner Schminktisch waren zu sehen.

„Das Bad erreichst du vom Flur aus. Mehr gibt es nicht."

„Isa, es ist eine sehr schöne Wohnung. Wirklich. Und noch dazu hat sie eine fantastische Lage."

„Du bist sicher Besseres gewöhnt."

Bilder blitzten vor Marlenes geistigem Auge auf. Ein großes Haus, ein großer Garten, große Autos, Kinder, die am Tisch saßen.

„Ich hatte eine Haus, aber auch eine Familie."

„Das hätte ich auch gerne", seufzte Isa.

Marlene lächelte sie freundlich an. „Das kommt noch. Du bist noch so jung."

„Zweiundzwanzig."

186

„Siehst du, ich könnte deine Mutter sein." Marlene lachte.

„Ich wünschte, du wärst es!", rief Isa aus. Es schien aus ihrer tiefsten Seele zu kommen und machte Marlene verlegen. Sie wusste nicht recht, was sie darauf erwidern sollte.

„Was ist mit deinen Eltern?", fragte sie schließlich.

Darauf antwortete Isabella nicht. Wollte sie nicht darüber sprechen? Marlene fühlte sich betreten.

Doch Isa hatte ihre alte Form schon wieder gefunden. „Möchtest du dich nicht setzen? Ich kann uns einen Tee machen."

„Aber wir wollten doch essen gehen."

„Tun wir, tun wir. Aber es ist ja noch früh. Nicht mal fünf Uhr. Einen Tee können wir wohl trinken."

Marlene nickte. Eigentlich war sie froh über die kleine Pause und so ließ sie sich auf dem gemütlichen Sofa nieder. Sie war den ganzen Tag unterwegs gewesen. Sie bräuchte eigentlich ein Stündchen auf dem Sofa. Am liebsten würde sie sich jetzt hinlegen und die Augen schließen. Ach, sie wurde alt. Sie konnte einfach nicht mehr von einer Aktion zur anderen hetzen und abends dann noch Wein trinken. Außerdem trank und aß sie zu viel. Soviel stand mal fest.

Sie hörte Isa in der Küche klimpern und fühlte allmählich, wie sie entspannte. Erst, als die Schultern lockerer wurden, merkte sie, wie angespannt sie gewesen war. Vermutlich lag das an Marions Geunke. *Pass auf dich auf. Sie ist 'ne verdammte Stalkerin.*

Sie ist sehr nett. Sie macht uns Tee, dachte Marlene. Als ob das ein Beweis für Nettigkeit wäre.

Isa kam aus der Küchenzeile auf Marlene zu und sah sie richtig liebevoll an. Das war nicht der Blick einer jugendlichen Freundin. Marlene sah ihr erwartungsvoll entgegen. Isa hockte sich vor sie und nahm ihre Hände. Marlene fühlte sich peinlich berührt. Irgendetwas stimmt gerade ganz und gar nicht.

„Ach Marlene, ich wünschte wirklich, du wärest meine Mutter. Du bist so lieb und so geduldig."

Marlene schluckte schwer. „Tut mir sehr leid, dass deine Mutter gestorben ist. Ist sie eigentlich schon lange tot?", erkundigte sie sich leise.

„Gestorben?" Isabella ließ Marlenes Hände los und blickte sie verwirrt an. Hatte sie das erzählt?

„Stimmt das nicht?", fragte Marlene sanft.

Isabella erhob sich brüsk. „Nein, es ist nur so, dass sie für mich gestorben ist. Ich habe überhaupt keinen Kontakt zu meiner Mutter. Sie weiß nicht einmal, wo ich jetzt wohne."

„Das ist schade."

Isas Mine drückte Feindseligkeit aus. „Nein, ganz und gar nicht. Ich will nichts mit ihr zu tun haben. Du weißt ja nicht, wie sie ist."

„Was ist mit deinem Vater?", fragte Marlene.

„Der ist wirklich tot."

„Das tut mir leid."

Marlene wurde es sehr bewusst, dass Isa auf eine schwere Kindheit zurückblicken musste. Aber warum hatte sie gelogen und erzählt, dass auch ihre Mutter tot sei? Ach, vermutlich wollte sie auf die Art einfach verhindern, dass sie weiter ausgefragt wurde. Marlene fühlte tiefes Mitleid. Und es gruselte sie regelrecht bei dem Gedanken, ihre eigenen Töchter würden so über sie reden.

„Muss es nicht, es ist sehr lange her", erwiderte Isa etwas abweisend. „Und jetzt genug davon, wir wollen doch einen schönen Nachmittag und Abend verbringen." Augenblicklich veränderte sich Isas Gesicht wieder in ein liebevoll lächelndes. „Du bist da sicher ganz anders. Schade, dass du nicht meine Mutter bist."

Marlene versuchte zu lächeln, was ihr nicht besonders gut gelang. „Ich bin deine Freundin, Isa. Eine mütterliche Freundin. Das ist doch auch schön."

Isa nickte. „Ja, ich bin froh darüber." Sie beugte sich vor und küsste Marlene auf die Wange.

Pass auf dich auf. Sie ist 'ne verdammte Stalkerin.

Marlene hätte am liebsten den Kuss fort gewischt. Sie fühlte sich nicht mehr wohl in ihrer Haut. Aus der Küche kam ein klackendes Geräusch und Isa sprang davon. „Vermutlich der Wasserkocher, unser Teewasser ist fertig."

Marlene wäre am liebsten sofort aufgebrochen. Aber das ging nicht. Sie konnte jetzt nicht einfach gehen. Sie musste zumindest noch einen Tee trinken und dann gingen sie zum Essen. Dort waren sie unter Menschen.

„Ich mache uns noch einen Keksteller dazu", rief Isa aus der Küche.

„Ja, ist gut." Ich brauche keine Kekse, dachte Marlene. Ich esse doch sowieso schon zu viel.

Aus lauter Verlegenheit und Unwohlsein begann sie, den Zeitungsständer aus Holz und Leinen, der neben dem Sofa stand, durchzusehen und zog schließlich eine deutsche Zeitung heraus. Sieh mal an. Gibt es so was hier? dachte sie.

Eine dicke Überschrift fiel ihr sofort ins Auge.

Junge Frau nach Bootsunfall vermisst. Ein Foto von Isa war darunter.

Die dreiundzwanzigjährige Isabella Kiefer aus Hamburg wird vermisst, seit sie..., begann der Artikel.

„Was tust du da?", fragte eine scharfe Stimme.

„Tut mir leid. Ich habe nur ein aus Langeweile die Zeitungen durchgesehen. Das ist sicher ein Artikel von damals, als Verena dich in den Dünen gefunden hat?"

„Ja."

Isa riss Marlene die Zeitung aus der Hand.

„Was hast du denn?", fragte Marlene verwirrt.

Im nächsten Moment tauchte ein Gedanke in Marlenes Kopf auf. Oder nein – eigentlich kein Gedanke – ein Gefühl, eine Ahnung. Da war etwas zu sehen gewesen. Etwas, das nicht stimmte. Aber was?

Sie war so in Gedanken versunken, dass sie nicht bemerkte, dass Isa den Kerzenständer vom Tisch nahm. Sie merkte nur einen kurzen Schmerz, als er ihren Kopf traf - dann wurde es dunkel um sie.

Tamara Herold und Antonio Fernandez saßen in ihrem geliehenen Mercedes auf der schmalen Straße vor Verena Hoeve und warteten.

„Verdammt, die Schule muss doch schon lange vorbei sein. Wieso taucht keiner der Bälger auf?", fragte Antonio schlecht gelaunt.

Tamara hob die Schultern. „Vielleicht sind sie bei Freunden. So was tut man in dem Alter."

„Na hoffentlich kommen sie überhaupt noch und übernachten nicht woanders. Stinkt mir gewaltig, hier das Haus zu observieren. Wieso nehmen wir uns die Alte nicht mal richtig vor?"

„Wir waren doch schon hier. Und? Wir haben nichts rausgekriegt. Also versuchen wir's mit der Kleinen. Wie gut, dass mir die Fotos im Flur aufgefallen sind, auf denen die ganze Familie drauf ist."

„Ja." Antonio lachte etwas dümmlich. Tamara war schon eine gute Beobachterin. Ihm waren diese Fotos jedenfalls nicht aufgefallen.

„Wenn ich die Alte richtig in die Mangel nehme, kriegen wir schon was raus", brummte er.

„Okay, okay. Wenn die Kleine nicht innerhalb der nächsten halben Stunde kommt, dann hast du freie Bahn bei der Mutter."

Er stöhnte und setzte sich tiefer in den Sitz. Tamaras Wort war sowieso Gesetz.

Nach weiteren zehn Minuten kam Swantje jedoch mit dem Fahrrad die Straße entlang.

„Du bleibst sitzen", zischte Tamara und stieg aus.

Sie ging auf Swantje zu und hielt sie an, indem sie einfach den Lenker des Rades ergriff.

Swantje blickte sie erschrocken an.

„Kein Angst", säuselte Tamara. „Du bist doch die Tochter von der Malerin?"

Swantje nickte.

„Ich habe nur eine Frage. Wir suchen eine junge Frau. Luisa Dahlke."

„Ik verstaa je niet", antwortete Swantje leise. Sie traute der Frau nicht. Sie hatte böse Augen und das Mädchen hatte längst mitbekommen, dass aufgrund des Portraits eine junge Frau gesucht wurde. Eine, die Isa offenbar ähnlich sah.

„Red keinen Mist. Deine Mutter ist Deutsche. Du verstehst sehr gut. Also! Wo ist Luisa Dahlke?"

„Die kenne ich nicht", stammelte Swantje jetzt.

„Doch, sicher. Deine Mutter hat ein Portrait von ihr gemalt."

„Nein, den Namen habe ich noch nie gehört."

Antonio beobachtete die Szene aus dem Auto heraus. Was er sah, gefiel ihm nicht. Die Kurze redete nicht.

Tamara hielt den Lenker des Fahrrades fest und neigte sich zu ihr.

„Nun hör mal gut zu. Ich möchte wissen, wo ich die Frau finden kann. Und erzähl mir nicht, dass du das nicht weißt. Ich kann überhaupt nicht vertragen, wenn man mich belügt."

Swantje bekam Angst. Der Ton und der Blick dieser Frau waren beängstigend. Sie versuchte, wegzulaufen. Das Haus war nur wenige Schritte entfernt, aber Swantje stand immer noch breitbeinig über der Fahrradstange und kam nicht schnell genug fort. Tamara griff nach ihren Armen. Das Fahrrad kippte um. Weil die Fremde sie festhielt, konnte Swantje nicht schnell genug wegspringen, so dass das Rad gegen ihr Bein fiel. Das Mädchen schrie. „Mama! Mama!"

Sie wusste, die Mutter konnte sie von hier nicht hören. Da müsste sie zufällig gerade vor der Tür sein, dann hatte sie eine Chance. Nur dann.

Ein bulliger Typ mit langen schwarzen Haaren kam aus dem Auto auf sie zu gerannt. Swantje begann vor Angst zu weinen. Die Frau hielt ihren Arm fest. „Au, sie tun mir weh", heulte Swantje. Die Fremde lockerte ihren Griff, jedoch ohne den Arm loszulassen.

„Fragen wir mal anders. Wie heißt die Frau auf dem Portrait?" Swantje zitterte vor Angst. „Isabella", brachte sie zaghaft hervor. „Ah", machte die Frau. „Und wo kann ich diese Isabella finden? Wenn es dann die Falsche ist und sie unserer Luisa nur ähnlich sieht, werden wir das ja sehen."

Swantje wusste, sie durfte nichts sagen. Sie würde Isa in Gefahr bringen. Und egal – auch wenn sie Isa nicht besonders mochte – das wollte sie nicht.

„Ich weiß es nicht. Ich weiß wirklich nicht, wo sie wohnt."

Der Mann kam bedrohlich nah.

„Nimm sie mit!", befahl die Frau.

Der Typ war ein Grobian. Er fasste Swantje am Arm und wollte sie mit sich schleifen. Swantje wehrte sich nach Kräften, stolperte über das am Boden liegende Fahrrad, stemmte sich gegen ihn, aber gegen den Typ hatte sie keine Chance. Niemand hätte das. Er war ein solcher Muskelprotz.

„Lass mich!", schrie sie. „Lass mich los! Ich weiß es doch nicht."

„Nun pass mal auf. Entweder sagst du uns, wo wir sie finden können oder…" Was dann passieren würde, ließ die Frau ungesagt, aber ihr Ton war bedrohlich.

„Sie arbeitet in dem Souvenirshop *Fleurs*", erwiderte Swantje eingeschüchtert. Sie hatte mitbekommen, dass Isa nachmittags mit Marlene etwas unternehmen wollte. Sicher war sie nicht mehr in dem Laden und damit in Sicherheit. „Mehr weiß ich wirklich nicht."

„Gut, Kindchen. Danke", säuselte die Frau zuckersüß. Dann wandte sie sich an den Muskelprotz. „Pack sie ins Auto."

„Nein!", schrie Swantje. „Nein! Du weißt doch jetzt, was du wolltest."

„Denkst du, ich lasse dich gehen, damit du sie warnen kannst?" Die Frau lachte gemein auf.

Ein Kleinwagen kam die Straße entlang, hielt mit quietschenden Reifen. Wer auch immer darin saß, erfasste die Situation, hupte wie wild.

Eine Frau stieg aus. „Lassen Sie das Mädchen los!", schrie sie. Sie stand neben der offenen Tür und hupte weiter.

„Lassen Sie das!", schrie die Frau.

Dann passierte plötzlich alles gleichzeitig:

Verena kam aus dem Haus, gefolgt von Jasper.

Nachbarn erschienen. „Was ist denn hier los?", rief einer.

Verena lief zu Swantje und zog sie an sich.

Jasper bellte und biss in die Hose des Muskelprotzes. Der schlug nach dem Hund, um ihn abzuschütteln, aber Jasper biss ihm in die Hand.

Der Mann schrie auf und wollte nach dem Tier treten, doch Jasper war schon davon gerannt und saß knurrend in der Hofeinfahrt.

Swantje drückte sich an ihre Mutter.

„Komm!", rief Tamara, und Antonio und sie selbst sprangen in den Mercedes und fuhren davon.

Verena drückte ihre weinende Tochter fest an sich.

Benthe Zumbrink sah ihnen einen Augenblick zu, entschied sich dann aber, erstmal ihr Auto auf den Hof zu fahren und Mutter und Tochter einen Moment der Erholung zu lassen.

Wie gut, dass sie noch einmal hergekommen war. Aber der richtige Zeitpunkt, die Kritiken anzusprechen, war vielleicht jetzt nicht. Aber sie hatte ganz offenbar Swantje vor einer Entführung bewahrt Oder was war das gewesen?

Wer war das gewesen?

Bleiben musste sie auf jeden Fall. Sie war Zeugin einer Beinahe-Entführung geworden. Oh mein Gott.

Erst ganz langsam erfasste ihr Gehirn, was geschehen war. Sie hatte das Gefühl, es bisher gar nicht richtig realisiert zu haben. Sie hatte nur reagiert. Alles war viel zu schnell gegangen. Oh mein Gott. Sie begann zu zittern.

Da kamen Verena und Swantje auf sie zu. Verena hielt einen Arm um ihre Tochter und schob mit der anderen das Fahrrad.

„Hallo, ich bin Benthe Zumbrink. Ich…"

„Ja, ich weiß, wer Sie sind. Ich glaube, Sie haben meine Tochter gerettet."

Die Situation war mehr als beängstigend gewesen, aber alles war gut gegangen. Das musste sie sich immer wieder sagen. Es war ja gut gegangen.

Sie spürte Swantjes Zittern in ihrem Arm.

Jetzt musste sie erst mal die Polizei rufen und herausfinden, worum es eigentlich gegangen war.

Benthe folgte Mutter und Tochter ins Haus. Verena hatten sie nicht eingeladen, aber das lag sicher an der Situation. Ein solches Erlebnis konnte einen schon wirklich aus dem Gleichgewicht bringen.

Joris van Dijk legte den Telefonhörer auf und sah seinen Kollegen Mathijs Verbeek mit bestürzter Mine an. „Das war Verena Huisman. Ihre Tochter ist bedrängt und sogar fast entführt worden. Wir müssen sofort rüberfahren. Offenbar wollte das Gangsterpaar die Adresse einer Luisa Dahlke haben, die Frau

Huisman aber nicht kennt. Es hat wieder mit diesem verflixten Portrait zu tun. Was um Himmels Willen ist nur damit los?"

„Oder mit der Person auf dem Bild", meinte Mathijs, während er sich schon seine Jacke von der Stuhllehne griff und überzog.

„Ich brauche jetzt unbedingt einen Kruidenbitter", sagte Verena matt und nahm zwei Gläser aus dem Wohnzimmerschrank und die Tonflasche aus dem Barfach. „Möchten Sie auch einen, Frau Zumbrink?"

Benthe nickte. „Gerne."

„Und ich?", heulte Swantje. „Ich habe das doch erlebt."

„Dir mache ich einen schönen warmen Kakao. Mit Sahne."

Verena hatte Swantje in eine Decke gehüllt auf das Sofa gesetzt. Das Mädchen hatte noch nichts erzählt und Verena ließ sie erst einmal in Ruhe. Swantje musste sich jetzt erst mal beruhigen.

Benthe hatte grob erzählt, was sie mitbekommen hatte. Es war klar, dass das Paar Swantje hatte entführen wollen. Aber warum? Das war vollkommen unklar. Verena konnte es sich nicht erklären. Ganz verschwommen nahm sie wahr, dass der Zettel in ihrem kleinen Lädchen, das Portrait und dieser Übergriff auf Swantje irgendwie zusammenhängen könnten. Es konnte schließlich kein Zufall sein, dass das alles gerade passierte.

Gleich würde die Polizei kommen und Swantje musste erzählen, was geschehen war.

Verena reichte Benthe Zumbrink das kleine Gläschen voll Kruidenbitter und kippte ihren Schnaps in einem Zug herunter. Die würzige Flüssigkeit rann durch ihre Kehle.

„Ich mache schnell den Kakao. Bleibst du bei Swantje?"

Sie benutzte plötzlich ganz automatisch das vertraute Du. Diese Frau war die Ehefrau ihres Feindes Joost Zumbrink, aber sie hatte ihre Tochter gerettet. Irgendwie ging das Du so selbstverständlich über ihre Lippen.

Verena ging in die Küche, wärmte Milch in der Mikrowelle und füllte Kakaopulver hinein. Obendrauf spritzte sie eine gute Portion Sahne aus der Sprühflasche und schüttete ein paar Schokostreusel darauf. Sie wollte Swantje verwöhnen, obwohl sie natürlich wusste, dass Kakao nicht sehr viel an der Situation verbessern konnte. Aber das tat der Kruidenbitter schließlich auch nicht.

Swantje hockte wie ein Häufchen Elend in der Sofaecke. Verena stellte das dampfende Getränk gerade mit einem etwas missglückten Lächeln vor sie auf den niedrigen Couchtisch, als es an der Tür läutete.

Ach gut, die Polizei war schon da.

Marlene blinzelte. Eine Sekunde lang wusste sie nicht, wo sie war. Isas Gesicht schob sich vor ihres. Ach, stimmte ja, sie war in Isabellas Wohnung. Aber warum lag sie auf dem Sofa? Sie bewegte sich, richtete sich auf. Irgendetwas tat weh. Sie tastete nach ihrem Kopf und bemerkte eine dicke Beule.

„Was… was ist…", stammelte sie.

„Vorsichtig", sagte Isa sanft. „Du bist gefallen und mit dem Kopf auf die Tischkante geschlagen."

„Was? Gestolpert?"

„Ja." Isa nickte. „Du bist aufgestanden, wolltest wohl zu mir rüber kommen in die Küche. Oder aufs Klo gehen? Ich weiß nicht. Auf jeden Fall bist du irgendwie ausgerutscht und gefallen."

Marlene saß jetzt wieder aufrecht auf dem Sofa. Aufgestanden? Gefallen?

In ihrem Kopf wirbelten die Gedanken. Nein, sie war nicht aufgestanden.

Da war etwas anderes. Aber was? Sie hatte hier gesessen, die Zeitung durchgesehen. Ja, sie hatte einen Artikel über Isa entdeckt. Und dann hatte sie plötzlich einen Schlag bekommen. War sie doch aufgestanden, um Isa in der Küche nach dem Artikel zu fragen? Nein, nein, sie konnte sich nicht erinnern, aufgestanden zu sein.

„Du warst eine Weile richtig ausgeknockt. Aber jetzt bist du ja wieder da. Gott sei Dank. Komm, trink erst mal den Tee, den ich gemacht habe. Er ist nicht mehr ganz heiß, aber auf jeden Fall noch warm."

Isa hielt Marlene das duftende Kräutergetränk an den Mund und die nippte gehorsam daran. „Mmm, interessant. Was ist das?"

Isa lachte. „Schwarzer Tee, aber ich habe einen Schluck Kruidenbitter reingetan. Dachte, das wird dir guttun nach dem Schreck."

Kruidenbitter. Das schien hier eine Art Medizin zu sein. Verena nahm es auch nach jedem Schrecken.

„Schmeckt gut", sagte Marlene leise. „Hast du vielleicht auch eine Kopfschmerztablette? Mein Kopf tut ganz schön weh."

Isa lachte wieder. „Klar." Sie stand auf und holte das Gewünschte. Sie löste zwei Aspirin in Mineralwasser auf und stellte das Glas neben die Tasse auf den Tisch. Marlene griff danach und trank es in einem Zug aus.

Es war rührend, wie Isa sich um sie kümmerte. Sie war ja ganz besorgt.

Sie reichte ihr erneut die Tasse Tee und Marlene nahm sie dankbar entgegen. „Du musst ihn trinken bevor er kalt wird", meinte Isa.

Marlene lächelte ihr dankbar zu und trank.

Die Kopfschmerzen wurden schon weniger.

Sie fühlte sich etwas müde. Sie hatte wohl etwas zu wenig Schlaf in diesem Urlaub bekommen.

Tamara und Antonio umkreisten den kleinen Shop *Fleurs*. Sie waren im Laden gewesen und hatten nach Luisa gefragt, aber auch hier schien sie niemand zu kennen.

„Ich glaube, du wirkst etwas furchteinflößend. Ich hätte doch alleine hineingehen sollen", meinte Tamara.

Antonio grunzte. „Ist dir wirklich nicht klar, wie furchteinflößend du selbst wirkst? Du hast einfach keine vertrauenerweckende Ausstrahlung."

Tamara kniff die Augen zusammen. Beleidigt war sie nicht. Im Grunde wusste sie es ja und wollte es nicht anders. Sie hatte nie den Wunsch gehabt, nett auf Menschen zu wirken. Das passte überhaupt nicht zu ihrem Job.

„Und wenn das Mädchen auf dem Portrait nun wirklich nicht Luisa Dahlke ist? Sollten wir da nicht mal drüber nachdenken?", meinte Antonio.

Sie nickte. „Möglich ist es immerhin. Aber wir müssen das eben genau wissen. Denn Luisa ist nun mal eine Gefahr für uns."

„Wenn sie bisher nichts gesagt hat…"

„Dann kann sie es trotzdem jederzeit tun. Wenn Luisa lebt, ist sie wie eine Zeitbombe." Tamaras Stimme war hart und entschieden.

„Also gut. Warten wir mal wieder ab, bis die Chefin den Laden verlässt und wir sie allein erwischen", erwiderte Antonio.

Joris van Dijk und Mathijs Verbeek saßen auf Sofa und Sessel und blickten Swantje an. Ihre Stimmen klangen ruhig und geduldig. Verena fragte sich, ob sie wirklich so ruhig waren oder ob sie einfach so geübt waren, sich zusammenzureißen.

Der ältere Mathijs legte seine Hand auf Swantjes, die auf der Decke lag. Sie zuckte leicht zusammen.

„Lass dir ruhig Zeit, Swantje", sagte er mit sanfter Stimme. „Aber es ist wichtig, dass du uns alles erzählst. Was wollten die beiden von dir? Warum haben sie dich angesprochen? Nur dann können wir sie verhaften. Und das sollten wir tun. Frau Zumbrink hat uns erzählt, dass sie dazu gekommen ist, als der Mann dich ins Auto schleifen wollte. Aber wie kam es dazu. Worum ging es?"

Swantje blickte endlich auf und Mathijs direkt an. Sein sympathisches Gesicht nahm ihr die Scheu und endlich begann sie zu sprechen.

„Sie – sie haben mich aufgehalten, als ich mit dem Rad ankam", berichtete sie stockend. „Sie wollten wissen, wo eine Luisa Dahlke wohnt. Aber ich kenne doch keine Luisa. Ich habe auch versucht, so zu tun, als verstehe ich kein deutsch, aber das haben sie nicht geglaubt. Zuerst war nur die Frau da, aber sie hat mir auch große Angst gemacht. Sie hat grausame Augen."

Sie schwieg, als hätten die wenigen Sätze sie vollkommen überanstrengt.

„Trink einen Schluck von deinem Kakao", riet Mathijs „und dann erzähl weiter. Ganz langsam."

Swantje trank gehorsam einen Schluck.

Verena saß neben ihr und zersprang beinahe vor Unruhe. Luisa Dahlke – diesen Namen hatten die Leute auch benutzt, als sie in ihrem Atelier waren. Aber das wussten die Polizisten ja bereits. Sie hielt den Arm um ihre Tochter und schwieg.

„Sie sagten dann, ich solle ihnen einfach sagen, wo die Frau von dem Portrait wohne. Die würden sie suchen. Aber die heißt doch nicht Luisa. Außerdem habe ich keine Ahnung, wo sie wohnt. Mama weiß das, glaube ich. Aber ich nicht."

„Ist gut. Also konntest du ihnen nichts sagen?", fragte Mathijs behutsam.

Plötzlich wurde Swantje unruhig. Der bis dahin erstarrte reglose Körper streckte sich, Swantje atmete schwer.

„Bleib ganz ruhig", redete Mathijs auf sie ein. „Ganz ruhig. Erzähl einfach…"

„Ich habe ihnen gesagt, wo sie arbeitet", fiel sie ihm ins Wort. „Ich habe ihnen gesagt, dass sie im *Fleurs* arbeitet. Mama, ich wollte das nicht, aber ich hatte solche Angst. Der Typ war so ein Muskelprotz und der war auch inzwischen zu mir gekommen." Sie sah jetzt ihre Mutter an, die sie sanft in den Arm nahm.

„Mach dir keine Sorgen. Natürlich hattest du Angst. Du konntest gar nicht anders reagieren."

„Aber ich wusste doch, dass die beiden gefährlich sind. Das war doch ganz klar. Ich habe ihnen trotzdem gesagt, wo sie Isa finden. Oh Gott, ich habe sie in Gefahr gebracht. Wenn ihr jetzt etwas passiert, ist das meine Schuld."

Verena streichelte sanft über den Rücken ihrer Tochter. „Aber nein", beruhigte sie das Mädchen. „Ganz und gar nicht. Du konntest nicht anders handeln. Die Polizei wird jetzt sofort zu Isa fahren und sie beschützen. Stimmt doch?" Sie blickte zu Mathijs, der bereits eifrig telefonierte und Anweisungen in sein Handy rief. „Ja, sofort müssen zwei Beamte zum *Fleurs* und zu Isabella Kiefers Wohnung. Die Adresse?" Er blickte Verena fragend an. Sie nannte die Adresse und Mathijs wiederholte sie in sein Handy.

„Siehst du, alles wird gut", tröstete Verena Swantje.

„Es ist nicht deine Schuld. Überhaupt nicht. Das darfst du gar nicht denken", betonte jetzt Joris.

Swantje schniefte.

Nein, es ist meine Schuld, dachte Verena. Ganz allein meine. Ich habe dieses Portrait nach Amsterdam mitgenommen, obwohl Isa das ausdrücklich verboten hatte. Ich habe diese Leute durch das Portrait auf ihre Spur gebracht. Wenn ihr etwas passiert, werde ich mir das niemals verzeihen. Aber was hatte diese Luisa Dahlke damit zu tun? Verena hoffte, dass es nicht zu spät war. Bis zur Ankunft der Polizei hatte es nicht allzu lange gedauert, aber insgesamt war eben doch eine ganze Weile vergangen. Ach, hätte Swantje das doch sofort erzählt.

„Eine Frage habe ich noch", begann Mathijs erneut. „Als du ihnen den Arbeitsort genannt hattest, wollten sie dich trotzdem nicht gehen lassen?"

„Nein", schniefte Swantje. „Die Frau meinte, sonst würde ich ins Haus gehen und Isa warnen. Das wollte sie nicht. Der Typ wollte mich ins Auto schleifen."

„Und in dem Moment kam Frau Zumbrink dazu?"

„Ja", schniefte Swantje.

„Ich habe gehupt wie eine Wilde, um die Nachbarn aufzuschrecken. Allein hätte ich gegen die beiden auch nichts ausrichten können", ergänzte Benthe jetzt.

Sie kam sich ein wenig überflüssig vor. Aber immerhin war sie eine Zeugin und hatte bleiben müssen. Der richtige Zeitpunkt, um mit Verena über die diskriminierenden Kritiken ihres Ehemannes zu sprechen, war jetzt jedenfalls nicht.

Florinda fühlte sich gut. Sie steuerte gerade den kleinen Parkplatz in der Nähe ihres Shops an, auf dem sie ihren Wagen abgestellt hatte. Sie hatte einen langen Arbeitstag beendet und würde sich zu Hause ein Bad einlaufen lassen, in die Schaumberge versinken und darin entspannen, bis ihre Haut allmählich schrumpelig wurde.

Sie mochte ihre Arbeit, liebte es, ihren eigenen Shop zu haben, ihr eigener Boss zu sein. Und das an einem so schönen Ort am Meer. Sie mochte es, immer wieder neuen Menschen zu begegnen und Urlauber hatten auch meist gute Laune. Na ja, Ausnahmen gab es immer mal.

Wie dieses unsympathische Paar, das in ihrem Laden aufgetaucht war, um die Adresse einer gewissen Luisa Dahlke zu erfragen. Doch sie kannte keine Frau mit diesem Namen. Am Ende zogen sie ein Foto aus ihrer Tasche und zeigten ihr ein Bild von Isabella. Sie hatte versucht, sich nichts anmerken zu lassen, aber sie war nicht sicher, ob das geglückt war. Doch sie hatte die Adresse nicht herausgegeben.

Sie drückte auf die Fernbedienung und die Türschlösser ihres Wagens sprangen auf. In dem Moment kam jemand auf sie zugesprungen. Sie schrie auf, erkannte den Typ, der in ihrem Geschäft gewesen war. Er schleifte sie in einen silbergrauen Mercedes, in dem die Frau auf dem Fahrersitz saß. Florinda wurde auf die Rückbank gestoßen und der Typ setzte sich neben sie. Sie versuchte sofort, durch die andere Tür wieder zu entkommen, aber der Bullige passte auf.

„Jetzt sagen Sie uns schon, wo diese Frau wohnt. Wir wissen, dass Sie bei Ihnen arbeitet", fauchte die Frau bedrohlich.

„Ich kenne doch keine Luisa", jammerte Florinda.

„Sagen Sie uns einfach, wo die Frau von dem Foto wohnt."

Der Bullige neben ihr zog ein Messer und hielt es ihr an die Kehle. Sie konnte denen nicht entkommen. Sie hatte keine Wahl. Alles, was sie tun konnte, war, danach Isa zu warnen und schnell die Polizei zu rufen.

„Was wollen Sie von ihr?", fragte Florinda.

„Wir kennen sie von früher", erwiderte die Frau ausweichend.

„Na!", drohte der Typ und drückte das Messer etwas fester an ihre Kehle. Sie spürte, dass er sie verletzt hatte, dass Blut ihren Hals entlang rann.

„Ist ja gut!", rief sie voller Panik. „Ist ja gut. Aber nimm das Messer weg!"

Er tat ihr den Gefallen. Er konnte es sich leisten. Er wusste ja, dass er sie schneller festhalten würde, als sie entkommen konnte.

Florinda brachte die Adresse mühsam heraus.

„Ist das in der Nähe?", fragte die Frau.

Das war ihre Chance. Sie konnte etwas Zeit gewinnen.

„Sehr weit ist es nicht. Es geht ein Stück in diese Richtung." Dabei wies sie genau in die entgegengesetzte Richtung als es war. Die Frau nickte dem Bulligen zu. Daraufhin öffnete er die Tür auf ihrer Seite und stieß sie mit dem Fuß heraus. Sie fiel auf den Asphalt. Sie würde morgen sicher überall blaue Flecken haben, aber das war alles. Sie konnte kaum klar denken, konnte noch gar nicht fassen, dass diese Leute sie gehen ließen.

Sie rappelte sich mühsam auf, begann plötzlich zu rennen. Sie musste in ihr Auto. Sie musste Isa warnen und die Polizei anrufen.

Sie hörte hinter sich das Auto starten und spürte fast im selben Moment den Aufprall. Dann wurde es schwarz um sie herum.

Marlene fühlte sich nicht gut. Es war, als wäre sie gar nicht ganz bei sich. Als würde sie schweben. Die Welt versank um sie herum. Oder eigentlich nur Isas Wohnung. Sie nahm es wahr, aber es war ihr gleichgültig.

Isabella lächelte zufrieden. Sie lief in ihr Schlafzimmer und warf ein paar Sachen in eine Reisetasche. Nur das Nötigste. Unterwäsche, Shirts, eine Jeans, Handtuch, Duschzeug, Zahnbürsten. Sie warf zwei Stück hinein, sie musste schließlich auch für Marlene sorgen. Die Arme konnte ja nicht mehr packen.

Es war Pech, dass Marlene diesen blöden Artikel gefunden hatte. Sie hatte sich in den letzten Tagen schon einige Male ausgemalt, wie es wäre, mit Marlene fortzugehen. Irgendwohin, wo sie keiner kannte. Marlene war auch ganz allein. So wie sie. Aber heute Abend wollte sie eigentlich noch nicht aufbrechen.

Ach Mist, sie hätte anders reagieren können. Marlene hätte gar keinen Argwohn gehegt, wenn sie, Isabell, nicht so aufgebracht reagiert hätte. Aber es hatte ihr nun mal einen Stich versetzt, als sie sah, dass Marlene den Artikel entdeckt hatte. Und sie wollte sich in Deutschland nicht melden und sagen, dass sie noch lebte. Dort war sie in Gefahr. Obwohl Verena die Gefahr ja hierher geholt hatte.

Oh Gott, war das alles verworren.

Isa schüttelte sich. Sie schulterte die Reisetasche, ging zurück in die Küche und griff nach der Handtasche über dem Stuhl. Ein Blick auf Marlene sagte ihr, dass es ganz schön schwierig werden würde, sie zum Auto zu bringen. Vielleicht hatte sie ihr doch etwas zuviel Schlafmittel in den Tee gemischt. Sie sollte zwar benommen sein, aber jetzt konnte sie ja fast nicht mehr allein laufen. Na, bis zum Auto würde es schon gehen.

Isa hängte der Älteren deren Handtasche um den Hals und fasste sie mit ihrer freien Hand unter die Achseln. „Komm, Marlene, wir wollen doch essen gehen", versuchte sie, sie zu motivieren.

Vielleicht sollte sie lieber erst die Taschen ins Auto bringen, dann hatte sie beide Hände frei. Ja, das wäre besser.

Sie ließ Marlene sitzen, verließ die Wohnung, verschloss sie ordentlich, obwohl sie nicht glaubte, dass Marlene allein davon gehen konnte und rannte mit der Reisetasche und beiden Handtaschen die Treppen hinunter, warf sie ins Auto und rannte wieder hinauf.

Marlene war umgekippt und lag auf der Seite auf dem Sofa.

Isabella seufzte.

„Jetzt komm, lass uns gehen", forderte Isabella sie auf.

Isa fasste unter Marlenes Arme und richtete sie auf. Es kostete sie viel Mühe und Kraft. Marlene war ja schon etwas pummelig und sie selbst war nicht allzu kräftig.

Sie legte Marlenes Arm um ihre eigenen Schultern und fasste um deren Oberkörper um sie zu stützen. So schleifte sie die Ältere mit sich zur Wohnungstür. Sie trat die Tür mit dem Fuß hinter sich zu. Sie drückte auf den Knopf des kleinen Aufzuges, den es

Gott sei Dank gab - Isa hätte wirklich nicht gewusst, wie sie die drei Treppen mit Marlene bewältigen sollte – und wartete.

Der Aufzug kam und sie fuhren hinunter. Allmählich wurde es schon dunkel und die Straßen waren leer. Niemand sah sie, als sie Marlene auf den Beifahrersitz setzte, sich selbst hinter das Steuer und davon fuhr.

Im Rückspiegel sah sie einen silbergrauen Mercedes, der sich ihrem Haus näherte. Sie kannte den Wagen nicht, aber es konnte ja irgendein Besuch für Nachbarn sein. War sowieso egal.

Es war ihr auch egal, was mit ihren Sachen passierte. Die Wohnung hatte sie möbliert gemietet, die meisten Möbel gehörten ihr also nicht.

Sie war ohne irgendeine Habe hier gestrandet und hatte sich inzwischen nur wenige Sachen gekauft. Ein paar Kleider, von denen sie einige eingepackt hatte, ein paar Bücher und Zeitschriften. Nichts Besonderes. Nichts, was sie vermissen würde.

Sie steuerte zielsicher zum Fährhafen von Texel. Es war noch nicht zu spät, eine Fähre zu erwischen, die sie aufs Festland bringen würde. Nach *den Helder.* Bis 21 Uhr legten die Fähren stündlich ab und so spät am Abend war auch sicher weniger los, so dass sie nicht ewig in der Warteschlange stehen mussten und am Ende nicht einmal mitkamen.

Sie freute sich diebisch, als sie die Fähre sah und sofort durchfahren konnte. Sie waren bei den letzten Passagieren, die noch auf die Fähre fahren durften, bevor das große Schiff ablegte.

Isabella lehnte sich in ihrem Sitz zurück, während die anderen Autofahrer ausstiegen und die schmale, steile Treppe hinaufstiegen. Doch das würde sie nicht tun können. Marlene neben ihr schlief jetzt ganz tief und sie würde sie nicht alleinlassen. Eine schöne Überfahrt, bei der sie die Aussicht genießen konnte, den Bewegungen der Wellen und den Möwen zusehen konnte, würde es also nicht werden, aber was machte das schon. Hier unten in ihrem kleinen Auto unter Deck der Fähre fühlte sie sich frei.

Die beiden von Mathijs beauftragten Polizisten kamen vor der geschlossenen Tür des *Fleurs* an.

„Sicher hatte die junge Frau Glück und war bereits fort", hoffte der eine.

„Lass uns besser auch hinter dem Haus nachsehen, ob alles in Ordnung ist."

Die beiden Polizisten machten sich auf den Weg zur Rückseite des Hauses und kamen auch auf den Parkplatz in der Nähe.

„Mein Gott, da liegt ja jemand!", rief der eine und rannte gleichzeitig los, um sich neben die am Boden liegende Frau sinken zu lassen.

Er tastete nach der Pulsader am Hals. „Sie lebt. Ruf sofort einen Krankenwagen. Schnell!"

Tamara und Antonio erreichten das Haus, in dem sich Isas Wohnung befand. Sie klingelten. Luisa oder Isabella, wer immer wirklich hier lebte, würde denken, jemand wollte sie besuchen. Vielleicht diese Tussi aus dem Atelier, die sie gemalt hatte oder eine Kollegin aus dem *Fleurs*. Auf jeden Fall würde sie sicher auf den Summer drücken.

Doch das geschah nicht. Tamara klingelte ein weiteres Mal.

Keine Reaktion.

„Sie wird ausgegangen sein", meinte Antonio.

„Dann verschaffen wir uns anders Einlass."

Sie klingelte an einer anderen Wohnung. Die Sprechanlage ertönte.

„Ja bitte?"

„Sorry, ich habe meinen Schlüssel in der Wohnungstür stecken lassen. Es wäre nett, wenn Sie mir aufmachen würden", flötete Tamara in den Lautsprecher. Der Summer ertönte tatsächlich.

Tamara drückte die Tür auf und sie gingen die Treppen hinauf und sahen auf jedes Klingelschild, da sie nicht wussten, welches Luisas Wohnung war. Erst ganz oben im Dachgeschoss lasen sie den Namen Isabella Kiefer.

Isabella. Den Namen hatte die Kleine von der Malerin auch genannt.

Tamara machte eine auffordernde Bewegung, die Antonio aufforderte, die Tür aufzubrechen. Er nahm die wenigen Schritte Anlauf, die hier möglich waren und rannte gegen die Tür, die sofort aufbrach.

„Vielleicht sieht diese Isabella Luisa wirklich nur ähnlich", meinte er, während sie hineingingen.

„Schon möglich. Aber wir müssen sicher gehen. Sehen wir uns um."

Die Wohnung war tatsächlich leer. Die junge Frau war nicht da.

Tamara und Antonio begannen, wahllos Schränke zu öffnen.

„Wir hätten das früher tun sollen. Wir haben einfach zu viel Zeit vertrödelt", meinte Antonio.

Tamara grinste. „Ja. Aber es war doch schön, nicht wahr?"

Er lachte dreckig. „Klar."

Tamara durchsuchte die Zeitungen auf und um den Couchtisch herum. „Hier ist ein Zeitungsartikel über einen Unfall und eine vermisste Isabella Kiefer, die ja offenbar hier auf Texel gestrandet ist. Aber wieso meldet sie sich nicht bei ihrer Familie in Deutschland?"

„Vielleicht hat sie das ja, als sie den Artikel gelesen hat. Sie ist aber trotzdem hiergeblieben. Wir wissen eigentlich nichts. Wir haben nur dieses Portrait. Ich glaube inzwischen, es handelt sich wirklich nur um eine Frau, die Luisa ähnlich sieht. Luisa ist tot. Manuel hat überreagiert, meinst du nicht?"

Tamara antwortete nicht. Der Gedanke war ihr längst durch den Kopf gegangen. Ansonsten hätte sie vom ersten Tag an intensiver nach dem Mädchen gesucht, statt die Zeit mit Antonio am Strand und im Bett zu verbringen.

Tamara stand am Fenster und sah auf die schmale Straße davor. „Ich befürchte, wir kriegen Besuch", meinte sie. „Wenn das keine Bullen sind, tanze ich demnächst selbst an der Stange. Los, lass uns abhauen!"

Antonio grinste. Eine tanzende Tamara vor grölenden Zuschauern konnte er sich wirklich nicht vorstellen.

„Treppe oder Aufzug?", fragte er.

Sie horchte angestrengt nach unten. „Die gehen die Treppe. Los, schnell."

Er drückte hektisch den Aufzugknopf, obwohl klar war, dass der Lift deswegen nicht schneller kommen würde. Für einen Moment kam Hektik bei diesen beiden eiskalten Menschen auf. Dann ging die Aufzugtür endlich auf, sie sprangen hinein und die Tür schloss sich wieder. Durch den letzten Spalt konnten sie gerade noch die beiden Polizisten sehen, die auf die offene Wohnungstür zuliefen.

„Und was jetzt?", fragte Antonio, auch wenn er sich schon denken konnte, wie es weiterging.

„Jetzt verlassen wir die Insel. Aber schnell."

Was für ein Glück, dass sie mit ihrer Motoryacht gekommen waren, die immer am Ijsselmeer lag. Bis dorthin waren sie mit dem Auto gefahren und dann nach Texel übers Wasser weiter gereist. Das hatte den Vorteil, dass sie sich in keinem Hotel eintragen mussten. Sie hatten nirgendwo ihre Adresse genannt. Den Mercedes hatten sie unter falschem Namen und Tamaras falschem Führerschein gemietet. Man würde sie also nicht verfolgen können. Und sie mussten nicht erst in ein Hotel und packen. Sie würden einfach zur Yacht fahren, starten, in die Dunkelheit eintauchen und verschwinden.

Das Auto würden sie einfach stehen lassen. Der Typ von der Vermietung würde schon irgendwann merken, dass es nicht zurückgebracht wurde.

Tamara fürchtete nichts. Auch nicht, dass diese junge Frau, die sie aufzustöbern versucht hatten, eine Gefahr darstellen könnte. Sie war ja offenbar überhaupt nicht Luisa. Sie jagten ein Phantom, eine tote Frau. Es gab nicht den geringsten Hinweis auf Luisa Dahlke, ehemalige Tänzerin im Wunschbrunnen, Exgeliebte von Manuel Urban.

Das Telefon schrillte. Schon wieder. Verena stöhnte. Gerade hatte sie Swantje ins Bett gebracht, noch eine Weile mit ihr geredet und sie gestreichelt, bis sie eingeschlafen war.

Benthe war gegangen. Erst, als sie fort war, fiel Verena auf, dass sie überhaupt nicht wusste, warum die Ehefrau ihres unsympathischen Konkurrenten überhaupt bei ihr aufgetaucht war. Kein Wunder - nach allem, was passiert war, hatte sie überhaupt nicht darüber nachgedacht.

Gustaaf war inzwischen wieder zu Hause und Karla und Marion waren rüber gekommen und leisteten moralische Unterstützung.

Jetzt hatte Verena es sich gerade im Sessel gemütlich gemacht, die Beine hochgelegt und ließ sich von Karla mit Tee und Keksen verwöhnen, als sie schon wieder aufstehen musste.

„Ich gehe schon, wenn es dir recht ist", bot Marion an.

„Oh ja, bitte."

Zu spät fiel ihr ein, dass der Anrufer wahrscheinlich Holländisch sprach, was Marion nicht verstehen würde.

Marion nahm das Telefon von der Station und meldete sich: „Verena Hoeve, Marion Berthold."

Verena sah, dass Marion das Gesicht verzog und musste trotz der angespannten Situation lachen.

„Holländisch?"

Marion nickte. „Eine Marijke oder so glaube ich."

Marijke? Das war Florindas Schwester. Die beiden waren, seit sie auf die Insel gekommen war, ihre besten Freundinnen. Oft waren sie zu dritt Essen gegangen oder hatten mit ihren Familien einen Tag am Strand verbracht.

Dennoch war es ungewöhnlich, dass Marijke auf dem Festnetz anrief. Sie kontaktierten sich normalerweise über WhatsApp.

Verena nahm den Hörer. „Hoi Marijke", grüßte sie müde.

„Hoi Verena."

Etwas in Marijkes Stimme ließ sie aufhorchen. Sie nahm die Füße vom Hocker und setzte sich kerzengerade auf.

Marion und Karla sahen sich alarmiert an. Etwas stimmte nicht, das konnte man deutlich sehen.

„Florinda ist schwer verletzt", weinte Marijke in den Hörer. Sie wurde auf dem Parkplatz hinter dem Shop angefahren. Zwei Polizisten haben sie gefunden. Sie wird nach Amsterdam geflogen. Ach, Rena, ich weiß nicht, ob sie durchkommt."

„Oh Gott, Marijke!", stieß Verena hervor.

Die Türglocke läutete. Gustaaf ging hin und öffnete. Mathijs Verbeek und Joost Vandijk standen davor. „Guten Abend, können wir reinkommen?", fragte Mathijs mit ernster Miene.

„Natürlich." Gustaaf ließ die beiden eintreten und schloss wieder die Tür. Die Frauen sahen den Polizisten angespannt entgegen. Was war jetzt wieder passiert?

Verena weinte.

„Mevrouw Huismann?", fragte Mathijs.

„Meine Freundin Marijke hat gerade angerufen. Sie sagte mir, dass ihre Schwester Florinda schwer verletzt auf dem Parkplatz gefunden wurde."

Mathijs nickte. „Ja, das ist leider wahr. Zum Glück wurde sie schnell gefunden. Von den beiden Polizisten, die ich von hier aus dorthin geschickt hatte. Sie erinnern sich?"

210

Sie nickte. Natürlich erinnerte sie sich. „Bitte, setzen Sie sich doch", sagte sie leise.

Sie saßen alle um den Couchtisch herum, Verena, Gustaaf, Karla, Marion und die beiden Polizisten.

„Es könnte Absicht gewesen sein", fuhr jetzt Joris fort. Dieses mysteriöse Paar war möglicherweise im *Fleurs* und hat auch dort nach jener Luisa gesucht. Ihre Tochter hatte ja gesagt, wo Isabella arbeitet. Vielleicht haben sie Florinda abgepasst."

„Nein!" Es war ein Aufschrei. Verena schlug entsetzt die Hände vors Gesicht. „Aber dann ist es doch meine Schuld!"

Mathijs hob die Augenbrauen.

Gustaaf legte seine Hand auf Verenas.

„Wie kommst du denn darauf?", fragte Marion.

„Ich habe das Portrait mit zur Ausstellung nach Amsterdam genommen. Isa hatte es verboten, aber ich habe es trotzdem getan. Weil ich so stolz darauf war. Aus Eitelkeit habe ich diese Leute auf ihre Spur gebracht."

„Also stopp mal", wandte Mathijs ein. „Das war dann sicher nicht ganz richtig von Ihnen, aber Schuld an diesem Überfall sind Sie deswegen noch lange nicht. Das sind allein die Menschen, die ihn begangen haben. Außerdem wissen wir noch nicht genau, ob es dieses Paar war. Das *Fleurs* hatte ja bereits geschlossen und wir konnten die Mitarbeiter noch nicht befragen. Aber wir müssen Ihnen noch etwas sagen. Wir haben bisher Isabella Kiefer und Ihre Freundin Marlene nicht in Frau Kiefers Wohnung angetroffen. Die Wohnung war bei unserem Eintreffen bereits aufgebrochen worden. Im Schlafzimmer waren die Schränke aufgerissen und es sah so aus, als wäre in aller Eile gepackt worden. Auch das Auto von Frau Kiefer ist nicht da. Wissen Sie, ob die beiden etwas Besonderes vorhatten?"

„Sie wollten in *De Koog* essen gehen", erwiderte Karla.

„Vielleicht sind sie ja doch nach *Den Burg* gefahren oder zu irgendeinem Geheimtipp, den Isa kennt und sie trinken dort noch ein Glas. Vielleicht haben sie ja wirklich einen schönen Abend", warf Marion ein. Sie merkte selbst, dass ihre Stimme ungewöhnlich schrill klang. Das passte gar nicht zu ihr. Aber sie hatte bei Isa kein gutes Gefühl. Sie hatte doch Marlene noch gewarnt.

„Was uns bisher unklar ist, ist die Tatsache, dass diese Leute nach einer Luisa Dahlke gesucht haben. Nichts in der ganzen Wohnung deutet auf diese Frau hin. Es gab lediglich einen Zeitungsartikel über Isabella Kiefer, die nach einem Bootsunfall als vermisst galt. Aber der war auch schon älter", berichtete Joris.

„Ja, das ist komisch", bemerkte Gustaaf. „Nach diesem Bootsunfall hat meine Frau Isa in den Dünen gefunden und hier aufgenommen. Inzwischen arbeitet sie ja im *Fleurs*, Florindas Shop in *De Koog*.

„Ja, es ist sehr undurchsichtig. Wir werden erst mal nach dem Fahrzeug von Frau Kiefer suchen lassen und wir werden ihr und Marlenes Handy orten. Bitte geben Sie uns die Handynummern, Frau Huisman", bat Mathijs.

Verena nickte. „Natürlich."

„Und wir versuchen die Mitarbeiter des Shops zu erreichen, die am Nachmittag dort gearbeitet haben. Natürlich fahnden wir auch nach diesem merkwürdigen Paar. Machen Sie sich nicht zu viele Sorgen um Ihre Freundin."

„Wie sollten wir nicht? Was, wenn Marlene und Isa von diesem Paar entführt wurden?"

Mathijs nickte mit ernstem Gesichtsausdruck. „Möglich ist es. Allerdings kennen wir das Motiv nicht. Und leider kennen wir auch die Namen des Pärchens nicht. Der silbergraue Mercedes, von dem Sie mir erzählt hatten, nachdem wir den Überfall auf Ihre Tochter aufgenommen hatten, gehört einer Autovermietung. Die dort angegebenen Namen sind falsch. Das haben wir gleich überprüft. Glücklicherweise hatte sich Benthe Zumbrink ja die Autonummer gemerkt."

Verena konnte nur stumm nicken.

Marion und Gustaaf brachten die Polizisten zur Tür und Karla hockte sich neben Verena. „Mein Gott, was passiert hier gerade mit uns allen? Besonders mit Marlene? In was sind wir da nur hineingeraten?", hauchte sie leise.

Isa und Marlene waren inzwischen in *Den Helder* angekommen. Marlene schlief noch immer.

Isa musste entscheiden, wohin sie jetzt fahren sollten. Oder sollten sie sich in *Den Helder* eine Übernachtungsmöglichkeit suchen? Nein, sie verwarf die Idee, kaum, dass sie in ihrem Kopf formuliert war. Das war noch viel zu nah an Texel. Außerdem konnte sie nicht mit der schlafenden Marlene in einem Hotel auftauchen. Wie sollte sie deren Zustand erklären?

Nein, sie mussten weiterfahren. Vielleicht nach Amsterdam. Das war eine gute Stunde Fahrt, also zu schaffen. Und es war eine große Stadt. Dort konnten sie untertauchen, vielleicht ein neues Auto besorgen.

Marlene war bis dahin sicher auch wieder wach.

Ein Handy schrillte. Der Ton kam eindeutig aus Marlenes Handtasche. Isabell wühlte darin, fand es und sah, dass der Anrufer Verena war. Offenbar war es nicht der erste Anruf, aber sie hatte die anderen gar nicht gehört. Vielleicht hatte das Geräusch des Schiffes das Klingeln übertönt. Isa fühlte einen Hauch von Panik in ihrem Nacken.

Sicher wurde nach ihr und Marlene gesucht. Verena würde vollkommen außer sich sein, weil Marlene fort war. Und sie, Isa, musste alles alleine klären und entscheiden.

Sie stoppte das Auto am Straßenrand, stieg kurz aus und warf das Handy in großem Bogen ins Wasser. Auch ihr eigenes Handy warf sie hinterher.

Sie würde nicht so blöd sein und sich orten lassen.

Es war das zweite Mal, dass sie spontan ohne große Überlegungen und Planungen davonfuhr, um irgendwo neu anzufangen. Sie durfte keine Spuren hinterlassen.

Verdammt, Marlene, dachte sie genervt. Es ist alles so schwierig. Und ich habe Angst. Ich könnte gut deine Hilfe brauchen.

Sie vergaß vollkommen, dass sie selbst Marlene ausgeknockt hatte.

An Schlaf war erst mal nicht zu denken. Die Frauen und Gustaaf machten sich große Sorgen um Marlene und um Verena Freundin Florinda. Hoffentlich wurde Florinda wieder gesund. Marijke hatte versprochen, sich zu melden, sobald es Neuigkeiten gab.

„Wollen wir Egmont anrufen?", fragte Marion. „Ich meine nur, weil er gestern noch mit Marlene unterwegs war. Es interessiert ihn bestimmt."

„Das tut es sicher", entgegnete Verena. „Außerdem ist er ein Freund der Familie und ist auch mit Florinda befreundet. Aber helfen kann er uns nicht."

„Wir können alle nichts tun. Oder hast du eine Idee?", hielt Marion dagegen.

„Leider nein. Ach, ich wünschte, wir könnten etwas tun. Am liebsten würde ich eigenhändig jeden Stein auf der Insel umdrehen, aber das hat wohl keinen Sinn?", erwiderte Verena.

„Nein", Karla schüttelte verzweifelt den Kopf. Auch sie hatte große Angst um die Freundin.

Zum wiederholten Mal versuchten sie Isa und Marlene anzurufen. Auf beiden Handys ertönte das Freizeichen, aber niemand ging ran.

Verena seufzte tief.

Gustaaf erhob sich vom Sofa und meinte: „Ich mache erst mal eine Kanne starken Kaffee. Ich befürchte, es wird eine lange Nacht.

„Gute Idee, danke", sagte Marion.

„Na schön, lasst uns Egmont anrufen, bevor es wirklich mitten in der Nacht ist", meinte Verena schließlich, nahm ihr Telefon zur Hand und suchte die Nummer des Kutschers.

LUISA

Dass Manuel Urban nicht ganz der Mann war, für den er sich gerne ausgab, wurde Luisa sehr schnell klar, nachdem sie ihn im Herbst des Jahres 2015 in der Bar Wunschbrunnen kennen gelernt hatte. Er war ein Geschäftspartner von Hugo, soviel war klar. Und er hatte eine Aura, die sie anzog.

Er war viel älter als sie, so um die vierzig. Nicht so klobig wie Hugo, sondern groß und schlank und immer gut angezogen. Seine dunklen Haare zeigten erste graue Strähnen. Seine Augen waren dunkel und geheimnisvoll. Nicht so kalt wie Hugos, aber es waren keine Augen, die Vertrauen erweckten.

Er war ein gutaussehender Mann, aber ein Macho.

Die Anziehungskraft beruhte durchaus auf Gegenseitigkeit.

Ziemlich schnell wurde sie seine Lieblingstänzerin und persönliche Kellnerin und dann mehr. Manuel gefiel es, dass sie nicht nur schön und jung war, sondern auch intelligent. Eine Studentin. Sie war weder verängstigt oder eingeschüchtert noch abgebrüht. Sie tat diesen Job, um ihr Studium zu finanzieren. Es machte Spaß, sich mit ihr zu unterhalten. Eine neue Erfahrung für Manuel.

Er bot ihr an, mit ihm zu gehen und Luisa hatte nichts dagegen, bezweifelte aber, dass Hugo das erlauben würde. Doch der ließ sie gehen. Manuel hatte wohl sogar Macht über Hugo.

Sandy weinte beim Abschied. Sie und Luisa waren so gute Freundinnen geworden. „Ich schreibe dir und wir telefonieren oder whatsappen jeden Tag", versprach Luisa ihr.

Sandy nickte tapfer. „Am liebsten würde ich mitgehen."

Luisa hob hilflos die Schultern. „Vielleicht kann ich Manuel ja mal fragen, ob du uns besuchen kannst."

Ein kleines Leuchten erhellte Sandys Gesicht. „Ja, das wäre schön."

Und dann war Luisa fort.

Luisa vertraute Manuel keineswegs. Oh, nichts von dem, was er ihr erzählt hatte, war gelogen. Er war ein kultivierter, vornehmer

Mann. Er hatte einen hohen Lebensstandard, war reich und wohnte in einem Penthouse in einem vornehmen Hamburger Stadtbezirk. Für Luisa mietete er eine schicke Wohnung nicht allzu weit von ihm entfernt. Es war ihr recht. Sie lebte gerne allein und es machte ihr nichts aus, dass Manuel alles bezahlte. So konnte sie sich ohne finanzielle Sorgen ihrem Studium widmen.

Aber er war irgendwie undurchsichtig. Ganz genau war Luisa nicht klar, was er eigentlich arbeitete. Er besaß Hotels und Bars und hatte Beteiligungen an Hotels, die Hugo Winter gehörten. Damit hatte er auch Beteiligungen an Bars und Bordellen, da war sie sich sicher. Wie tief er aktiv in diesen Geschäften verstrickt war, wusste Luisa nicht. Natürlich fragte sie ihn danach. Aber er lachte stets nur und sagte: „Darüber brauchst du dir dein hübsches Köpfchen nicht zu zerbrechen."

Sie ahnte, dass hinter seinem Lächeln und seinen freundlichen Worten die unmissverständliche Forderung stand: „Halt dich daraus. Es geht dich nichts an." Deshalb schwieg sie. Sie wollte ihn ja nicht verärgern. Sie lebte in Hamburg, einer wundervollen Stadt, sie war schon ganz nahe am Meer und sie wusste, dass Manuel sogar eine Wohnung auf Sylt besaß. Sie war zwanzig Jahre alt und fühlte sich fast am Ziel ihrer Träume. Sie musste nicht einmal mehr tanzen oder in einer Bar bedienen.

Manuel ersparte ihr diesen Job keineswegs aus Großzügigkeit oder gar aus Liebe. Es schadete einfach seinem Image, eine Geliebte zu haben, die in einer Bar als Tänzerin auftrat.

Mit der Zeit bekam Luisa mit, dass Manuel auch einen Ruf als Immobilienhai besaß. Gerade sollte er ein altes, baufälliges Hochhaus gekauft haben. Er kündigte die Mietverträge und irgendwie erreichte er wirklich, dass jeder auszog. Man vermutete, dass er die Bewohner unter Druck setzte, notfalls mithilfe einer Schlägertruppe. Danach sanierte er die Wohnungen und verkaufte sie als teure Luxus-Eigentumswohnungen. Luisa hatte von solchem Vorgehen im Fernsehen gehört.

„Machst du das eigentlich auch, was in dieser Fernsehsendung berichtet wurde? Die Mieter mit Gewalt vertreiben?", fragte sie einmal mit einem süßen Augenaufschlag. Es sollte ja nicht wie ein Vorwurf klingen.

„Mädel, du darfst nicht alles glauben, was du hörst. Besonders im Fernsehen. Das echte Leben ist anders." Er lächelte sie irgendwie geheimnisvoll an.

„Aber du schaffst es wirklich immer, dass die Mieter ausziehen."

„Natürlich, warum auch nicht."

„Weigert sich nie jemand?"

„Luisa, kümmere dich um dein Studium und lass mich meine Geschäfte machen! Es ist alles in Ordnung, mach dir keine Sorgen. Es geht dich sowieso nichts an."

Damit schwieg Luisa und sie gestand sich ein, dass sie in ihrem tiefsten Inneren die Wahrheit gar nicht wissen wollte.

Manuel hatte seine Finger in vielen Geschäften und Luisa war sicher, dass die meisten sich am Rande der Legalität bewegten - wie das Glücksspiel, das er in Hinterzimmern seiner Restaurants betrieb - oder sogar wirklich illegal waren. Auf jeden Fall ging Manuel immer als Gewinner hervor, mehr noch als Hugo Winter.

Das alles bemerkte Luisa. Sie war zwar noch sehr jung, aber sie hatte schon zu viel erlebt, um so blauäugig zu sein. Sie wollte die Wahrheit ganz einfach nicht sehen.

Sie wollte ihr schönes Leben nicht aufgeben.

Sie liebte das Geld, ihre Wohnung, die Stadt und das Meer.

Sie liebte die vornehme Gesellschaft, in die er sie einführte, die Partys und schicken Kleider.

Außer der Liebe zum Luxus verband sie mit Manuel Sex. Sie mochte es, wenn er sie besuchte, wenn er ihr schmeichelte, wenn er sie in exquisite Restaurants ausführte, die teilweise sogar ihm gehörten. Er behandelte sie keineswegs schlecht. Aber sie liebte ihn nicht. Und sie vertraute ihm noch viel weniger.

An einem regnerischen Frühlingstag des Jahres 2016 fragte Manuel sie, ob sie ihn nach Sylt begleiten wollte. Fast hatte sie schon nicht mehr daran geglaubt, ihn einmal auf die Insel begleiten zu dürfen. Sie strahlte über das ganze Gesicht und jubelte wie ein Kind. Sie dachte: Sylt, Meer, Sand... Dort gehöre ich hin. Sie lächelte.

„Woran denkst du?", fragte Manuel.

„Ich freue mich auf das Meer."

„Es ist noch kühl. Wir werden nicht baden können."

„Das macht nichts. Ich will nur am Strand spazieren gehen, und meine Haare vom Wind zerzausen lassen."

Er lachte laut. „Du reagierst wie ein Kind. Aber klar, wir können dort spazieren gehen. Wir können sogar mit einem Boot aufs Meer fahren."

„Ja?"

„Natürlich. Wir mieten ein Boot und fahren raus. Oder wir kaufen eins."

Er machte eine großspurige Handbewegung. Mieten oder einfach kaufen - Luisa war immer noch erstaunt über die Verschwendung, mit der Manuel mit Geld umging. Wer konnte schon einfach spontan ein Boot kaufen?

Luisa schloss die Augen und atmete tief ein. Fast glaubte sie, schon den Wind auf ihrer Haut und in ihrem Haar spüren zu können. Manuel lachte laut. Es war schön, dass sie so überschwänglich reagieren konnte. Er selbst fühlte diese Vorfreude schon lange nicht mehr.

Luisa liebte Sylt. Es war nicht der magische Ort ihrer Kindheit, aber er kam ihm sehr nahe. Sie lebte in Manuels wunderschönem

Ferienhaus, das größer war als das Haus, in dem sie mit ihrer Mutter und Kurt gewohnt hatte. Wie lange hatte sie die beiden eigentlich nicht mehr gesehen? Ihre Mutter hatte sie einmal in der Mädchen-WG besucht und später ein oder zweimal in Hamburg. Das war alles.

Sie selbst hatte ihre Mutter und ihren Stiefvater kein einziges Mal besucht, seit sie in die WG gezogen war. Kurt wollte sie sowieso nie wiedersehen. Erst recht nicht, nachdem sie diese Ungeheuerlichkeit von Hugo erfahren hatte. Und die Mutter schien sie auch nicht zu vermissen. Sie hatte ja jetzt das Kind, einen kleinen Jungen, um den sie sich kümmern konnte.

Der kleine Junge war ja sicher nicht zu früh gekommen. Der musste sich nicht schuldig fühlen. Sie nannte ihn auch in Gedanken nie beim Namen und auch nicht kleiner Bruder. Er war der Sohn ihrer Mutter.

Manuel hatte auf Sylt ein Hotel direkt am Strand gekauft, das aussah wie ein großes, altes Landhaus. Luisa war erstaunt, sie hatte nichts davon gewusst und fand es traumhaft.

„Du bist ein romantisches kleines Mädchen", lachte Manuel sie aus.

„Gefällt es dir denn nicht?", fragte sie überrascht. Sie konnte sich nicht vorstellen, warum er ein Hotel haben sollte, das ihm nicht gefiel.

„Romantik hat mit Geschäften nicht viel zu tun. Es ist wirklich nicht mein Geschmack, ich werde es modernisieren. Von außen sieht es idyllisch aus, das kommt bei den Urlaubern an. Aber von innen werde ich vieles ändern. Ich will Luxus anbieten."

„Wie in unserem Ferienhaus", warf sie ein. „Von außen der typische Syltstil mit Reetdach und innen modern und stylisch."

„Baby – es ist nicht *unser* Haus. Merk dir das", wies er sie zurecht.

Luisa schluckte schwer. Nein, das wusste sie doch. Warum passierten ihr nur immer solche Fehler? „Tut mir leid", stammelte sie. „Natürlich nicht. So hatte ich das auch nicht gemeint."

Manuel zeigte ihr die Pläne für das Hotel. Es war das erste Mal, dass er sie in seine Pläne einbezog, obwohl ihre Meinung nicht wirklich gefragt war. Im Grunde war es nicht mehr als eine Information. Das Haus sollte neue Fenster bekommen, eine umlaufende Veranda, einen neuen Anstrich und eine Wellness-Oase. Auch die Rezeption sollte komplett neu gestaltet werden. Es gab einiges zu tun. „Auch die Bilder müssen alle weg. Ich will keine Bilder von Schiffen im Wellenmeer und auch nicht von Kutschfahrten im Watt. Zu spießig. Das verkaufen wir nicht."

„Mir gefällt es", murmelte sie. „Wäre es nicht einfacher gewesen, ein ganz neues Hotel zu bauen?", fragte sie dann.

Manuel lachte nur. „Schau dir die Lage an. So etwas gibt es nicht als unbebautes Bauland. Ich werde übrigens für eine Weile hier bleiben und die Umbauarbeiten überwachen."

„Du bleibst hier? Was heißt das?"

„Spreche ich chinesisch? Ich habe gute, vertrauenswürdige Mitarbeiter und Partner in Hamburg. Meine Geschäfte dort laufen. Hier habe ich mir einen solchen Stamm noch nicht aufgebaut. Also bleibe ich eine Weile, bis alles in meinem Sinne läuft. Du fährst allein zurück."

Sie sah ihn irritiert an. Sie sollte allein zurückfahren?

„Hast du das nicht schon gewusst, als wir losgefahren sind?", fragte sie.

„Natürlich."

„Warum hast du nichts gesagt?"

„Weil es gleichgültig war. Du bist noch ein Kind, Luisa. Du hast noch nicht verstanden, dass ich mein Leben führe und dir keine Rechenschaft schuldig bin."

Doch, das hatte sie verstanden. Sie wusste ja selbst nicht, warum sie immer so dumme Einwände erhob.

„Es ist schon in Ordnung. Ich war nur so überrascht. Wie komme ich zurück? Ich meine, wir sind mit einem Auto hergekommen."

„Mit dem Zug."

Sie nickte ergeben. Dabei dachte sie: Will er mich loswerden? Will er Distanz zwischen uns schaffen oder sind es wirklich nur die Geschäfte? Aber wenn er sie loswerden wollte, würde er das doch einfach sagen. Er würde nicht um den heißen Brei herumreden.

„Träumst du?", fragte Manuel. „Keine Sorge. Du kannst in der Wohnung bleiben. Ich bin ja nicht für ewig weg."

Sie atmete innerlich auf. Nicht für ewig. Er wollte sie nicht loswerden. Nein, sie würde ihn keineswegs vermissen, darum ging es nicht. Aber seit sie von Hugo und dem Wunschbrunnen weg war, lebte sie von Manuels Geld. Und sie musste einmal finanziell auf eigenen Füßen stehen. Ach, sie musste einfach nur lernen, keine dummen Fragen mehr zu stellen oder Einwände zu erheben. Das schätzte Manuel nicht und es ging sie wirklich alles nichts an.

Nach einer weiteren Woche fuhr Luisa wieder zurück und Manuel blieb in Kampen. In den ersten Tagen in Hamburg fühlte sie sich etwas allein. Warum eigentlich? Es war ja keineswegs so gewesen, dass Manuel ständig bei ihr war. Es war diese Gewissheit, ihn in der Nähe zu haben, dachte sie. Und jetzt ist er nicht da.

Sie whatsappte mit Sandy und war froh, nicht mehr im Wunschbrunnen arbeiten zu müssen. Einmal gingen sie sogar zusammen Mittag essen. Abends konnten sie sich ja nicht treffen, weil Sandy arbeiten musste.

„Du hast echt das große Los gezogen", meinte Sandy, als Luisa sie mit in ihre Wohnung nahm.

„Nein, das siehst du falsch. Ich bin nichts weiter als Manuels Accessoire. Er schätzt mich nicht und er liebt mich auch nicht. Er schmückt sich mit mir. Dafür darf ich hier wohnen."

„Das ist doch ein Superpreis, um ein bisschen mit diesem Mann gesehen zu werden."

Luisa lächelte. Na ja, hässlich war Manuel nun wirklich nicht. Es war nicht unangenehm, mit ihm auszugehen und auch nicht, mit ihm ins Bett zu gehen. Aber auf Dauer ging das Leben so auch nicht weiter. Das war ihr nur allzu klar. Deshalb stürzte sie sich auch mit Volldampf in ihr Studium. Sie war keine der Studentinnen, die ihr Studium in die Länge zogen, um sich die Nächte um die Ohren schlagen zu können. Nein, sie hatte jetzt viel mehr Zeit, weil sie nicht mehr jobben musste und die wollte sie nutzen, um ihr Studium abzuschließen und zwar gut. Und sich für einen Job zu bewerben.

In ihrer Freizeit unternahm sie lange Spaziergänge am Elbufer. Das war beinahe so, als ob sie am Meer spazieren ginge.

Es wurde allmählich kühl und der Wind wehte heftig. Sie kaufte sich Gummistiefel und dicke Pullover. Und sie empfand zum ersten Mal, seit ihr Vater gestorben war, ein altes, längst verloren gegangenes Gefühl. Sie wusste zuerst nicht, was es war. Es war so fremd und so neu. Aber irgendwann wurde es ihr klar: Es war Freiheit.

In ihrem Kopf wurden Bilder aus ihrer Kindheit lebendig. Bilder, die längst vergraben waren unter dem kaputten Leben, in das sie hineingeschlittert war, nur um viel Geld zu scheffeln.

Sie traf sich selbst. Nicht die Erwachsene, die sie in den letzten Jahren geworden war, sondern das Kind, das noch irgendwo in ihr schlummerte. Und sie wusste es noch deutlicher als jemals zuvor, dass sie ihr Leben am Meer führen wollte. Dass sie einfach ans Meer gehörte. Sie wollte, nein, sie musste den Sehnsuchtsort ihrer Kindheit wieder finden. Das fühlte sie mit jeder Faser.

Mit jedem Gedanken.

Sie suchte im Internet nach den Bildern aus ihrer Fantasie. Dort sah sie einen Leuchtturm, weite Dünenlandschaften, Heide. Wie passte das alles zusammen? Sie war doch mit ihren Eltern nicht in der Heide gewesen während ihres einzigen gemeinsamen Urlaubs. Die Erinnerung spielte ihr sicher einen Streich.

Sie googelte Cuxhaven, Fehmarn und Norderney. Diese drei Orte schienen ihr am Wahrscheinlichsten, denn von denen hatte sie am meisten gehört. Aber sie fand die Bilder nicht.

Trotzdem fühlte sie sich so locker und unbeschwert wie seit Jahren nicht mehr.

Eines Tages sah sie bei einem Spaziergang am Elbufer eine junge Frau stehen. Irgendetwas kam ihr merkwürdig bekannt vor. Sie kniff die Augen zusammen, um sie besser wahrnehmen zu können und alles andere auszuschalten.

Die Frau musste die bohrenden Blicke in ihrem Rücken bemerkt haben. Sie drehte sich um. Ihr Blick traf Luisas.

Sie erstarrten beide. Starrten sich an, als würden sie Geister sehen.

Dann gingen sie aufeinander zu, seltsam berührt.

Sie bemerkten beide auf Anhieb, wie ähnlich sie sich sahen.

Sie waren ungefähr gleich alt, sie hatten die gleiche Größe und Statur, beinahe die gleichen braunen Haare – die sich nur in der Länge unterschieden. Sogar ihre Gesichtsform und Züge ähnelten sich.

„Ich habe mal gehört, jeder hat irgendwo auf der Welt einen Doppelgänger", sagte die Fremde.

„Wenn das stimmt….", flüsterte Luisa und konnte es noch immer nicht glauben.

„…haben wir unseren gefunden, nicht wahr?", ergänzte die Fremde.

Luisa nickte. „Ich bin Luisa Dahlke."

„Isabella Kiefer."

Dann begannen beide zu lachen und hatten das Gefühl, als würden sie sich schon ewig kennen. Sie konnten sich nicht einfach so wieder trennen und beschlossen, etwas trinken zu gehen. Sie hatten an diesem Nachmittag viel Spaß. Sie suchten nach Unterschieden in ihrem Aussehen und fanden sie natürlich auch. Isabellas Nase war ein wenig gebogen, während Luisas gerade war.

Über Isabellas Hals zog sich ein großer Fleck, der etwas dunkler war, als ihre übrige Haut. Eine Pigmentstörung.

Isas Haare waren ein wenig heller und kürzer.

Genau gleich sahen sie nicht aus.

„Getrennte Zwillinge sind wir wohl nicht", meinte Isa lakonisch.

Luisa hatte an so etwas noch gar nicht gedacht. Sie hoffte, dass es nicht so war. Aber sie würde es ihrer Mutter zutrauen, ein Kind weggegeben zu haben, wenn sie Zwillinge erwartet hätte. Wie hätte es anders sein können? Zwei Kinder, die zu früh gekommen wären? Aber nein - sie verwarf den Gedanken sofort wieder. Zwillinge waren sie wohl nicht.

Ab dem Tag trafen sie sich öfter und freundeten sich an.

Sie machten sich einen Spaß daraus, sich gleich zu frisieren und sich ähnlich zu kleiden. Dann wurden sie durchaus für Schwestern gehalten. Es machte ihnen einen Heidenspaß, es darauf anzulegen und gemeinsam auszugehen.

Und dann fiel ihnen auf, wie sehr ihre Namen zusammen passten. der eine Name begann mit der Silbe, mit dem der andere endete. Isa.

„Luisa – Isabella – Luisabella", witzelte Isabella etwas albern.

Sie lachten über diese harmlosen Scherze, bis sie völlig außer Atem waren.

Luisa berichtete Isabella von ihrer Suche nach dem magischen Ort ihrer Kindheit.

„Warum fragst du nicht einfach deine Mutter?", schlug Isa vor.

Luisa schüttelte den Kopf. „Wir haben keine Verbindung mehr. Ich rufe sie nicht an und frage nach früher. Ich glaube, sie will gar nicht mehr daran denken. Sie hat ja jetzt eine neue Familie."

„Das verstehe ich nicht. Du bist doch auch ihre Tochter und sie kann doch die frühere Zeit nicht einfach auslöschen."

„Ich bin schuld an ihrem verkorksten Leben, ich wurde zu früh geboren", bekannte Luisa.

Isabella blickte sie entsetzt an. Aber sie hakte nicht nach, sie erkannte, dass Luisa nicht weiter darüber sprechen wollte.

„Dann such weiter im Internet. Geh doch mal die Inseln an der Küste entlang durch. Die nordfriesischen, zu denen Sylt gehört, die ostfriesischen, die westfriesischen. Du wirst ihn wieder finden, deinen magischen Ort."

„Eigentlich ist es albern, nicht wahr?"

Doch da schüttelte Isabella energisch den Kopf. „Aber nein. Ich denke auch gerne an die Ferien in meiner Kindheit. Es bedeutet dir viel, also such weiter."

Manuel kam von Sylt und besuchte sie. Er brachte ihr Geschenke mit und führte sie zum Essen in die besten Restaurants.

„Die Arbeiten am Hotel gehen gut voran", sagte er. „Aber ich werde wieder dorthin fahren. Möchtest du mitkommen?"

Sie überlegte einen Moment. Zögerte zu lange.

„Was ist?", fragte er etwas ungehalten. Er war es nicht gewohnt, dass seine Vorschläge nicht angenommen wurden.

Sie ergriff seine Hand. „Ich würde ja gerne. Wirklich. Sylt hat mir so gut gefallen. Aber es sind keine Semesterferien und ich möchte mein Studium nicht vernachlässigen. Bitte versteh das."

Darauf sagte er nichts. Sie wusste nicht, ob er es verstand oder sogar guthieß oder ob es ihm einfach gleichgültig war.

Von ihrer Freundschaft zu Isabella bekam er nichts mit und er fragte auch nicht, was sie außerhalb ihres Studiums tat, ob sie sich mit Freunden traf, ob sie auf Partys ging. Ihr Leben außerhalb der

Zeit, die er mit ihr verbrachte, schien ihn nicht sonderlich zu interessieren.

Sie schliefen weiterhin miteinander. Er war ein toller Liebhaber, einmal sanft und zärtlich, ein anderes Mal leidenschaftlich und wild. Aber wirkliche Gefühle waren nicht im Spiel. Luisa hatte sich nicht gefreut, ihn wiederzusehen und sie vermisste ihn nicht, als er nach zwei Wochen wieder fuhr. Dummes Gerede, dass man Sex und Liebe nicht trennen kann, dachte sie. Natürlich kann man das. Es war nicht viel mehr als ein guter Film, den man genießt, wenn er kommt, der einem aber nicht fehlt, wenn er nicht läuft.

Sie suchte weiter nach dem magischen Ort ihrer Kindheit. Isabella und sie nannten ihn inzwischen immer so, weil sie keine andere Bezeichnung dafür hatten. Irgendwie hatte er ja auch etwas Magisches, zumindest für Luisa. Und dann tauchte plötzlich dieses Bild des Leuchtturms auf. Ein weiter Strand. Heidelandschaft. Die Fähre.

„Das kenne ich alles!", rief Luisa plötzlich aus. „Das ist es!"

„Texel?"

„Ja. Wäre ich nur rückwärts angefangen, nicht?"

Isabella lachte. „Ja. Du bist bei Föhr angefangen und hast dir jede Insel angesehen. Außer Sylt, weil du die schon kanntest."

„Amrum, Baltrum, Norderney, Juist, Ameland und noch so viele mehr", zählte Luisa auf. „Zwischendurch habe ich sogar einen Abstecher zum Ijsselmeer gemacht. Aber es ist Texel. Alles stimmt. Der Leuchtturm und diese weiten großen Sanddünen und hier - diese bunten Blüten. Wie eine Heidelandschaft. Und die hübschen Orte." Ihre Stimme überschlug sich vor Begeisterung.

„Ja, wirklich. Dann hast du ihn ja jetzt gefunden. Der magische Ort hat einen Namen bekommen", meinte Isa.

„Irgendwann möchte ich noch einmal dorthin."

„Es wird sich bestimmt einiges verändert haben. Es ist doch so viele Jahre her."

Luisa nickte. „Das ist klar. In den Orten, aber das sind nur Gebäude. Die Landschaft ist doch immer noch dieselbe. Und meine Erinnerungen sind dort."

Isabella lachte. „Das ist Quatsch. Deine Erinnerungen sind in deinem Kopf und deinem Herzen."

Luisa antwortete nicht. Sie war sich sicher, dass Isabella sie schon verstand.

„Aber wenn du möchtest, komme ich mit. Wir könnten zusammen einen Inselurlaub machen. Auf Norderney fangen wir an."

„Warum auf Norderney?"

„Meine Eltern haben dort ein kleines Ferienhaus. Wir haben auch ein kleines Boot und können Inselhopping machen." Sie lachte bei dem Ausdruck.

Luisa bekam große Augen. „Seid ihr etwa reich?"

Isa lachte. „Nein, das würde ich nicht sagen. Meine Eltern haben aber beide gute Jobs. Da kann man sich auch mal was leisten. Das Häuschen ist nicht gerade riesig und das Boot auch nicht."

Luisa nickte. „Das klingt einfach toll."

Und dann änderte sich ihr Leben weiteres Mal. Eines Abends, als sie mit Isabella ausgegangen war, traf Luisa Bastian Marx. Es war schon beinahe Winter, draußen war es eisig kalt und die jungen Frauen wärmten sich die Hände an einem Glas Glühwein.

Der junge Mann saß am Nebentisch, Luisa hatte ihn überhaupt nicht bemerkt, aber Isabella fiel auf, dass er die Freundin beobachtete.

„He, siehst du den Typen drüben an der Theke – den Süßen mit den hellen Locken?"

Luisas Blicke suchten die Theke ab. „Ja."

„Der beobachtet dich die ganze Zeit. Ich glaube, der steht auf dich."

Luisa zuckte die Schultern. „Kein Bedarf. Außerdem ist er nicht mein Typ."

„Nicht? Der ist doch echt süß."

„Du wiederholst dich. Ich mag mehr die dunklen Typen."

„Wie Urban, nicht?"

Luisa antwortete nicht. Ja, der war genau ihr Typ. Rein äußerlich zumindest. Der Fremde an der Theke reagierte nicht. Und Luisabell vertieften sich weiter in ihr Gespräch. Doch irgendwann ging Isabella zur die Toilette und Luisa blieb allein am Tisch zurück. Sie hatte später den Verdacht, die Freundin wäre absichtlich gegangen. Wenn es so war, ging Isas Plan auf. Der Fremde schlenderte an Luisas Tischchen, kaum dass Isa fort war.

Dort stand er, räusperte sich verlegen und brachte kein Wort hervor.

Luisa musste lachen. „Hallo, ich bin Luisa", sagte sie.

Der Fremde lachte nun ebenfalls. „Ich bin Bastian. Darf ich mich zu dir setzen?"

„Der Platz ist besetzt, ich bin mit einer Freundin hier."

„Das ist deine Freundin?"

„Ja, warum?"

„Ich dache, ihr seid Schwestern. Ihr seht euch so ähnlich", lächelte er.

„Sind wir nicht." Luisa lächelte auch. Ihre Ähnlichkeit war ihnen ja bewusst, sie spielten ja sogar oft genug damit. Das Eis war gebrochen. Der erste Moment der Verlegenheit war vorüber.

„Ich… ich… beobachte dich schon…"

„…den ganzen Abend, ich weiß."

„Es ist dir aufgefallen?"

Sie nickte. Er musste ja nicht unbedingt wissen, dass er nicht ihr aufgefallen war, sondern Isa.

Er zog die Nase kraus. „Das nennt man wohl einen ungeschickten Annäherungsversuch?"

„Mm. Scheint so. Und wieso an mich? Ich meine, weil meine Freundin und ich uns doch so ähnlich sehen…"

„Du meinst, dann ist es egal, wen ich…" Er brach ab. Ein besonders passendes Wort gab es nicht. Wen ich anflirte, angrabe, aufreiße? Alles furchtbar.

Sie lachte. Dieses etwas unbeholfene Gespräch war irgendwie erfrischend. So ganz anders als mit dem immer so selbstsicheren Manuel.

„Schnapp dir einen Stuhl und setz dich zu uns."

Er drehte sich um, suchte einen freien Stuhl. Dann zeigte er auf den zweiten am Tisch und meinte: „Ich glaub, ich nehme den. Deine Freundin scheint uns allein lassen zu wollen."

Luisa reckte den Hals. Tatsächlich. Dort saß Isa an der Theke bei einem Pärchen, das sie offenbar kannte. Luisa lächelte Bastian zu und nickte. Ein kleiner Flirt konnte ja nicht schaden.

„Also – um auf deine Frage zurück zu kommen", begann er und beugte sich vor. „Es ist natürlich nicht egal. Ihr seid beide hübsch, unbestritten. Aber du hast so eine gewisse Ausstrahlung. So – als würde dich ein Geheimnis umgeben. Deine Augen – da ist etwas in deinen Augen. Sowohl Fröhlichkeit, als auch Melancholie. Deine Haltung ist selbstsicher, aber – ich weiß auch nicht, als wärst du auf der Suche nach irgendetwas in deinem Leben. Nicht nach einem Mann oder so. Ne, du siehst dich ja überhaupt nicht um."

„Und das hast du alles von der Theke aus gesehen, in diesem schummerigen Licht?"

Er nickte und strahlte sie dabei an. „Ja."

Ja. Einfach ja. Und er hatte den Nagel auf den Kopf getroffen. Das wurde ihr schlagartig klar. Sie hatte gedacht, sie hätte ihr Ziel schon fast erreicht. Sie lebte in einer luxuriösen Wohnung, dem Meer schon ganz nahe. Aber war das wirklich alles, wonach sie sich immer gesehnt hatte oder war es nur ein Symbol? Eine Art Kleinmädchentraum? Was hatte sie wirklich? Die Antwort war einfach: Sie hatte gar nichts. Die Wohnung, in der sie lebte, gehörte Manuel. Und der konnte sie von heute auf morgen an die

Luft setzen, da machte sie sich keine Illusionen. Er war rücksichtslos und egoistisch. Sie hatte keinen Job, bekam nur etwas Bafög. Sie war vollkommen von einem Mann abhängig, der sich permanent am Rande der Legalität bewegte und sich sie als Luxusmaitresse leistete. Sie ließ sich aushalten. Sollte das ihr Ziel gewesen sein? Bisher hatte sie es jedenfalls nicht gestört. Immerhin erleichterte es ihr ja auch ihr Studium. Woher stürmten plötzlich solche Gedanken auf sie ein?

„He, träumst du?", fragte Bastian.

Sie hob ihr Glas. „Auf die Geheimnisse."

Das Leben an Bastians Seite war unkompliziert. Er arbeitete als Sozialarbeiter und war viel an Schulen tätig. Er meinte, durch seinen Job hätte er eine ziemlich gute Menschenkenntnis und deshalb sei ihm wohl die Melancholie in ihren Augen aufgefallen. Luisa ging nicht weiter darauf ein. Das Thema kam viel zu nah an das Thema Manuel heran. Und darüber wollte sie nicht sprechen.

Sie erzählte Bastian, dass die Wohnung, in der sie lebte, ihrem Vater gehörte, der ein Hotelier war. Und sie hatte keine Ahnung, wie sie das je wieder in die richtigen Bahnen lenken und ihm klarmachen konnte, dass ihr angeblicher Vater ihr Liebhaber war.

Bastian hatte sogar Probleme damit, weil sie an ein Leben im Luxus gewöhnt war, den er ihr nicht bieten konnte.

Oh, er hatte sein regelmäßiges Einkommen, konnte sich Einladungen zum Essen, Kinobesuche oder Ausflüge leisten, aber es war alles nicht so exquisit wie mit Manuel.

Bastian besaß sogar ein kleines Motorboot, mit dem sie aufs Meer hinausfuhren. An dessen Außenseite prangte der Name STELLA, den Bastian einfach vom Vorbesitzer übernommen hatte.

„Vielleicht nenne ich es um. In LUISA", schlug er vor.

Darauf antwortete sie nicht. Nein, nicht Luisa. Er kam ihr immer näher. Zu nah. Was sollte sie nur tun? Und würde er gehen, wenn er von Manuel erfuhr? Von ihrer Lüge? Mit jedem Tag, den sie ihn länger kannte, wurde die Vorstellung schwieriger - wenn nicht unmöglich - ihm von Manuel erzählen zu müssen. Bastian war das Beste, was ihr jemals passiert war. Er gab ihr das Gefühl, lebendig zu sein.

Sie vermisste den Luxus, den sie mit Manuel genossen hatte, nicht. Und sie vermisste auch Manuel nicht, der noch immer zwischen Hamburg und Sylt hin und her pendelte.

Die Zuneigung zwischen Luisa und Bastian wuchs. Sie war oft bei Bastian zu Hause. Sie hielt sich lieber mit ihm zusammen in seiner Wohnung auf als in ihrer. Dort hatte sie ständig Angst, dass Manuel sie überraschen könnte.

„Such dir eine eigene kleine Wohnung", riet Isabell. „So geht es wirklich nicht weiter, das weißt du selbst."

„Ich muss mit Manuel Schluss machen."

„Das siehst du richtig."

„Aber ich befürchte, so einfach lässt er sich nicht abservieren. Und ich habe keinen Job, kann mir überhaupt keine Wohnung leisten."

„Dann zieh eben eine Weile zu mir. Ich habe doch das dritte Zimmer. Ich weiß, es ist klein, aber darin kannst du bleiben, so lange du willst. Oder zieh zu Bastian." Isa zwinkerte ihr verschwörerisch zu. „Einen neuen Job als Kellnerin oder so findest du schon. Oder versuch es doch mal direkt an der Uni. Du kannst dich doch nicht mit Haut und Haaren diesem Urban ausliefern, weil du Schiss vor der Zukunft hast. Du bist nicht allein. Und ich habe sowieso nie verstanden, was du an Urban findest."

Luisa seufzte. „Du hast recht. Er ist zwar recht attraktiv, aber ein halbseidener, zwielichtiger Typ, dem man nicht trauen kann."

„Ich finde ihn nicht mal sooo attraktiv."

„Nicht?"

„Neee!" Isabell schüttelte sich. „Nicht mein Typ. Irgendwie zu geleckt. Und der macht mit dir, was er will. Kommt alle paar Wochen vorbei - pendelt zwischen seinen zwei Projekten hin und her - seinem Hotel auf Sylt und seiner Geliebten hier. Und wer weiß, ob er auf Sylt nicht auch eine Geliebte hat."

Luisa nickte schwach. Ja, das war schon gut möglich. Da gab sie sich keinen Illusisionen hin.

Bastian feierte seinen Geburtstag mit ein paar Freunden bei einem Picknick am Elbufer. Sie aßen Salate und Würstchen, tranken Bier und Sekt direkt aus der Flasche. Auch Isabella war natürlich eingeladen. Alle waren fröhlich und ausgelassen. Sie verstanden sich gut, fühlten sich wohl miteinander. Das Wetter war herrlich und auch spät am Abend war es noch warm. Sie tanzten am Strand entlang.

Später dachte Luisa, das Schicksal wollte ihr ein letztes Geschenk machen mit dieser fröhlichen, unbeschwerten, wunderschönen Nacht inmitten all dieser Menschen, die sie so lieb gewonnen hatte.

Als alle Gäste gegangen waren, gingen sie und Bastian am Elbufer entlang, bis sie ein einsames Fleckchen gefunden hatten, das nur ihnen beiden gehörte. Sie gingen schwimmen und liebten sich direkt am Strand unter den Sternen.

Am nächsten Morgen frühstückten sie die restliche Lachs- und Käsebagetts, obwohl der Frischkäse trocken aussah und der Lachs einen harten Rand bekommen hatte, sie naschten von den übrig gebliebenen Knabbereien, auch wenn die inzwischen weich geworden waren. Luisa glaubte, nie etwas Besseres gegessen zu haben.

Sie waren albern und ausgelassen.

Erst gegen Abend ging sie nach Hause. Luisa wäre gerne bei Bastian geblieben, aber zuerst wollte sie in ihre Wohnung, um sich etwas anderes anzuziehen. Und da sah sie das Auto. Den großen, teuren Mercedes, der vor der Haustür parkte. Manuels Wagen.

Sie seufzte. „Er ist da!"

Luisa liefen heiße Schauer durch ihren Körper. Sie fürchtete sich. Wenn ich gehe, wird es für ihn so sein, als hätte man ihm einen wertvollen Besitz gestohlen, dachte sie in einer plötzlichen Erkenntnis. Denn mehr war sie wirklich nicht für ihn als ein wertvoller Besitz und dabei war sie nicht mal sicher, ob sie *wertvoll* war.

Sie hatte Angst, die Wohnung zu betreten. Aber endlich gab sie sich einen Ruck, ging näher, betrat schließlich das Haus. Manuel saß in einem der wuchtigen Ledersessel, ein Glas Whisky in der Hand und blickte ihr entgegen. Er wirkte unglaublich arrogant und überlegen.

„Wo warst du?", fragte er scharf.

Luisa erschrak über den harten Tonfall.

„Eine Studienkollegin hatte gestern ihre Geburtstagsfeier und heute haben wir aufgeräumt", antwortete sie nicht ganz wahrheitsgemäß."

Er stellte sein Glas seelenruhig auf den runden, gläsernen Beistelltisch. Irgendetwas an ihm machte ihr Angst. Das hatte sie noch niemals empfunden. Sie wusste, er war rücksichtslos und skrupellos, aber sie selbst hatte niemals Angst vor ihm gehabt. Doch jetzt hatte sie Angst. Und sie wusste nicht, warum. War es der scharfe Tonfall oder seine gespannte Körperhaltung? Oder sein Gesicht, auf dem nicht das kleinste Lächeln zu sehen war? Nicht einmal die Lust auf ihren Körper, die sonst immer da war, wenn sie sich wieder sahen.

Unvermittelt sprang er auf und kam mit ausladenden Schritten auf sie zu. Seine Hand schnellte vor, schob sie grob an die Wand, drückte ihren Körper an die Mauer und legte sich hart um ihren Hals.

„Manuel", röchelte sie und versuchte, seine Hand zu lösen. Vergeblich.

Sein attraktives Gesicht verzerrte sich vor Wut.

„Manuel!"

Sie zerrte verzweifelt an seiner Hand. Die Luft wurde knapp. Ihre Haut begann zu kribbeln, ihre Hände zitterten.

Angst! Panik! Sie begriff, dass ihr Leben in Gefahr war. Aber sie wollte leben! Mit Bastian! Sie hatte es doch gerade erst gefunden, ihr Leben.

„Bitte!", brachte sie tonlos hervor.

So fühlte es sich also an, wenn man starb. Keine Bilder, die vor dem inneren Auge abspulten. Sie wollte auch keine Bilder sehen. Alles, woran sie sich erinnern wollte, war der Urlaub mit ihren Eltern und die letzten Wochen mit Bastian.

Ihre Hände fielen zur Seite. Sie kam nicht gegen ihn an. Sie würde sterben. Warum gerade jetzt? Warum jetzt, wo sie endlich zu leben begann?

Endlich ließ er ihre Kehle los. Sie sackte kraftlos an der Wand zusammen und griff sich an ihren Hals. Er fühlte sich noch immer so eng an, aber sie wusste, es würde gleich besser werden. Ganz ruhig. Sie musste nur ganz ruhig sein. Ganz ruhig atmen. Sie würde nicht sterben. Sie durfte weiterleben.

Sie hockte auf dem Boden und blickte zu Manuel auf.

„Was glaubst du, wer du bist?", fragte er drohend. „Niemand setzt mir Hörner auf. Niemand hintergeht mich. Egal in welchem Bereich."

„Aber ich…"

„Du hast einen Liebhaber. Denkst du, ich erfahre das nicht? Ich habe überall Leute, die mir so etwas erzählen. In der letzten Nacht warst du bei ihm."

Sie sagte nichts. Es war ja auch keine Frage.

„Stimmt das?", schrie er.

„Ja", flüsterte sie.

Er packte sie an den Haaren und zog sie hoch.

Sie schrie auf vor Schmerz.

Sie weinte.

Die Angst griff wieder nach ihr.

„Jetzt heulst du. Aber es ist zu spät. Pack deine Sachen und verschwinde."

„Aber..."

Sie brach ab. Es gab kein Aber. Es gab auch keine Frage, wo sie hin sollte. Es gab zumindest Isabella und Bastian. Sie wusste, wohin sie gehen konnte.

Er lachte grimmig auf sie herab. „Aber verdammt hübsch bist du", sagte er dann gemein. „Wollen wir es uns ein letztes Mal schön machen?" Er trat auf sie zu und griff in ihr Haar.

„Manuel, nein!"

„Aber das hat dir doch immer gefallen. Kann dein neuer Typ dir das geben, was ich kann?"

Noch viel mehr, dachte sie flüchtig.

Sie fühlte seine Hände auf ihrem Körper.

„Manuel, nein!", flehte sie. „Es tut mir leid, aber es ist einfach vorbei. Manuel!"

Aber es interessierte ihn nicht. Nicht, was sie sagte, nicht, dass sie nach ihm schlug und kratzte. Er warf sie grob auf den Fußboden und nahm sich, was er wollte.

Danach ließ er sie wie ein Häufchen Elend auf dem Boden liegen. Weinend und zusammengerollt. Hilflos und schluchzend wie ein kleines Kind.

„Ich gehe jetzt etwas essen!", verkündete er. „Wenn ich zurück bin, bist du weg. Verstanden?"

Sie antwortete nicht.

„Hast du das verstanden!", schrie er und trat nach ihr.

Sie nickte. „Ja", schluchzte sie.

Sie hörte, dass die Haustür ins Schloss fiel und wusste, sie musste fort. So schnell sie konnte. Sie musste aufstehen, packen, fortgehen. Sie durfte ihm nicht noch einmal begegnen. Er war noch viel skrupelloser, als sie jemals gedacht hatte. Doch sie fühlte sich unfähig, sich zu bewegen.

Als sie bei Isabella ankam, war sie so erschöpft, als hätte sie einen Marathonlauf hinter sich. Wie gut, dass die Haustür ebenerdig war, sie fühlte sich nicht imstande, den Koffer die Stufen hinaufzuwuchten.

Isabella öffnete. Ihr Lächeln erstarrte, als sie ihre Freundin sah. Luisas verzweifelter Blick, ihr ungekämmtes Haar, ihre aufgeplatzte Lippe. Isa sagte nichts. Sie trat nur beiseite und ließ Luisa eintreten. Sie setzten sich zusammen auf das gemütliche Sofa im Wohnzimmer. Isabell schenkte ohne zu fragen zwei Gläser Wein ein. Luisa schien es nötig zu haben. Diese nahm das Glas und trank es in einem Zug aus als wäre es Mineralwasser. Isabella schenkte das Glas erneut voll.

„Wenn du es brauchst…", meinte sie dann, „betrink dich halt. Aber zuerst erzählst du mir, was geschehen ist."

Isabella unterstütze Luisa nach Kräften. Aber eigentlich konnte sie nichts tun, als die blauen Flecken kühlen und Wundsalbe auf die Wunden streichen.

Schlimmer als alle blauen Flecken und Blessuren war, dass Bastian nicht damit umgehen konnte, dass sie ihn monatelang hintergangen hatte.

Da Luisa nicht fähig war, es ihm zu erzählen, hatte Isabella die Initiative ergriffen und Bastian so schonend wie möglich, die Wahrheit über Manuel erzählt.

Bastians Reaktion war nicht überraschend, sie hatte ja nicht umsonst die Wahrheit verschwiegen. Trotzdem traf es sie wie ein Schock, als die befürchtete Reaktion Wirklichkeit wurde.

Sie hatte ihm ja nicht nur die Beziehung zu Manuel verschwiegen, sondern ihn auch offen angelogen. Sie hatte behauptet, dass die Wohnung ihrem Vater gehöre.

Bastian erbat sich Bedenkzeit. „Ich brauche Zeit, Lu. Ich liebe dich, aber das ist schon harter Tobak, was du mir da zumutest.

Zur Liebe gehört auch Vertrauen und ich weiß nicht, ob ich das wieder aufbauen kann.

Im Fernsehen klappte das eigentlich immer. Wie oft hatte sie gedacht: Wie kannst du den Typen wieder zurücknehmen? Der ist einfach viel zu weit gegangen, das kann man doch nicht vergessen.

Jetzt war sie zu weit gegangen. Und sie wusste, dass Bastian das nicht vergessen würde. Gleichgültig, was er sagte, er würde nicht zu ihr zurückfinden.

Sie wusste es. Sie spürte es mit jeder Faser ihres Körpers.

Isa wusste nicht, was sie dazu sagen sollte. Es war alles so absolut traurig. Aber sie machte sich nichts vor: Luisa hatte viel zu lange geschwiegen, gelogen und ihr Doppelleben weitergeführt. Wie oft hatte sie ihr eindringlich geraten, die Angelegenheit zu klären? Jetzt war es zu spät. Das einzig Gute an der Situation war, dass auch Manuel fort war.

Vorwürfe waren jetzt allerdings nicht angebracht, die machte sich Luisa schon selbst genug. Isa setzte sich zu der Freundin, streichelte über ihr Haar und ihr Gesicht. Sie sagte kein Wort. Es gab sowieso keine Worte, die trösten konnten.

Luisa hatte keine schweren körperlichen Verletzungen davon getragen, nur ein paar Kratzer und Prellungen. Aber seelisch ging es ihr nicht gut. Manuels grobes Verhalten und die Vergewaltigung hatten sie gebrochen.

Isa versuchte sie davon zu überzeugen, Anzeige zu erstatten, aber Luisa lehnte das strikt ab.

„Nein, Manuel ist sehr mächtig. Er hat die besten Anwälte.“

„Auch die können ihm nicht helfen, wenn er schuldig gesprochen wird“, meinte Isabella.

„*Wenn* er schuldig gesprochen wird. Aber selbst wenn er hinter Gittern verschwinden würde - was niemals geschieht - seine Partner und Handlanger würden mich nicht in Ruhe lassen. Nein, meine einzige Chance ist es, alles zu vergessen.“

„Vergessen? Denkst du wirklich, dass du das kannst?", entfuhr es
Isabella heftig.

Luisa schlug die Hände vors Gesicht und begann zu weinen.
Nein, nie würde sie das vergessen. Aber vielleicht verarbeiten.
Heilte die Zeit nicht alle Wunden? Und lebte man nicht irgendwann mit all seinen Verletzungen und Schmerzen, verbarg sie
irgendwo in seinem Inneren? Wurden sie nicht einfach ein Teil
von einem selbst, eine Erinnerung, die mit den Jahren schwächer
wurde?

Luisa hoffte, dass das stimmte.

Aber war es nicht auch so, dass alles, was man erlebte, einen
formte, dass jede Entscheidung und jede Erfahrung einen zu
einem neuen, anderen Menschen machte? Aber was für ein
Mensch sollte sie mit ihren Erfahrungen werden?

Schaudernd dachte sie an Kurt, der sie geschlagen und heimlich
beobachtet hatte. Der ihr das Gefühl gegeben hatte, immer und
überall im Weg zu sein. Sie dachte auch an ihre Mutter, der sie
die Jugend genommen hatte, weil sie zu früh geboren worden
war.

Sie dachte an Hugo Winter, den zwielichtigen Eigentümer des
Wunschbrunnens und dann an Manuel. Oh mein Gott, was für
eine Vergangenheit. Und sie war noch immer so jung.

Andererseits war da auch die Lehrerin gewesen, die ihr den Platz
in der Wohngruppe vermittelt hatte und jetzt Isa, die so lieb zu ihr
war.

Auch Bastian war gut für sie gewesen, aber den hatte sie ver-
trieben. Aus Unaufrichtigkeit und aus Angst.

Luisa hatte kein Einkommen mehr. Immerhin bekam sie Bafög,
also war sie nicht völlig mittellos und sie musste nicht viel davon
bestreiten.

Nach ein paar Wochen fand sie einen Minijob am Empfang eines
Fitnessstudios. Sie arbeitete immer am späten Nachmittag, abends

und am Wochenende. Es machte ihr nichts aus, am Wochenende zu arbeiten. Außer Isa gab es niemanden mehr, mit dem sie Zeit verbringen wollte. Der Job gefiel ist gut. Sie mochte es, mit den verschiedenen Menschen umzugehen. Und hier waren es keine betrunkenen, geilen Barbesucher. Hier waren es sportbegeisterte Menschen, junge wie alte, zufriedene, launigen Gäste – nur hin und wieder auch unzufriedene, besserwisserische Leute, aber sie kam mit ihnen aus. Das hatte sie wirklich gelernt. Sie konnte innerlich auf Abstand gehen, ohne ablehnend zu sein. Sich klar zu äußern, ohne unfreundlich zu sein. Und vor allem, Unfreundlichkeiten nicht persönlich zu nehmen. Ach, hätte sie mit einem solchen Job doch schon viel früher begonnen. Wieviel Demütigungen und Frustration hätte sie sich erspart.

Ja, man konnte sagen, sie fühlte sich wohl in ihrem neuen Job. Und in ihrem neuen Leben, das allmählich begann.

Kapitel 12:
Donnerstag, 13. September 2018

Egmont ließ es sich nicht nehmen, noch in der Nacht zu Verena Hoeve zu fahren. Verena, Marion, Karla und auch Gustaaf saßen bei duftendem Kaffee und Pinneken Kruidenbitter um den Couchtisch herum. Der Fernseher lief, aber niemand schien darauf zu achten. Die Stimmung war schlecht – natürlich, wie hätte es anders sein können. Nachdem auch er mit Kaffee und Juttertje versorgt war, brachten die Frauen ihn ausführlich auf den aktuellen Stand. Bisher wusste er nur, dass Isabella mit Marlene verschwunden war. Erst jetzt erfuhr er von dem Übergriff auf Swantje, von der verletzten Florinda und von Isas aufgebrochener Wohnung.

„Ach Gott, hoffentlich geht es Florinda bald besser", seufzte Egmont. „Was geht da nur vor? Was sind die Hintergründe von all diesen Übergriffen? Es scheint sich ja immer um dieselben Leute zu handeln."

„Ja, genau", bestätigte Gustaaf.

„Und Marlene und Isa wurden womöglich von diesem kriminellen Paar entführt? Ich meine, das klingt doch schon sehr danach", mutmaßte Egmont.

Verena hob die Schultern. „Das ist schon möglich. Aber ebenso könnten Isa und Marlene schon vorher verschwunden sein, denn es scheint, als hätte Isa ein paar Sachen gepackt. Die Wohnung hätte auch später aufgebrochen werden können."

„Das wäre dann wohl das kleinere Übel."

„Wahrscheinlich. Obwohl wir nicht wissen, was in Isabella vorgeht. Wir wissen gar nichts über sie. Außerdem hat Marlene nichts gepackt. Schon merkwürdig", meinte Marion.

„Ja, so scheint es mir auch. Hat Isa uns die ganzen Monate etwas vorgemacht?", ergänzte Verena.

„Obwohl ihre Anhänglichkeit schon pathologisch war", warf Gustaaf ein.

„Marlene und ich haben sie getroffen, als wir am Meer spazieren gegangen sind. Wann war das noch...?" Egmont sah auf die Uhr.

„Vorgestern. Isa ist vollkommen ausgerastet. Sie war richtig eifersüchtig."

„Ich verstehe auch nicht, dass Marlene sich überhaupt mit ihr getroffen hat", warf Marion ein.

„Das kann ich schon nachvollziehen. Isa war einsam. Und Marlene hatte endlich jemanden, um den sie sich kümmern konnte, der ihre Fürsorge brauchte", erklärte Karla.

Marion nickte ohne zu verstehen.

„Wenn wir doch nur etwas tun könnten", seufzte Verena. „Aber wir können nur hier herumsitzen und uns die Nacht mit Warten um die Ohren schlagen."

Mathijs Verbeek legte den Hörer auf und sah seinen Kollegen Joris van Dijk mit dem Lächeln eines Gewinners an. „Wir haben neue Informationen", sagte er. „Luisa Dahlke ist eine zweiundzwanzigjährige Frau, die in einer Bar in Hamburg als Tänzerin gearbeitet hat. Im Wunschbrunnen, einer Table-dance-Bar. Nicht sehr seriös. Nun ja, sie war später mit einem gewissen Manuel Urban zusammen, einem halbseidenen Geschäftsmann, der in Hamburg zwielichtige Bars betreibt. Das Desiderium ist seine Bekannteste und Größte."

„Sie hat sich also von diesem Manuel aushalten lassen", ergänzte Joris mit schief gezogenem Mund.

Mathijs hob die Schultern. „Man weiß es nicht. Vielleicht. Aber die Beziehung war offenbar vorbei. Sie hat später in einem

Fitnessstudio gejobbt, hat ihr Diplom in Wirtschaftsinformatik abgelegt..."

Joris pfiff anerkennend durch die Zähne.

„Die letzte gemeldete Adresse war allerdings eine Wohnung in Hamburg, die Manuel Urban gehört. Wo sie gelebt hat, nachdem die beiden sich getrennt haben, weiß man nicht. Noch nicht. Und was diese Luisa mit Isabella Kiefer zu tun hat, die sich hier auf Texel verkriecht und offenbar Angst vor etwas oder jemandem hat, weiß man auch noch nicht. Unser Hamburger Kollege Grote versucht, diese Luisa Dahlke zu finden. Wir haben bisher keinen Hinweis, dass die Frauen sich kannten. Aber es gibt diese Verbindung zu Manuel Urban und dem Desiderium, deshalb wird der Kollege dort ansetzen. Der Knoten löst sich bald, wirst sehen. Überlassen wir das den Hamburger Kollegen."

„Dann können wir uns ja auf die Suche nach Marlene und Isa konzentrieren. Aber merkwürdig ist das ganze trotzdem. Wie hängt das zusammen? Sieht Isa dieser Luisa nur zufällig etwas ähnlich?", überlegte Joris.

Mathijs schüttelte den Kopf. „Dann wäre Isa wegen des Portraits rein zufällig ins Kreuzfeuer dieser Leute geraten. Aber wenn das alles so zufällig war, weshalb hat sie dann so allergisch auf die Veröffentlichung des Portraits reagiert? Weshalb hat sie plötzlich Angst und glaubt, in Gefahr zu sein?"

„In der Tat. Das ist die große Frage", gab Joris ihm Recht und stand auf, um sich noch einen Kaffee zu holen.

„Du trinkst zuviel Kaffee", meinte Mathijs lakonisch.

„Es war ne lange Nacht. Ich brauche das Koffein. Soll ich dir auch einen einschütten?"

Mathijs nickte. „Ja, gerne."

Marlene öffnete die Augen. Sie fühlte sich merkwürdig benommen. Sie hatte keine Ahnung, wo sie war. Das Letzte, an das sie sich erinnern konnte, war die Wohnung von Isabella. Die junge Frau hatte Tee gekocht. Sie wollten zusammen Essen gehen. Sie hatten die Wohnung auch verlassen. Aber wo zum Teufel war sie jetzt?

Marlene blinzelte und sah sich in dem Zimmer um.

Sie kannte das Gefühl, dass sie manchmal einen Moment lang nicht wusste, wo sie war oder welche Tageszeit gerade war, wenn sie mittags auf dem Sofa eingeschlafen war. Aber das Bewusstsein war immer innerhalb von Sekunden zurückgekehrt. Dieses Mal war es anders.

Das war doch nicht Isas Wohnung. Oder hatte Isa sie ins Schlafzimmer gebracht? Nein, sie hatten gemeinsam die Wohnung verlassen. Sie erinnerte sich, dass Isa sie gestützt hatte. Aber sie erinnerte sich an kein Restaurant. Außerdem lag sie in einem Bett. Wo war sie?

„Mutter, du bist aufgewacht", flötete Isas fröhliche Stimme.

Was? Mutter?

„Wo bin ich?" Marlene fasste sich ratlos an den Kopf.

Isa setzte sich zu ihr aufs Bett und hielt ihr schon ein Glas Wasser an den Mund. „Hier, trink erst mal was."

Marlene trank gehorsam. Sie hatte Durst.

„Wo bin ich?", wiederholte sie.

„Wir sind in Amsterdam in einem kleinen Hotel, das ich gestern Nacht noch gefunden habe."

„Was?" Marlene fuhr hoch. Zu schnell. Das Zimmer drehte sich.

„Ja. Weißt du das nicht mehr? Du hast die ganze Reise verschlafen, auf der Fähre, im Auto…"

„Und wie bin ich dann in dieses Zimmer gekommen?"

„Ach, das ging. Ich habe dich gestützt. Irgendwie bist du mitgelaufen, aber du hast es gar nicht richtig mitbekommen. Mach dir nichts draus. Es hat ja alles geklappt."

„Mach dir nichts draus? Ich glaube, du spinnst. Wieso war ich überhaupt so müde? Das kam doch nicht von dem Kruidenbitter im Tee?"

Marlene sprach heftig und für sie ungewöhnlich wütend.

Isa nagte nervös an ihrer Unterlippe. „Nein, ich… ich habe dir auch ein paar Schlaftabletten…"

„Was hast du getan?", schrie Marlene jetzt.

„Reg dich nicht auf. Du hast sie immer dabei. Du wolltest doch sterben."

„Wenn ich die Tabletten nehme, ist das meine Sache. Aber du hast keinerlei Recht dazu, sie mir ohne mein Wissen einzuflößen."

„Sei nicht böse mit mir, Mama. Ich wollte nur das Beste für uns beide."

„Mama? Warum nennst du mich Mama?"

„Weil ich so gerne möchte, dass du es bist. Wir tun einfach so, ja? Wir sind ein so tolles Gespann."

„Isa, wir sind nicht Mutter und Tochter. Wir sind einfach zwei Frauen, die sich zufällig im Urlaub kennengelernt haben. Ich fahre mit Karla und Marion Samstag nach Hause und danach sehen wir uns vermutlich nie wieder. Was um Gottes Willen redest du da?" Marlene schrie sie an.

Isa zuckte zusammen, als hätte man sie geschlagen.

„Du hast doch gestern in meiner Wohnung noch gesagt, wir seien Freundinnen."

Marlene stöhnte. Mädchen, du hast mir leid getan, dachte sie. Du warst so abhängig von etwas Zuneigung und ich davon, dass mich jemand brauchte, dachte sie. Aber sie sollte Isa lieber besänftigen. Es war offenbar nicht möglich, sie auf den Boden der Tatsachen zu holen. Deshalb griff sie nach Isas Hand und nickte. „Das sind wir, Isa."

„Dann ist ja alles gut. Ich habe uns auch als Mutter und Tochter eingetragen. Wir können ein paar Tage bleiben und uns

Amsterdam ansehen oder wir können weiterfahren. Das Ijsselmeer ist nicht weit. Oder wir fahren ins Landesinnere."

„Ich will zurück nach Texel!", forderte Marlene. Sie hatte das Gefühl, zum ersten Mal in ihrem Leben klar und deutlich zu fordern, was sie wollte.

„Das geht nicht. Wir beide machen jetzt eine Reise. Wir brauchen die blöden Weiber nicht, die sowieso nichts mit uns zu tun haben wollen."

„Aber das ist doch Unsinn. Marion hätte mich nicht eingeladen, wenn sie das nicht gewollt hätte."

„Mama, du bist so naiv."

„Und nenn mich nicht Mama!", entgegnete Marlene scharf. „Gib mir meine Handtasche. Ich hoffe, wir haben sie mitgenommen?"

„Natürlich", sagte Isa merkwürdig sanft und weltentrückt. Sie stand auf, holte die Handtasche von einem Sessel und gab sie ihr. Marlene öffnete sie und wühlte hektisch darin herum. „Wo ist mein Handy?", fragte sie dann scharf.

„Dein Handy?"

„Du weißt genau, wovon ich rede!", setzte Marlene ihr zu.

Isa nagte weiter an ihrer Unterlippe und knibbelte nervös an ihren Fingernägeln. „Ich musste es wegwerfen", erklärte sie dann ganz selbstverständlich.

„Was?", schrie Marlene.

„Sie werden uns suchen. Und so ein Handy kann man orten. Ich habe unsere beiden Handys ins Meer geworfen, damit uns niemand findet. Mama, wir beide werden ein tolles Leben haben. Wollen wir in Holland bleiben oder fortgehen? Wir sollten noch das Auto loswerden. Ja, auf jeden Fall - das Auto und das Nummernschild kennen sie, danach können sie fahnden. Vielleicht sollten wir einfach mit der Eisenbahn weiterfahren."

Während des Redens wuchs ihre Begeisterung. Sie überlegte und plante und schien überhaupt nicht akzeptieren zu können, dass Marlene diese Pläne nicht mit ihr teilte.

Marlene wusste, sie musste ruhig bleiben, auch wenn ihr Herz heftig klopfte. Es würde sich eine Gelegenheit finden, fortzugehen, um zu telefonieren. „Lass uns frühstücken und dann sehen wir uns Amsterdam an", sagte sie schließlich in der Hoffnung, eine Gelegenheit zu finden, in den Straßen oder einem Geschäft zu entkommen.

Isa strahlte und klatschte begeistert wie ein kleines Kind in die Hände.

Mein Gott, sie war ja vollkommen verrückt. Sie hatten alle recht gehabt. Marion, Verena, Egmont.

Sandy hatte alle Kraft zusammengenommen und sich den Tag über ruhig verhalten, um nicht aufzufallen. Sie hatte sich durchgehend schlafend gestellt, wenn Lado hereinkam und ihr Tee oder Saft brachte. Doch kaum war er wieder fort, schüttete sie das Getränk in den Abfluss des Waschbeckens, das sich in einer Ecke des Raumes befand.

Sie hätte wahnsinnig gerne einen warmen Tee gehabt, sie fror erbärmlich in diesem Kellerraum, aber es war zu gefährlich.

Sie sehnte sich nach einer heißen Dusche - oder noch besser - einem Bad, aber sie wollte nicht zeigen, dass sie wach war. Wenn ihr Plan aufging, würde sie morgen ihr Bad nehmen können. So war der Mittwoch vorübergegangen. Sie hörte am Abend den Trubel des Barbetriebs.

Irgendwann fiel sie tatsächlich erschöpft in einen traumlosen Schlaf. Erst als durch das kleine vergitterte Fenster etwas Licht fiel, erwachte sie. Morgen, dachte sie. Es muss schon Morgen sein.

Lado brachte ihr wieder Brot und Tee bevor er nach Hause ging. Er war zufrieden, als er sie mit geschlossenen Augen auf der

Pritsche vorfand. Sie widerstand dem Drang, die Augen zu öffnen. Lado ging ohne ein Wort wieder.

Jetzt wartete sie darauf, dass sie die Geräusche der Putzmannschaft vernahm. Stimmen, Schritte, Staubsaugerrauschen.

Und dann musste sie schreien. Sie hatte Angst, dass Manuel noch da war, vielleicht seine Bücher prüfte und ihr Schreien hörte. Oder einer seiner Türsteher. Auch eines der Mädchen, die über der Bar wohnten, könnte aufmerksam werden und Manuel benachrichtigen. Ohne Gefahr war ihr Plan nicht. Aber es war ihre einzige Möglichkeit. Eigentlich hatte sie nichts zu verlieren. Denn wenn sie nichts unternahm, würde sie sterben. Da war sie sich sicher.

Da – Türenklappern. Das mussten die Reinigungskräfte sein.

Sandy war voller Angst, aber wach. Sie stand auf, ging zur Tür und schlug daran. Sie klopfte, bollerte, schrie. Sie musste laut sein, richtig Krach machen. Sie war im Keller, der wurde normalerweise nicht mitgereinigt. Und sie war hinter einer dicken Metalltür.

Es gab nichts, womit sie gegen die Tür hämmern konnte, so trat und klopfte sie weiter und schrie. Schrie sich die Seele aus dem Leib.

„Hiiiilfeeeee! Hööört mich denn keiner?"

Nein, es kam niemand. Sandy sank matt auf den Fußboden vor der Tür.

Alles vergebens. Sie würde sterben.

Sie schlug die Hände vors Gesicht und weinte. Tränen rannen über ihr Gesicht, durchnässten ihre Hände. Ihr ganzer Körper bebte in heftigem, lautem Schluchzen.

Es war alles vergebens. Die Tür war zu dick. Sie war hier abgeschirmt von allem, was draußen war. Aber sie konnte doch die Geräusche von oben hier unten hören. Durch die Decke. Sie hörte die Schritte und den Staubsauger. Alles, was sich auf dem Fußboden abspielte.

Sie musste mit irgendwas unter die Decke klopfen. Mit einem Stock. Sie sah sich um, aber Manuel hatte keine Dummköpfe zur Bewachung seiner Gefangenen abgestellt.

Wie das klang. Als wäre dies ein Gefängnis, in dem gewohnheitsmäßig Quertreiber gefangen gesetzt wurden. Ob es so war? Ob hier schon mal Mädchen, die unbequem geworden waren und vielleicht zuviel wussten, eingesperrt und später entsorgt worden waren?

War das der Weg, den Luisa gegangen war, ohne dass es irgendjemand bemerkt hatte? Waren sie alle oben gewesen, während sie hier unten um ihr Leben gekämpft hatte? Hatte Luisa auch geschrieen und gebollert?

Es gab keinen Stock und an den Füßen trug Sandy einfache Sportschuhe, die keinen Lärm machen konnten. Sie stieg auf den Stuhl und versuchte, an die Decke zu pochen, aber sie erreichte sie nicht. Sandy reckte und dehnte sich, so sehr sie konnte, aber sie war einfach nicht groß genug.

Sie schrie ein weiteres Mal. Aber ihre Stimme wurde von Saugern und Bohnermaschinen geschluckt.

Vielleicht hatten die Putzleute auch zu viel Angst, um zu reagieren. Vielleicht waren sie darauf gedrillt, einfach stupide ihre Arbeit zu machen und auf nichts anderes zu reagieren.

Die Chance verstrich und es wurde wieder still um Sandy.

Sie würde sterben. Das war jetzt vollkommen klar.

Sie sah auf die Tasse Tee vom Morgen, die sie noch nicht fortgeschüttet hatte. Sie nahm sie und trank. Wenn darin wirklich Betäubungsmittel waren, wollte sie die trinken. Sie wollte wieder schlafen und nichts spüren. Wenn sie hier in diesem Loch dahinvegetieren musste, um schließlich von Tamara getötet zu werden, dann wollte sie das nicht in vollem Bewusstsein erleben, sondern in einem gnädigen Schlaf.

Gustaaf war in die Seehundstation gefahren. Er konnte ja auch nichts tun und Verena war mit ihrer Angst nicht alleine, so hatte er nicht versucht, spontanen Urlaub zu bekommen.

Luuk und Swantje fuhren zur Schule. Sie sollten lieber lernen und mit ihren Freunden zusammen sein, etwas Zerstreuung finden.

Verena versuchte, das Drama, das sich gerade um sie herum abspielte, von ihren Kindern fernzuhalten, auch wenn das natürlich nicht völlig gelingen konnte.

Sie hatte ihnen erzählt, dass Isa und Marlene sich zu einem Ausflug entschlossen hatten und aufs Festland gefahren waren, jedoch konnte sie ihnen nicht genau sagen, wohin sie gefahren waren.

„Hoffentlich gibt es nachher schon etwas Neues", sagte Verena zu ihren Freundinnen. „Luuk und Swantje sind nicht blöd. Und sie haben auch gemerkt, dass Isa ziemlich – sagen wir anhänglich ist - also kann ich ihnen nicht ewig erzählen, dass die beiden einen harmlosen Ausflug aufs Festland machen."

„Obendrein können wir weder Marlene noch Isa auf dem Handy erreichen", ergänzte Marion. Sie und Karla waren irgendwann in der Nacht rüber in die Ferienwohnung gegangen, um wenigstens noch ein paar Stunden zu schlafen. Und auch Egmont war nach Hause gefahren.

Jetzt waren Marion und Karla aber schon wieder bei Verena. Sie tranken zusammen Kaffee und hofften auf Nachrichten von der Polizei oder von Marlene.

Zum soundsovielten Male versuchten sie, Marlene oder Isa auf ihren Handys zu erreichen, sie verschickten WhatsApp-Nachrichten und SMSen, versuchten zu telefonieren, aber alles war vergebens.

„Isa hat die Handys entsorgt, glaubt es mir", sagte Marion. „Wir können nur hoffen, dass das Auto gefunden wird."

„Oder dass Marlene irgendwo eine Möglichkeit findet zu telefonieren", meinte Karla.

„Hoffentlich lebt sie noch", bemerkte Marion.

„Nun mal nicht den Teufel an die Wand", wies Verena sie heftig zurecht. „Natürlich lebt sie noch. Isa ist doch keine Killerin." Darauf sagte Marion nichts. Sie hoffte es. Aber wer konnte so genau sagen, wie Isa reagieren würde, wenn Marlene sie zurückwies? Wenn Marlene diese Aktion zuviel wurde? Was für Marion außer Frage stand.

„Vielleicht ist Marlene ja wirklich freiwillig...?", begann Karla. Aber noch während sie sprach, erkannte sie den Widerspruch in ihren Worten selbst. Freiwillig? Am späten Abend, wenn sie nichts mehr unternehmen konnten? Ohne die Freundinnen zu benachrichtigen? Ohne selbst ein paar Sachen zu packen? Ohne erreichbar zu sein?

„Unsinn, ich weiß. Sie war zwar ohne Nachricht im Naturschutzgebiet, aber so eine Tour würde sie nicht einfach machen ohne uns zu benachrichtigen, oder?"

„Nein, das glaube ich auch nicht", erwiderte Verena.

Marion hob resigniert die Schultern. Entweder ließ ihre Menschenkenntnis sie total im Stich oder Marlene war von einer geistesgestörten Stalkerin entführt worden. Erbaulich war beides nicht.

Erika Grabowski rang mit sich, ob sie zur Polizei gehen sollte. Schließlich wusste Erika, in was für einem Etablissement sie arbeitete. Aber Hilferufe aus dem Keller konnten doch auch im Desiderium nicht normal sein, oder? Sie war gerade draußen bei den Mülltonnen gewesen, als sie das Pochen und die Schreie gehört hatte. Es war die Stimme einer jungen Frau. Sie hatte nicht darauf reagiert. Die Putzmannschaft war strengstens darauf hingewiesen worden, dass sie nur ihre Arbeit zu verrichten hatten, alles andere ginge sie nichts an. Dabei hatte Erika an leicht bekleidete Mädchen gedacht, vielleicht an Kondome, die achtlos weggeworfen waren oder Sado-Maso-Utensilien. Aber keine Hilferufe.

Sie sollte wohl besser gehen. Dann konnte die Polizei entscheiden, ob etwas zu tun war und sie war die Verantwortung und das schlechte Gewissen los.

Tamara und Antonio lagen im Bett in ihrer Yacht, die inzwischen in Makkum am Ijsselmeer ankerte.

„Baby, du bist die Größte", grinste Antonio anzüglich.

Sie lachte. „Du vergisst, dass uns genau das in den Schlamassel gebracht hat, in dem wir nun stecken. Hätten wir uns von Anfang an mehr auf die Suche nach dem Mädchen konzentriert anstatt zu…" Sie lachte.

„… zu poppen", ergänzte er vulgär.

„Ich hätte ein anderes Wort gewählt, aber ja, dann hätten wir Luisa oder Isabella gefunden und müssten jetzt nicht befürchten, dass sie ihr Wissen auspackt."

„Ach, dazu wird es nicht kommen", meinte Antonio leichthin. „Wie wäre es mit Frühstück? Ich habe einen Mordshunger."

Tamara lächelte vielsagend die Decke der Yacht an. „Wie wäre es mit Duschen?"

„Ohh, du hast die besten Ideen, Baby."

Marlene streifte mit Isabella durch die Innenstadt von Amsterdam. Sie sah, wie schön die Stadt war mit ihren wunderschönen historischen Häusern, den Grachten, die sich überall durch die

Stadt zogen, mit den Verkaufsständen. Wäre die Situation anders, hätte sie gerne eine Schifffahrt durch die Grachten gemacht. Aber heute und mit Isa verspürte sie dazu keine Lust.

Sie musste Isa loswerden. Dringend. Oder zumindest versuchen, zu telefonieren. Was konnte sie nur tun? Isa passte auf. Sie ging sogar mit auf die Toilette, wenn sie diese aufsuchen musste. Dann wartete Isa davor oder hockte in der Nachbarkabine. Meine Güte, gab es denn keinen ungestörten Moment?

Noch immer war irgendwo in den Tiefen ihres Gehirns die Frage, was sie an dem Foto in der Zeitung so gestört hatte. Doch je mehr sie danach zu greifen versuchte, desto mehr schien sich ihr der Gedanke zu entziehen. Eigentlich war es ja nicht mal ein Gedanke. Nicht mehr als eine kurze Wahrnehmen für den Bruchteil einer Sekunde. Irgendetwas stimmte nicht.

Sie schüttelte sich.

„Ist alles in Ordnung?", fragte Isa und fasste nach ihrer Hand.

„Ja, alles gut."

Die Polizisten Hagen Grote und Steffen Friedrichs erreichten Urbans Bar gleichzeitig mit dem Polizeiwagen, der Manuel Urban in seiner eleganten Eigentumswohnung im Hamburger Stadtteil Altona Altstadt angetroffen hatte.

Manuel hatte ausgesprochen arrogant und selbstgerecht reagiert. Erst als die Uniformierten ihm in aller Seelenruhe mitteilten, dass sie einen Durchsuchungsbeschluss für seine Bar Desiderium hätten, weil es neue Hinweise auf die vermisste Luisa Dahlke gäbe, erklärte er sich bereit, mitzufahren. Jedoch nicht, ohne zuerst seinen Anwalt Konstantin Kaufmann anzurufen.

Manuel Urban sprang sofort aus dem Wagen und marschierte mit großen Schritten auf Hagen Grote zu. Hagen war kein sehr großer Mann und Manuel überragte ihn um einige Zentimeter. Mit überheblichem Gesichtsausdruck nutzte er diesen kleinen Vorteil und blickte auf Grote herab.

„Was fällt Ihnen ein…", donnerte er.

„Mir fällt ein, dass ich meinen Job mache", fiel Grote ihm ruhig ins Wort. Er kannte solche Typen und deren Arroganz berührte ihn nicht mehr. Er hoffte nur, dass sie dieses Mal etwas finden würden. Irgendeinen Hinweis auf die junge Frau, deren Spur zu Manuel führte.

Grote holte seinen Durchsuchungsbeschluss aus der Tasche und hielt ihn Urban unter die Nase.

„Und was soll das Ganze?"

„Sie kennen doch eine Luisa Dahlke?"

„Nein."

Grote hob die Augenbrauen. „Sie hat im Wunschbrunnen gearbeitet und hat die Bar verlassen, um mit Ihnen zu gehen. Erinnern Sie sich jetzt?"

„Wenn Sie das alles schon wissen, wieso fragen Sie dann?"

„Die Frage ist: Wieso leugnen Sie es?"

„Was geht es Sie an? Die Kleine war nicht wichtig und es ist lange vorbei."

„Sperren Sie bitte die Tür auf", wies Grote ihn an ohne auf die Frage einzugehen. Wieso sollte er sich auf einen Wortwechsel mit diesem Typen einlassen für etwas, das sowieso längst feststand.

Ein Porsche fuhr vor und ein weiterer geleckter Typ trat auf ihn zu.

„Konstantin, gut, das du da bist", begrüßte Manuel ihn. „Stell dir vor, die wollen meine Bar durchsuchen."

„Mit welcher Begründung?"

„Mit dem Beschluss", sagte Grote schlicht und hielt ihm das Dokument unter die Nase, wie er es zuvor bei Manuel getan hatte. Es war nicht leicht gewesen, diesen Beschluss zu bekommen. Aber jetzt gab es Hinweise auf eine Luisa Dahlke, die sowohl mit Hugo Winter als auch mit Manuel in Verbindung gestanden hatte.

255

Inzwischen wussten sie auch, dass die mit der vermissten Isabella Kiefer in Zusammenhang stand, die ja auf Texel aufgetaucht war. Und die wiederum von diesem merkwürdigen Paar gesucht wurde, deren Beschreibung auf Manuels Wärterin Tamara und seinen Türsteher passte. Es musste etwas geben, wovor Manuel und seine Kumpanen sich fürchteten, sonst würden sie Luisa kaum suchen. Aber was? Und warum hatte das Mädchen auf Texel offenbar solche Angst, denn Luisa war sie ja offensichtlich nicht.

Ausschlaggebend für den Beschluss war am Ende die Aussage einer Putzfrau gewesen, sie hätte Hilferufe aus dem Kellerraum gehört, während sie den Müll rausgebracht hätte.

Grote musste jetzt einfach in die Bar. Das sagte ihm sein Instinkt. Und der wurde von Minute zu Minute stärker. In den letzten Monaten hatte es so viele Hinweise auf Manuels Machenschaften gegeben. Auf Drogen, auf Menschenhandel.

Jetzt schien die Polizei ihm endlich auf die Schliche zu kommen. Hier war etwas. Irgendetwas, und das musste er finden.

Verena schreckte auf, als der Telefonton ihres Handys erklang.

Sie sah den Namen des Anrufers und wischte hektisch über den Bildschirm, um den Anruf anzunehmen.

„Hallo Marijke", rief sie atemlos. „Wie geht es Flo?"

„Ach, Rena, ich bin noch im Krankenhaus. Sie ist operiert worden und liegt jetzt im Koma. Ich habe solche Angst."

„Oh Gott, Marijke. Diese Leute… ich befürchte, es ist meine Schuld. Sie sind hier, weil ich ein Portrait von Isabella mitgenommen habe zu einer Ausstellung. Sie wollte das nicht, aber ich habe es getan. Und jetzt sind diese Leute hier. Diese Verbrecher."

Karla setzte sich neben sie und legte beruhigend ihre Hand auf Verenas.

„Ich verstehe kein Wort, Rena. Aber das ist jetzt egal. Das kannst du mir alles später erzählen, aber deine Schuld ist das bestimmt nicht. Du hast Flo nicht über den Haufen gefahren", sagte Marijke.

Schweigen.

„Ich habe auch Angst, Marijke", sagte Verena endlich.

„Ich weiß, Rena. Ich wollte dir nur schnell Bescheid sagen. Jetzt hole ich mir noch rasch einen Kaffee und gehe wieder zu ihr. Machs gut, Rena."

„Grüß Flo von mir. Vielleicht hört sie es ja. Vielleicht gibt es irgendetwas in ihr, das bemerkt, dass wir alle an sie denken."

„Ja, das mache ich. Und das hoffe ich auch."

„Ruf sofort an, wenn…, wenn sich etwas verändert." Im Guten oder Schlechten, dachte sie dabei. Die bloße Vorstellung, dass Florinda nicht überleben würde, schmerzte unglaublich.

„Das mache ich. Tschüß, Rena."

„Tschüß."

Verena legte das Handy auf den Tisch.

Karla nahm sie in den Arm. Sie konnte den Schmerz um die Freundin, die sie selbst nicht kannte, nachempfinden.

Marion stand dabei und fühlte sich fast ein wenig überflüssig.

Doch dann hockte sie sich dazu und sie umarmten sich alle drei.

Isabella und Marlene hatten in einem kleinen Cafe etwas getrunken. Sie saßen direkt am Fenster und blickten auf das Wasser. Nur der Bürgersteig und ein Geländer trennte das Gebäude von der Gracht.

„Kommst du mit zur Toilette?", fragte Isa.

„Nein", erwiderte Marlene ohne den Blick von dem schönen Bild dort draußen abzuwenden.

„Doch. Komm mit."

„Du bist kein kleines Kind mehr. Du kannst alleine aufs Klo gehen."

Geh endlich. Geh! Der Gedanke durchfuhr Marlene heiß. Dann konnte sie in der Zwischenzeit einfach gehen. Fort sein. Untertauchen im Gewimmel der Straßen von Amsterdam. Irgendwo telefonieren.

„Das schon. Aber ich kann dich nicht allein hier sitzen lassen, Mutter."

Das letzte Wort betonte sie besonders.

Endlich sah Marlene sie an. „Aah, so sicher bist du dir also, dass ich freiwillig bei dir bleibe?"

„Unsinn!", schnappte Isabella. „Wir gehören zusammen und wir haben doch einen traumhaften Tag hier in Amsterdam."

Marlene beugte sich vor. Sie sprach leise, obwohl sie sich fragte, warum sie das eigentlich tat. Vielleicht sollte sie schreien und um sich schlagen, um Aufmerksamkeit auf sich zu ziehen.

„Du hast mich unter Beruhigungsmittel gesetzt, hast mich von meinen Freundinnen fort und hierher verschleppt, hast mein Handy weggeworfen, um den Kontakt zu meinen Freunden unmöglich zu machen. Und du setzt mich weiter unter Druck und passt auf, dass ich mich nicht absetze. Nennst du das freiwillig? Und wie denkst du dir das weiter?"

Isa sah ihr einen Augenblick schweigend in die Augen. Dann wandte sie sich ab und rief die junge Kellnerin zu sich. „Ik wil graag betalen!"

Marlene wusste plötzlich, warum sie Isa nicht bloßstellte. Es war dasselbe Prinzip wie damals mit ihren Töchtern. Wenn sie Mist gebaut hatten, hatte sie das mit den Mädchen ausgemacht. Selbst wenn sie in der Öffentlichkeit herumgeschrien und gebockt hatten, war sie ruhig geblieben. Immer darauf bedacht, die Kinder nicht bloßzustellen und natürlich auch selbst in einem guten Licht zu erscheinen. Eine Mutter, die ihre Kinder anschrie, wirkte unfähig.

Manchmal hatte sie die Kinder sogar mit einem Eis oder einer anderen Süßigkeit bestochen, damit sie wieder ruhig waren oder sie hatte ihnen gekauft, was sie wollten. Sie hatte gewusst, dass das hoffnungslos unpädagogisch war und aus Hilflosigkeit und - ja, womöglich sogar aus Unfähigkeit - geschah. Na ja, es hatte nicht geschadet. Wahrscheinlich wurden kleine Erziehungsfehler doch verziehen, wenn ansonsten alles lief, wenn das Verhältnis stimmte. Vermutlich machte sowieso keine Mutter der Welt immer und überall alles richtig. Ihre Töchter waren selbständige, liebenwerte junge Frauen geworden, zu denen sie immer noch ein gutes Verhältnis hatte, die nur viel zu weit entfernt wohnten.

Ja, genau dasselbe tat sie jetzt wieder. Obwohl sie Isa nicht erziehen musste und obwohl Isa schlimmeres getan hatte als im Supermarkt lautstark nach einer Süßigkeit zu schreien.

Aber da war noch etwas anderes. Ein kleiner Teil von Marlene wollte Isa helfen, wollte sie nicht alleine lassen. Bestimmt könnte Isa psychologische Hilfe bekommen, aber sie durfte nicht wegen Entführung von der Polizei verhaftet werden.

Außerdem hatte sie noch immer nicht gefunden, was sie so an dem Bild in der Zeitung gestört hatte. Sie konnte es einfach nicht in ihrem Gedankengewirr finden. Bekam es nicht zu fassen. Sie hatte nur ständig das Gefühl, dass es etwas gab.

Marlene fand sich mit Isa auf der Straße, noch bevor sie sich entschließen konnte, aus diesem Teufelskreis ihres eigenen Handelns auszubrechen. Isa hatte darauf verzichtet, aufs Klo zu gehen.

Aber in Marlene hatte sich ein Schalter umgelegt. Sie würde eine Möglichkeit finden und nicht mehr lethargisch diese Situation hinnehmen. Es war doch einfach lächerlich, dass sie in Amsterdam nicht entkommen konnte.

Natürlich war Isa dann fort, aber das war Sache der Polizei, sie wieder zu finden. In diesem Moment konnte Marlene Isa nicht helfen, sondern nur sich selbst. Für sie musste es jetzt nur um sie selbst gehen.

Benthe Zumbrink hatte noch nicht wieder mit ihrem Mann gesprochen. Sie hatte im Gästezimmer geschlafen und als sie aufgestanden war, hatte der sich schon in sein Atelier zurückgezogen. Jetzt lief sie durch *Den Burg*, erledigte Einkäufe und gönnte sich eine schicke Bluse, die eigentlich viel zu teuer war. Aber sie brauchte das jetzt einfach. Es tat ihr gut und die Farbe stand ihr einfach fantastisch. Vielleicht war die Bluse ein wenig zu verspielt, schließlich war sie kein Teenager mehr und Joost würde sie nicht mögen. Aber sie mochte diese Art Rüschen, die ein bisschen an Folklore erinnerten. Und vielleicht kaufte sie die Bluse auch gerade deswegen, weil sie wusste, dass Joost sie nicht mögen würde.

Jetzt, nachdem Benthe fertig war, kam ihr wieder der gestrige Besuch bei Verena in den Sinn. Der Überfall auf Swantje war dazwischen gekommen und sie war nach Hause gefahren, ohne Verena zu sagen, warum sie eigentlich gekommen war. Verena war das überhaupt nicht aufgefallen, kein Wunder bei dem Trubel. Aber jetzt könnte Benthe einfach noch mal vorbeifahren und ihr von den Negativkritiken berichten. Sie hatte dieses Vorhaben nicht aufgegeben. Sie wollte dieses Verhalten ihres Ehemannes nicht länger decken und dadurch mittragen. Und immerhin war das sogar strafbar, glaubte sie. Das war doch Rufmord oder so was. Und bei dem, was bei der Familie Huisman gerade offenbar passierte, wurde am Ende noch jemand fälschlich verdächtigt.

Sandy hörte Lärm. Polternde Schritte, laute Stimmen. Sie war schläfrig, das Schlafmittel oder was immer im Tee war, wirkte noch. Sie fühlte sich benebelt, nahm alles wie durch Watte wahr. Die Geräusche schienen weit entfernt zu sein. War es schon wieder Abend? Ging der Barbetrieb schon wieder los?

Sie blieb auf ihrem Bett liegen und öffnete nicht einmal die Augen. Wozu?

Doch dann kamen die Schritte näher. Sie nahm es in ihrem umnebelten Gehirn wahr. Sie kamen in den Keller. Ein Schrecken durchfuhr sie, so stark, dass er sie fast wieder ins Bewusstsein brachte.

Manuel würde sie nicht töten. Er wollte sie verkaufen. Und jetzt führte er seine Ware einem potentiellen Käufer vor. Es kam ihr schlimmer vor als der Tod. Sie riss die Augen auf. Sie lag auf der Pritsche in einem kahlen Kellerraum. In Kleidung, die sie schon seit drei Tagen trug. Sie brauchte dringend eine Dusche und hatte sicher strähnige Haare. Sie wusste es nicht, denn es gab keinen Spiegel.

Würde Manuel sie so einem Käufer präsentieren?

Ihr Herz pochte bis zum Hals. Die Angst griff nach ihr wie eine riesige, eisige Hand. Sie konnte keinen klaren Gedanken fassen. Sie hörte Geräusche im Keller. Sie lag ganz still und versuchte zu lauschen. Aber sie konnte durch die dicke Tür wirklich nichts verstehen.

„Was ist hinter der Tür?", fragte Kommissar Grote auf der anderen Seite.

„Das ist ein Lager", antwortete Manuel Urban unwirsch.

Grote fasste auf die Klinke. Die Tür war verschlossen. „Was ist so wertvoll, dass Sie es im Keller hinter verschlossenen Türen aufbewahren? Öffnen Sie!" Sein Ton war hart und befehlend.

Trotzdem erwiderte Manuel unfreundlich: „Ich denke gar nicht dran. Das ist reiner Diebstahlschutz für die Ware."

„Herr Urban, Sie haben uns Zutritt zu allen Räumen zu gewähren. Wenn Sie sich weigern, öffnen wir die Tür eben gewaltsam. Wir haben das Recht dazu." Manuel blieb ungerührt stehen. Sollten sie doch. Darauf kam es auch nicht mehr an.

„Nehmen Sie ihm das Schlüsselbund ab", befahl Grote müde einem uniformierten Polizisten. Das, was Urban hier abzog, war mehr lächerlich als ärgerlich. Der Uniformierte ging auf den eleganten Mann zu, um ihn nach dem Schlüsselbund zu durchsuchen. Doch da hielt Urban abwehrend die Hände hoch. „Ist ja gut!", wehrte er ab. „Denken Sie, ich trage einen Schlüsselbund in meiner Hosentasche? Ich habe ihn in meinem Büro. Ich hole ihn." Er wandte sich schon zum Gehen. Grote wies den Uniformierten mit einem Blick an, ihn zu begleiten. Als die beiden fort waren, klopfte er an die Tür. „Ist dort jemand?", rief er. Doch niemand antwortete.

Sandy hörte die Geräusche immer näher kommen. Es wirkte merkwürdig belebend und beängstigend zugleich. Es klang, als würde ein Schlüssel im Schloss gedreht. Sie setzte sich jetzt doch auf. Die mächtige schwere Metalltür wurde knarrend aufgezogen. Sie hockte zusammengekauert auf ihrem Bett und blickte erwartungsvoll dem Kommenden entgegen.

Sie sah einen Mann mittleren Alters hereinkommen. Etwa fünfzig, mittelgroß, Halbglatze, solide gekleidet, etwas langweilig. Er passte nicht recht hierher. Hinter ihm sah sie einen jüngeren Mann und noch weiter im Hintergrund Manuel. Waren das Freunde von ihm? Kunden? Wollten die sie kaufen? Oder ausleihen? Benutzen?

Sie zog sich weit in die Ecke zurück, schlang die Arme um die Knie und blickte ihnen furchtsam entgegen.

In dem Moment sagte der Typ mit der Halbglatze: „Haben Sie keine Angst. Wir sind von der Polizei. Ihre Gefangenschaft ist beendet."

„Allmählich sollten wir zu Mittag essen", meinte Isa. „Wir laufen den ganzen Vormittag hier herum, das macht hungrig. Aber es macht auch Spaß, nicht wahr?" Sie war fröhlich und hüpfte unbeschwert wie ein Kind über den Bürgersteig. Marlene sah sich nicht genötigt, zu antworten. Es könnte Spaß machen – mit der richtigen Begleitung und unter anderen Umständen. Gott, wenn sie nur wüsste, was mit Isa los war.

Wieso hatte sie so empfindlich reagiert, als Marlene in der Wohnung den Zeitungsartikel gesehen hatte? Eine schlechte Erinnerung? Wunden der Vergangenheit?

Sie folgte Isa in ein kleines Lokal. Es war jetzt in der Mittagszeit ziemlich voll und ein Platz am Fenster war nicht mehr frei. So setzten sie sich an einen Tisch in einer Ecke und beugten sich gemeinsam über die Speisekarte. Sie war auf holländisch, aber Isa verstand die Sprache inzwischen ja ziemlich gut. Es ist eine falsche Annahme, dass holländisch wie plattdeutsch ist, dachte Marlene. Manche Wörter ähnelten sich zwar, andere waren dafür komplett anders und dem englischen ähnlicher.

Sie entschied sich für einen Pfannkuchen mit dieser leckeren Karamelsoße, die sie aus dem Pfannkuchenhaus auf Texel kannte.

Sie wunderte sich über Isas Unbeschwertheit. Sie musste doch immer noch befürchten, dass sie, Marlene, sich jederzeit einfach davonmachte. Wenn Marlene nicht immer noch diese Ideologie verfolgte, Isa nach Hause zu bringen, sie quasi zu retten, wäre sie schon längst fort.

Marlene hatte die Theorie, dass Isa sich inzwischen komplett in ihre Traumwelt verloren und die Wirklichkeit vollständig verdrängte hatte. Für Isa waren sie hier in Amsterdam zu einem Mutter-Tochter-Ausflug. Ja, anders konnte es kaum sein. Isa sah sie wirklich als ihre Mutter an.

Eine Kellnerin kam und sie bestellten Essen und zwei Cola. Über der Theke des Lokals hing ein Fernseher. Marlene betrachtete die Bilder. Es schien irgendwas über Sport zu sein. Der Ton war natürlich abgestellt, sonst hätte er die Gäste beim Unterhalten gestört. Aber Marlene hätte die Sprache ja sowieso nicht verstanden.

Aber die Bilder lenkten sie von ihrer Situation ab. Sie verspürte auch nicht sonderlich viel Lust, sich mit Isa zu unterhalten.

Plötzlich veränderten sich die Bilder und ein Schriftzug wurde eingeblendet. Und gleich danach erschienen Fotos von ihr und Isa auf dem Bildschirm. Marlene starrte überrascht mit offenem Mund darauf. Sie schielte auf Isa, die ebenfalls darauf starrte. Im Gegensatz zu ihr war Isa entsetzt. In ihre Augen trat Panik. Ruckartig sprang sie auf, fasste Marlene am Arm und zog sie hoch. Marlene war zu überrascht, um sich zu wehren. Sie ließ sich aus dem Lokal herausziehen. Sie bemerkte noch, wie die Kellnerin ihnen verblüfft hinterher blickte. Dann sah sie auf den Bildschirm und erkannte die Personen. Ob sie die Polizei verständigte?

„Was soll das?", schrie Marlene. Ihre Erstarrung löste sich und sie war jetzt wirklich verärgert.

„Sie suchen uns. Warum? Warum suchen sie uns?", kreischte Isa panisch.

„Das wundert dich? Du hast mich entführt. Keiner weiß, wo wir sind. Ich habe Freunde, die sich Sorgen um mich machen."

„Komm weg. Weg hier. Mama, lass uns eine Schifffahrt machen oder so. Am Ende verständigt die Kellnerin noch die Polizei. Komm!!!"

„Neiiin! Ich komme nicht mit. Und ich bin nicht deine Mutter!"

„Mama!"

„Neiiin! Ich bin nicht deine Mutter!"

264

Isa sah sich hektisch um. Panisch. Sie war vollkommen in Aufruhr.

„Bleib hier, lass uns selbst die Polizei rufen. Lass uns zurückgehen. Wir können dir helfen. Es ist doch nichts passiert. Es geht mir gut. Von dem Schlafmittel sagen wir nichts. Alles wird gut. Isa…"

Marlene redete beschwörend auf sie ein, aber die Worte schienen Isa nicht zu erreichen.

Unvermittelt ließ sie ihren Arm los und rannte davon.

Marlene blieb allein vor dem Lokal stehen.

„Isa!", rief sie ihr nach. „Isa!"

Doch die junge Frau reagierte nicht. Sie rannte einfach weiter.

Was war nur mit ihr los?

Auf einmal sah Marlene wieder die Bilder aus dem Fernseher vor sich. Gestochen scharf und in Farbe. Das eine zeigte ihr eigenes Gesicht - ein aktuelles Foto - aufgenommen während ihres Besuches auf Texel. Und das andere war ein Bild von Isa. Jung, schön. Noch mit langen, haselnussbraunen Haaren. Sie war kaum wiederzuerkennen jetzt, mit ihren kurzgeschnittenen, schwarz getönten Haaren.

Vor Marlenes geistigem Auge tauchte das Bild aus der Zeitung auf. Schwarz-weiß.

Was beschäftigte sie die ganze Zeit? Was stimmte nicht?

Blitzartig lief vor ihrem geistigen Auge eine Diashow ab. Isa verständnisvoll und freundlich in *De Muy*, Isa wütend bei Marions Geburtstag. Isa in der Boutique mit der neuen Frisur, Isa in Amsterdam. Die Bilder auf dem Fernseher, die Zeitungsfotos.

Vermisstes Mädchen in Deutschland.

Vermisste Frauen auf Texel.

Die Fotos - der Zeitungsartikel.

Das Bild blieb stehen. Marlene schloss die Augen. Das Bild wurde deutlich, klar. Völlig unverschwommen.

Was stimmte nicht?

Und dann sah sie es. Sie sah den Schatten am Hals des Mädchens auf dem Zeitungsartikel. Nur ein Schatten, vermutlich ein Pigmentfleck. Kaum wahrnehmbar auf einem schwarz-weiß Foto in einer Zeitung, aber irgendeine Windung ihres Gehirns hatte den Schatten dennoch registriert. Hatte den kleinen Unterschied gespeichert und jetzt wieder freigegeben. Warum erst jetzt? Wäre es ihr doch nur früher eingefallen.

Das Bild aus dem Fernseher verdrängte das Zeitungsbild. Kein Schatten, kein Fleck. Isa im wirklichen Leben - kein Fleck, keine Pigmentstörung. Ihre Nase war auch nicht gebogen wie bei dem Mädchen in der Zeitung.

Was war hier los?

War Isa überhaupt nicht Isa?

Ein Polizeiwagen hielt neben ihr. Offenbar hatte die Kellnerin wirklich die Polizei gerufen. Marlene atmete erleichtert auf.

Verena war überrascht, als Benthe Zumbrink wieder vor ihrer Tür stand.

„Hallo, Was führt dich schon wieder zu mir?", fragte sie zwar überrascht, aber freundlich und ließ die Frau eintreten.

„Dasselbe wie gestern", erwiderte Benthe lächelnd. „Es war nur nicht der richtige Zeitpunkt."

Ob er das jetzt ist? dachte Verena. Sie konnte sich nicht vorstellen, was Benthe ihr so Wichtiges zu sagen hatte.

Die beiden Frauen betraten das Wohnzimmer, wo Karla und Marion bei einem Kaffee auf dem Sofa saßen und ihnen neugierig entgegensahen.

„Oh, du hast Besuch", bemerkte Benthe etwas unsicher.

„Ja, es ist gestern noch mehr passiert. Unsere Freundin ist entführt worden. Von Isa."

„Was?" fuhr Benthe Zumbrink entsetzt auf.

„Hast du es noch nicht in der Zeitung gelesen oder im Fernsehen gesehen?"

Benthe schüttelte den Kopf. „Nein. Aber dann sollte ich wohl besser gehen. Dann hast du jetzt andere Sorgen. Meine Güte, erst deine Tochter, jetzt deine Freundin?"

„Setzt dich erstmal. Möchtest du auch einen Kaffee?"

„Wenn ich wirklich nicht störe, gern."

„Nein, du störst nicht", erwiderte Verena. Sie merkte, dass sie sogar ein wenig froh über die Ablenkung war und lief in die Küche, um einen weiteren Kaffee zu holen. „Milch, Zucker?", rief sie hinüber.

„Schwarz, danke."

Verena kam mit einer großen Tasse mit Schafmotiven, aus der Dampfschwaden aufstiegen, zurück.

Benthe nahm die Tasse und knetete sie etwas nervös in ihren Händen.

„Also, was ist los?", hakte Verena nach.

Benthe blickte auf. „Okay, also – es geht um diese Kritiken im Netz über dich und dein Atelier."

„Jaha?"

„Das war Joost."

Beinahe hätte Verena triumphierend in die Hände geklatscht. Habe ich also Recht gehabt mit meiner Vermutung, dachte sie. Aber sie wollte es vor Benthe nicht zeigen. Immerhin war sie Joosts Ehefrau, auch wenn sie offenbar mit diesen Machenschaften nicht einverstanden war.

„Ich wusste ja, dass er mit deinem Erfolg hadert, aber ich wusste nicht, dass es so schlimm war."

„Aber warum tut er das? Ich meine, ich bin nicht die einzige Malerin auf Texel. Hat er mit anderen auch solche Probleme?"

Benthe schüttelte den Kopf. „Nein. Nur mit dir."

„Aber da stimmt doch was nicht. Wenn es um mich geht, dann muss doch noch etwas mehr dahinter stecken, als reine Antipathie. Aber ich kann mir nicht vorstellen, was. Ich habe ihn erst kennengelernt, als er nach Texel gekommen ist."

Benthe nippte endlich an ihrem Kaffee und stellte die Tasse ab.

„Erinnerst du dich, an den Wettbewerb, den du einmal gewonnen hast? Der Preis dafür war die Ausstellung in einer Berliner Galerie."

Verena nickte. „Ja, es war eher eine Art Casting für Maler und es muss etwa zwanzig Jahre her sein. Damals lebte ich noch in Paderborn, war noch keine dreißig Jahre alt und arbeitete in einem Büro, um meinen Lebensunterhalt zu verdienen. Gemalt habe ich nur nebenbei. Nach der Ausstellung habe ich das Angebot erhalten, ein Kinderbuch zu illustrieren. Es hat mich weitergebracht."

Benthe nickte.

„Sag jetzt nicht, dass dieser Wettbewerb der Grund für die Feindseligkeiten von heute ist."

„Doch, so ist es. Auch Joost hat daran teilgenommen. Er lebte zu der Zeit in Maastricht und wollte unbedingt als Maler anerkannt werden. Doch er gewann nur den dritten Platz und verlor den Traum, in der Galerie in Berlin ausstellen zu dürfen. Du bekamst den Job mit dem Kinderbuch und er verlor ein Angebot, das er nur bekommen hätte, wenn er die Ausstellung gewonnen hätte."

„Das ist aber sehr unfair. Seine Bilder und seine Technik sind ja sicher vorher bekannt gewesen und nicht schlechter, weil er nicht gewonnen hat."

Benthe lachte auf. „Sicher nicht. Aber dieser Firma hätte es eben mehr Publicity gebracht, den Gewinner dieses Castings unter Vertrag zu haben. Am Ende haben die ihr Projekt komplett fallenlassen. Es ging wohl darum, Landschaften abstrakt darzustellen. Was weiß ich... Joost hat es mir auch nur auf die Schnelle erzählt. Und es ist wirklich sehr lange her."

„Und vor einiger Zeit kam er nach Texel?"

„Genau. Mit mir zusammen. Texel, die Künstlerinsel. Und hier warst ausgerechnet du."

„Das wusste er vorher nicht?"

„Du hast jetzt einen anderen Nachnamen, noch dazu einen holländischen. Ihm ist wohl einfach nicht klar gewesen, dass du die Verena von damals bist."

„Und mein Aussehen habe ich auch ziemlich verändert." Verena zog eine Grimasse, als sie an ihr braves Ausstehen von damals dachte.

„Und noch heute arbeitet er verbissen an abstrakten Landschaften, während hier mehr Postkartenidylle gefragt ist", fuhr Benthe fort.

„Na, es gibt für alles Liebhaber. Die Geschmäcker sind unterschiedlich, vielleicht muss er beides anbieten", schlug Verena vor.

„Das will er aber nicht. Und ich kann ihm nicht helfen. Egal, jetzt weißt du wenigstens Bescheid."

Verena nickte. „Ich danke dir sehr, dass du mir das gesagt hast, Benthe. Ich weiß das echt zu schätzen. Und es tut mir sehr leid, dass ein so alter Groll zwischen uns steht. Dabei habe ich ihm nicht einmal persönlich etwas getan."

„Ne, aber das muss er jetzt selbst kapieren. Wenn er das nicht tut, muss er vielleicht woanders hingehen. Ich weiß es auch nicht."

Mitten in einem Cafe in Workum am Ijsselmeer gab das Handy ein paar Gitarrenklänge von sich - das Signal für eine WhatsApp-Nachricht. Tamara zückte es aus ihrer Gesäßtasche und wischte darüber, um den Bildschirm zu aktivieren. „Ups", sie zog die Stirn in Falten.

„Was ist los?", fragte Antonio alarmiert.

„Im Desiderium war eine Razzia. Sie haben Sandy gefunden, die im Keller eingesperrt war."

„Wieso war die eingesperrt?"

„Hat Stress gemacht. Wir sollen zurückkommen und den Laden führen. Manuel ist erst mal bei der Polizei und wenn es nur wegen Freiheitsberaubung ist."

„Von wem ist die Nachricht? Von Manuel?"

„Bist du verrückt? So was Heikles würde der nie whatsappen oder in irgendeiner Form schriftlich niederlegen. Der wäre schon längst im Gefängnis, wenn er so unvorsichtig wäre. Die ist von Tini."

Antonio grinste anzüglich. „Der Kleinen, die hinter der Bar bedient?"

Tamara nickte. „Die Bar ist vorerst geschlossen."

„Und jetzt? Fahren wir zurück?"

Tamara hatte selten etwas Dümmeres gehört.

Sie ließ ihr Handy auf den Boden fallen und trat mit dem Absatz kräftig darauf. „Ich glaube nicht, dass ich gefunden werden möchte. Soll Manuel sehen, wie er sich da alleine raus windet."

Antonio verzog wieder den Mund zu einem breiten Grinsen. „Oh, du bist ja eine loyale Mitarbeiterin."

„Was dagegen?"

Er zückte ebenfalls sein Handy und zerstörte es.

„Ganz und gar nicht", sagte er. „Und was machen wir jetzt?"

„Wir haben alles, was wir brauchen. Pässe, Geld, uns. Wir sollten schleunigst aus Holland verschwinden. Irgendwohin, wo uns niemand sucht."

Antonio nickte.

Tamara dachte: Und dort lasse ich dich irgendwo stehen und werde alleine weitermachen. Du warst ganz nett für einen Urlaub, für ab und zu. Aber bilde dir nicht ein, dass ich auf Dauer mit dir zusammenbleiben will.

Im Widerspruch zu ihren Gedanken lächelte sie zuckersüß. „Dann komm, wir brauchen neue Handys. Und schon geht es los. Aber nicht mit der Yacht, die kennt Manuel und bald auch die Polizei.

Spätestens, wenn er merkt, dass ich nicht zurückkomme, liefert er uns ans Messer."

Verena legte den Hörer auf und sah sich in der Runde um – Marion, Karla und Benthe waren bei ihr.

„Marlene geht es gut. Sie ist in Amsterdam und macht jetzt bei der Polizei ihre Aussage. Danach wird sie zum Bahnhof gebracht. Sie fährt mit der Bahn nach *Den Helder* und kommt dann mit der Fähre zurück nach Texel. Es wird noch eine Weile dauern, bis sie hier eintrifft, aber es geht ihr gut."

Alle drei stießen einen tiefen Seufzer der Erleichterung aus. Marlene ging es gut. Sie würde am Nachmittag zurücksein.

„Sie wird sich von *Den Helder* aus melden und Bescheid sagen, wann sie die Fähre nehmen kann. Sie hat leider kein Handy mehr. Isabella hat beide Handys weggeworfen, damit man sie nicht orten kann."

„Und was ist mit Isa? Ist sie jetzt festgenommen?", fragte Karla.

„Die war zwar erst einmal abgehauen, aber man hat sie ziemlich schnell in ihrem Hotel erwischt. Sie hat unbedingt noch ihre Sachen holen wollen."

„Wenn sie das nicht gemacht hätte…", überlegte Karla.

„Dann hätte die Polizei sie auch erwischt. Das Auto wäre irgendwann gestoppt worden und wenn sie einen Zug genommen hätte, wäre sie erst recht abgefangen worden. Ne, keine Chance. Aber das Schlimmste wisst ihr ja noch gar nicht. Stellt euch vor: Isa ist in Wirklichkeit diese Luisa Dahlke, die von dem merkwürdigen Paar gesucht wurde."

„Was?", schrien Marion und Karla wie aus einem Munde.

„Details konnte Marlene jetzt am Telefon nicht erzählen. Wir werden alles nachher erfahren. Aber jetzt wird klar, wieso Isa solche Angst gehabt hat. Ich rufe erstmal Egmont an, damit er auch Bescheid weiß."

„Ja, mach das. Puh, eine Sorge schon mal weniger", seufzte Karla.

Als Marlene und Gustaaf, der sie von der Fähre abgeholt hatte, ins Haus kamen, warteten Verena, Marion, Karla und auch Egmont bereits ungeduldig auf sie.

Sie waren alle froh, als sie die Freundin erschöpft, aber wohlbehalten wieder bei sich hatten. Bei Kaffee, Keksen und Juttertje hörten sie Marlenes Erzählung mit angehaltenem Atem zu.

„Und was ist mit der echten Isabella passiert?", fragte Marion schließlich.

Marlene hob die Schultern. „Ich weiß es nicht, ich habe ja mit Isa – äh – Luisa nicht mehr sprechen können, aber von der Polizei habe ich erfahren, dass man Isabella Kiefer in Deutschland seit Monaten vermisst."

„Wieso wurde Luisa nicht vermisst?", fragte Karla.

„Wir werden hoffentlich erfahren, was genau passiert ist. Mein Gott, in was sind wir da hineingeraten?", seufzte Verena.

Als das Telefon schrillte, schreckte sie zusammen.

In den letzten Tagen war einfach zuviel passiert.

„Hoi Marijke", sagte Verena in den Hörer. Ihre Stimme zitterte aus Angst vor der Nachricht. Aber hatte Marijkes Stimme nicht gerade etwas gelöster geklungen?

Im nächsten Moment entspannten sich Verenas Gesichtsmuskeln und ein verhaltenes Lächeln flog über ihr Gesicht.

„Gott sei Dank", seufzte sie.

„Leute", rief sie, nachdem sie aufgelegt hatte. „Florinda ist aufgewacht. Es wird eine ganze Weile dauern, aber sie wird wieder ganz gesund."

Auch die Freundinnen stießen einen erleichterten Seufzer aus.

"Puh, Gott sei Dank", rief Egmont.

Marlene schaute verwirrt von einem zum anderen. „Was ist denn los?", fragte sie.

„Ach, das weißt du ja noch gar nicht. Hier ist wirklich einiges passiert. Oh Mann, Marlene, in was sind wir da nur hineingeraten in unserer Urlaubswoche", wiederholte Karla Verenas Worte.

„Also pass auf…."

LUISA

Im März des Jahres 2018 sah Luisa Manuel wieder. Es war draußen hell und sonnig und dieser besondere Geruch lag in der Luft, der den Frühling ankündigte. Luisa liebte diese Tage, an denen es morgens noch kalt und frostig war und die Stadt im Morgennebel lag, an denen man aber in der Kälte schon fühlte, dass es ein warmer, sonniger Tag werden würde. Sie überlegte, ob sie sich einen Hund zulegen sollte. Es würde ihr Spaß machen, mit einem Hund an der Elbe entlang zu laufen, zu rennen und zu toben, Stöckchen zu werfen… Ein Wesen zu haben, dass nur ihr gehörte, das völlig auf sie angewiesen war.

Sie lebte noch immer in dem kleinen Zimmer in Isabellas Wohnung.

Gemeinsam planten die beiden jungen Frauen, nach Luisas Studium eine WG zu gründen, falls sie in Hamburg eine Anstellung finden würde. Solange würde sie in dem kleinen Zimmer bleiben. Es reichte ihr. Viele Sachen, die sie unterbringen musste, hatte sie ja nicht.

Als sie am Abend in die Wohnung kam, nahm sie als erstes die Post aus dem Briefkasten. Das meiste waren sowieso Werbung, Prospekte und Kataloge. Niemand schrieb heutzutage noch Briefe.

Sie schaltete den Computer ein und öffnete ihr e-mail-Konto.

Vier neue Nachrichten. Alles Werbung.

Nein, eine war von Sandy aus dem Wunschbrunnen. Noch immer hatte sie lockeren Kontakt zu der ehemaligen Kollegin. Aber Hugo oder Manuel durften davon natürlich nichts wissen. Sie schrieben sich Mails und obwohl Sandys PC in ihrem Einzimmerappartement stand, löschte sie geschriebene sowie erhaltene Mails sofort wieder, weil sie Angst hatte, Birgit oder Hugo Winter könnten doch dahinter kommen. Es war nicht immer freundlich, was sie schrieb und das würde die beiden sicher sehr stören.

Was sie heute schrieb, war verstörend:

Liebe Lu,

hier ist vielleicht was los! Polizei war hier und hat eine Razzia gemacht, angeblich haben sie einen Tipp bekommen, dass hier nicht alles mit rechten Dingen zugeht. Natürlich haben sie nichts gefunden.

Oh Gott, wenn die wüssten, was hier wirklich geschieht. Ich habe furchtbare Angst, Luisa. Manuel hat Mädchen aus Polen eingeschleust, die illegal arbeiten. Lu, das ist richtiger Menschenhandel. Es fing hier alles mal so harmlos an und jetzt? Seit Hugo mit Manuel zusammenarbeitet...

Drogen sind auch im Spiel. Natürlich nicht für uns, nicht hier im Wunschbrunnen oder im Desiderium. Aber irgendwie haben sie ihre Finger im Handel drin. Die haben die Finger in allem, aber niemand kann ihnen jemals etwas nachweisen.

Ich habe furchtbare Angst, Lu. Ich schätze, ich muss hier weg bevor die erfahren, wie viel ich weiß.

Aber wenn ich gehe, habe ich keinen Job mehr und damit kein Geld für Essen und Miete.

Luisa starrte auf die Zeilen. So, offenbar hatten sich Hugo und Manuel mal wieder schön aus der Bedrouille gezogen. Luisa könnte auch noch einiges erzählen, von Steuerhinterziehung. Sie wusste sehr viel mehr, als Manuel ahnte. Sie hatte sich immer als das kleine hübsche Anhängsel benommen, aber sie hatte mehr mitbekommen, als er gedacht hatte.

Sie hoffte, dass Sandy nicht wirklich in Gefahr war. Sie wurde ganz nervös, sie machte sich Sorgen um die Freundin.

„Was meint sie eigentlich mit *Es fing so harmlos an?*", sagte Luisa laut vor sich hin. „Nichts, was mit Hugo und Manuel zusammenhing, war jemals harmlos gewesen."

Luisa konnte mit niemandem darüber reden. Isabella war vor ein paar Tagen nach Norderney gefahren in das Ferienhaus ihrer Eltern. Sie hatte sie, Luisa, eingeladen, mitzukommen, aber sie hatte keine Zeit. Sie hatte ihr Studium beendet und musste sich endlich mal um einen Job kümmern. Der ganze Trabbel hatte sie viel Zeit gekostet.

Hatte sie sich nicht geschworen, immer viel Geld zu haben? Sich viel leisten zu können? Urlaube, Ausgehen, eine schöne Wohnung am Meer.

Und jetzt lebte sie in einem kleinen Zimmer in der Wohnung ihrer Freundin mitten in der Großstadt, verdiente etwas Geld im Fitnesstudio, in dem sie inzwischen immerhin ein paar Stunden mehr arbeitete als während ihres Studiums und schien ihr Ziel aus den Augen zu verlieren.

Sie dachte darüber nach, doch noch nach Norderney zu fahren. Mal raus, alles vergessen. Auf ein paar Tage mehr oder weniger kam es jetzt auch nicht mehr an.

Ihren Dienst im Studio konnte sie sicher mit einer Kollegin tauschen oder vielleicht Urlaub nehmen.

Und dann war da noch Sandy. Sie ging ihr einfach nicht aus dem Kopf. Sie machte sich wirklich Sorgen. Wenn Hugo mitbekam, wie viel Sandy wusste, war sie in Gefahr. Und sie selbst vielleicht auch.

Luisa lag die ganze Nacht wach. Sie konnte einfach an nichts anderes denken. Am Morgen stand ihr Entschluss fest. Sie musste Sandy besuchen. Am besten, sie dort rausholen.

Luisa wartete bis zum frühen Abend. Da war sie sicher, dass sie Sandy noch in ihrer Wohnung antraf und nicht in die Bar gehen musste.

Sie schickte ihr eine WhatsApp, dass sie vor der Tür wartete. Sie wollte nicht läuten, damit niemand etwas mitbekam.

Kurz darauf wurde die Tür tatsächlich geöffnet.

„Bist du verrückt?", raunte Sandy ihr zu.

„Warum? Darf ich dich nicht besuchen?", fragte Luisa arglos.

„Du weißt genau, was ich meine. Seit du Manuel betrogen hast, wird hier nicht mehr allzu gut über dich gesprochen. Außerdem weiß man, dass wir in Kontakt stehen."

Luisa bekam große Augen.

Sandy zog sie am Arm in das Gebäude und hinter sich her die Treppe hoch in ihr kleines Studio über der Bar.

„Warum kommst du her?", fragte Sandy und sie klang nicht sehr erfreut. „Weißt du, was hier los ist? Seit klar ist, dass Hugo und Manuel Mädchen aus dem Ostblock erwarten - förmlich gekauft haben - ist hier Stress. Offenbar wollen diese Anwälte das unterbinden. Ist ihnen zu heiß. Ach, keine Ahnung."

Sandy lief nervös auf und ab.

„Sandy, du musst hier weg!", sagte Luisa eindringlich.

„Wie stellst du dir das denn vor?", kreischte die.

Luisa überlegte nur einen kurzen Moment, dann hatte sie eine Idee.

„Wir fahren nach Norderney zu einer Freundin, deren Eltern dort ein Ferienhaus haben. Raus aus diesem Dreck, wäre das nicht toll?"

„Doch, das wäre es", stimmte Sandy zu und ihre Stimme klang plötzlich viel weicher. „Aber das geht nicht so einfach. Sie würden mich jagen. Solange ich hier unter ihrer Fuchtel bin, darf ich wenigstens weiterleben."

Tolles Leben, dachte Luisa.

„Was soll das denn heißen?", fragte sie laut.

„Sie wissen, dass ich von den illegalen Mädchen weiß. Und sie ahnen, dass ich dir so etwas erzähle."

„Aber woher wissen sie das? Du hast doch immer alles gelöscht?"

„Ja natürlich. Aber die haben ihre Möglichkeiten. Die hatten offenbar von einem anderen PC Zugriff auf meinen Laptop.

Glaub mir, denen entkommst du nicht. Die wussten doch auch, dass du einen Freund hattest."

Luisa nickte mit gerunzelter Stirn.

„Siehst du."

Manuels Worte kamen Luisa in den Sinn, als sie nach der Nacht mit Bastian in ihre Wohnung gekommen war. *„Denkst du, ich weiß so etwas nicht? Denkst du wirklich, ich habe niemanden, der mir Bericht erstattet? Ich habe überall meine Leute."*

„Bitte, geh jetzt", forderte Sandy Luisa auf.

„Ich kann dich doch nicht hierlassen!", flüsterte Luisa.

„Du kannst mich nicht mitnehmen. Das wächst uns über den Kopf." Sandy klang traurig, als sie das sagte.

Luisa nickte wieder nur. Ja, Sandy hatte recht. Sie konnten hier nicht gemeinsam herausspazieren. Aber sie konnte die Polizei verständigen. Ja, das würde sie tun. Die würden Sandy hier rausholen. Und wenn die Freundin wirklich soviel mitbekommen hatte, konnte sie aussagen und würde sicher beschützt werden.

Sandy öffnete vorsichtig die Tür, schaute sich um und nickte Luisa dann zu. „Die Luft ist rein." Und im selben Moment war Sandy verschwunden und die Tür wieder geschlossen. Luisa stand alleine im Treppenhaus.

Luisa schlich vorsichtig und lautlos die Treppe hinunter. Niemand war zu sehen. Verwundert war sie darüber nicht. Der Betrieb ging erst später los. Um diese Zeit fanden höchstens letzte Proben statt.

Sie hatte den Haustürgriff schon in der Hand, als sie laute Stimmen und Gepolter hörte. Was war denn da los? Das kam doch eindeutig aus dem Keller?

Sie hatte in dieser Bar gearbeitet, aber den ganzen Keller kannte sie nicht. Sie wusste, dass es dort einen verborgenen, durch eine schmale Mauer abgeteilten Raum geben musste, in dem manchmal illegales Glücksspiel stattfand. Sie war nicht blöd und sie hatte eine Menge mitbekommen Aber wo dieser Raum genau war, wusste sie nicht. Es war ihr auch immer gleichgültig gewesen.

Jetzt allerdings dachte sie, dass dort unten etwas Merkwürdiges vorging, dem sie auf die Spur kommen wollte.

Sie verdrängte den lästigen Gedanken in ihrem Hinterkopf, dass sie sich in Gefahr begeben könnte, sondern schlich leise und in leicht gebückter Haltung bis zu der angelehnten Tür, hinter der die Kellertreppe begann.

Sie öffnete sie, lauschte hinunter.

Stimmen.

„Was sollen wir jetzt mit denen machen?" Sie war sicher, dass das Steves Stimme war.

„Was wohl? Schaff sie hier weg – irgendwohin, wo sie nicht so schnell gefunden werden und dann mach den verdammten Raum sauber und verschließ ihn ordentlich. Vorläufig darf der nicht benutzt werden." Das war eindeutig Manuel.

Luisas Herz klopfte wild. Was war da unten nur los? Was sollten die wegschaffen? Oder wen?

„Die sind doch selbst Schuld. Sind unsere Anwälte und wollen uns nicht vertreten? Von wegen, Menschenhandel decken wir nicht? Die haben gut an uns verdient. Uns haut keiner in die Pfanne." Das war Hugos eher vulgäre Ausdrucksweise.

„Ja schon gut. Das Problem müssen wir jetzt jedenfalls beseitigen. Niemand wird glauben, dass wir unsere Anwälte getötet haben", sagte Manuel.

Luisa schlug sich die Hand vor den Mund, um nicht laut aufzuschreien. Die hatten die Anwälte getötet! Verdammt!

„Steve, schnapp dir Luke und schaff die beiden weg", befahl Hugo.

Da kamen sie. Manuel ging mit strammen Schritten voran, Hugo knapp hinterher. Steve folgte den beiden. Bestimmt holte er jetzt irgendwas, worin er das Paar transportieren konnte.

Luisa drückte sich hinter die nächste Ecke und hoffte, dass sie niemand entdecken würde. Sie hielt den Atem an, weil sie glaubte, selbst das Atmen könnte sie verraten. Aber die drei weiter gingen ohne sie zu bemerken. Als die Männer weg waren, schlich sie zurück zur Kellertür.

Ihr Herz klopfte bis zum Hals, als sie die Treppe hinunterschlich. Wenn gerade jetzt einer zurückkam, war sie verloren. Aber dort unten konnte sie sich verstecken. Im Getränkelager oder in der Sauna.

Sie sah ein zur Seite geschobenes Weinregal.

Sie lief um das geöffnete Regal herum und spähte in den Keller. Es war ein schöner Raum. Groß und hell. Und in der Mitte auf dem Fußboden lag das Anwaltsehepaar. Luisa hatte sie früher schon einmal im Wunschbrunnen gesehen.

Beide um die fünfzig. Schick gekleidet. Sie lagen in einer Blutlache.

Luisa hielt ihr Handy schon in der Hand und machte ein Foto. Sie konnte später nicht mehr sagen, warum sie so gut funktionierte, warum sie nicht vor lauter Angst einfach kopflos davonstürmte. Aber irgendetwas in ihr wusste, sie musste diese Tat festhalten, musste später beweisen können, was passiert war.

Doch sie wusste ebenso, dass sie schnell von hier verschwinden musste. Steve würde bald wiederkommen und wenn der sie hier antraf, war sie verloren.

Sie schlich wieder zurück und versteckte sich hinter dem Regal.

Sie lauschte, ob jemand kam. Sie musste weg. Vielleicht konnte sie durch die Keller-Außentür entkommen. Durch die wurde immer der Alkohol angeliefert. Aber die Tür war normalerweise abgeschlossen.

Sie lief trotzdem dorthin. Rappelte an der Tür. Verschlossen. Was hatte sie sich nur dabei gedacht, hier runter zu kommen? Jetzt saß sie in der Falle!

Da hörte sie schon wieder Schritte die Treppe hinunterkommen.

Sie spähte den Kellergang entlang, sah Steve und Luke in den geheimen Raum gehen. Unter den Armen trugen sie irgendwelche Tücher. Vielleicht Bettlaken?

„Das kommt davon, wenn man sich mit dem Chef anlegt", meinte Luke dröhnend. „Und mit Urban. Der ist noch schlimmer. Sieht aus wie ein Gentleman, aber der ist der größte Verbrecher."

„Halt die Schnauze! Wenn er das hört, haste nichts mehr zu lachen."

„Ja, schon gut. Lass uns die beiden einpacken. Haste das Auto vor die Treppe gestellt?"

„Klar. Bin ja nicht blöd."

„Na dann los, bevor der Betrieb anfängt."

Kurz darauf kam jeder mit einem eingepackten Körper über der Schulter wieder aus dem Raum heraus. Sie liefen direkt zur Außentür, schlossen auf und verließen den Keller. Luisa stand in ihrem Versteck und filmte den Abgang.

Füße und Haare lugten aus den Bettlaken hervor. Es war eindeutig, dass dort Leichen fortgeschafft wurden.

Sie bekam mit, dass einer der beiden Türsteher zurückkam und die Tür wieder verschloss.

Jetzt musste sie aber fort. Und zwar schnell. Die Treppe hinauf und weg.

Als sie oben aus der Tür lief, kam gerade Hugo aus seinem Büro. Er bemerkte gerade noch eine Person mit haselnussbraunen Haaren, die den Gang entlangwehten.

„Halt, stehen bleiben!", schrie er.

Luisa wurde schneller, stürzte zur Haustür.

„Stehenbleiben!"

Hugo stürmte wutentbrannt hinterher, aber er erreichte die Person nicht mehr. „Verflucht, wer war das?", fluchte er.

„Ich müsste mich schon sehr täuschen, wenn das nicht Luisa war", meinte Manuel, der inzwischen alarmiert aus Hugos Büro gekommen war. In gewohnt überheblicher Art lehnte er gegen den Türrahmen.

„Luisa?", fragte Hugo verwundert.

„Genau die. Figur - Gang - Haare, alles passt. Außerdem ist sie eine Freundin von Sandy."

„Luke und Steve sind mit den Anwälten unterwegs. Dein Oliver muss herkommen. Der muss das Mädchen erwischen. Dieses Weib ist aus dem Keller gekommen", dröhnte Hugo gedämpft. Am liebsten hätte er das ganze Haus zusammengeschrien, aber er beherrschte sich.

Manuel verdrehte die Augen. „Mein Gott, wenn sie die Toten gesehen hat, bist du dran."

„Ich?", bölkte Hugo.

Klar, dachte Manuel. Das hier ist der Wunschbrunnen, nicht das Desiderium.

Luisa wusste, sie musste fort. Der Besuch bei Sandy war ja vollkommen außer Kontrolle geraten. Verdammt, wäre sie doch nur sofort gegangen. Jetzt hatte Hugo bemerkt, dass sie im Keller gewesen war. Ob er sie erkannt hatte? Und selbst wenn nicht - Sandy würde auf jeden Fall reden, wenn sie in die Mangel genommen wurde.

Luisa sprang in ihren alten verschrammten Polo, startete und fuhr los. Einfach weg. Der Gedanke trieb sie an. Konnte sie es überhaupt wagen, zu ihrer Wohnung zu fahren, um ein paar Sachen zu packen? Kannte Sandy ihre Adresse? Nein, sie hatten ja immer nur gemailt und whatsappt.

Ja, sie entschied sich, zur Wohnung zu fahren.

In aller Eile warf sie ein paar Sachen in einen Koffer, überlegte, ob sie das Foto von Bastian mitnehmen sollte, ließ es dann aber bleiben. Bastian war Vergangenheit. Es war eine schöne Zeit gewesen mit einem schlimmen Ende, aber jetzt war sie vorbei.

Sie zog den Koffer hinter sich her, die Treppen hinunter. Eine Rolle brach ab – egal. Sie lief aus der Haustür auf ihr Auto zu.

„Hallo, hallo, wen haben wir denn da!", rief eine unbekannte Stimme.

Sie blickte dem Typen entgegen. Er war anders als die Türsteher, nicht so bullig, fast sympathisch. Aber sein Blick war eiskalt. „Hugo und Manuel haben Sehnsucht nach dir. Komm mit."

Wie war der so schnell hierhergekommen?

„Ich denke gar nicht dran."

„Wo willst du denn hin?", fragte er mit drohendem Unterton und einem Blick auf den Koffer.

„Urlaub", erwiderte sie ausweichend. Ihr Gehirn arbeitete auf Hochtouren. Was konnte sie tun? Wenn der Typ sie zu fassen bekam, war alles vorbei. Aus seinem Klammergriff würde sie sich bestimmt nicht befreien können. Mit einem unverschämten Grinsen im Gesicht kam er langsam näher.

Sie sah sich suchend um. Da - vor der Haustür stand ein Spaten. Vermutlich hatte der Hausmeister im Garten gearbeitet und ihn dort stehen gelassen. Sie wich zurück. Das Grinsen des Typen wurde noch unverschämter. Er dachte, sie wich aus Angst zurück. Sie hatte wirklich Angst, sie hatte das Gefühl, am ganzen Körper zu zittern. Aber sie wich zurück, um an den Spaten zu kommen. Hinter ihrem Rücken suchten ihre Hände danach.

Der Typ bemerkte jetzt, was sie vorhatte. Sein Grinsen erstarb. Er trat einen großen, entschiedenen Schritt auf sie zu. Sie schrie auf, schwang den Spaten durch die Luft, traf den Mann tatsächlich an der Schläfe. Der sank auf der Stelle zusammen. Blut sickerte aus der Gesichtshälfte

Luisa sah es entsetzt, aber auch erleichtert. Sie lief weiter, griff nach dem Koffer, zog ihn polternd hinter sich her zum Auto. Sie hievte den Koffer auf die Rückbank, schwang sich selbst auf den Fahrersitz, warf gleichzeitig ihre Handtasche auf den Beifahrersitz und startete.

Sie musste weg. Nach Norderney.

Isa würde ihr helfen.

Oliver, Manuels Mitarbeiter, kam allmählich wieder zu sich. Das bärtige Gesicht des Hausmeisters hing über seinem. „Ach, junger Mann, Gott sei Dank, ist alles in Ordnung? Ich habe den Krankenwagen schon gerufen."

„Das ist nicht nötig", murmelte Oliver. Aber er ahnte, dass es doch nötig war. Um ihn herum drehte sich alles. Er tastete dennoch nach seinem Handy in der Hosentasche und wählte Manuels Nummer.

Hugo war außer sich vor Wut, als er hörte, dass Luisa entkommen war.

Manuel waren solche unkontrollierten Gefühlsausbrüche fremd.

Hin und wieder demonstrierte er seine Macht, wie nach jener Nacht an Luisa, aber das waren durchaus kalkulierte und kontrollierte Ausbrüche.

Auch jetzt war er eher überlegen und strukturiert als wutgeladen.

So konnte er auch besser überlegen und planen als Hugo.

„Wir müssen herausfinden, wo sie hingefahren ist. Lass ihr Handy orten. Nimm Sandy in die Zange. Und dann müssen Steve oder Luke ihr nachreisen und sie sicherheitshalber…" Er hielt sich Zeigefinger und Daumen in Form einer Pistole an die Stirn.

„Und was machen wir ansonsten mit Sandy?", fragte Hugo.

Manuel winkte lässig ab. „Die stochert doch nur etwas rum und im Keller war sie nicht. Ich nehme sie mit zu mir. Im Desiderium hab ich die unter Kontrolle. Wenn die eingeschüchtert genug ist, hält sie sowieso den Mund."

Hugo nickte zustimmend. „Das halte ich für eine gute Idee", brummte er.

„Du bist noch immer ein wenig zu lasch mit den Mädchen. Aber Tamara wird sich schon um sie kümmern." Manuel lachte. Es bestand kein Zweifel daran, was das zu bedeuten hatte.

Isa freute sich, Luisa zu sehen und zeigte sich entsetzt über das, was in Hamburg geschehen war. „Du musst sofort zur Polizei", riet sie.

„Aber das geht nicht. Ich habe doch selbst meinen Verfolger verletzt oder sogar getötet."

„Das war doch reine Notwehr. Deswegen bekommst du keine Probleme. Du musst unbedingt erzählen, was du im Keller gesehen hast."

„Ich habe das sogar mit dem Handy gefilmt."

Isa hob den Daumen hoch. „Super. Dann hast du einen Beweis."

„Aber Manuel ist darauf nicht zu sehen. Der zieht sich glatt aus der Schlinge und bleibt frei und ich stehe mitten im Kreuzfeuer."

„Da stehst du jetzt aber auch."

Luisa nickte. „Ich muss untertauchen", hauchte sie.

„Auch dabei kann dir die Polizei helfen", meinte Isa.

Es war schon spät am Nachmittag des darauffolgenden Tages, als Isa vorschlug, einen Spaziergang zum Hafen zu machen. Das Meer hatte Luisa immer viel bedeutet. Es brachte die Ruhe in ihr aufgewühltes Inneres, um die richtigen Entscheidungen treffen zu können.

„Wir können doch das Inselhopping machen, das wir zusammen geplant hatten", schlug Luisa vor.

„Gute Idee, morgen können wir vielleicht mal nach Juist? Heute ist es schon zu spät, da wird es dunkel ehe wir dort sind. Aber wenn du Lust hast, gehen wir einfach aufs Boot und fahren noch ein kleines Stück raus."

„Oh ja, dann können wir das Schaukeln genießen", stimmte Luisa begeistert zu.

Sie gingen also zu dem kleinen Hafen und Isa zeigte Luisa das Boot, von dem sie schon so oft erzählt hatte. Obwohl Luisa Fotos gesehen hatte, staunte sie.

„Was ist?", lachte Isabella, als sie das staunende Gesicht der Freundin sah.

„Es ist noch viel schöner, als ich gedacht habe. Es ist ja eine richtige Yacht."

„Aber eine sehr kleine", lachte Isa. „Eher ein Kajütboot. Komm, ich zeige dir alles. Viel ist sowieso nicht zu sehen."

Luisa stieg mit einem großen Schritt hinter Isa her auf das Boot. Im hinteren Teil gab es eine Bank, auf der man sitzen und sich sonnen konnte. Gleich neben dem überdachten Bereich, in dem sich das Steuerrad befand, führte ein kleiner Eingang ins Innere des Bootes. Dort gab es ein Regal, einen einfachen Schrank sowie eine Spüle und einen Kühlschrank, nichts Feudales. In der Spitze war eine Art Liegefläche. Alles da, aber zum Bewohnen während eines längeren Aufenthaltes war es wirklich nicht groß genug, höchstens mal für eine Übernachtung. „Und hier ist unser Geheimfach", lachte Isa in Luisas Gedanken hinein, zog an einem kleinen Griff und öffnete eine Bodenluke. „Jetzt ist sie leer, aber wenn wir Ausflüge mit dem Boot unternehmen, können wir hier noch einiges an Utensilien ver-stauen."

„Ich finds einfach toll", gab Luisa neidlos zu.

Die beiden Frauen ließen ihre Handtaschen dort liegen, gingen wieder ins Freie und Isa stellte sich an das runde Steuerrad, das so gar keine Ähnlichkeit mit den Steuerrudern auf den alten Piratenschiffen hatte. Sie ließ den Motor an und manövrierte das Boot gekonnt von seinem Liegeplatz aufs Meer hinaus. „Das kannst du ja richtig gut", meinte Luisa.

„Das ist keine große Kunst, das kannst du auch. Willst du es mal versuchen?"

„Oh nein…", Luisa wehrte zuerst ab, aber dann stellte sie sich doch an das Rad, während Isa sich auf einen Hocker daneben setzte. Es war ein herrliches Gefühl. Das Wasser lag blau und ruhig vor ihnen, Möwen flogen über ihnen und kreischten. Die

Sonne stand schon tief. Es sah aus, als wollte sie bald im Meer versinken.

„So, ich glaube, das reicht", meinte Isa nach einer Weile. Hier bleiben wir. Ich möchte nicht im Dunkeln zurückfahren müssen und von hier kann man den Hafen noch sehen und wir sind schnell zurück, wenn es dunkel wird."

Luisa nickte. Sie fühlte beinahe einen Anflug von Normalität. Hier und in Gesellschaft von Isa fühlte sie sich wohl. Manuel und Hugo waren weit fort und was ging sie dieses Anwaltsehepaar an. Sie sah sich um. Es waren noch ein paar andere Boote unterwegs.

„Du kannst ja mal nach unten gehen und Getränke und Knabbereien holen. Die haben wir immer vorrätig, sind in dem Schrank", schlug Isa vor.

Während Luisa wieder in die Spitze des Bootes ging, breitete Isa Kissen und Decken auf der Bank im Heck des Bootes aus. Dort konnten sie sitzen und den Wellen und dem Sonnenuntergang zusehen.

Niemand der beiden hatte bemerkt, dass ein anderes Boot direkten Kurs auf sie zu genommen hatte.

„Hallo", rief ein Mann Isa zu, als sie sich gerade auf der Bank niederlassen wollte.

Sie blickte auf. „Ja?" Dann sah sie die Pistole in seiner Hand.

„Hallo Luisa", grinste der Fremde. „Schön, dich wiederzusehen."

„Ich bin nicht…", stammelte Isa.

Als Luisa wieder aus dem kleinen Raum herauskam, sah sie, wie Isabella für einen Moment ganz starr wurde, ihre Bluse färbte sich rot von Blut, dann kippte sie nach vorne über den Rand des Bootes und fiel ins Wasser. Luisa erstarrte. Was war in dieser kurzen Zeit hier geschehen? Sie hatte keinen Schuss gehört, aber es musste einen gegeben haben.

Nein! schrie es in ihrem Inneren. Nein! Doch kein Laut kam über ihre Lippen. Sie hielt sich den Mund zu, um nicht zu schreien. Ihr war so übel, dass sie befürchtete, sich übergeben zu müssen.

288

Panik und Entsetzen überfluteten sie, als sie ahnte, was gerade geschehen war.

Sie drückte sich zurück ins Innere des Bootes, im selben Moment hörte sie, dass jemand das Boot betrat.

Wo konnte sie sich verstecken? Sie entdeckte Isabellas Handtasche. Luisa hatte noch nicht wirklich verstanden, dass die geliebte Freundin nicht zurückkehren würde. Aber ihr Körper agierte hektisch und instinktiv. Sie ergriff die Handtasche und ließ ihre eigene liegen. Wenn derjenige, der jetzt auf dem Boot war, glaubte, dass sie tot war, suchte er vielleicht nicht weiter nach ihr. Verdammt, wie hatte er sie überhaupt gefunden?

Sie kroch in die Bodenluke, die Isa ihr gezeigt hatte und schloss die Klappe. Es war zu eng für einen Menschen, die Platte lag auf ihrer Brust und es war stockdunkel. Sie verharrte bewegungslos, sie konnte sich sowieso kaum rühren.

Sie hörte die Schritte, hörte denjenigen über ihr Versteck gehen.

Sie hörte, wie der Schrank geöffnet wurde. Hoffentlich entdeckte derjenige die Bodenplatte nicht. Die Chancen dafür standen gut. Wenn man sie nicht kannte, sah man den kleinen Eingriff überhaupt nicht. Ihr wäre die Luke vorhin jedenfalls nicht aufgefallen. Aber Luisas Panik war riesengroß. Ihr Herz schlug wild. Fast glaubte sie, nicht mehr atmen zu können, ihre Brust schmerzte.

Endlich entfernten sich die Schritte wieder.

Dennoch verharrte sie regungslos in der Enge ihres Verstecks, traute sich noch nicht, es wieder zu verlassen. Der Gedanke fraß sich allmählich in ihr Bewusstsein, dass die Freundin nicht wiederkommen würde. Nie mehr.

Nie mehr.

Oder lebte Isa vielleicht noch? Nein, sie war getroffen worden. Sie war ins Wasser gefallen. Sie kam nie mehr zu ihr zurück. Wieder ein Mensch, der sie, Luisa, verlassen hatte.

Steve war zufrieden. Er hatte Luisas Spur bis Norderney verfolgt. Er hatte gesehen, dass sie mit einer anderen Frau zusammen Richtung Hafen gegangen war. Dort hatte er sie zunächst verloren. Doch dann sah er ein Boot ablegen und er war ziemlich sicher, die Kleine darauf gesehen zu haben.

Ihn kümmerte nicht, wem das Boot gehörte oder warum sie hinausfuhr. Er dachte nur: Ein Mord draußen auf dem Meer – was konnte besser sein?

Also nahm er sich unbemerkt eines der kleinen Motorboote und fuhr hinterher.

Er verfolgte das Boot, tötete in einer blitzschnellen Aktion die junge Frau, sah sie ins Wasser kippen und grinste zufrieden. Dann durchsuchte er das Boot. War sie nicht vorhin mit einer anderen Frau zusammen gewesen? Aber er hatte sie kurzzeitig aus den Augen verloren, es war immerhin möglich, dass nur Luisa hinausgefahren war. Auf jeden Fall fand er niemanden. Und das Boot war nicht besonders groß, hier konnte sich niemand verstecken, also war auch niemand da. Und selbst wenn… dann hatte die Frau ihn auf jeden Fall nicht gesehen.

Er fand nur ihre Handtasche mit ihren Papieren, nahm sie und warf sie ins Meer. Von Luisa sollte keine Spur zurückbleiben. Sie war für immer verschwunden.

Er verließ das Kajütboot und fuhr wieder zum Ufer zurück. Das Problem Luisa war aus der Welt geschafft. Manuel und Hugo würden zufrieden sein.

Jetzt hielt Luisa es nicht mehr aus und öffnete die Luke. Wenn der Verfolger noch immer hier war, war es auch egal. Sollte er sie doch auch töten. Machte das etwas? Wieso hatte sie sich überhaupt versteckt? Sie war allein auf der ganzen Welt. So konnte doch sowieso keiner leben.

Oh mein Gott, nie mehr würde sie Isas Stimme hören, würde sie mit ihr lachen, sie umarmen, nie mehr Essen gehen oder ins Kino.

Sie kletterte aus dem Hohlraum und sah sich um. Alles war so wie vorher. Nur die Handtasche war fort. Ihre Handtasche. Luisas. Sicher hatte ihr Mörder sie ins Meer geworfen. Es durfte keine Spur zurückbleiben.

Luisa nahm die Geldbörse aus Isas Handtasche, zog den Personalausweis heraus und besah das Bild.

Isas Bild.

Ihr Bild.

Ab jetzt bin ich Isabella Kiefer, ging es ihr durch den Kopf.

Sie nahm ihr Handy, das in ihrer Hosentasche gesteckt hatte. Sah die Fotos von dem toten Anwaltspaar und den Film vom Abtransportieren der Leichen. Sie sandte beides per WhatsApp an Isabellas Handy. Dann warf sie ihr eigenes - Luisas Handy - in hohem Bogen ins Meer. Die Wellen würden es forttragen. Niemand würde es jemals finden.

Und plötzlich dachte sie: Ich muss fort. Einfach fort. Er darf mich nicht finden. Später konnte sie nicht mehr sagen, wie ihr Verstand in diesem Moment funktioniert hatte. Sie wusste nur, sie musste weg.

Unbemerkt.

Unentdeckt.

Sie musste weg!

Sie musste alles zurücklassen. Ihre Wohnung, ihre Möbel, Kleider, ihr Auto, ihren PC, ihre Fotos.

Sie merkte gar nicht, dass ihr Tränen die Wange hinunter liefen, aber sie funktionierte.

Sie war schuld, sie ganz allein war schuld daran, dass Isabella tot war. Hätte sie nur nicht herumgeschnüffelt.

Sie ließ den Motor wieder an und fuhr los.

Inzwischen war es dunkel. Aber sie konnte den Kompass lesen und sogar ein bisschen die Position der Sterne bestimmen. Bastian hatte sie das gelehrt.

Sie weinte die ganze Nacht. Sie konnte es nicht glauben, was geschehen war. Von einem Moment auf den anderen hatte sie alles verloren. Ihre Freundin hatte sogar ihr Leben verloren. Wie hatten die Männer sie nur gefunden?

„Ich habe auch mein Leben verloren!", sagte sie laut zu den Sternen. „Es ist doch nichts mehr übrig davon. Ich bin ebenso tot wie Isa."

Doch als der Morgen kam, erhob sie sich aus den Trümmern ihrer Gefühlswelt. Immer noch traurig, verzweifelt, aber mit dem Willen, ihr Leben neu zu finden.

Sie ballte die Faust und blickte zum Himmel, an dem eine rote Sonne aufging. „Ich schwöre!", rief sie „Ich schwöre, ich werde mein Leben neu einrichten. Zum letzten Mal. Aber niemals wieder werde ich zulassen, dass mich ein Mensch so verrät wie meine Mutter, Kurt, Hugo oder Manuel und niemals wieder werde ich zulassen, dass mich ein Mensch, den ich lieb gewonnen habe, verlässt. So wie Bastian oder Isa."

Durch alle Verzweifelung hindurch fühlte sie eine neue Kraft.

„Luisa ist tot. Ich bin Isabella Kiefer und ich lebe!"

Sie steuerte das Boot entlang der Küsten der nordfriesischen und ostfriesischen Inseln Richtung Holland, bis sie schließlich an der Küste der westfriesischen Inseln ankam, wo sie hoffte, ihr geheimes Paradies zu finden.

Sie fuhr tagelang über das Meer, legte an der einen oder anderen Insel an, kaufte Nahrung und Kleidung. In Isabellas Handtasche befand sich etwas Geld, aber lange würde sie sich damit nicht über Wasser halten können. Verdammt, sie konnte von Isas Konto kein Geld abheben, sie kannte ja ihre Geheimnummer nicht. Und an ihr eigenes - an Luisas Konto - kam sie auch nicht ran. Luisa war tot. Eine Tote konnte kein Geld abheben, mal ganz davon abgesehen, dass sie ihre Bankkarte ja nicht hatte. Die war in der

Handtasche, die sie zurückgelassen hatte, als Beweis dafür, dass Luisa tot war.

Ach, vielleicht würde es gehen, wenn sie zu einer Bank ging und bahauptete, sie hätte ihre Geheimnummer vergessen? Sie war sicher nicht die erste, der das passierte.

Sie war gerade an Vlieland vorbeigefahren. Es war heute ganz schön stürmisch, vielleicht hätte sie auf Vlieland bleiben sollen. Einen Tag lang. Sie hätte ja mal testen können, ob sie sich als Isabella Kiefer ein Zimmer mieten konnte. Ein Zimmer, das nicht viel kostete. Bisher hatte sie nur auf dem Boot geschlafen.

Auf Texel würde sie sich Arbeit suchen müssen. Selbst, wenn sie es schaffte, an Konto ranzukommen - ewig würde das Geld darauf wohl kaum reichen.

Bald war sie da. Sie konnte die Insel schon sehen. In ihrem Inneren regte sich etwas. Es war die Erinnerung an das Glück von damals. Sie würde ihr geheimes Paradies finden. Texel.

Plötzlich fiel mit einem letzten seufzenden Geräusch der Motor aus. Fast gleichzeitig setzte die Panik ein. Was war los? Was sollte sie jetzt tun? War das Benzin ausgegangen? Scheiße. Benzin - daran hatte sie ja überhaupt nicht gedacht. Und jetzt war sie hier vor den Inseln, das Ziel zum Greifen nah und geriet womöglich in Seenot.

Das Boot trieb im Wasser.

Sie fühlte sich hilflos, wusste nicht, was sie tun konnte.

Sie sah den Wellen zu, die unruhig den Strand umspülten. Würde das Boot letztlich an den Strand getrieben werden? Sie hatte keine Ahnung.

Sie schnappte sich ihre Handtasche, hängte sie quer über ihre Schultern. Sie durfte die Tasche nicht verlieren und mit ihr ihre neue Identität.

Sie beobachtete das Treiben der Wellen, die Reaktion des Bootes. Es würde an der Insel vorbeitreiben. Sie griff nach einem der Ruder, die unter einer Bank lagen. Vermutlich waren die nicht für den Zweck gedacht, sondern eher für das kleine Schlauchboot, das in seiner Packung unter Deck in dem Schrank lag. Egal - sie musste versuchen, das Boot damit in die richtige Richtung zu lenken, zum Land. Aber es war kein kleines Paddelboot, sondern ein Kajütboot, sie schaffte es kaum, das Ruder ins Wasser zu tauchen, geschweige denn, das Boot auf Kurs zu bringen. Sie würde es nicht schaffen, das Boot würde in die offene See getrieben werden. Sie erkannte, dass sie nur eine Chance hatte: Sie musste runter. In panischer Angst sprang sie in das aufgewühlte Wasser. Sie versuchte, die Wellen zu teilen, ging unter, tauchte wieder auf, schnappte nach Luft. Sie musste tauchen, unter den Wellenbergen hinweg schwimmen. Sie rang um Atem. Das letzte, was sie dachte, bevor die Welt um sie versank, war: Ich werde sterben.

Als nächstes hörte sie das Kläffen eines Hundes und eine sanfte Stimme.

Sie öffnete die Augen. Eine Frau mittleren Alters, mit dunklen wilden Locken beugte sich über sie. Wo war sie? Wer war die Frau?

Sie stöhnte, sah die Fremde an.

„Hallo! Da sind Sie ja wieder!", sagte die Frau freundlich. „Ich bin Verena Huisman. Und wer sind Sie?"

„Ich... ich heiße....", sie verstummte.

„Ja?", hakte Verena nach.

„Ich weiß es nicht", hauchte sie. Sie wusste es wirklich nicht.

Warum kannte sie ihren Namen nicht? Sie wurde ganz nervös.

Aber die fremde Frau blieb ganz ruhig. „Das macht nichts. Machen Sie sich keine Sorgen. So etwas kommt vor."

„Was ist passiert?", fragte sie

„Bleiben Sie liegen", sagte Verena Huisman sanft. „Der Arzt kommt gleich."

294

„Ich weiß nicht, was geschehen ist. Wie komme ich hierher?",
jammerte sie."

„Hatten Sie einen Unfall? Sind Sie gestürzt?", fragte Verena.

Sie schüttelte den Kopf. „Ich glaube nicht."

„Machen Sie hier Urlaub?"

Wieder schüttelte sie den Kopf. „Ich weiß es nicht", wimmerte
sie. Konnte die Fremde nicht aufhören zu fragten? Sie wusste es
doch nicht. Sie konnte ihr nicht antworten.

„Möchten Sie vielleicht nachsehen, ob Sie einen Personalausweis
in Ihrer Tasche haben?", fragte Verena.

Luisa sah sich suchend um. Wo war denn ihre Tasche? Die
fremde Frau lächelte. „Sie hängt um Ihren Hals."

„Oh!"

Sie setzte sich mit Verenas Hilfe auf, nahm die Tasche vom Hals
und bat Verena, sie zu öffnen. Sie fühlte sich so schwach und
verängstigt.

„Na bitte, alles da", sagte die Frau. „Geldbörse, Pass, Führerschein, Bankkarte. „Sie heißen Isabella Kiefer und sind am 9. Juni
1995 geboren. Na sehen Sie, das ist doch schon was."

Isabella Kiefer versuchte zu lächeln. „Nur dass ich mich nicht
daran erinnern kann."

Vom Meer her näherte sich ein Rettungsboot.

Die Sanitäter kamen bei den Frauen an, Isabella wurde auf die
Trage gelegt. Sie bekam eine kurze Unterhaltung zwischen ihrer
Retterin und den Sanitätern mit. Dann kam die Fremde noch mal
zu ihr.

„Besuchen Sie mich mal?", fragte Isabella. Diese Fremde war im
Augenblick der einzige Mensch, den sie kannte.

Die Frau nickte. „Natürlich."

Isabella hoffte, dass sie Wort hielt.

Kapitel 13:

Freitag, 14. September 2018

Joris van Dijk und Mathijs Verbeek erschienen am frühen Vormittag in *Verena Hoeve.*

„Wir bringen Neuigkeiten aus Deutschland", sagte Joris.

„Tatsächlich? Kommen Sie herein."

Verena setzte sich mit den beiden Polizisten um den Küchentisch herum. Gustaaf, der sich gerade einen Kaffee einschenkte, gesellte sich dazu.

„Die junge Frau - Luisa Dahlke, wie sie ja nun in Wirklichkeit heißt - wurde gestern noch nach Deutschland gebracht. Sie hatte in der Hamburger Bar Wunschbrunnen gearbeitet. Nach einem Jahr fiel sie einem Geschäftspartner ihres Chefs auf und wurde seine Geliebte. Dieser Manuel Urban ist offenbar in Hamburg ziemlich berüchtigt, bisher konnte man ihm allerdings keine illegalen Geschäfte nachweisen", berichtete Joris. „Es ist eine lange Geschichte. Um es kurz zu machen: Luisa und er haben sich irgendwann wieder getrennt und Luisa beendete ihr Studium und begab sich auf Jobsuche."

„Sie hat ein abgeschlossenes Studium?", fragte Verena erstaunt.

„Da staunen Sie, nicht? Ja, Wirtschafsmathematik."

Gustaaf pfiff anerkennend durch die Zähne. Das hätte er nicht gedacht.

Mathijs nickte. „Sie lebte inzwischen mit einer Freundin zusammen in deren Wohnung. Da sie sich dort nie angemeldet hat, verlor sich zunächst ihre Spur. Diese Freundin hieß Isabella Kiefer."

Verena bekam große Augen. „Das also war Isabella Kiefer? Was ist mit ihr passiert?"

„Dazu kommen wir noch. Gemach. Während diese Freundin im Urlaub auf Norderney war, besuchte Luisa Dahlke eine alte

Freundin in dieser Bar, dem Wunschbrunnen. Dort wurde sie Zeugin eines Doppelmordes. Sie wurde gesehen, konnte aber fliehen. Sie floh nach Norderney zu ihrer Freundin. Aber die Mörder verfolgten sie bis dorthin. Und dort töteten sie Isabella Kiefer. Die beiden jungen Frauen sahen sich in der Tat sehr ähnlich, so dass es vermutlich eine Verwechslung war. Luisa konnte vorher noch geistesgegenwärtig die Handtaschen austauschen.

Der Mörder versenkte Handtasche und Papieren von Luisa im Meer.

Die wiederum nutzte ihre Chance und tauchte als Isabella Kiefer unter. Sie fuhr mit einem Boot an den friesischen Inseln entlang bis nach Texel. Kurz vor dem Ziel erlitt sie Schiffbruch und wurde gerade noch rechtzeitig an Land gespült. Sie schleppte sich ein Stück in das Naturschutzgebiet hinein", berichtete Mathijs

„Wo ich sie gefunden habe", ergänzte Verena fassungslos.

„Meine Güte. Und diese Isabella Kiefer wurde nie gefunden?"

Mathijs nickte. „Natürlich nicht. Ihre Eltern sind sehr verzweifelt. Aber jetzt, mit Luisas Aussage, können sie wenigstens Abschied nehmen. Luisa dagegen wurde nicht vermisst. Niemand suchte sie. Ihre Freundin war selbst tot, Manuel und seine sogenannten Mitarbeiter dachten ebenfalls, dass sie tot sei. Ihre Eltern hatten keinen Kontakt mehr zu ihr und bekamen von dem Drama nicht einmal etwas mit."

Verena schüttelte verständnislos den Kopf. „Das ist alles sehr traurig."

„Mit Luisas Aussage können die Hamburger Kollegen diesen Manuel Urban und seine Kumpane jetzt wegen Mordes an einem reichen Anwaltsehepaar und an Isabella festnehmen."

„Ist Luisa nicht in Gefahr, wenn sie aussagt?"

„Sie hat keine Wurzeln in Hamburg. Sie hat keinen Kontakt mehr zu ihren Eltern, ihre Freundin ist tot. Nur dieses Mädchen im Wunschbrunnen gibt es noch. Die beiden werden in den Zeugenschutz aufgenommen. Und wenn Manuel im Gefängnis sitzt, ist die Gefahr ja vorüber. Luisa ist wirklich ein sehr verzweifelter junger Mensch. Sie hat in ihrem Leben schon viel durchgemacht. Aber das kann sie vielleicht einmal selbst erzählen. Sie will nämlich unbedingt zu Ihnen kommen und ihr ganzes sonderbares Verhalten erklären", berichtete Mathijs.

Verena nickte bedächtig. „Sie hatte Angst, uns auch wieder zu verlieren, nicht wahr?"

Mathijs hob die Schultern. „Ich bin kein Psychologe. Aber sie hat ihr Portrait zerstört und auch diesen Zettel unter der Tür her in Ihr Lädchen geschoben."

„Mein Gott, das war Isa – ich meine Luisa?" Verena schüttelte verständnislos den Kopf. Die Szene kam ihr in den Sinn, als sie Luisa von der Zerstörung erzählte. Sie sah Luisas Erschütterung deutlich vor sich. Dabei war sie selbst die Täterin gewesen.

„Und ich dachte, den Zettel hat auch Zumbrink geschrieben."

Mathijs nickte. „Das war durchaus mit Bedacht. Luisa ist mit einem Schlüssel, den sie heimlich hat nachmachen lassen - vermutlich hatte sie ihn mal von Ihrem Schlüsselbrett gestohlen - in Ihr Haus gekommen. Das erklärt die leichten Spuren, die Sie im Flur entdeckt haben. Sie ist die Treppe hinaufgegangen in Ihr Atelier und hat die Zerstörung angerichtet. Und erst dort hat sie auch die Scheibe zerschlagen. So wollte sie uns einen Einbruch vorspielen. Außerdem hat durchaus bewußt den Verdacht auf Joost Zumbrink gelenkt. Sie wusste ja von Ihrer Feindschaft mit ihm."

„Ich habe das mit dem Portrait völlig unterschätzt. Hätte ich es doch nur nicht mitgenommen nach Amsterdam, dann wäre das alles nicht passiert", meinte Verena erschüttert.

Gustaaf legte seine Hand auf Verenas. „Vielleicht ist es gut, dass die Sache jetzt geklärt ist. Dadurch kann Luisa endlich mit ihrer Vergangenheit abschließen, jetzt muss sie sich allem, was passiert ist, stellen. Nur so ist eine neue Zukunft möglich."

„Genau", fuhr Mathijs fort. „Isabellas Schicksal wäre vermutlich nie aufgeklärt worden und ebenso wenig der Mord an den Anwälten, wenn Luisas Doppelleben nicht aufgeflogen wäre."

„Siehst du", meinte Gustaaf.

„Luisa hat die Leichen und den Abtransport gefilmt. Sie hat sogar, als sie ihr Handy vernichtete, dieses Material an Isabella geschickt. Das Handy wollte sie ja dann weiterbenutzen."

„Aber sie hat doch ihr und Marlenes Handy ins Amsterdam ins Meer geworfen."

„Das war das Handy, das sie hier auf Texel neu gekauft hat. Das Handy von Isabella war durch den Schiffbruch unbrauchbar geworden. Aber es existiert noch. Wir haben es in ihrer Wohnung gefunden und unsere Technik versuchte, die Bilder wieder herzustellen", erklärte Joris

„Hoffentlich gelingt das", meinte Gustaaf. Dann gibt es wenigstens einen Beweis und nicht nur Luisas Aussage."

„Was ist mit diesen beiden Personen, die Luisa hier gesucht haben?"

„Deren Boot liegt am Ijsselmeer, aber die beiden sind verschwunden. Wir finden sie schon", meinte Joris zuversichtlich.

Als die beiden Polizisten gegangen waren, brachte Gustaaf die Kinder zur Schule und fuhr selbst zur Seehundstation.

Verena schnappte sich die Leine von Jasper und ging zusammen mit dem Hündchen hinüber zum Ferienhaus. Für die drei Freundinnen war es der letzte Ferientag. Sie würden jetzt zusammen mit dem Fahrrad in das Naturschutzgebiet *De Muy* fahren, das Marlene so liebengelernt hatte.

„Du wirst es nicht glauben, Verena", empfing Marion sie sofort fröhlich. „Unsere Marlene hat eine weitere Entscheidung getroffen. Außer der, Luisa nicht wegen Entführung anzuzeigen."

„Tatsächlich? Und welche?"

„Ich werde eurem Rat folgen und nach Texel ziehen", sagte sie so leicht, als wäre das keine bedeutsame Entscheidung.

„Wirklich?" Verenas Augen strahlten. „Das freut mich total. Ich werde dir bei allem helfen, versprochen. Wohnung, Job... He, ich glaube, im *Fleurs* ist eine Stelle frei geworden. Es sei denn, Luisa kommt zurück."

„Ganz langsam. Erstmal muss ich zurück und alles regeln. Wir müssen das Haus eventuell verkaufen, es sei denn, Bernd will mit seiner Neuen darin leben."

„Aber du lässt dich nicht umstimmen?", fragte Karla vorsichtig. Sie wusste, wie leicht das passieren konnte. Marlene war dann wieder in ihrem Alltag und das Gefühl von Texel war hier zurückgeblieben. Allerdings war sie in einem Alltag, in dem sie sich nie wohl gefühlt hatte."

„Nein, das werde ich nicht. Darauf könnt ihr euch verlassen."

„Und sieh zu, dass Bernd Unterhalt zahlt."

„Keine Sorge, ich bin nicht mehr dieselbe. Oder glaubt ihr, ihr könntet nach so einem Erlebnis immer noch dieselben sein?"

„Wenn es dich stärker gemacht hat, bin ich froh, dass es passiert ist", meinte Marion.

„Die Polizei war gerade schon bei mir. Ich kann euch unterwegs erzählen, was mit Luisa passiert ist", berichtete Verena.

Luisa sah Sandy zum ersten Mal im Krankenhaus wieder. Kommissar Grote begleitete sie. Sandy war allein in einem kleinen Zimmer. Zwar war sie keine Privatpatientin, aber sie stand von dem Erlebten so unter Schock, dass sie dringend diese Ruhe benötigte. Luisa wollte sie allerdings unbedingt sehen.

Die beiden Mädchen lagen sich in den Armen und weinten beide.

Luisa blickte den Kommissar über Sandys Schulter hinweg dankbar an.

Es dauerte mehrere Minuten, bis die jungen Frauen sich voneinander lösten und Luisa sich zu Sandy auf das Bett setzte.

Grote zog sich einen Stuhl heran und setzte sich ebenfalls dazu. „Wie geht es denn jetzt weiter?", fragte Sandy endlich.

„Sie müssen beide gegen Urban und Winter aussagen", stellte Grote ohne Umschweife klar.

„Sind Sie verrückt? Die bringen uns doch um. Versucht haben sie es ja schon. Ich dachte die ganze Zeit, Lu sei tot."

„Meine Freundin Isabella ist tot", erklärte Luisa traurig. „Wir sahen uns ziemlich ähnlich. Und der Täter hat uns verwechselt."

„Und du hast ihre Identität angenommen?", fragte Sandy.

Luisa nickte. „Das schien mir die einzige Möglichkeit zu sein. Sah auch erst ganz gut aus. Keiner suchte nach mir."

Sandy nickte stumm.

„Die Männer kommen in Haft, wenn Sie beide aussagen. Das ist mal sicher. Sie haben Kenntnisse von dem Mädchenhandel, den Hugo und Manuel betrieben haben."

„Ja", hauchte Sandy und nickte.

„Und Sie sind Zeugin eines Mordes – genau genommen sogar von drei Morden."

„Die haben aber weder Manuel Urban noch Hugo Winter begangen. Die zwei kommen frei. Zumindest Manuel. Ich weiß, wovon ich rede, der schlängelt sich immer aus allem raus. Der würde sogar Hugo opfern. Ist dem egal. Und dann sind wir dran. Ich bin doch nicht umsonst untergetaucht, statt damals schon zur Polizei zu gehen", führte Luisa aus.

„Sie haben die Leichen fotografiert und den Abtransport gefilmt. Warum?"

„Keine Ahnung", erwiderte Luisa abweisend.

„Sie haben sogar die Foto und den Film auf Isabellas Handy geschickt, bevor Sie Ihres ins Meer geworfen haben. Warum?"
Seine Stimme wurde ein Stück eindringlicher.

Luisa hob stoisch die Schultern.

„Ich werde Ihnen sagen, warum. Sie wussten genau, dass es Ihre einzige Chance ist, die Männer hinter Schloss und Riegel zu bringen. Jetzt sind Sie aufgeflogen, weil die Frau auf Texel das Portrait ausgestellt hat. Aber es wäre irgendwann sowieso passiert. Das wissen Sie genau. Sie müssen gegen die beiden Männer aussagen. Und mit dem Material haben wir bessere Chancen, als jemals zuvor."

„Das Handy ist doch sowieso unbrauchbar. Es ist bei meinem Schiffbruch kaputt gegangen."

„Die Kollegen von der Technik kriegen das schon wieder hin, da können Sie sicher sein", erwiderte Grote zuversichtlich.

„Was sollen wir nur tun, Lu? Wenn wir nicht aussagen, bleiben sie in Freiheit und dann sind wir auch dran. Die finden uns. Lu, die finden uns, so wie sie dich schon gefunden haben. Und dann sind wir dran. Sie wissen doch, dass wir diese Beweise haben", stöhnte Sandy. Ihre Stimme war am Anfang ruhig und ratlos gewesen und steigerte sich dann in pure Verzweifelung.

„Sie hat recht", bekräftigte Grote sofort. „Mensch, wir werden Sie beschützen. Sie sind schon einmal untergetaucht, es macht Ihnen nichts aus, die Vergangenheit zurückzulassen."

„Nein, ich habe hier nichts, was mich hält", stimmte Luisa zu.

„Ich auch nicht", sagte Sandy.

„Sie kommen in den Zeugenschutz. Wir verschaffen Ihnen eine neue Identität. Gehen Sie fort."

„Kann ich in meinem Beruf als Wirtschaftsmathematikerin arbeiten?", fragte Luisa. Sie hatte doch ein Studium beendet, sie hatte einen guten Beruf.

„Und ich?", fragte Sandy.

„Etwas besseres, als Stripteasetänzerin findest du bestimmt", hielt Luisa ihr vor.

Grote war zuversichtlich, dass sie inzwischen bereit war, auszusagen.

„Können wir zusammen weggehen?", fragte Sandy.

„Oh das wäre schön. Wir suchen uns eine gemeinsame Wohnung und bauen uns ein neues Leben auf. Sandy, das wäre doch was."

„Ja, das wäre was", stimmte Sandy zu.

„Ich denke, das geht", sagte Grote zögernd. Versprechen wollte er nichts. Das war nicht sein Aufgabengebiet.

„Ich habe immer davon geträumt, nach Australien zu gehen. Ist das möglich? Dafür habe ich so lange im Wunschbrunnen gearbeitet und gespart", sagte Sandy.

„Ich weiß es nicht. Immer hübsch langsam. Aber warum eigentlich nicht", meinte Grote.

„Ich möchte aber auf jeden Fall noch einmal nach Texel. Ich muss mit Verena sprechen und besonders mit Marlene. Ich habe beiden viel Schlimmes angetan, dabei wollte ich sie nur nicht verlieren", sagte Luisa.

Grote nickte. „Auch das wird sich einrichten lassen. Diese Marlene kommt ja sowieso zurück nach Deutschland. Es wird alles gut. Glauben Sie mir."

Er hoffte inständig, dass er das Versprechen halten konnte.

3. Teil

Kapitel 14:

Die nächsten Monate

Marion liebte ihren Beruf in der Einkaufsabteilung des großen Modehauses, aber jeden Freitag, wenn sie nach Hause kam, war sie froh, dass zwei freie Tage vor ihr lagen. Sie würde sie verbringen wie an jedem Wochenende. Heute Abend würde sie das Wochenende mit einem Bad und einem Glas Rotwein einläuten. Morgen würde sie vielleicht Freunde treffen und Sonntag würde sie den ganzen Tag faulenzen. Sie kickte die Schuhe von den Füßen, ließ ihren Mantel einfach auf die Erde gleiten und ließ sich aufs Sofa fallen. Sie lächelte vor sich hin, als sie daran dachte, dass sie vor einigen Monaten genau damit gehadert hatte. Dass sie nicht mehr so aktiv war wie früher, dass sie sich nach etwas Ruhe sehnte. Ja, sie war neunundvierzig und nicht mehr fünfundzwanzig. Sie hatte sich verändert. Jeder veränderte sich im Laufe seines Lebens. Er machte Erfahrungen, erreichte Ziele und manche Träume zerbrachen. Und Familien waren auch kein Glücksgarant, vor allem veränderten die sich auch.

Nein, sie hatte ein gutes Leben. Sie hatte nicht alles, was man haben konnte, aber das hatte niemand. Sie musste ja nur an Marlene denken. Aber die würde ihr Leben jetzt in die eigenen Hände nehmen, das war sicher. Marion lehnte sich genüsslich zurück und atmete laut aus. Ihr Körper entspannte sich zunehmend. Diese Woche Texel war für sie alle gut gewesen, auch wenn es zwischendurch nicht so aussah. Aber sogar das Erlebnis mit Isabella-Luisa hatte am Ende etwas Gutes gehabt. Sie hatten alle ihren eigenen Wert besser erkannt und gesehen, was sie ändern wollten. Sogar Marlene.

Marion beugte sich etwas vor, um nach der Fernbedienung zu tasten und schaltete den Fernseher ein. Egal, sie wollte sich nur etwas berieseln lassen. Im Augenblick war sie sogar zu faul, um sich Wasser in die Wanne laufen zu lassen oder einen Rotwein zu holen.

Sie freute sich darauf, die Freundinnen im nächsten Frühjahr auf Texel wiederzusehen. Für eine Woche, die hoffentlich ohne böse Überraschungen verlief. Sie würden ab jetzt regelmäßig über WhatsApp in Kontakt bleiben.

Das Leben war schön.

Karla hatte eine Weile auf den passenden Moment gewartet, um mit ihrer Familie über ihre Pläne zu sprechen. Sie hatte sich aufrichtig gefreut, nach Hause zu kommen und ihre Familie wieder zu sehen.

Aber sofort war sie bestürmt worden.

„Mama, Papa hat meine Bluse einlaufen lassen", beklagte sich Alice

„Du musst mal mit meiner Lehrerin reden, ich soll eine Strafarbeit machen, das ist total unfair, weil ich gar nichts gemacht habe", jammerte Finn.

„Können wir mal wieder Spagetti Carbonara machen? Papa kann das überhaupt nicht", wünschte sich Sabrina.

Karla stöhnte. So hatte sie sich ihre Rückkehr nicht vorgestellt. Sie war doch nur eine Woche fort gewesen.

Sie erledigte alle Arbeit ohne zu murren, die während ihrer Abwesenheit angehäuften Wäscheberge, die Essenswünsche, den Termin mit der Lehrerin, bei dem sich herausstellte, dass Finn nicht so unschuldig war, wie er vorgab.

Doch an einem Sonntagmorgen beim Frühstück war es soweit und sie äußerte ihre eigenen Wünsche.

„Ich muss mit euch reden", läutete sie das Gespräch ein.

„Du willst doch nicht schon wieder allein wegfahren?", fragte Jochen sofort alarmiert. Das weckte ihren Ärger und das war durchaus gut. Es würde dafür sorgen, dass sie nicht wieder schwach wurde und sich umstimmen ließ.

„Nein, im Moment nicht. Erst im Frühjahr wollen wir uns wieder auf Texel treffen."

„Aber das geht nicht!", fiel Alice ihr sofort ins Wort.

„Warum nicht? Damit deine Blusen immer sofort gewaschen werden? Ich kann dir gerne zeigen, wie man die Waschmaschine bedient. Aber jetzt geht es um etwas anderes. Ich muss ein wenig mehr für mich tun."

„Noch mehr?", fragte David.

„Was soll das denn heißen, noch mehr? Du meinst, noch mehr als alle zwanzig Jahre mal eine Woche allein wegzufahren? Ja. Noch mehr. Ich möchte einen Kurs an der Volkshochschule anbieten."

„Und was soll das sein?", fragte Jochen mit vollem Mund.

„Rückenschule."

„Und das kannst du?"

„Ich bin ausgebildete Krankengymnastin. Ich kann das", erwiderte sie scharf.

„Du bist ewig aus dem Job."

„Dann wird es ja Zeit, dass ich wieder reinkomme. Und viel ist das ja nicht, was ich vorhabe."

„Wann willst du das denn machen? Morgens, wenn wir alle in der Schule sind? Dann betrifft uns das ja nicht", meinte Alice.

Karla wurde immer wütender. Verdammt, Alice war inzwischen siebzehn Jahre alt, da konnte sie doch wohl mal etwas mehr nachdenken.

„Das ist sehr egoistisch, Alice. Nein, ich werde das sicher abends anbieten, wenn auch Berufstätige Zeit haben. Und das bedeutet, ihr müsst im Haushalt mitanpacken. Jochen, eventuell musst du die Kinder mal zum Sport fahren oder von Freunden holen."

„Wenn ich Zeit habe", brummte er.

„Die Zeit wirst du dir nehmen müssen", sagte sie. „Es muss sich hier etwas ändern und ihr werdet alle kleine Aufgaben bekommen. Spülmaschine ausräumen, Tisch decken, Bügeln..."
„Aber Mama", jammerte Alice sofort.
„Gewöhn dich dran. Die Mama, die ich vor Texel war, bin ich nicht mehr."
Jochen schüttelte verständnislos den Kopf. „Was ist da nur passiert, das dich so verändert hat?"
„Das Leben, mein Lieber. Erkenntnisse und die Gewissheit, dass ich in ein furchtbar tiefes Loch fallen werde, wenn ich jetzt nicht anfange, mich selbst mal wieder als eigenständige Frau wahrzunehmen und nicht nur die Mutter in mir."

Marlene nahm die größte Veränderung von allen in Angriff.
Zuerst erzählte sie während eines Besuchs Friederike und Rebecca von ihrem Plan, nach Texel zu ziehen. Ihre Töchter waren völlig begeistert.
„Denkt ihr nicht, es ist zu weit weg? Ich will nicht, dass wir uns gar nicht mehr sehen", äußerte sie.
„Aber nein, wir kommen bestimmt nach Texel. Sonne, Strand, Meer... He, das ist doch toll! Außerdem musst du wirklich etwas anderes tun. Mal ehrlich, du hast dich doch nie wohlgefühlt in diesem Nest. Jetzt ist Papa auch noch weg. Und du willst in dem Haus bleiben? Also ehrlich, Mama", meinte Friederike.
Marlene freute sich über das Verständnis ihrer Töchter. Trotzdem brauchte sie noch mehrere Tage, bis sie es schaffte, den Telefonhörer zur Hand zu nehmen und ihren Noch-Ehemann Bernd anzurufen.
„Hallo Marlene, was gibt es?", fragte er überraschend freundlich.
„Ich muss mit dir reden. Es gibt einiges zu organisieren."

„Was meinst du? Die Scheidung ist nicht so eilig, ich hatte sogar gehofft, dass wir darüber noch einmal reden können."

Marlene hob überrascht die Augenbraue. Wieso das denn? Er war doch in einer neuen Beziehung. Bleib bei deinen Plänen, redete sie sich in Gedanken zu. Du hast dich entschieden, bleib dabei.

„Ich werde fortziehen und ich möchte mit dir besprechen, was mit dem Haus passieren soll. Willst du wieder herziehen oder sollen wir es vermieten oder verkaufen?"

„Du willst weg? Was soll das denn, Marlene?"

Sie schüttelte sich. Was meinte er denn damit?

„Ich bin doch gezwungen, mein Leben neu zu ordnen und das werde ich jetzt tun. Ich ziehe nach Texel."

„Nach Texel? Wie kommst du denn auf den Schwachsinn?"

„Ich habe dort eine Woche mit meinen alten Freundinnen verbracht."

„Toll. Aber das ist etwas anderes, als dort zu leben. Ich glaube, du hast so eine Art Midlifecrisis."

Sie ballte ihre Faust und umschloss den Telefonhörer so fest, dass ihre Hand verkrampfte. Wut kochte in ihr auf. Wie konnte er es wagen, so einen Bullshit zu reden?

„Bernd, ich bin keineswegs in einer Midlifecrisis. Ganz im Gegenteil. Das warst wohl eher du, als du mit deiner neuen Flamme weggezogen bist."

„Das ist vorbei, Marlene. Ich dachte, wir könnten…"

Sie stutzte einen Moment. Hatte er wirklich gesagt: Das ist vorbei? Doch sie fing sich schnell wieder. Das änderte für sie nichts. Er hatte sie schon lange vorher verlassen, das war ihr auch inzwischen klar geworden. Er hatte doch jahrelang sein eigenes Leben geführt ohne die geringste Rücksicht auf sie.

„Wir können nicht", fiel sie ihm wütend ins Wort. „Ich habe hier nicht gesessen und darauf gewartet, dass du wiederkommst. Es war sehr schwer für mich, einen neuen Weg zu finden, aber das habe ich jetzt getan. Ich gehe nach Texel. Dort habe ich Verena und durch sie sogar schon neue Bekannte." Das war glatt übertrieben. Die einzige andere Person, die sie kannte, war Egmont. Aber sie war fest davon überzeugt, dass sie dort noch mehr Freunde finden würde. Schlimmer als hier konnte es jedenfalls nicht werden.

„Marlene…"

„Nix Marlene. Überleg dir einfach, was du mit dem Haus machen willst. Mein Unterhaltsanspruch könnte sich etwas erhöhen, weil ich Miete zahlen muss. Aber sicher werde ich bald einen Job haben."

Damit legte sie einfach auf.

Sie seufzte.

Dann lachte sie plötzlich. Laut und befreit.

Ach, das hatte gut getan.

Verenas Leben änderte sich nicht, nachdem die Freundinnen wieder fort waren.

Sie hatte mitbekommen, wie sich die ganze Angelegenheit weiter entwickelte. Die Bars Wunschbrunnen und Desiderium waren geschlossen, ihre Betreiber Hugo Winter und Manuel Urban sowie einige ihrer Mitarbeiter wie die Türsteher Lado und Steve waren endlich verhaftet worden. Antonio, der hier auf Texel aufgetaucht war, wurde am Ijsselmeer gefangen genommen. Tamara war allerdings verschwunden. Niemand wußte, wohin, auch Antonio nicht. Vermutlich war sie irgendwo im Ausland unter falschem Namen. In der Stunde der Gefahr hatte sie also auch ihn im Stich gelassen.

Die größte Veränderung in Verenas Leben war der neue Kontakt zu der alten Viererclique und dass Isabella alias Luisa fort war.

Merkwürdigerweise vermisste sie sie.

Die junge Frau war aus dem Nichts in ihrem Leben aufgetaucht, hatte sich tiefer eingenistet, als sie es hatte zulassen wollen, aber sie hatte dazugehört.

Erst im Oktober sah sie Luisa wieder. Sie tauchte mit einer Freundin, die sie als Sandy vorstellte, bei ihr auf. Verena freute sich aufrichtig. So konnten sie alle alten Unstimmigkeiten endlich bereinigen.

Luisa bat inständig um Verzeihung für alles, was sie aus reiner Eifersucht getan hatte. Für das zerstörte Atelier, für den Zettel im Lädchen, für die ständigen Belästigungen und verschiedene Beschimpfungen.

Verena ihrerseits hatte sich entschuldigt, weil sie trotz ausdrücklicher Weigerung das Portrait zur Ausstellung nach Amsterdam mitgenommen hatte.

„Aber ich weiß heute, dass du das Bild niemals mitgenommen hättest, wenn du verstanden hättest. Ich hätte dir vertrauen sollen."

„Schon", lenkte Verena ein, „aber ich hätte es trotzdem nicht tun dürfen. Es war dein Recht, das zu verweigern."

„Bitte auch Egmont von mir um Entschuldigung. Ich habe die Speichen seines Wagens zerschlagen. Ich war so wütend, als ich ihn mit Marlene gesehen hatte."

„Das warst auch du?", entfuhr es Verena entsetzt.

„Ja. Es tut mir wirklich leid. Ich schäme mich dafür."

„Isa … äh, Luisa, nimm es mir nicht übel, aber ich denke, du solltest psychologische Hilfe in Anspruch nehmen. Das ist wirklich sehr krass, wie du reagiert hast."

„Ich weiß. Und ich lasse mir schon helfen. Es war auch krass, was ich alles erlebt habe, weißt du. Nach Isas Tod hatte ich mir geschworen, nie zuzulassen, dass ich noch einmal einen Menschen verliere."

In ihrer Stimme und ihren Augen war deutlich eine kleine Überreaktion zu merken, ein kleiner Ärger, dass man ihr Handeln nicht verstand.

„Ich weiß. Deshalb meine ich ja, dass du Hilfe brauchst. Niemand würde diese Erlebnisse alleine verarbeiten können. Ich habe es nicht böse gemeint."

„Ich weiß heute, dass ich mit meinem Klammern genau das Gegenteil von dem erreicht habe, was ich wollte. Du warst so nett zu mir, Verena. Und ich..." Sie senkte einen Moment den Kopf und starrte auf die Tischplatte. Verena fasste nach ihrer Hand und drückte sie wortlos. Als Luisa aufblickte, war ein neuer Ausdruck in ihren Augen. „Sandy und ich werden gemeinsam weggehen. Nach Australien."

„So weit?", fragte Verena erstaunt.

„Ja, Sandy träumt schon immer von Australien und mir ist es gleich, wohin ich gehe. Hauptsache, ich lebe am Meer. Und da wir in Perth leben wollen, ist das ja so."

„Es ist schön, dass ihr euch wieder gefunden habt."

Sandy saß dabei und machte den Eindruck, darüber ebenfalls sehr froh zu sein.

Luisa dachte an Isabella, die sie nie mehr wieder sehen würde. Sie hatte nur ihren Eltern Gewissheit geben können.

„Es wäre schön, wenn wir trotzdem noch Freunde bleiben könnten", meinte Luisa dann. „Vielleicht können wir uns schreiben und eines Tages sogar wiedersehen?"

„Ja, das fände ich auch schön", sagte Verena aufrichtig. „Hast du auch mal mit Marlene gesprochen? Ich denke, auch sie hat eine Entschuldigung verdient."

„Natürlich habe ich das", entfuhr es Luisa eine Spur zu heftig.

Verena lächelte sie an.

„Was ist mit deinen Eltern? Ich weiß inzwischen, dass deine Mutter noch lebt und dass du einen kleinen Stiefbruder hast."

„Er geht mich nichts an. Er ist nur der Sohn meiner Mutter und die war mir wirklich keine gute Mutter. Für mich ist sie tot."

„Bist du da nicht ein wenig zu hart? Man hat nur eine Mutter."

„Vielleicht irgendwann", lenkte Luisa ein. „Im Moment nicht. Und dann auch nur, wenn ich sie ohne ihren Ehemann sehen darf."

Verena nickte. „Das verstehe ich."

„Wie geht es deiner Freundin? Meiner Exchefin? Ich habe gehört, dass sie von meinen Verfolgern schwer verletzt wurde."

„Das stimmt. Und wir wussten anfangs nicht, ob sie überlebt. Aber zum Glück ist sie über den Berg. Das *Fleurs* führt eine Mitarbeiterin so lange weiter, aber Florinda wird wiederkommen."

„Gott sei Dank", entfuhr es Luisa.

Verena nickte. Nicht auszudenken, wenn sie gestorben wäre.

Benthe Zumbrink lebte von ihrem Mann Joost getrennt.

Am Ende war ihr sein ganzes Verhalten viel zu extrem geworden. Doch als sie begann, sich gegen ihn zu stellen, diesen Hass nicht mehr mitzutragen, reagierte er auch ihr gegenüber sehr feindselig und aggressiv. Nein, er hatte sie niemals geschlagen, aber die ganze Atmosphäre um ihn herum schien ihr regelrecht vergiftet zu sein.

Kurioserweise war es trotzdem nicht sie, die gegangen war, sondern ihr Mann. Er hatte sich verraten gefühlt, unverstanden und war vollkommen außer Stande gewesen, sein eigenes Verhalten zu überdenken.

Am Ende verließ Joost die Insel wieder.

Benthe blieb. Sie verkaufte das Haus, zog stattdessen in eine hübsche Eigentumswohnung und stockte die Stundenzahl ihres Minijobs in einem kleinen Hotel in *De Koog* auf.

Und wenn sie irgendwann nicht mehr auf der Insel leben wollte, dann würde sie eben weiterziehen. Sie brauchte niemanden fragen. Sie fühlte sich frei.

Epilog:
März 2020

Marlene lebte jetzt bereits seit vier Monaten auf der Insel. Im November hatte sie ihren Plan endgültig realisiert und die Brücken nach Deutschland abgebrochen.

Das Haus wurde verkauft, denn ihr Noch-Ehemann hatte sich ja von seiner Freundin getrennt und wollte auch nicht allein in dem Familienhaus leben.

Pech, hatte Marlene gedacht. Vor Texel hätte ich ihn mit offenen Armen wieder aufgenommen, wenn auch aus völlig falschen Gründen. Aus Einsamkeit, aus Verzweiflung, in dem festen Glauben, nicht allein existieren zu können. Aber die Freundinnen – und besonders Marion mit ihrer barschen Art – hatten ihr einen Weg gezeigt.

Im November zog sie fort.

Verena hatte es geschafft, Luisas kleine Wohnung in *De Koog* für Marlene zu ergattern und sie nahm dankend an. Sie richtete sich allerdings nicht allzu ausgiebig ein, denn sie wollte nach einer etwas größeren Wohnung Ausschau halten. Sie wollte ihren Töchtern oder ihren Eltern bei Besuchen ein Gästezimmer bieten können.

Einmal waren Rebecca und Friederike mit ihrem Freund bereits auf Texel gewesen und hatten in Verenas Verwandtenwohnung gelebt.

Marlene fand durch Vermittlung von Gustaaf einen Job in der Verwaltung der Seehundstation, wo sie hauptsächlich für die Buchführung zuständig war. Es war nicht ganz einfach und sie stieß immer mal wieder an sprachliche Grenzen, aber Verena und Gustaaf halfen ihr dabei, die Sprache zu erlernen. Sie belegte einen Sprachkurs und versuchte beim Einkaufen und mit Kollegen fleißig Holländisch zu sprechen.

Nebenbei half sie Verena bei ihren Kursen. Es machte ihr Spaß, mit Menschen zu arbeiten. Wenn sie einmal einen Job im Besucherservice der Seehundstation haben könnte, würde sie zugreifen.

Anfang des Jahres zog sie in eine größere Wohnung in *Den Burg*. Einen kleinen Bekanntenkreis hatte sie hier auch bereits. Natürlich als erstes Verena und Gustaaf, aber auch Florinda, die wieder ganz gesund geworden war und deren Schwester Marijke sowie beider Ehemänner. Benthe Zumbrink gesellte sich ebenfalls oft zu ihnen. Der Kutscher Egmont war ein guter Freund geworden. Auch unter ihren Kolleginnen hatte sie eine Freundin gewonnen.

Sie fühlte sich pudelwohl.

Im letzten Monat hatten sie Verenas Geburtstag gefeiert. Marlene konnte sich nicht erinnern, jemals in ihrem alten Zuhause so unbeschwert und fröhlich gefeiert zu haben. Das Leben schien doch eine Zukunft für sie bereitzuhalten. Eine schöne, selbstbestimmte Zukunft.

Und übermorgen kamen Karla und Marion wieder nach Texel. Verenas Verwandtenwohnung war schon für die beiden bereit. Sie würden alle vier gemeinsam etwas unternehmen. Es würde aber nicht mehr so neu sein wie im letzten Jahr und hoffentlich nicht ganz so aufregend. Marion hatte sogar extra darum gebeten, wieder eine Kutschfahrt zu unternehmen. Marlene lachte vor sich hin, als sie daran dachte, was für ein Theater Marion bei ihrem Geburtstag um diese Kutschfahrt gemacht hatte. Als Kinderkram hatte sie das bezeichnet. Und Verena war deswegen sehr böse gewesen. Zu Recht. Sie hatten sich alle geärgert.

Auch bei Karla hatte sich einiges geändert. Marlene wusste, dass sie inzwischen einen Kurs an der Volkshochschule hielt. Ihre Familie hatte mühsam lernen müssen, dass sie anderen Interessen nachging, als nur deren Wünsche zu erfüllen. Karla dachte: „Es liegt nur an mir, ich darf einfach nicht mehr so gut funktionieren."

Recht hatte sie.

Marlene hatte von ihrem Chef ein paar ein paar Tage frei be-
kommen und sie würde diese Zeit mit den Freundinnen genießen.
Sie wollte Karla und Marion so gerne ihre schöne Drei-Zimmer-
Wohnung zeigen und vielleicht sogar mit ihnen zu der Seehund-
station fahren, bei der sie arbeitete. Sie freute sich auf das
Wiedersehen.

Danksagung:

Ein Buch fertig stellen kann niemand alleine.
Ich möchte mich bei denjenigen bedanken, die mich dabei unterstützt haben.
Besonders bei Gerhild Heinz für das aufmerksame Korrekturlesen und Anregungen.
Und bei meinem Mann Peter Held für die Unterstützung in allen technischen Fragen.

Von Rotraud Falke-Held bei BoD erschienene Bücher für Jugendliche und Erwachsene:

Die Hexenschülerin

Die Geschichte beginnt in den 1980er Jahren. Bei der Renovierung der Burg Dringenberg machen Carolin und Nick einen ungewöhnlichen Fund. Im Rittersaal sind alte Aufzeichnungen aus der Gründungszeit des Ortes versteckt. Geschrieben wurden sie von dem Mädchen Clara, die 1322 als Zwölfjährige mit ihrer Familie in den neuen Ort zog.

Clara hat eine gefährliche Gabe – sie ist hellsichtig. Aus Angst, als Hexe angesehen zu werden, versucht Clara ihre Gabe geheim zu halten.

In dem neuen Dorf zieht die mysteriöse Odilia sie in ihren Bann. Sie bestärkt Clara darin, ihren eigenen Weg zu gehen. Doch der ist gefährlich. Odilia gerät bald in den Verdacht, eine Hexe zu sein. Und auch Clara als ihre Schülerin befindet sich in großer Gefahr….

Band 1:

Die Zeit des Neubeginns

Eine spannende Zeitreise ins Mittelalter

für Jugendliche ab 10 Jahren

und für Erwachsene

ISBN: 978-3-73224629-8

Das Buch hat 256 Seiten

Band 2:

Die Zeit der Wanderschaft

Eine spannende Zeitreise ins Mittelalter

für Jugendliche ab 12 Jahren

und für Erwachsene

ISBN: 978-3-7347-7470-6

Das Buch hat 292 Seiten

Band 3:
Die Zeit der Rückkehr
Eine spannende Zeitreise ins Mittelalter
für Jugendliche ab 12 Jahren
und für Erwachsene
ISBN: 978-3-7412-9578-2
Das Buch hat 292 Seiten

Auch der 1. Band der Fortführung
„Die Erben der Hexenschülerin" ist inzwischen erschienen.

Rubinstern: Das verlorene Land

Eine spannende Geschichte für Kinder
und Jugendliche ab 10 Jahren
ISBN: 978-3-73224629-8
Das Buch hat 248 Seiten

Das Volk des Rubinsterns und des Zaubermondes leben seit
Jahrhunderten in Frieden und Harmonie miteinander. Doch eines
Tages werden ihre Dörfer von dem diabolischen Herrscher
Cyprian, dem Herrscher vom Volk des Eises, überfallen. Die
friedlichen Völker können sich gegen seine Armee nicht wehren
und werden unterjocht. Doch der Wunsch nach Freiheit weckt
auch den Kampfgeist. Eine kleine Gruppe Jugendlicher macht
sich auf den Weg zum legendären Garten der Freiheit, in den böse
Mächte nicht eindringen können. Dort hoffen sie, Hilfe für ihre
Völker zu finden. Doch der Weg ist gefährlich und Cyprian lässt
sie verfolgen, denn auf ihm lastet ein Fluch.

Inzwischen gibt es die Fortsetzung „Die Heiligtümer der Ahnen"

Was vergangen ist
Das Geheimnis des Hauses

ISBN: 978-3-7460-6326-3
Das Buch hat 330 Seiten

Die junge Tiertrainerin Judith Schlüter ist glücklich. Mit dem Kauf eines einsam gelegenen Hauses vor den Toren von Detmold erfüllt sie sich einen lang gehegten Traum. Doch dann geschehen mysteriöse Dinge. Immer wieder sieht sie das Gesicht einer älteren Frau vor sich. Schließlich erkennt sie diese auf einem Foto bei ihrer einzigen Nachbarin Ellen Jacobi wieder. Zu ihrem Schrecken erfährt sie, dass es sich um die ehemalige Eigentümerin ihres Hauses handelt – um Thea Erdmann, die gemeinsam mit ihrem Ehemann fünf Jahre zuvor er-mordet wurde. Verurteilt für diese Tat wurde deren Pflege-tochter Bianca, die jedoch bis heute ihre Unschuld beteuert. Gemeinsam mit Ellen Jacobi beginnt Judith erneut mit Recher-chen und stößt in ein Netz voller Intrigen und Lügen. Was geschah wirklich vor fünf Jahren? Was verschweigen einzelne Zeitzeugen und wie viel weiß die Hellseherin Sidonia? Judith gerät schließlich sogar in Lebensgefahr.

Was vergangen ist... ist ein Krimi mit mystischer Färbung. Doch die Geschichte verliert sich nicht in mystischen Welten, sondern entwickelt sich in der Realität und wird schließlich ohne Hilfe aus der Geisterwelt gelöst. So ist sie nicht nur für Mysteriefans lesenswert und spannend.

Imogen
Geheimnis auf Gut Bergen

ISBN: 978-3-7448-7257-7
Das Buch hat 284 Seiten

Die junge Adlige Damaris von Seyrich ist glücklich. Zum ersten Mal besucht sie das Landgut ihres Verlobten. Dort will er sie an ihrem Geburtstag den Freunden der Familie als seine Braut vorstellen.
Doch Damaris fühlt sich nicht wohl in dem Haus, das schon bald ihr Zuhause werden soll. Irgendetwas scheint man vor ihr zu verheimlichen. Warum erschrecken die Freunde der Familie vor ihr? Warum verhalten sich alle so sonderbar? Oder bildet sie sich das alles nur ein?
Immer tiefer gerät Damaris in die Suche nach dem Geheimnis und bald in große Gefahr.

Außerdem gibt es weitere Kinderbücher.
Besuchen Sie die Autorin auf ihrer Homepage:
www.rotraud-falke-held.de